Barbara Noack
Der Zwillingsbruder

Barbara Noack

Der Zwillingsbruder

Roman

Für Sabine

Barbara Noack: Der Zwillingsbruder
Lizenzausgabe für die
Naumann & Göbel Verlagsgesellschaft mbH
Emil-Hoffmann-Straße 1, D–50996 Köln
© 1988 by LangenMüller in der F. A. Herbig
Verlagsbuchhandlung GmbH, München
Gesamtherstellung: Naumann & Göbel
Verlagsgesellschaft mbH, Köln
Alle Rechte vorbehalten
ISBN 978-3-625-21089-4
www.naumann-goebel.de

Erster Teil

1

In dem kleinen oberbayerischen Ort Kornfeld sprach man anfangs nur von Dagmar, dem armen Kind, so, als ob es ihr Familienname wäre: Dagmar Dasarmekind.

Eines Abends, Ende Juli 1943, war sie mit Fräulein Else Pillkahn aus dem von München kommenden Personenzug gestiegen – eine dünne, verstörte Zehnjährige im dunkelblauen Matrosenkleid mit großem Kragen, der ihr im Wind um die Ohren klappte. Ein Kleid voller Flecken, mit zerknittertem Faltenrock. Die Hacken ihrer Lackschuhe waren heruntergetreten wegen der Wunden an ihren Füßen, die Wadenstrümpfe zerrissen und blutbefleckt.

Frau Janson, Dagmars Mutter, hatte Wert darauf gelegt, daß ihre Zwillinge selbst im Kriegsjahr '43 zu festlichen Gelegenheiten noch immer so gediegen teuer gekleidet waren wie die Schaufensterpuppen der »Hamburger Kinderstube«. Dank der Jansonschen Konditorei besaß sie Beziehungen zu Textilien ohne Kleiderkarte und zu so unnützen Lederwaren wie eben diesen drückenden Lackschuhen.

Ihretwegen und wegen dem verhaßten Matrosenkleid, in dem Dagmar so unbehaglich herumstand, als ob man sie in einen Pappkarton gezwängt hätte, und vor allem wegen dem Mädchengeburtstag, zu dem sie nicht hatte gehen wollen, war es zu einer dramatischen Szene gekommen.

Dagmar hatte protestkreischend und ohne Abschied ihre Mutter verlassen, auch noch türenknallend, daß es im ganzen Haus zu hören war – und die Reue darüber sollte noch lange ihr Gewissen belasten. Aber wie konnte sie denn ahnen, daß sie ihre Mutter nie wiedersehen würde?

Ihr Zwillingsbruder Dag, von Anfang an der Widerstandsfähigere von beiden gegen mütterliche Zumutungen modischer oder gesellschaftlicher Art, hatte sich weder durch Bitten noch angedrohte Prügel zur Teilnahme an diesem Kinderfest überreden lassen. Um ihn zu verprügeln, mußte Frau Janson ihn erst mal einfangen, und da lag ihr Problem: Dag war flink und wendig wie sein Terrier Jonny. Er dachte gar nicht daran, zu diesem Mädchenfest zu gehen.

Weil aber der Vater des Geburtstagskindes, das eingeladen hatte, ein gewisser Herr Krüger war, der die Jansonsche Konditorei unter der Hand mit Rosinen und Zitronat belieferte, mußte wenigstens ein Zwilling an der Festlichkeit teilnehmen, und da blieb nur Dagmar übrig.

Inge Janson hatte es nicht leicht mit ihrer Brut. Das war selbst den Zwillingen in einsichtigen Momenten bewußt. Im Grunde genommen hatte sie die falschen Kinder bekommen, und eins hätte ihr auch gereicht. Ihre Idealvorstellung wäre ein problemloses, fleißiges, folgsames Töchterchen gewesen, das sich niedlich anziehen ließ, sein Zimmer aufräumte, vor Erwachsenen freiwillig einen Knicks machte und äußerlich Inges entzückender Lieblingspuppe Lucie glich. Statt dessen hatte das Schicksal Inge Janson diese unbezähmbaren Teufel beschert.

Ihre Schwiegermutter hatte darauf bestanden, daß sie Dag und Dagmar getauft wurden. Dag bedeutete »Tag« und war ein nordischer Königsname, und Dagmar hieß »berühmt wie der helle Tag«.

Helene, Paulinchen Struwwelpeter, Zappelphilipp, Max und Moritz hätten treffender zu dieser Brut gepaßt als »Tag« und »Berühmt-wie-der-helle-Tag«.

Nach jeder Auseinandersetzung mit den Zwillingen flüchtete sich Inge Janson zu dem nach einer Fotografie gemalten Ölbild ihres früh verstorbenen Mannes, das im Herrenzimmer hing, und klagte ihn an: »Oh, Kai-Uwe!«, wobei sie die Fingerspitzen leidend gegen ihre Schläfen drückte. »Wie konntest du mich mit diesen beiden alleine lassen! Schließlich sind es ja auch deine Kinder!«

Und also sah Dagmar an jenem Sonnabend ihre Mutter zum letzten Mal: hochgesteckte, aschblonde Haare über gepunktetem Seidenkleid mit gepolsterten Schultern und Lackgürtel, schlanke Beine in Hauchstrümpfen mit leicht verrutschten Nähten auf sehr hohen Absätzen, eingehüllt in eine Duftwolke von Chanel Nr. 5. So stand sie anklagend vor dem Bild des Vaters, an den sich die Zwillinge nicht mehr erinnern konnten.

Das Hausmädchen Heike – als Geschäftsfrau und zweifacher Mutter stand Inge Janson eins zu – brachte Dagmar und eine als Präsent gedachte Buttercremetorte mit dem Vorortzug nach Hochkamp, wo Krügers wohnten. Sie versprach, Dagmar um sieben Uhr abzuholen.

Es wurde genauso, wie die Zwillinge befürchtet hatten: lauter Mädchen auf diesem Geburtstag, zehn Stück im ganzen. Kein Völkerball, keine Ringkämpfe, nicht mal Topfschlagen, dafür »Hänschen, sag mal piep«, »Drei Fragen hinter der Tür« und das vogelige Spiel »Meine Puppe ist verschwunden«. Zum Abendbrot gab es Eibrötchen und Arme Ritter, das ging ja noch.

Kurz vor sieben kamen die ersten Mütter, um ihre Töchter abzuholen. Diejenigen Kinder, die in der Nachbarschaft wohnten, gingen allein nach Haus.

Schließlich war nur noch Dagmar übrig, auf dem Gartentor balancierend, voll Ungeduld und steigendem Zorn: Nun komm schon, komm, verdammtnochmal!

Aber Heike ließ sich nicht herbeifluchen.

»Darf ich mal zu Hause anrufen, Frau Krüger?«

Dag war am Apparat: »Wo steckst du denn?«

»Noch immer in Hochkamp. Warum kommt Heike nicht? Ich will nach Hause!«

»Versteh ich nich«, sagte Dag. »Um sechs ist sie los!«

»Dann müßte sie längst hier sein! Der erzähl ich aber was!«

Heike war an sich ein zuverlässiges Mädchen, doch, ja. Aber sobald ihr ein Landser auf den Hintern klatschte, fiel ihr Pflichtbewußtsein vorne herunter und aus war's. Kein Verlaß mehr auf Heike. Wer weiß, wo sie diesmal der Klatscher ereilt hatte, oder was sonst sie daran hindern mochte,

Dagmar abzuholen. Sie würde es nie erfahren, denn Dagmar sah auch Heike nicht wieder.

»Wie war's denn so?« erkundigte sich Dag am Telefon.

»Naja – erzähl ich dir alles später. Ich kann hier nicht so reden. – Und was hast du gemacht?«

»Ich war bei Erwin in der Werkstatt. Wir haben uns Holzschwerter gesägt.«

»So'n Schiet«, ärgerte sich Dagmar. »Hätte ich auch gerne gemacht. Habt ihr eins für mich mitgesägt?«

»Ging nich. Sein Vater kam früher zurück, als wir gedacht haben. – Also denn tschüs, bis nachher –«

»Dag! Hallo! Bist du noch dran?« Sie mochte noch nicht den Kontakt mit seiner Stimme aufgeben, nachdem sie nun schon mehrere Stunden von ihm getrennt war, was selten vorkam. Dagmar hatte bereits Heimweh nach Dag zwischen diesen fremden Krügers.

»Was macht Jonny?«

»Er liegt aufem Sofa im Herrenzimmer.«

»Wenn das Mama wüßte.«

»Na und?« sagte Dag. »Du tust gerade so, als ob das was Neues wäre. Er liegt doch immer da, wenn Mama im Geschäft ist. – Ich geh jetzt noch mal mit ihm runter.«

»Dag?«

»Jadoch –«

»Häng noch nicht ein.«

»Ich bin aber mit Hans verabredet.«

»Was soll ich machen, wenn Heike nicht mehr kommt? Soll ich allein fahren? Holst du mich am Bahnhof ab?«

»Klar, mach ich. Aber ich warte lieber noch, bis Mama kommt. Sie muß ja gleich da sein. Oder ich lege ihr 'nen Zettel hin. Tschüs denn, bis nachher.«

»Tschüs. Bis nachher, Dag.«

Es war das letzte Mal, daß sie mit ihm geredet hatte. Sie wiederholte sich später immer wieder dieses Gespräch, um seine Stimme nicht aus ihrem Ohr zu verlieren. Man sagte, sie hätten dieselben, für zehnjährige Kinder ungewöhnlich tiefen, rauhen Stimmen, aber im eigenen Ohr klang die eigene Stimme eben anders als für Zuhörer. Klang nicht, wie Dag geklungen hatte.

Aus der Küche rief Frau Krüger munter: »Wenn du aufgehört hast zu telefonieren, darfst du uns beim Abtrocknen helfen, kleine Dagmar.«

Kleine Dagmar polierte gerade an einem Glas herum, als das Telefon läutete. Sie wußte sofort, das ist Mama, und folgte Frau Krüger zum Apparat, der auf einem Chippendale-Tischchen mit Häkeldecke im Flur stand. »Ach, Frau Janson«, sie setzte ein wohlwollendes Lächeln auf, »Ihr Töchterchen –«, wurde überschwemmt von einer hell und erregt sprudelnden Sopranfontäne, »aber – aber ich – – aber ich bitte Sie, Frau Janson – – aber nein, wieso ist Ihnen das – aber das macht doch nichts – nein, Sie brauchen wirklich nicht mehr zu kommen. Beruhigen Sie sich doch, Frau Janson. Ihr Töchterchen kann gerne bei uns bleiben. Die Mädels haben immer soviel Spaß, wenn sie zusammen schlafen dürfen – au, nun laß doch, Kind«, Frau Krüger wehrte Dagmars Angriffe auf den Telefonhörer mit dem Ellbogen ab, »und morgen ist Sonntag. Da können sie schön ausschlafen. Glauben Sie mir, Ihr Töchterchen ist bei uns bestens aufgehoben, Frau Janson.«

Dagmar fand es überhaupt nicht spaßig, in Elke Krügers Kinderzimmer auf dem Sofa übernachten zu müssen – in einem rosa Hemd mit Rüschen. Sie war an Pyjamas gewöhnt und fühlte sich bedrängt von der hochgerutschten Stoffwurst über ihren Knien. Und schlimmer noch die Kleine-Mädchen-Gespräche vorm Einschlafen von Bett zu Bett.
 Dagmar wollte nicht zu den Mädchen gehören. Sie empfand sich nicht als Mädchen, höchstens als weiblichen Zwilling von Dag, was ihrer Meinung nach nicht dasselbe war.
 Sie hatte auch kein Verlangen nach einer Freundin. Mädchen waren Notlösungen, auf die sie Gott sei Dank noch nie hatte zurückgreifen müssen.
 So gegen halb ein Uhr nachts heulten Sirenen in ihren Schlaf. Dagmar fuhr hoch und wußte nicht, wo sie war. In der Tür stand eine Frau in einem gegen das Flurlicht durchsichtigen Hemd mit Puffärmeln, mit zwei Lockenwicklern wie Hörnern über ihrer Stirn – achja, das war Frau Krüger.

Sie klatschte in die Hände: »Aufstehn, ihr lütten Schlafmützen! Wir haben Fliegeralarm –« auf drei Tönen gesungen. »Zieht euch was über und denn marsch-marsch in den Keller.«

Da Krügers ein Einfamilienhaus bewohnten, war ihr Keller bedeutend wohnlicher eingerichtet als der im Jansonschen Zwölf-Parteien-Mietshaus im Arbeiterviertel Altona. Für jeden gab es ein Ziehharmonikabett, für Dagmar wurde ein Liegestuhl aufgestellt. Herr Krüger schaltete den Volksempfänger an. Der Drahtfunk meldete schwere Bomberverbände im Anflug auf die Innenstadt. Durch den Luftschacht hörte man es in der Ferne dröhnen, es hörte gar nicht mehr auf.

Einmal, als die Nacht ohne Geräusche war, wagte sich Herr Krüger nach oben, sogar bis zur Dachluke, und kehrte mit der Mitteilung zurück: »Über der Stadt ist der Himmel rot. Ein einziger Feuerschein.« Er machte sich Sorgen um sein Büro und die Lagerhalle am Hafen. Seine Frau wollte seine Besorgnis teilen, indem sie nach seiner Hand griff. Das machte ihn nervös.

Dagmar dachte an Dag, Mama und an Jonny, den Terrier, der bei Fliegeralarm in der Wohnung bleiben mußte, weil Hunde im Luftschutzkeller verboten waren. Und was er wohl durchmachen mochte so ganz allein da oben im ersten Stock.

Der Luftangriff dauerte lange. Um drei Uhr früh war endlich Entwarnung.

Frau Krüger, die »ein Stündchen prächtig geschlafen« hatte, wie sie den Anwesenden versicherte, beschloß in ihrer unerschütterlichen Munterkeit: »So, jetzt haben wir Hunger. Jetzt essen wir alle von Dagmars Buttercremetorte.«

Herr Krüger stieg noch einmal aufs Dach. Bei seiner Rückkehr hatte er keinen Appetit mehr auf Torte, sondern ging ans Telefon, um den Wachmann in seiner Lagerhalle anzurufen. Es meldete sich niemand.

Er rief auch bei Jansons an, Dagmar neben sich, vor Angst und Ungeduld an seinem Jackenärmel zupfend. »Nu laß doch, Deern, so kann ich nicht wählen.« Und nach einer Minute atemlosen Lauschens: »Es geht keiner ran.«

»Dann haben Sie die falsche Nummer, ich versuch's mal selber.« Sie drehte mit zitternden Fingern und erreichte auch nur ein Tuten mit seltsam leeren Zwischenräumen – tut und nichts und tut und nichts – – »Es klingt anders als sonst.«

»Es klingt wie immer, Dagmar. Ich sage dir, die Leitungen sind gestört. Das kommt schon mal vor nach einem Angriff.«

»Ich muß zu Dag, Herr Krüger«, beschwor sie ihn.

»Nur ruhig Blut, Deern. Jetzt können wir gar nichts machen. Wir müssen den Morgen abwarten.«

»Es ist Morgen!«

»Es ist halb vier! Leg dich man noch 'n büschen aufs Ohr. Nach dem Frühstück nehm ich dich mit dem Auto mit längs.«

So lange konnte Dagmar nicht warten. Sie rannte aus dem Haus, ehe er sie zurückhalten konnte, und die Straße hinunter zum Bahnhof, aber es fuhren keine Züge.

Was blieb ihr anderes übrig, als umzukehren und zum Krügerschen Haus zurückzugehen – unter Linden, in denen es sang und zwitscherte, als wäre nichts geschehen. Auch die Sonne ging auf wie immer. Und vielleicht war auch gar nichts geschehen. Warum sollte ausgerechnet Dag und Mama etwas passiert sein? Aber es war kein Trost in dieser Hoffnung.

Die Krügersche Haustür war verschlossen. Sie hatten sich wohl noch einmal »aufs Ohr gelegt«.

Dagmar hockte sich auf die oberste Stufe der Eingangstreppe, biß auf ihrem Fingerknöchel herum, krank vor Ungeduld und Angst, starrte auf die leere Straße – warum kam denn niemand vorbei, den sie hätte fragen können, warum war alles so still, so entsetzlich still? Warum war ausgerechnet Sonntag, wo alle Menschen länger schliefen?

Warum wurde es so langsam später?

Plötzlich fiel etwas wie Schnee aus dem wolkenlosen Himmel, tanzende, klebrige Flocken, nicht weiß, sondern grau und schwarz im taufeuchten Rasen des Vorgartens landend, auf Treppenstufen, auf Dagmars Faltenrock; das war Aschenschnee. Auch angesengte Papierfetzen, auf denen sie noch Buchstaben und Zahlen erkennen konnte – das Wort »Voss« ...

Sie sprang auf und schlug mit ihren Fäusten gegen die Haustür.

»Da bist du ja wieder«, sagte Frau Krüger aus dem Klofenster im ersten Stock, »wo warst du denn hin? Wir haben uns Sorgen gemacht –«

»Ich muß nach Haus, ich muß sofort nach Haus, sofort, sofort – wecken Sie Ihren Mann, er soll mich fahren – sofort!«

Krügers erlebten an diesem frühen Morgen, wozu ein Jansonscher Zwilling fähig war, wenn er seinen Willen durchzusetzen beabsichtigte. Dagmar ließ dem Hausherrn gerade noch Zeit sich anzuziehen, kein Duschen, kein Rasieren, schon gar kein Warten auf Bohnenkaffee, der erst gekocht werden mußte.

»Oh, Vating, wer hätte das gedacht, wo Frau Janson doch so eine feine Dame ist. Und denn solche Tochter! Von Anstand und Erziehung keine Spur!«

Herr Krüger holte den DKW aus der Garage. Dagmar stieg zu ihm ein, gruß- und danklos, ohne sich noch einmal umzusehen. Kauerte auf dem Sitz neben ihm, zapplig stumm, auf keine seiner Fragen eingehend.

Für Hamburger Verhältnisse ein geradezu göttlicher, wolkenloser Sommermorgen, der sich braun eintrübte, je näher sie der Stadt kamen.

Erste schwelende Ruinen am Straßenrand. Vor ihnen auf dem Bürgersteig türmte sich wahllos geretteter Hausrat – Stühle, Betten, Bronzetänzerin, Silberleuchter, Standuhr, Polster, Volksempfänger, Koffer, dunkelrote Portieren, Stehlampe, Rauchtisch. In einem Sessel hatte man eine sehr alte Frau mit karierten Puschen an den Füßen abgestellt.

Eine straßenbreite Wolke aus Kalkstaub und Ruß rollte ihnen entgegen, schluckte das Krügersche Auto, ließ die Frontscheibe erblinden. Gegen das eilig hochgekurbelte Seitenfenster pochte ein Fingerknöchel, der zu einem Polizisten gehörte. »Umkehren. Hier kommen Sie nicht weiter.« Eine Hausfassade war etwa hundert Meter vor ihnen auf die Straße gestürzt.

»Wo ist denn am meisten runtergegangen?« wollte Herr Krüger wissen.

»Innenstadt – Eimsbüttel – Altona – das kann man tscha noch gaa nech übersehen«, hustete der Wachtmeister.

»Am Hafen auch?«

»Oberhafen, heißt es ...«

»Achgott«, sagte Herr Krüger und merkte erst jetzt durch einströmenden Kalkstaub, daß die rechte Wagentür offen klaffte. Dagmar war nicht mehr da. »Dagmar«, rief er, »komm zurück – Dagmar Janson – sofort hierher –« und gab es nach wenigen Minuten auf. Kurz überlegend, ob ihre Mutter ihn später zur Verantwortung ziehen könnte wegen vernachlässigter Aufpasserpflicht. Nein, konnte sie nicht, nicht bei dem Ausnahmezustand und diesem heimtückischen Kind. Erleichtert, die Belastung Dagmar loszusein, setzte er zurück, um zu wenden, und fuhr in ein gerettetes, auf der Fahrbahn stehendes Buffet.

An die Stunden verzweifelten Herumirrens durch brennende Straßen verlor Dagmar jede bewußte Erinnerung. Und das war gut so.

Erst später, in Alpträumen, würden die Bilder sie verfolgen. Hilfloses Irren durch ein Inferno. Eine Glocke aus Hitze, Staub und beißendem Qualm. Der Geruch von verbranntem Fleisch. Stolpern über Mauerbrocken, über Wasserschläuche der Feuerwehr, Knistern, Kommandorufe, Husten, brennende Augen.

Dag -

Dag, wo bist du? Dag!! Bitte sag doch, wo du bist –

Sie war in diesem Stadtteil aufgewachsen, kannte jede Straße, jeden Spielplatz, viele Wohnungen und Innenhöfe – kannte jeden Jungen in weitem Umkreis, die meisten Hunde durch Jonny, den Terrier ...

Dagmar hatte zehn Jahre in diesem Stadtteil gelebt, und nun fand sie sich nicht mehr zurecht.

Eine Rotkreuzschwester griff das seit Stunden herumirrende Kind auf und nahm es mit zum Hochbunker, als am frühen Nachmittag Sirenen den nächsten Anflug feindlicher Bomber einheulten. Ferne Sirenen – die Alarmanlagen im näheren Umkreis waren mit den Dächern, auf die man sie montiert hatte, in die Tiefe gestürzt.

Die Schwester schob Dagmar vor sich her in die nach Schweiß und Ruß stinkende engstehende Masse aus Leibern im überfüllten Bunker.

Verzweifelte Rufe nach abgedrängten Kindern, Kinder, die nach ihrer Mutter jammerten. Husten. Fluchen. Gereiztheit. Ungehemmtes Furzen nach zu frisch gefuttertem Brot. Kaum Sauerstoff zum Atmen. Verstopfte Toiletten. Kein Wasser. Dann verlor Dagmar auch noch ihren Schutz, die Rotkreuzschwester war zu einer Ohnmächtigen gerufen worden. Panik erfaßte sie in dieser sie eng umschließenden, sie bedrängenden Masse Mensch.

»Ich will hier raus – ich will sofort raus – hol mich hier raus, Dag!«

Umstehende beruhigten oder beschimpften sie: wenn jeder hier rumschreit, wo kommen wir denn da hin, sie solle sich gefälligst zusammennehmen. Und dann eine Stimme aus der Menge: »Dagmar Janson! Das klingt wie Dagmar – bist du das, Dagmar Janson?«

»Fräulein Else – wo bist du?«

»Bleib stehen. Ich komm gleich bei dich bei!« Bewegung kam in die Menge, jemand drängte sich rigoros näher – das war Else Pillkahn aus dem Milchladen in ihrem Altonaer Haus. Elses sommersprossiges Gesicht wie eine vertraute Insel in all dieser Feindseligkeit!

»Wo kommst du her, Deern?«

»Ich habe unser Haus gesucht – ich hab's nicht gefunden, Fräulein Else.« Hoffnung keimte auf: »Sind Dag und Mama auch hier? Wo sind sie, Fräulein Else? Hast du sie gesehn?«

Dagmars Kopf landete plötzlich in einer krampfhaften Umarmung zwischen weichen Brüsten. Aus Elses Lungen orgelte Heulen auf, das nichts Menschliches mehr an sich hatte – so jaulte Jonny, wenn man ihm auf die Pfote trat – wo war wohl Jonny?

Mit Gewalt befreite sich Dagmar aus Elses Klammer der Verzweiflung, suchte ihren Blick – Elses rotgeränderte Augen mit versengten Wimpern – hoffnungslose Augen. Das machte ihr Angst. »Wo sind sie? Wo ist Dag? Und Mama? Weißt du, wo sie sind?«

»Ich war da«, sagte Else plötzlich ganz ruhig. »Es war doch 'n Eckhaus.«

»Jaja –«

Sie hob die Schultern. »Es is nich mehr da – wie weggeblasen – nich mal mehr ein Schornstein – von einer Luftmine, die is mittenrein und alles zerfetzt – und denn Brandbomben. Ich hab unsern Luftschutzwart Herr Meyer getroffen, der wo im dritten Stock gewohnt hat. Über die Trümmer soll auch noch ein Feuersturm gefegt sein und hat alles verbrannt, was brennbar war...«

»Waren Mama und Dag im Keller?«

»Herr Meyer hat noch mal reingeguckt, bevor er seine Runde gemacht hat. Er sagt, er hätte sie alle gesehn – sein Liesing und Lüttjohanns – Frau Meinecke, Kastenmachers – meine Mutter – uns arm klein Antje –« Sie wollte sich ihrem Schmerz hingeben, aber Dagmar rüttelte an ihr.

»Hat er Mama und Dag gesehen?«

»Ja. Hat er. Herr Meyer sagt, die wären zuallerletzt runtergekommen. Sie hätten sich gestritten...«

»Wenn sie im Keller waren, dann müssen sie ja noch im Keller sein oder schon raus«, hoffte Dagmar. »Fräulein Else, du warst doch da. Man muß nach ihnen buddeln, damit sie rauskönnen aus dem Keller. Hast du dich nicht darum gekümmert?«

»Deern, ich hab 'n ganzen Suchtrupp organisiert – mit Pickel und Spaten. Erinnerst du dich, daß wir vorigen Freitag den Koks für den ganzen Winter gekriegt haben? Tja, der brennt nu auch – brennt bestimmt noch tagelang. – Schau mich an –« Sie zeigte auf ihr versengtes, unter einer Staubschicht ergrautes kupferfarbenes Haar. »So eine Glut – wenn du bloß in die Nähe von die Stelle kommst, wo unser Haus gestanden hat, bist du selber versengt.«

»Aber man muß sie doch rausholen!«

»Dagmar, du begreifst nich, was ich sage. Der Kohlenkeller war neben unsern Luftschutzkeller. Kann man nur hoffen, daß sie schon vorher alle tot waren.«

Dagmar wehrte sich gegen diese Ungeheuerlichkeit, schwemmte über vor Haß auf Else, ging mit Fäusten auf sie los: »Du gemeines Aas. Du lügst! Du Lügnerin!! Du willst mir bloß bange machen! Ich weiß genau, Dag lebt. Kein Zwilling kann ohne den andern sterben! Und wenn ich lebe –«, sie brach ab, erschöpft, verwirrt – das alles ist bestimmt ein Alptraum. Gleich wach ich auf ...

Bis zu diesem zufälligen Zusammentreffen im Bunker hatten die neunzehnjährige Else Pillkahn und die zehnjährigen Jansonschen Zwillinge im permanenten Kriegszustand gelebt. Womit er begonnen hatte, wußte keiner mehr so recht. Wahrscheinlich war Jonny, der Terrier, der Anlaß gewesen. Sobald er mit den Zwillingen auf die Straße stürmte, erleichterte er seine Blase an der Tür des Milchgeschäfts. Darüber beschwerte sich Else Pillkahn bei Frau Janson. Darauf drohte Frau Janson den Zwillingen, ihren Jonny abzuschaffen, wenn das noch einmal passierte.

Sie suchte schon längst nach einem Grund, diesen Teppichbeißer, Sofalieger, Türkratzer, Briefträgerhosen-Zerreißer, Fleisch-vom-Tisch-Klauer und Dauerkläffer loszuwerden. (Was Inge Janson am meisten fuchste: der Terrier gehorchte ihren Kindern aufs Wort, dem Hausmädchen manchmal, ihr selbst nie, und wenn sie ihn strafen wollte, bleckte er knurrend die Zähne.)

Else Pillkahns Beschwerde wegen des Türpinkelns hatte Jonnys Dasein als Familienhund ernsthaft gefährdet. Dafür mußte Else bestraft werden. Dag kam auf die unselige Idee, Kaulquappen in einem Milchbehälter schwimmen zu lassen, und wurde dabei erwischt. Wieder saß Else in Frau Jansons Wohnzimmer, um sich zu beschweren.

Wieder mußten sich die Zwillinge Perfidien einfallen lassen, um Else fürs Petzen zu bestrafen – ein unerschöpflicher Kreislauf, der in der vergangenen Nacht von einer Luftmine zersprengt worden war und ihre Familien und ihr Zuhause ausgelöscht hatte.

»Warum warst du nicht im Keller, Fräulein Else?«

»Ich war Kirschenpflücken im Alten Land. Bei befreundete Obstbauern. Aams habe ich einen übern Durst gebechert, ich vertrag ja man gaa nichts. Selbstgemachtes Kirschwasser. Ich hab denn bei Harmsens inne Küche übernachtet. Und wo warst du?«

»Auf'n Kindergeburtstag in Hochkamp. Heike hat mich abends nich abgeholt. Mußte ich dableiben, so 'n Schiet.«

»Das war allens Bestimmung«, sagte Else. »Das hat so sein sollen. Das Schicksal hat uns beide zum Überleben ausgesucht. Und kann ich mich nich mal über freuen.«

»Dag war sicher am Bahnhof. Ich hatte ihm gesagt, daß ich vielleicht mit 'm Zug komme. Jetzt sucht er mich bestimmt.«

Else wollte widersprechen – und machte den Mund wieder zu. Es hatte ja doch keinen Sinn, und vielleicht war das gut so. Jede Illusion war besser als die Realität.

Gegen halb sechs Uhr abends kam Entwarnung. Sie stolperten wie betäubt in die frische Abendluft. Endlich durchatmen. Ganz schwindlig wurde ihnen davon. Es hieß, die Amerikaner, die die Tagesschicht flogen, hätten vor allem am Hafen ihre Bomben abgeworfen und Mineralölbetriebe zerstört.

Else Pillkahn beschloß, Dagmar zu ihrer Großmutter zu bringen in der Hoffnung, dort selbst eine Chaiselongue für die Nacht zu finden.

»Wo wohnt deine Oma?«

»Über der Konditorei«, sagte Dagmar.

Bei Erwähnung der Konditorei fiel Else ein, daß sie außer einer Handvoll Kirschen an diesem Tag noch nichts gegessen hatte. »Hast du auch so 'n Kohldampf, Deern?«

»Nur Durst. Kann ich noch paar Kirschen haben?«

Else ließ die rechte Schulter sinken und schüttelte den Rucksack ab, um ihn Dagmar zu geben. »Mußt aber tief grapschen. Is man bloß noch 'n büschen Mus in.«

Es gab Momente zwischendurch, wo sie vergaßen, was geschehen war. Es war ja auch nicht begreifbar. Sie waren erschöpft, auch ihre Vorstellungskraft war erschöpft. Und noch immer diese vage Hoffnung, die sich nicht so leicht zerstören ließ wie ein vierstöckiges Mietshaus: irgendwann wachen wir auf und alles ist gut.

Der Weg zur Konditorei Janson in der Innenstadt war lang und beschwerlich, manche Straßen wie ausgestorben.

Aus den Häusern klang vielfaches Hämmern, dort wurden Fenster mit Pappe zugenagelt. Manche Straßen waren gesperrt wegen Einsturzgefahr der noch immer schwelenden Ruinen. Das bedeutete zeitraubende Umwege.

»Meine Füße tun so weh –«

»Meine auch, Deern, meine auch.«

»Aber du hast keine Lackschuhe an.«

Wenigstens hatten sie ein Ziel, das sie vorwärts trieb. Für Else war es der Gedanke an ein Badezimmer, ein Bett und Kuchen.

Dagmar wurde mit jedem schmerzhaften Schritt vorwärts sicherer, daß Dag und Mama bei Großmutter Janson auf sie warteten. Wo sollten sie denn auch sonst sein?

Auf Oma freute sie sich weniger. Oma war keine richtige Oma, sie wurde nur so genannt. Oma war vor allem Geschäftsfrau, ihre Enkel machten sie nervös. Nicht mal Jonny durften sie mitbringen, wenn sie Oma besuchten.

Da, wo die Konditorei gewesen war – sechs rundbogige Fenster aus geschliffenem Glas, über der Eingangstür das ovale Firmenschild mit »Janson's Conditorei seit 1879« in Goldbuchstaben –, war nur mehr ein hoher Trümmerhaufen.

Auf den Trümmern suchte eine Frau mit ihren Kindern nach brauchbaren Überbleibseln. Das war die Hauswartsfrau.

Sie erkannte Dagmar und stieg herunter. »Dascha woll ein großes Unglück.« Sie wischte ihre Hand an der Kittelschürze ab, bevor sie sie Dagmar entgegenstreckte: »Mein Beileid. Dein Oma is all tot. Wie isses denn euch ergangen?«

Else setzte sich auf einen Mauerbrocken und fing an hysterisch zu lachen. Es klang schauerlich in dieser hohlen Kulisse. Sie begegnete den erschrockenen Blicken der Hauswartsfrau und ihrer Kinder, schlug sich auf den Mund, um ihren Ausbruch zu ersticken. »Tut mir leid«, entschuldigte sie sich. »Aber das is zuviel.«

Die Frau erzählte, daß das Haus von einer Sprengbombe getroffen worden war und sie selbst verschüttet waren, aber gegen Mittag wurde der Eingang zu ihrem Luftschutzkeller freigeschaufelt und alle Hausbewohner gerettet. Auch die alte Frau Janson. Sie war schon auf der Straße mit den anderen. Als sie sah, daß es ihre Konditorei nicht mehr gab, griff sie sich ans Herz und fiel tot um. Aber sie hatte ja immer ein schwaches Herz gehabt, kein Wunder bei dem vielen Bohnenkaffee.

Else hielt ihren ratlosen Kopf mit beiden Händen. Es war der Moment gekommen, wo sie nicht mehr weiterwußte. Sie hörte, wie Dagmar die Hauswartsfrau fragte: »Waren meine Mutter und mein Bruder bei Oma?«

»Nö, die waren nich da. Sonst wären sie ja woll im Keller gewesen.«

Dann kam eines ihrer Kinder vom Schuttberg herunter und reichte Dagmar eine Untertassenscherbe. Ein Stück Porzellan – mit einem kornblumenblauen Rand und der Aufschrift »Janson's Conditorei seit 1879«.

»Ich mein ja nur – Scherben bringen Glück«, sagte das Kind.

Die Nacht verbrachten sie in einem Bunker – Else Pillkahn mit Sitzplatz, Dagmar zwischen ihren Knien auf dem Boden schlafend, die Scherbe aus Angst, daß sie einer stehlen könnte, im Ausschnitt ihres Matrosenkleides geborgen. Einmal weinte sie im Schlaf.

Else überlegte wieder: Sollte sie das Kind wecken? Was war schlimmer – Alptraum oder Wirklichkeit?

Sie weckte es lieber nicht.

Am nächsten Morgen fing das Anstehen nach Sonderzuteilungen, Lebensmittelkarten, Fliegergeschädigten-Bezugsausweisen vor öffentlichen Kaffeeküchen und Gulaschkanonen an.

Else probierte gerade eine Bluse in einem Modegeschäft an, als die Sirenen heulten. Das war um halb elf Uhr vormittags. Die Bluse war zu eng, zu rot für ihr Kupferhaar, mit Tulpenmuster, sie stand ihr nicht, aber was sollte sie machen, sie brauchte eine Bluse, denn ihre eigene war von den durch den Rucksack suppenden Kirschen blutig verfärbt. Die Verkäuferinnen rannten bereits zum Notausgang, Else Pillkahn zur Kasse, an der eine Schlange nervöser Frauen anstand.

Else fiel ein, daß sie ihre alte Bluse in der Umkleidekabine vergessen hatte. In der Kabine fand sie auch das Kind schlafend auf dem Fußboden, mit dem Rücken am Spiegel, mit dem Gesicht im Faltenrock über den angewinkelten Knien.

Achgottja, die Deern, die hatte sie ja auch noch im Schlepptau.

Dagmar verlangte, nach Hause zu gehen.

Beim Anblick des großen flachen Rechtecks, auf dem früher ihr Eckhaus gestanden hatte – noch immer züngelte es bläulich aus der Tiefe –, beschloß sie: »Hier haben wir nicht gewohnt. Hier bin ich auch noch nie gewesen, Fräulein Else, und wenn du was anderes sagst, dann lügst du.«

Sie hatte inzwischen einen festen Schutzwall aufgerichtet, der Tatsächliches nicht mehr an ihr Bewußtsein heranließ, wenigstens jetzt noch nicht, denn Begreifen hätte bedeutet, sich mit dem Unfaßbaren abzufinden, und daran wäre ihr wohl das Herz gebrochen.

Übrigens hatte sie endlich Dag gefunden. Auf dem Weg zum Dammtorbahnhof war er plötzlich neben ihr, spürbar nah wie ein kühler Hauch, unsichtbar wegen der Tarnkappe, die er sich übergestülpt hatte. Die Zwillinge hatten sich immer Tarnkappen gewünscht – überall dabei sein, verrückte Sachen anstellen, durch festverschlossene Türen gehen, hundertmal Achterbahn fahren, ohne zu bezahlen, Lehrer und Else Pillkahn piesacken, ohne dabei erwischt zu werden …

Dag besaß nun endlich eine Kappe und war ihr nah. Sie sprach ihn manchmal an und lachte sogar ihr tiefes, rauhes Lachen.

Else begann sich vor Dagmar zu fürchten. Die Deern tickte nicht mehr richtig. Es wurde höchste Zeit, sie loszuwerden. »Du mußt doch noch mehr Omas und Opas haben!«

»Die sind tot.«

»Aber Tanten und Onkels!«

»Nicht in Hamburg.«

»Wo dann? Denk mal nach.«

»Ich denk ja«, sagte Dagmar und dachte an Tante Lilo in Flensburg, an Onkel Lothar Janson in Mölln, an die zahlreichen Verwandten mütterlicherseits in Wilhelmshaven. Bei allen waren die Zwillinge in den Ferien zu Besuch gewesen, aber immer hatte es Ärger gegeben und niemals die Aufforderung wiederzukommen. Die Vorstellung, ihrer humorlosen Strenge und Spießigkeit ausgeliefert zu sein, und das auch noch ohne Dags sichtbaren Beistand, nein, nein, zu diesen Verwandten wollte Dagmar auf keinen Fall. »Es gab mal welche, aber mit denen sind wir schon lange nicht mehr verwandt.«

»Achgott«, seufzte Else, ihren verrußten Kopf kratzend. Dann fiel ihr ein: »Deine Mutter hat doch einen Bekannten!«

»Ach, der, der ist auch schon lange her.«

»Vorige Woche hat er euch noch aams besucht.«

»Hat dir wohl Heike erzählt. Heike lügt.«

»Ich habe ihn selber gesehen. Den rufen wir vom Bahnhof aus an. Wie heißt er?«

Dr. Rolf Groothusen, Rechtsanwalt, wohnhaft in Harvestehude. Aber er hatte ihre Mutter heiraten wollen, und dann wäre er ihr Stiefvater geworden, und das hatten die Zwillinge mit rabiaten Mitteln zu verhindern gewußt. Sie brauchten keinen zusätzlichen Aufpasser und Erzieher. Wenn du den heiratest, Mama, siehst du uns nie wieder. Kannst du uns suchen, wo du willst. Kannst du dir die Augen aus'm Kopp heulen, Mama ... Nein, zu Dr. Groothusen wollte Dagmar schon gar nicht. »Er heißt Onkel Rolf, aber den Nachnamen weiß ich nich.«

»Du büscha dümmer, wie die Polizei erlaubt«, schimpfte Else.

Dagmar blickte in ihre Ratlosigkeit, las Elses dringenden Wunsch sie loszuwerden und hatte Angst davor. Auch wenn sie noch vorige Woche im Kriegszustand gelebt hatten – Else war der einzige Mensch aus ihrem Haus, der ihr geblieben war.

»Wo gehst du hin, Fräulein Else?«

»Das überlege ich gerade. Ich könnte nach Itzehoe machen nach meine Patentante, aber sie lebt ja 'n büschen beengt. Ich fahr lieber nach Bayern.«

Sie öffnete ihre Handtasche – ein beutelhaftes Modell aus brüchigem schwarzen Leder mit Metallbügel. Kramte einen dicken, ramponierten Umschlag hervor und zog aus ihm eine Ansichtskarte mit einem See und bewaldeten Ufern, mit einer geschlossenen hohen Bergkette dahinter und Eselsohren. »Guck dir das an, Deern, da ist mein Verlobter zu Hause, da mach ich nu hin.«

Dagmar betrachtete die Ansichtskarte aufmerksam.

Berge!

Die Zwillinge hatten sich nichts sehnlicher gewünscht, als einmal die Berge kennenzulernen, aber nein, ihre Mutter hatte sie Jahr für Jahr in Kinderheimen an der Nordsee abgeliefert, jedes Jahr in einem andern, denn wer wollte die beiden ein zweites Mal wiederhaben –?

Sie hatten gegen diese sandig umwehten Abstellgleise heftig rebelliert – und wären doch so gerne Engel gewesen, wenn Mama einmal mit ihnen in die Berge gefahren wäre –, und wenn schon nicht Berge, dann Lüneburger Heide! Einmal wie andere Familien in den Ferien gemeinsam verreisen ... aber nein. Für Mama bedeuteten Ferien Erholung von ihren Kindern.

Else beschloß, sich eine Fahrkarte zu kaufen und so lange auf dem Bahnhof auszuharren, bis irgendein Zug Richtung Süden fuhr. Aber vorher mußte sie Dagmar loswerden. Das Vernünftigste war, sie irgendeiner Behörde zu übergeben, aber ihre Nerven scheuten die schrecklichen Szenen, die damit verbunden sein würden. Das beste war, Dagmar in einem günstigen Augenblick zu verlieren wie einen unerwünschten anhänglichen Hund.

Jedoch sie ließ sich nicht verlieren, sondern zog als stummer, humpelnder Schatten hinter ihr her, manchmal taumelnd vor Müdigkeit und süchtig danach, sich einfach auf dem Bürgersteig zusammenzurollen. Aber die Angst, von Else verloren zu werden, trieb sie weiter.

Sie betraten den Kassenraum einer Bankfiliale. Else hatte noch von der letzten Einzahlung ihr Sparbuch in der Handtasche, das war ein Trost im Unglück, sie hob tausend Mark von ihrem Konto ab.

»Nun bist du reich, wenn du nach Bayern kommst, Fräulein Else«, sagte Dagmar mit ungewohnt sanfter Stimme.

Else antwortete nicht.

Auf dem Weg zum Bahnhof stolperte Dagmar in immer größerem Abstand hinter ihr her. Else schaute sich nicht mehr nach ihrem kläglichen Rufen um. Die Deern war selber schuld, wenn sie nicht wußte, wo Verwandte oder Bekannte ihrer Mutter wohnten. Mit zehn Jahren wußte man so etwas. Sie war doch sonst nicht auf den Kopf gefallen.

»Dag, hilf mir«, beschwor diese ihren unsichtbaren Bruder. »Du willst doch auch nach Bayern, wo die Berge sind. Bitte, schieb mich an, ich kann nicht mehr.«

Vor dem Hauptbahnhof begegnete Else verärgerten Fluchtwilligen mit Koffern und vollgepackten Kinderwagen: »Wenn Sie keine Sondergenehmigung haben, brauchen Sie sich gaa nicht erst nach 'n Billett anstellen. Ohne Genehmigung darf keiner Hamburg verlassen. Wir müssen bleiben, damit wir unsre Häuser löschen, wenn's brennt!«

»... und sind woll noch nicht genug von uns krepiert. Aber was is denn ein Menschenleben noch wert. Weniger wie 'n Haus!«

»So 'n Schiet«, schimpfte Else, die keine Genehmigung zum Ausreisen hatte. Und da war schon wieder das Kind an ihrer Seite. »Aber ich komm hier raus, verlaß dich drauf.«

»Kann ich mitkommen da, wo du hinfährst, Fräulein Else?«

»Du?« Sie lachte schrill. »Du und dein verflixter Bruder, ihr habt mir das Leben schwer genug gemacht. Ausgerechnet dich soll ich mitnehmen zu wildfremde Leute, wo ich selber noch nich weiß, ob die mich haben wollen? Nö, Deern, du gehst jetzt zur Polizei oder zu eine andere Behörde, damit die nach deine Verwandten suchen. Es sind ja bestimmt noch paar da. Ich hab dich nu lang genuch am Hals gehabt. Adschöö –«

Sie marschierte los, hörte hinter sich rufen: »Fräulein Else – bitte – ich kann nich mehr in den verdammten Lackschuhen –«

»Dann tret die Kappen runter!« schrie sie zornig zurück.

»Hab ich ja schon.«

Dagmar hatte es bis zuletzt nicht geglaubt, daß Else sie wirklich im Stich lassen würde. Dieses Aas. Aber der wollte sie es zeigen.

Dag, was soll ich machen?

Er gab ihr den Rat, einem auf einem klapprigen Damenfahrrad sich nähernden Polizisten die Fahrtrichtung zu versperren. Wenn er sie nicht umradeln und selber stürzen wollte, mußte er notgedrungen bremsen und absteigen.

»Bitte, bitte, helfen Sie mir! Die Else, die ist mit meinen Bezugscheinen abgehauen – da runter – ich kann nicht mehr laufen.«

»Welche Else?« fragte der Mann. »Deine Schwester?«

»Nein, die aus dem Milchladen. Else Pillkahn.« Beschwörende, erschöpfte Kinderaugen in tiefen Höhlen, mitleidheischend eingesetzt.

»Na komm, steig hinten auf.« Und beim Radeln: »Hat sie dir deine Scheine gestohlen?«

»Und die Lebensmittelkarten. Sie hat alles.«

»Wo sind deine Eltern?«

»Ich weiß nicht, ich hab sie nicht gefunden.«

Und dann erkannten sie die Else schon von weitem an ihren kupfernen Haaren. »Das ist sie.«

»He – stehenbleiben«, fuhr der Uniformierte sie an.

Else fuhr erschrocken herum. »Was wollen Sie von mir?«

»Sie haben dem Kind da seine Bezugscheine und Lebensmittelkarten gestohlen. Kann ich mal Ihren Ausweis sehen?«

Dagmar begriff, was sie angerichtet hatte. Wer gestohlen hat, muß ins Gefängnis. Wenn Else ins Gefängnis mußte, kamen sie niemals nach Bayern zu den Bergen. »Neinnein, sie hat meine Scheine bloß aus Versehen mitgenommen, Else stiehlt doch nicht. Nich wahr, Fräulein Else?«

Else, verstört in ihrer Tasche wühlend: »Da hab ich man gaa nick mehr an gedacht. Aber wie soll man denn auch, wenn man alles verloren hat – Mutter, Schwester, Hab und Gut!« Sie wischte Tränen in den Ärmel der neuen roten Bluse.

»Na, nu beruhigen Sie sich man, nu haben Sie ja auch die Lütte wieder«, die der Polizist froh war, loszusein. Er drehte sein Fahrrad um und radelte Richtung Bahnhof zurück, nachdem er ihnen alles Gute gewünscht hatte.

Elses Tränen versiegten umgehend. Sie schlug mit ihrer prallen Handtasche nach Dagmar und wütete: »Du Satan, du büscha schlimmer wie dein Bruder. Zeigt mich bei 'n Schutzmann an wie eine Diebin! Du bist 'ne Strafe Gottes bist du.«

Dagmar fing an zu weinen. Die Tränen brannten in ihren rauchentzündeten Augen wie Salz in einer Wunde.

»Hör auf zu flennen!« Mit zornzitternden Fingern suchte Else in ihrer Tasche. »Da, dein behelfsmäßiger Ausweis, deine Sonderlebensmittelkarte für drei Tage – dafür habe ich Stunden angestanden! Das is nu der Dank. Und hier dein Fliegergeschädigten-Bezugsausweis für Schuhe und Textilien.« Sie drückte alles in Dagmars Hand. »So, und nu zieh Leine! Ich will dich nie mehr sehn, verstanden? Was stehst du noch da? Hau ab!!«

»Du hast noch meine Zuteilungen!« schluchzte Dagmar.

»Ach so.« Else schnallte ihren Rucksack ab und packte aus: ein halbes Brot, Butter, fünfzig Gramm Bohnenkaffee, ein Stück grobe Mettwurst, eine Tüte mit 125 Gramm Fondants, zwei Apfelsinen. Bei dem Versuch, die Sachen zwischen ihren Armen unterzubringen, verlor Dagmar ihre Papiere.

»O Gott, ogottogott!« schrie Else auf und rannte den fortwehenden Scheinen nach. »Oh, wär ich dir doch nie begegnet. Is mein Schicksal ohne dich nich schlimm genuch?« Sie stopfte die Unterlagen wieder in ihre Tasche, die Lebensmittel in den Rucksack zurück und griff nicht eben sanft nach Dagmars Hand. »Nu komm schon! Aber quengel mir nich die Ohren voll, daß du nich mehr laufen kannst!«
»Danke, Fräulein Else. – Kaufst du mir Schuhe?«
»Bei deine geschwollenen Füße, mit all die Blutblasen? Wie willst du denn damit in neue Schuhe passen!?«

Elses Plan war es, eine Ausfallstraße zu erreichen und dort einen Lastwagen anzuhalten, der Löschtrupps aus der Umgebung in ihre Heimatorte zurückbrachte.

Sie waren nicht die einzigen, die am Straßenrand standen und den vorüberfahrenden Autos beschwörend zuwinkten, aber keiner hielt an. So kam der Abend, Else wollte schon verzagen, als ein Wunder geschah.

Plötzlich gab es einen Knall, der bewirkte, daß sich sämtliche Männer im Umkreis, die gedient hatten, automatisch zu Boden warfen.

Aber es war kein Schuß und auch kein explodierter Blindgänger, sondern der geplatzte Reifen am rechten Vorderrad eines Lasters, der ihn schlingern und dann mit kreischenden Bremsen am Straßenrand halten ließ. Direkt neben ihnen.

»Danke, lieber Dag«, sagte Dagmar inbrünstig. Und als Else sie fragend ansah: »Das war Dag. Er hat den Reifen angestochen, damit er halten muß. Damit wir mitfahren können. Dag ist nämlich bei uns. Er hat nur eine Tarnkappe auf, darum sehen wir ihn nicht.«

»Du bischa nich mehr dicht, Deern.« Else zeigte ihr einen Vogel, jedoch ohne Überzeugung. Vielleicht war Dag wirklich noch um sie herum – zuzutrauen wäre es ihm ja.

Zwei der vom Bergungseinsatz total erschöpften Männer aus Bremen mußten absteigen, um den Reifen zu wechseln. Else kam dabei mit ihnen ins Gespräch. Bot ihnen die zehn Zigaretten und ihre halbe Flasche Schnaps von der Sonderzuteilung als Fahrgeld an, aber die Männer durften keine

Bombengeschädigten aus der Stadt mitnehmen. Auch Elses tränenreich geschildertes schweres Schicksal vermochte sie nicht zu rühren. Schwere Schicksale hatten sie in den letzten vierundzwanzig Stunden genug erlebt. Zudem war sie eine resolute, kräftige Person, die auch ohne ihre Mithilfe einen Fluchtweg aus der Stadt finden würde.

Aber das Kind, das im Rinnstein hockte – dieses Häufchen Unglück ohne Familie und Zuhause! Sie waren ja alle Väter und besprachen sich mit dem Fahrer, der das Kommando über ihren Trupp hatte.

Der Reifen war gewechselt. Die Männer stiegen auf – der Fahrer schaute sich prüfend um, ob sie auch niemand beobachtete, dann hob er Dagmar kurz entschlossen auf den Wagen. Männerarme griffen nach Else und zogen sie hoch.

So kamen sie nach Bremen Hauptbahnhof. Else löste zwei Fahrkarten nach Seeliger-Kornfeld.

Sie fanden Platz in einem überfüllten Zug Richtung Hannover. Ein Soldat erlaubte ihnen, auf seinem Tornister im Gang auszuruhen.

Dagmar schlief sofort an Elses Schulter ein.

Else Pillkahn hatte die Volksschule besucht, anschließend ihr Arbeitsdienstjahr auf einem holsteinischen Hof absolviert und arbeitete seither im Milchgeschäft ihrer Mutter Line Pillkahn. Empfing um fünf Uhr morgens den Molkereiwagen, füllte Milch in Kundenkannen, wog Butter, Margarine und Käserationen ab, klebte Marken, machte die Abrechnungen, schrubbte den Laden und versorgte abwechselnd mit der Mutter ihre kindergelähmte Schwester Antje. Bei nächtlichen, im Keller verbrachten Fliegeralarmen hatte sie dann das Gefühl, rund um die Uhr aufgewesen zu sein.

Jeden Sonntag ging sie schon nachmittags ins Kino um die Ecke, und wenn es ein gefühlvoller Film war, saß sie zwei Vorstellungen hintereinander ab. Alle sagten, Else wäre eine gute Seele und tüchtig und wie sie sich aufopferte für das Geschäft und die behinderte Schwester ... Aber mit neunzehn will man auch noch etwas anderes sein als nur eine gute Seele.

Sehnsüchtig nach Liebe war sie im November '42 bei einem Bunten Abend für Wehrmachtsangehörige dem Obergefreiten Sepp Steiner in die Arme gelaufen. Er war gerade nach einer Beinverwundung aus dem Lazarett entlassen worden, ein strammer Bursche mit haselnußbraunen Verführeraugen und der Hand auf ihrem Knie, das ging ihr durch und durch. Für Else war es Liebe auf den ersten Blick, so was hatte sie noch nie erlebt, und der Steiner Sepp, aus dem Dorf Kornfeld in Oberbayern stammend, versicherte, ihm wäre das auch noch nie so wild passiert.

Das war am Freitag abend, sie hatten nur ein Wochenende zur Verfügung und vom Sonnabend nur den halben Tag, weil Else bis mittags im Laden stehen mußte, danach sprang ihre Mutter für sie ein. Sie zeigte ihm das feine Hamburg mit Kaffeetrinken im Alsterpavillon, aber Sepp Steiner zog es mehr nach St. Pauli, da hatte er schon viel von gehört. Weil aber seiner Meinung nach das Bier dort wie dünne Pferdepiesel schmeckte, tranken sie süßen Wermut, der ihre Köpfe benebelte und die Leidenschaft nacheinander anheizte bis zum Überkochen. Gegen zehn Uhr abends rief Else ihre Mutter an und sagte, sie würde bei ihrer Freundin Silke übernachten, die hatte kein Telefon, das Frau Pillkahn hätte überprüfen können.

In Bahnhofsnähe fanden sie ein Pensionszimmer. Es war alles wie ein schöner Traum. Ein Glück wie im Kino.

Am Sonntag verlobten sie sich.

Diese Feier fand in der Pillkahnschen Wohnstube hinterm Laden statt, obgleich Line Pillkahn schwere Bedenken hegte: »Deern, Deern, wenn das man gut geht. Du kennst den Tschung dscha man gaa nich!«

»Mach dich keine Sorgen, Mutting, das hat schon seine Richtigkeit. Er wird mal die Gärtnerei von seine Mutter erben, der Vater ist tot und nur noch eine Schwester da. Er sagt, ich bin genau die passende Frau für seinen Betrieb. Im nächsten Urlaub werden wir heiraten, das ist so sicher wie das Amen in der Keerche«, beruhigte sie Else mit roten Flecken auf den Wangen vor Seligkeit und vom selbstgebrauten Eierlikör.

Und so saßen sie denn untergeärmelt auf dem Pillkahnschen Umbausofa und stießen mit Mutting und Klein-Antje an, die schon ganz duhn war und den Schluckauf hatte. Else holte später das Grammophon aus ihrem Zimmer, während Sepp die Möbel an die Wand schob, um einen Freiraum zu schaffen für den langsamen Walzer »Ich tanze mit dir in den Himmel hinein, in den siebenten Himmel der Liebe«.

Um Mitternacht ging sein Zug. Sie fuhren vorher noch ins Hotel, um sein Gepäck zu holen und auch, um auf der zerkuhlten, ächzenden Matratze ihre Verlobung zu bekräftigen.

Dann brachte sie ihn zum Bahnhof. Sepp Steiner fuhr zu einem kurzen Genesungsurlaub nach Kornfeld, wo er seine Familie mit der Verlobung überraschen wollte. »Es müßt mit 'm Deifi zugenga, wann s' di net mögen täten«, versicherte er ihr.

Else lief neben dem anfahrenden Zug her, seine aus dem heruntergedrückten Fenster gestreckte Hand haltend, bis diese zu schnell für ihre mitlaufenden Füße wurde. Stand noch auf dem Bahnsteig, als alle anderen Verabschieder bereits gegangen waren, stand auf dem leeren Bahnsteig, ihr naßgeheultes Taschentuch in der Hand zerdrückend.

Ihren ersten Verlobten Hein hatte sie genauso zum Zug gebracht, und zwei Monate später war er vor Kiew gefallen. Wer weiß, ob sie Sepp Steiner jemals wiedersehen würde.

Sepp schickte eine Ansichtskarte aus seiner Heimat. Als nächstes schrieb er, daß er nun mit seiner neuen Einheit nach Italien abkommandiert worden wäre und von dort an die nordafrikanische Front. Auf ihre Anfrage, wie denn seine Familie ihre schnelle Verlobung aufgenommen hätte, versicherte er ihr, daß sie zwar erst ein bisserl überrascht gewesen wären. Aber nun freuten sie sich herzlich auf die neue Braut. Jeder seiner Briefe endete mit dem Satz: »Es grüßt Dich von Herzen Dein Dich liebender Steiner Sepp.«

Sein letzter Brief kam aus Biserta.

Im März 1943 wurden deutsche und italienische Divisionen in Tunesien eingeschlossen und mußten kapitulieren. Danach hörte Else nichts mehr von ihrem Verlobten.

Der war ja wohl nun über 'n großen Teich in amerikanischer Gefangenschaft. Für ihn war wenigstens der Krieg vorbei.

In dieser Nacht konnte Else, im Gegensatz zu Dagmar, trotz aller Erschöpfung nicht einschlafen. Gedanken hielten sie wach.

Sie saß in einem Zug Richtung Süden und hatte somit erreicht, was sie sich vorgenommen hatte, aber es stellte sich keine Erleichterung darüber ein, im Gegenteil. Die Zweifel an der Richtigkeit ihres überstürzten Unternehmens nahmen mit jedem Kilometer durch die lichtlose Nacht zu.

Sie kannte Sepp doch kaum. Liebe auf den ersten Blick: Du paßt in unsere Gärtnerei. So eine wie dich habe ich immer haben wollen.

Von wem war eigentlich der Vorschlag mit der Verlobung ausgegangen? Auf jeden Fall, sie waren verlobt. Zwar ohne Ringe, aber wo hätten sie am Sonntag welche kaufen sollen, und selbst die aus Silber waren kaum zu kriegen. Ein Glück, daß sie wenigstens seine Briefe in ihrer Handtasche aufbewahrt und somit gerettet hatte – und dieses zerknitterte Paßfoto.

Nun kam sie viel früher in seine Heimat als geplant. Wie würde seine Familie sie aufnehmen und dazu noch mit dem Kind. Wenn Dagmar Janson sich in Kornfeld so aufführte wie zu Hause in Altona, na, denn gute Nacht, Marie. Ohne ihren Bruder war sie zwar nur ein halbierter Terror, aber immer noch Terror genug, sobald sie wieder zu Kräften kommen würde.

Ich hätte Dagmar nicht mitnehmen dürfen. Wenn sie doch noch Verwandte hat und die nach ihr suchen, wie steh ich dann da? Wie eine Kindesentführerin.

Seit ihrer Konfirmation war Else nicht mehr in der Kirche gewesen und glaubte auch nicht an Gott. Trotzdem war ihr dringend nach Beten zumute. Bayern, dachte sie beklommen, eine große Ungewißheit, in die sie da hineinfuhr, und klammerte sich unwillkürlich an das schlafende Kind, das einzig Vertraute in der neuen Umgebung, vor der sie sich fürchtete.

Kind mit gleichem Schicksal aus einem Zuhause, nach dem schon jetzt das Heimweh aufbrach.

Am nächsten Mittag, in einem überfüllten Saal dritter Klasse, beim Warten auf die Weiterfahrt und Essen eines Eintopfgerichtes auf Marken, legte Dagmar plötzlich ihre Blechgabel hin.

»Was is? Schmeckt's dir nicht?«

»Wir hätten sie nicht allein lassen dürfen. Wenn sie nun in ein falsches Grab kommen.« Es war das erste Mal, daß Dagmar von ihrer Familie – außer von Dag – als von Toten sprach.

»Die brauchen kein Grab mehr, Deern.«

»Wenn sie kein Grab mehr brauchen, dann sind sie auch nicht tot. Dann leben sie irgendwo.«

»Nu iß, Kind, du hast ja kaum was gegessen. Auch wenn's wie Abwaschbrühe schmeckt, du mußt was Warmes in deinen Bauch kriegen.«

»Ich hab keinen Hunger.«

»Denn eß ich deins auf«, sagte Else und holte sich Dagmars Teller über den Tisch.

»Aber Oma muß ein Grab haben.«

»Die kriegt bestimmt eins. Dafür sorgen schon ihre Angestellten. Ihr habt doch sicher eine Familiengrabstelle.«

»Ja, eine große. Mit einem Engel.«

»Nach 'n Krieg kriegen Mutter und Antje auch eine Gedenkstätte mit einem Engel«, versprach Else.

Dagmar zeichnete Muster mit dem Fingernagel in die Tischdecke. »Wir hätten ihnen einen Zettel mit unserer Anschrift in Bayern hinlegen müssen, damit sie uns finden.«

»Tote finden einen überall«, beruhigte sie Else. »Wie Großvater in Itzehoe gestorben ist, lag zwei Tage später in unsere Diele der große Spiegel. Der Haken war noch fest in der Wand. Nicht mal das Glas war kaputt. Wie wenn ihn einer abgehoben hätte. Mutter sagte, das hat bestimmt Opa gemacht. Dabei hat der uns nie in Altona besucht. Und trotzdem hat er uns gefunden.«

»Er wußte ja auch eure Adresse.«

»Is man besser, wenn dein Bruder die nich weiß. Wenn der bei meine Schwiegermutter einen Spiegel abhängt ...«

»Ich rede ja nicht von Dag, sondern von Mama und Oma und von deiner Mutter und Antje. Dag ist sowieso überall, wo ich bin. Zwillinge verlassen sich nie.«

»Jaja«, nickte Else. »Was du jetzt brauchst, ist Schlaf und viel Milch. Denn stimmt dein Kopf auch wieder.«

Der Bummelzug ab München fuhr durch dichte Mischwälder mit hellen Lichtungen dazwischen.

Else war so nervös, daß sie in kurzer Zeit zweimal hintereinander die Zugtoilette aufsuchen mußte. Mitreisende tranken Bier und spielten Skat, zwei Frauen strickten, alle schienen sich zu kennen. Wahrscheinlich fuhren sie öfter im gleichen Coupé.

Der Zug hielt oft. Immer mehr stiegen aus, kaum noch Fahrgäste zu.

Das Land begann auf und ab zu schwingen. Keine flachen Ebenen mehr. Saftiggrüne Wiesen, auf denen hellbraunes Rind wie Felsstücke lagerte.

Dagmar machte Else auf ein Reh aufmerksam und später auf den See, neben dem die Bahnlinie herlief.

Else antwortete nicht. Die Furcht vor der baldigen Ankunft in der Steinerschen Gärtnerei hatte sie verstummen lassen. Am liebsten wäre sie immer weiter umgestiegen, um nicht endgültig aussteigen zu müssen und anzukommen.

Seeliger-Kornfeld war eine kleine Station. Die übrigen Fahrgäste, die hier wohnten, hatten den Perron längst verlassen.

Else sah dem in der geraden Schlucht zwischen Fichtenschonungen sich verkleinernden Zug nach wie einem leichtfertig verlassenen Freund. »Oh, Deern«, sagte sie, ihre Hand auf Dagmars Schulter legend – hätte beinahe gesagt: Schön, daß du da bist. »Riecht gut hier, wie?«

»Ja«, nickte Dagmar, in eine sich langsam auflösende braune Rauchwolke gehüllt, »riecht nach Eisenbahn.«

»Und die Stille –!« Diese beklemmende Abendruhe.

»Weißt du was, Fräulein Else? Wenn sie uns nicht haben wollen, nehmen wir uns ein Zimmer in einer Pension. Wir gucken uns die Berge an. Dann fahren wir wieder nach Hause.«

»Ja, Deern, das machen wir.« Elses Stimmung schien sich bei dieser Vorstellung hörbar zu erholen.

»Wollen wir uns gleich ein Zimmer suchen, Fräulein Else?«

»Dir ist mulmig, nech?«

»Dir ja auch.«

»Naja, wenn man unangemeldet zu eine Schwiegermutter kommt, die man nicht kennt ...!«

»Dag hat immer gesagt: ›Mehr als rausschmeißen können sie uns nicht.‹ Komm«, sie nahm Elses Hand und zog sie ins Bahnhofsgebäude. Am Fahrkartenschalter fragten sie nach der Gärtnerei Steiner.

Ohne zu überlegen beschrieb die Beamtin ihnen den Weg.

»Stell dir vor, du steigst am Altonaer Bahnhof aus und fragst einen Billettknipser nach dem Weg zu Pillkahns Milchgeschäft – der guckt dir vielleicht dösig an. Daran siehst du, was Kornfeld für ein Kaff ist«, versuchte Else ihr Unbehagen mit Großstadtüberheblichkeit zu überspielen.

»Jansons Konditorei hätte er vielleicht gekannt«, überlegte Dagmar. »Was glaubst du, was eine Übernachtung hier kostet?«

»Vielleicht zwei Mark?«

»Kannst du das auslegen für mich? Du kriegst das Geld zu Hause wieder. Auch den Fahrpreis. Es kann ja nicht alles verbrannt sein.«

»So wie das hier aussieht, Deern, gibt es nich mal 'nen anständigen Gasthof, der Zimmer hat.«

Unterhalb der Bahnlinie lag Seeliger, ein ehemaliges Fischerdorf, das sich in fünfzig Jahren zu einem beliebten Feriendomizil aufgeplustert hatte mit mehreren Hotels und Pensionen im Stil der Jahrhundertwende, mit Badeanstalt, Ruderverein und Jachthafen, Dampfersteg und Ausflugslokalen, mit Sommervillen und zwei Kinos. Außerdem gab es ein neues Krankenhaus und mehrere Genesungsheime für Verwundete.

Das Dorf Kornfeld, durch die Zuggleise von Seeliger getrennt, hatte nur eine gepflasterte Straße, die zum Kirchplatz führte.

Zweite Abzweigung nach links, hatte die Frau hinterm Fahrkartenschalter gesagt.

»Das muß hier sein«, seufzte Else aus schwerem Herzen und bog links ein in einen ausgefahrenen Weg. Dagmar zog erleichtert ihre gelackten, zu Pantoffeln niedergetrampelten Peiniger von den Füßen. »Die Erde ist noch warm.«

»Paß auf, daß du nich in Kuhschiete trittst«, warnte Else. »Und daß du dich anständig benimmst. Versprich mir das, Deern.«

»Habe ich doch schon x-mal versprochen.«

»Und sag das auch deinem Bruder, hörst du?« Else hatte sich im Laufe der Reise an die Gegenwart von Dag mit der Tarnkappe gewöhnt. So weit war es mit ihr gekommen.

Eine etwa drei Meter hohe Thujahecke rechts des Weges bedrückte sie mit ihrer Durchblicke abwehrenden Feindseligkeit. Der Abendstern im noch blaßblauen wolkenlosen Himmel blinzelte kalt.

»Wir hätten anrufen sollen, nich so einfach reinplatzen. Was meinst du, Dagmar?«

»Ja. Wäre besser gewesen.«

»Am Bahnhof war ein Telefon.«

Beider Füße weigerten sich, noch einmal umzukehren. Und plötzlich vor ihnen, am Ende des Weges, die Steinersche Gärtnerei mit zwei Gewächshäusern, in denen sich das rosablaue Licht des Abendhimmels spiegelte. Und rechts davon das zweistöckige Wohnhaus mit tiefgezogenem Dach und umlaufendem Holzbalkon, mit einer doppelten Borte von Geranien, nein, so was Schönes hatten beide noch nicht gesehen. So was von Blühen!

Und hier war also ihr Sepp zu Hause. So schön hatte es sich Else in ihren kühnsten Träumen nicht vorgestellt. Und dazu der Friede rundherum, eine Atmosphäre von Unzerstörbarkeit ausstrahlend. War doch 'ne gute Idee, hierher zu kommen.

»Ach, Deern, ich muß dir knuddeln!«

Anschließend schob sie Dagmar auf Prüfweite von sich und öffnete ihre Tasche.

Dagmar wich ahnend zurück: »Du hast mich doch schon gekämmt!«

In der Toilette des Münchner Hauptbahnhofs hatte Else sich und Dagmar gewaschen, so gut es ohne Seife ging, ihre Kleider gesäubert und die von Kalkstaub und fettigem Ruß verklebten Haare entfilzt.

»Das ist zwei Stunden her«, sagte Else.

»Laß mich lieber selber, du ziepst so.«

Else gab Dagmar den Kamm, sie war nicht zum Streiten aufgelegt in ihrer Freude, die Braut vom Sohn dieser oberbayerischen Idylle zu sein.

»Stell dir vor, Dagmar, wir wären noch in Hamburg und es kommt Alarm und wir im Bunker, und wenn wir endlich rauskommen, brennt die halbe Stadt und wir wissen nich, wohin. Gaa nich auszudenken. Bist du fertig mit Kämmen? Wie sieht denn dein Scheitel aus? – Na, denn wollen wir mal.«

Else öffnete die Gartentür zum Steinerschen Anwesen. Hinter dem Wohnhaus schlug ein Hund an.

Trotz der geöffneten Fenster war Steiners Küche überhitzt vom Herd, auf dem ein Einmachkessel brodelnd intensiven Früchteduft verströmte.

Sie saßen zu viert – zwei Männer und zwei Frauen – um den rechteckigen Tisch und kratzten Eintopfreste aus den tiefen Tellern, gedankenlos vor sich hintierend nach einem arbeitsreichen Tag. Am Fußende der Chaiselongue putzte eine Katze ihr Fell, eine dreifarbige, die nach Frau Steiners Meinung die besten Mäusefänger waren.

Als Leni Bier aus einer Kanne nachschenkte, klopfte es bescheiden an die Haustür. Das klang nicht nach Nachbarn. Also einmal wieder einer von den Städtern, die vor den Bomben geflohen waren. Von ihnen gab es bereits mehr als genug im Landkreis. Manche waren dreist genug, noch um acht Uhr abends wegen einem Salatkopf zu stören. Niemand sagte »Herein«.

Dann klopfte es an der Küchentür bei gleichzeitigem Herunterdrücken der Klinke. Die vier am Tisch staunten stumm auf Else Pillkahns kupferrote, naturkrause Haare, ihre zahllosen Sommersprossen, auf eine Figur, ausladend wie ein Cellokasten bei enger Taille, in eine Tulpenbluse und einen zerknitterten Rock gezwängt.

»Guten Abend auch –« Der Versuch eines Lächelns, das Grübchen wie kleine Kommas in Elses Wangen schnitt. »Verzeihung, wenn wir so unangemeldet hier reinplatzen. Ich bin Else Pillkahn aus Hamburg-Altona.«

Hoffnungsvolles Abwarten, aber ihr Name schien in dieser Runde unbekannt. Das war doch nicht möglich! Sie griff hinter sich und zog das Kind vor ihren strammen Bauch, legte wie haltsuchend beide Hände auf den dünnen Bügel seiner Schultern. »Und das ist Dagmar Janson aus unsern Haus. Mach einen Knicks, Dagmar.« Dagmar machte keinen Knicks.

»Mir ham Feierabend«, sagte Frau Steiner mit vorwurfsvollem Blick auf die Kuckucksuhr.

Noch einmal: »Ich bin Else Pillkahn ...« Und weil das ablehnende Schweigen in dieser heißen, nach Beeren duftenden Küche sie beide zu unerwünschten Eindringlingen degradierte, fügte sie unsicher hinzu: »Ich bin doch hier richtig bei Steiners?«

Die ältere Frau am Tisch richtete ihren krummen Rücken an der Stuhllehne auf und schaute sie aus einem strengen, in Schönheit zerknitterten Gesicht stolz an: »Die Frau Steiner bin i. – Was wolln S' denn?«

»Ja, hat denn der Seppl nicht von mir erzählt? Also das versteh ich nich. Er hat's mir doch geschrieben. Ich bin seine Verlobte. Wir haben uns letzten November in Hamburg verlobt.«

Diese Mitteilung schlug am Tisch ein wie eine – nein, nicht wie eine Bombe, zischte eher los wie ein zur Gaudi abgeschossener Feuerwerkskörper.

»Ja, wie hamma's denn«, staunte Frau Steiner, auf ihre Schenkel klatschend, »Sie san die Braut von unserm Sepp –« Sie brach ab und schaute ihre Tochter an, die auf dem Sofa neben einem sehr jungen Mann saß: »Hast des g'hört, Leni? Die Braut von unserm Sepp.«

»Aber das muß er Sie doch erzählt haben!«

»Die Verlobung scho –« Frau Steiner vermochte kaum, ihr Amüsement zu unterdrücken. »Die Verlobung vom Sepp ham mir vergangenes Jahr gfeiert – aber die mit der Möser Anni aus Penzberg, gell, Leni?«

Das war zuviel für Else. Lähmende Mutlosigkeit und Heimweh, brennendes Heimweh nach einem Altonaer Zuhause, das es nicht mehr gab, der tagelang zurückgedrängte Schmerz um alles, was sie verloren hatte, drohten sie zu verschlingen wie eine riesige Welle.

Dagmar zupfte an Elses Arm. »Komm bloß raus hier.«

»Nö, Deern, soo nich.« Sie hatte alles verloren, woran ihr Herz hing. Den Glauben an Sepp Steiners Liebe mochte sie sich nicht kampflos nehmen lassen.

Aus den Tiefen ihrer prallen Handtasche zog sie seine gebündelten Feldpostbriefe hervor, riß das Gummiband herunter, das sie zusammenhielt, und trat damit an den Tisch. »Da – da lesen Sie – hier steht es: ›... und grüße und küsse meine liebe Braut Else. Dein Dich liebender Steiner Sepp.‹ – Bitte – ist das seine Schrift oder nich?«

Frau Steiner hatte keine Brille zur Hand und mochte auch keine holen, um Unerwünschtes über ihren Liebling bestätigt zu finden. Sie schob die Delikte ihrer Tochter zu. »Lies du.«

Leni überflog die Briefe. »Ja, des is dem Sepp sei Schrift«, bestätigte sie, und Zorn ergriff sie im Namen aller betrogenen Mädchen. »Da siagst amoal, Mama, was dei Schatzl für a Hallodri is! Zwoa Bräute – wiara Heiratsschwindler! So a Ausg'schamter!«

»Er is halt a schneidiger Bua –« Frau Steiner hob verzeihend die rissigen Hände und fand auch noch einen möglichen Beweggrund für seine zweite Verlobung, mit dem sie der unerwünschten norddeutschen Braut eins auswischen konnte: »Ja, hamma dem Lauser net gnua Zigaretten ins Feld gschickt, indem daß er noch eine zweite Verlobte hat anschaffen müssen?« fragte sie in die Tischrunde.

Else schnappte entrüstet: »Der Sepp hat sich nicht mit mir wegen meine Tabakration verlobt. Die hätte ich ihm auch so geschickt. Es war Liebe auf den ersten Blick, und ich spür doch, wenn es einer ernst meint –« Und war sich plötzlich nicht mehr sicher, ob er es wirklich ernst gemeint hatte mit seinen Liebesschwüren.

Nun war alles aus. Else war an der Mauer angelangt, hinter der nichts mehr weiterging. Mutter und Schwester tot. Kein Zuhause mehr. Kein Besitz. Vom Sepp schändlich betrogen, die ganze beschwerliche Reise hierher umsonst gemacht und somit das Ziel verloren, das sie aufrechterhalten hatte.

Ihre Ausweglosigkeit teilte sich Dagmar mit, die ihren unsichtbaren Bruder beschwor: »Steck die Steinerhexe in den Herd. Mach, daß die ganze Bude brennt. Mach was, Dag.«

Aber Dag tat nichts. Gar nichts.

Wenigstens hatte die Steinertochter Mitleid mit der zweiten Braut. Sie fragte vermittelnd: »San Sie auf Urlaub da?«

»Auf was?« Else glaubte sich verhört zu haben. »Auf Urlaub?« Noch eine Ungeheuerlichkeit. »Sehn wir so aus, als ob wir auf Urlaub hier sind? In die verdreckten Plünnen?« Sie brach in Tränen aus, suchte nach ihrem Taschentuch, mußte es unterwegs verloren haben – hatte nur noch ihren Blusenärmel zum Abwischen. »Auf Urlaub! Deern, hast du das gehört? Auf Urlaub. Th –« Else richtete sich auf, die Hände in Dagmars Schultern verkrampft: »Wir kommen direkt aus der Hölle, aus Hamburg –«

Da wurde das Kind unter ihren Fingern rabiat: »Sag nichts, Fräulein Else, das ist doch viel zu schade für die, was du sagen willst. Versteht die alte Hexe auch gar nicht – komm bloß raus hier –«

Im selben Augenblick polterte ein Stuhl um, ein untersetzter Mann mit einem groben Gesicht war aufgesprungen und ging auf Dagmar los. Erst jetzt bemerkte sie, daß seine erhobene Rechte eine lederne Kunsthand war. Sie wich trotzdem nicht zurück.

»Was hast du kleine Ratte gesagt? Wiederhol das noch mal!«

»Alte Hexe«, schrie Dagmar durch Elses Finger hindurch, die ihr den Mund zuzuhalten versuchten. »Alte Hexe, alte Hexe –«

»Deern!« gellte Else, als die Lederhand zum Schlag ausholte.

Plötzlich war auch der junge Mann da, der auf dem Sofa neben Leni gesessen hatte. Dagmar fühlte sich hochgerissen, wollte sich wehren, zappeln, stoßen, beißen – und mochte plötzlich nicht mehr. Ihr Kopf fiel auf die Schulter des Jungen, er schuppte sie höher, bis ihr Oberkörper wie ein Sack über seine Schulter rutschte.

»Marandjosef!« rief Leni Steiner erschrocken, als sie Dagmars geschwollene Füße voll schwarzer Blutblasen und offener, schmutzstarrender Wunden erblickte. »Des oarme Krischperl – was muß des durchgmacht ham!«

Der Junge lud Dagmar auf der Chaiselongue ab, von der die Katze fauchend türmte. Dagmar bemühte einen letzten Widerstand: »Ich will hier raus – Dag – Dag –«, aber ihre Glieder, die sich seit Tagen nicht hatten ausstrecken dürfen, gehorchten ihrem Willen nicht mehr, hatten plötzlich Bleigewichte – Nebelschwaden drehten sich. »Dag –«

»Was sagt sie?« fragte Frau Steiner.

»Sie ruft nach ihrem Zwillingsbruder. Er ist tot. Alle sind tot!«

Jetzt entkrampften sich Dagmars Hände, etwas fiel zu Boden, der Junge tauchte unter den Tisch, um es aufzuheben, tauchte mit einer Porzellanscherbe wieder hoch, auf der »Janson's Conditorei seit 1879« stand.

»Ist sie kaputt?« fragte Else erschrocken.

»Ob die Scherbe kaputt ist«, amüsierte sich August, »o Mann –!«

Frau Steiner zeigte endlich auf einen freien Stuhl. »Setzen S' Eahna!«

Leni stellte Brot, Milch, Butter und Käse vor sie hin. Else sagte, ihr Magen wäre wie zugeschnürt.

Aus dem dreieckigen, bemalten Holzkastl unterm Herrgottswinkel holte Leni eine Flasche Selbstgebrannten und ein Glas. »A Stamperl Obstler wird Eahna guttun.«

Else war bereits von einem Schnaps beduselt, als Leni ihr Glas zum zweitenmal füllte.

»Lieber nicht«, wehrte sie schwach ab. »Wir müssen uns ja nach eine Unterkunft für die Nacht umsehen. Wir haben ja noch kein Quartier gemacht.«

»Nix da, gell, Mutter? Ihr bleibt's hier. Des Krischperl wacht eh nimmer auf bis morgen in der Früh. Und du kannst die Kammer vom Sepp haben.«

Else, deren Selbstbewußtsein sich unter Lenis Anteilnahme ein wenig aufgerichtet hatte, wehrte ab: »In Sepp sein Bett? Nö – das kann ich nich ab nach dem, was er mich angetan hat.«

»Denn mußt du eben bei die Hühner im Stall pennen«, fuhr die Lederhand sie an.

»August, sei stad!« warnte ihn Leni, dabei fiel ihr ein, daß sie sich noch gar nicht vorgestellt hatten. »Also, des is mei Mutter, die Frau Steiner. Des is August Pachulke. Dem hat's seinen Arm in Frankreich derbreselt. Der August is a a Preiß – gell, August? Sag, wo du herkommst!«

»Uckermarck«, murrte er ungern.

»Angenehm«, sagte Else, leicht benebelt in die Runde blickend. »Ich bin Else Pillkahn aus Hamburg-Altona.«

»Des wissen mir scho«, bestätigte Frau Steiner kühl.

»I bin die Leni, die Schwester vom Sepp, und des is der Renzl, unser französischer Fremdarbeiter. Er spricht deutsch beinah wie mir. – Und jetzt erzählen S'.«

Es wurde Zeit, daß sich Else die vergangenen Tage einmal von der Seele redete. Aber vor dieser Frau Steiner mit ihrem strengen Blick ohne Sympathie – die kapiert doch gar nicht, was uns zugestoßen ist, überlegte Else. Aber kapierte sie es denn selbst? Oder Dagmar? War nicht alles, was sie erlebten, Teil jenes Alptraums, der am Sonntag früh begonnen hatte und noch immer anhielt?

»Sie müssen nicht reden, wenn Sie nicht wollen«, ermunterte sie Jean-Laurent sanft zum Reden.

»Du, Renzl, schweig still. Des is net dei Sach«, wies ihn Frau Steiner in seine Zwangsarbeitergrenzen zurück. Die Tochter mit ihrem weichen Herzen hatte ihm wirklich zu viele Rechte eingeräumt.

Leni hatte inzwischen Wasser aus dem Herdkessel in eine Emailleschüssel gefüllt und darin ein Stück Kernseife weichen lassen, rührte mit dem Finger um, die Temperatur prüfend, holte ein frisches Handtuch und machte sich vorsichtig an die Behandlung von Dagmars zerschundenen Hakken. Manchmal zuckte ihr Fuß, aber sie wachte nicht auf. Ihr Erschöpfungsschlaf war tief wie eine Narkose.

Und dann erzählte Else anfangs stockend, von Schluchzen unterbrochen. Der dritte Schnaps löste Befangenheit und innere Widerstände – ihre Finger zerkrümelten dabei ein Stück Brot. Niemand unterbrach sie. »Und alles weg und kommt nie wieder und nich mal ein Grab. Das kann man doch gar nich kapieren, das«, schloß Else ihren Bericht.

Beim Aufschauen begegnete sie hilflosem Mitgefühl. Leni hatte Tränen in den Augen. Steiners waren bewegt, soweit ihre Phantasie Elses Bericht hatte folgen können, aber es war eben nicht ihr selbsterlebtes Schicksal. Es war nur Elses und Dagmars, die zur Wand gerollt, mit verbundenen Füßen, unter der grauen Pferdedecke wie eine Tote schlief. Die Kuckucksuhr rasselte in die Stille, der Kuckuck fiel aus dem Fenster seines reich mit Eichenlaub verzierten Häuschens und rief elfmal seinen Namen. Klappte zurück, das Fenster schloß sich. Rasseln. Stille.

»Ich geh jetzt schlafen«, sagte August und erhob sich, nach sechs Stamperln Schnaps und einigen Bieren nicht mehr so recht im Gleichgewicht. »Komm, Franzos, morgen früh ist die Nacht zu Ende.«

»Sofort, Herr August«, versprach Renzl und blieb sitzen. Else gähnte kopfschüttelnd vor sich hin. »Wie bin ich bloß auf die Idee gekommen, zu Sepp Steiner seine Familie nach Oberbayern zu machen – und auch noch die Deern mitzunehmen! Bloß weil Sepp gesagt hat, du paßt in unse Gärtnerei? Ich blöde Kuh, ich hab ihm Wort für Wort geglaubt.«

Else stieß ihren Handballen gegen die Stirn. »Ich muß doch bescheuert gewesen sein – aber ist das ein Wunder?«

Leni sammelte die Gläser vom Tisch, hielt die Obstlerflasche gegen das Licht, sie war leer.

Frau Steiner, die zwei Stunden lang geschwiegen hatte, stand auf, sich mit der Hand am Tisch abstützend. »Sie können hierbleiben, bis daß die Dreckschleuder da –«, sie zeigte auf Dagmar, »wieder hatschen kann.« (Dreckschleuder war der bayerische Ausdruck für ein böses Mundwerk. Auch wenn sie Mitleid mit dem Kind hatte, die »alte Hexe« verzieh Frau Steiner nicht.) »Und bis dahin san Sie die Kusine vom August, wann Sie einer fragt, weil ich nicht will, daß einer im Ort erfährt, daß mein Sepp sich zweimal verlobt hat. Und damit Sie's wissen: i steh zur Möser Anni, der ersten Braut. Des is a Mädel nach meiner Wahl.«

»Ich will Ihren Sepp auch gar nicht mehr«, beteuerte Else und erkundigte sich dennoch, ob sie etwas von ihm gehört hätten.

»Er ist in einem Camp in Amerika. Er hat gut zu essen, die Arbeit ist zum Aushalten, und einen Sold kriegt er auch dafür.«

»Wie schön«, sagte Else ohne Freude, denn so eine bequeme Gefangenschaft hatte der Sepp nun wirklich nicht verdient.

Fünf Kuckucksrufe holten sie aus einem tiefen Schlaf in eine wildfremde, niedere Wohnküche. Sie lag auf einem Sofa. Am Herd stand ein kleiner Mann in einem grauen Unterhemd mit hängenden Hosenträgern. Er nahm eine Kanne aus dem Rohr und stellte sie auf den Tisch. Holte Tasse und Brot, Butter und ein Brett mit einem kleingeschnittenen, angebratenen Kotelett, alles mit der linken Hand, der rechte Armstumpf war nicht länger als der Ärmel seines kurzen Unterhemdes.

Dagmar erkannte August sofort wieder und stellte sich tot vor Angst. Wagte kaum zu atmen, versuchte das Zittern ihrer Augenlider zu beherrschen. Oh, Dag, rutsch mal zur Seite, damit ich mit unter deine Tarnkappe kriechen kann.

Sie hörte, wie August am Tisch Platz nahm, wie er sich Kaffee eingoß, wie er schlürfte und zu schmatzen begann – und erschrak fürchterlich, als seine Stimme plötzlich »He, Mistfink« sagte. »Ich seh doch, wie du plinkerst.« Nicht gerade freundlich sein Ton, aber es klang auch nicht nach drohend erhobener Prothese in seiner Stimme. Sie öffnete die Augen und sah nun deutlich sein von Granatsplittern blau gesprenkeltes, breitknochiges Gesicht mit buschigen Brauen über schlitzhaft verquollenen Augen.

»Willste auch 'n Schluck Kaffe?«

Sie richtete sich auf und fiel zurück. »Mir dreht sich alles!«

»Weil de nischt im Magen hast«, sagte August und schob ihr seinen Henkeltopf über den Tisch zu. »Los, trink. Das belebt dir.« Und weil sie zögerte: »Du sollst trinken, verdammt noch mal«.

Sie suchte sich eine Stelle an der Henkelseite, die sein feuchter, fleischiger Mund bestimmt noch nicht berührt hatte, und ließ süßen Milchkaffee laut schluckend in sich hineinfließen.

»Na siehste«, sagte August befriedigt. »Nun schneid uns Brot ab, schneiden kann ich nich.«

Dagmar legte den halben Laib Brot vor sich hin, setzte oben an der Kruste das Messer schmal an. Als es die Tischplatte erreichte, hatte sie eine Scheibe in der Form eines Tortenstückes abgesäbelt.

August, der ihr aufmerksam zugesehen hatte: »Das hast du wohl noch nicht oft gemacht, was?«

»Nein.«

»Denn wird's Zeit, daß de 's lernst.« Er nagte an seinem Kotelettknochen wie ein Hund.

»Mach dir auch 'ne Scheibe ab. Da is Butter. Wenn de nischt ißt, fällste tot um.«

Sie biß gehorsam ein Stück Brot ab, mochte aber plötzlich nicht kauen, spuckte den unberührten Bissen in ihre Hand und sah August trotzig an: »Ich will ja tot umfallen.«

Diese Mitteilung schien ihn zu beeindrucken. Den Knochen aufs Brett legend, bearbeitete er seine Zahnlücken mit einem schwarzen Daumennagel. »Das habe ich auch mal gedacht, wie ich im Lazarett aufjewacht bin, und der Arm war ab und die janze Splitterscheiße im Körper. Ich habe mir jedacht, nu is Feierabend. Nu biste Krüppel fürs Leben, taugst nich mehr zum Soldaten. Denn haben sie mir den Genesungsurlaub in Seeliger spendiert. Genesen mit Rumsitzen – das hat mir reinemang krank gemacht. Da habe ich mir ebend Arbeit gesucht. Das fing morgens mit Gemüseholen von Gärtnereien an. So habe ich Steiners kennengelernt und hab denn nach meine Entlassung hier angefangen.« Er stand auf. »Komm mit.«

Dagmar, erschrocken: »Nein.«

»Du sollst mitkommen«, blaffte er sie an.

»Nein. Will nicht.«

»Haste Angst vor August Pachulke?«

»Wenn Sie das sind – ja.«

»Ich tu dir nischt. Los, komm.«

Sie rutschte vom Sofa, bemerkte dabei, daß ihre Füße mit Lappen, aus alten Bettüchern gerissen, verbunden waren. Spürte Schmerzen beim Aufsetzen der Hacken. »Ich paß nich in meine Schuhe.«

»Denn geh barfuß, aber 'n bißchen dalli.«

Sie humpelte hinter ihm her aus der Küche durch den schmalen Flur. Er stieß die Haustür auf. »Na, was siehst du?«

Ja, was sah sie: eine Prothese mit einer dreizackigen Kralle. Er nahm sie von dem Bord, auf dem die Hüte lagen, herunter und schnallte sie sich an, in den Morgen tretend.

Wenn er mich damit haut, bin ich zerlöchert, ahnte Dagmar.

»Meine Arbeitshand«, erklärte er, ihren entsetzten Blick auffangend. »Nun sag, was du siehst.«

Ja, was sah sie von der offenen Tür aus: einen weiten Garten mit exakt zur Parade angetretenen Gemüsebeeten, überschattet von Obstbäumen, umrandet von Beerensträuchern. Hinter dem Garten breiteten sich Wiesen aus, auf denen Kühe weideten. Dahinter begann die weite Fläche eines Sees. Eine Amsel sang. Die Katze aalte sich auf der Bank vorm Haus im noch flachen Sonnenlicht.

»Is nich deine Heimat und nich meine. An die Steine in diesen Boden kannste manchmal verzweifeln. Immer mehr Steine. Als ob die Junge kriegen. Aber die Erde is gut, in der gedeiht was.«

Dagmar interessierte nicht, ob hier etwas gedieh. »Wo sind die Berge?«

»Du sollst zuhörn, verdammt noch mal!« pfiff er sie an. »Glaubste, ich rede zu mein Vergnügen? Ich will dir sagen, wenn 'ne Erde gut ist, denn kannste dein Leben neu reinpflanzen, und denn lohnt die Schufterei. So – nur so – kommste am ehesten über dein Unglück weg.«

Auf seine Art meinte es August gut mit Dagmar. Er stieg in seine schmutzstarrenden Gummistiefel und stapfte in den Garten. Unter seinen Sohlen zerknirschten Schneckengehäuse.

»Sie machen Schnecken kaputt«, schimpfte sie hinter ihm her.

»Von dem Unjeziefer ham wir mehr als genug. Die sind 'ne Landplage, vor allem die Nacktschnecken nach 'nem Regen. Die fressen alles, was sie kriegen können – siehste, da kraucht so ein Luder! Und nu haben wir mal die erste Aufgabe für dich. Such dir 'nen Eimer im Hof, und denn sammel das Jeschmeiß aus'm Salat.«

»Womit? Mit der Hand?« Dagmar brach in Ekel aus.

»Mit was sonst? Brauchste 'ne Gabel dafür? – Nu mal ran – und jeden Salatkopp einzeln durchfieseln. Glaub ja nich, du kannst mir beschummeln. Ich kontrolliere alles. – Ach, Misjöh«, wandte er sich Renzl zu, der gerade das Haus verlassen und gehofft hatte, sich um die Ecke drücken zu können, ohne von August erwischt zu werden. »Misjöh! Hierher!!«

Der französische Zwangsarbeiter trabte folgsam an.

»Stillgestanden!« kommandierte August.

Renzl drückte das Kreuz durch und schlug die Hacken zusammen. Und dabei zwinkerte er Dagmar zu.

»Mal wieder verschlafen, was?«

»Jawohl, Herr August, verschlafen.«

»Das machste nicht öfter, du, sonst bring ich dir eigenhändig ins Arbeitslager zurück.« Danach erteilte er ihm zusätzliche Befehle für den Vormittag, dazu gehörte das Pflanzen von Winterendiviensalat und das Anbinden der Tomaten. August schulterte eine Sense und bestieg sein Fahrrad.

»Stinkstiebel«, knurrte Dagmar hinter ihm her. »Ich soll Schnecken aus dem Salat fangen. Der glaubt doch nicht im Ernst, daß ich die schlierigen Dinger anfasse.«

»Ah, das ist halb so schlimm.« Renzl nahm Dagmar mit in den Hof, hier lernte sie Wastl kennen, einen struppigen, an seine Hütte geketteten Mischling mit durchgescheuertem Hals, der sich bei Renzls Anblick beinah strangulierte vor Glück und gleichzeitig das fremde Mädchen mit einem knurrenden Maul voll gelber Kuchenzähne zu beeindrucken versuchte.

»Jonny hat nie an einer Kette gelegen, Jonny durfte frei rumrennen«, sagte Dagmar mehr zu sich selbst als zu Renzl, der aus einem Stück Pappe ein kleines Rechteck schnitt und in der Mitte kniffte, so daß es wie ein Dach aussah.

»Damit kannst du leicht die Schnecken aufheben, ohne sie anfassen zu müssen.«

»Oh, danke, Renzl, vielen Dank. Jetzt brauch ich bloß noch einen Eimer, wo ich sie reinschmeißen kann.«

Er verschaffte ihr ein rostiges Modell, dem der Bügel fehlte.

Dagmar sah zu, wie er die Steigen mit Gurken, Kohlrabi und Salat, die er am vergangenen Abend vorbereitet hatte, aus einem Schuppen holte und auf dem Hof aufbaute – für Lazarett, Krankenhaus und Genesungsheime bestimmt. »An deiner Stelle würde ich mit Schneckensammeln anfangen«, erinnerte er sie.

»Ja, gleich«, sagte Dagmar. »Aber ich hab noch eine Frage: Wo sind die Berge?«

Renzl zog einen Bogen vom südlichen zum westlichen Horizont. »Eine Riesenkette«, versicherte er ihr. »Aber ich habe sie schon lange nicht mehr gesehen.«

»Wie lange nicht? Ich muß sie sehen, bevor wir wieder nach Hamburg fahren.«

Er konnte ihr nichts versprechen. Niemand konnte auf längere Zeit voraussagen, wann die Berge sich zeigen würden. Es hinge vom Föhn ab, sagte er, und Dagmar wollte wissen, was ein Föhn war außer einem Apparat zum Haaretrocknen.

Renzl hatte eine komische Aussprache. Er konnte kein H sagen, ch sprach er wie sch aus. Sein R klang, als ob er es aus dem Rachen holte. An manche Worte hängte er ein zusätzliches E an. Das klang etwa so »Isch bine eute morgen ein wenisch kranke in meine Kopf. Das makt dere Schnaps von gestern abend. Wir aben noch lange mit Fräulein Else gesprochen und getrunken. Sie at alles erzählt. Es ist furschtbar, was ihr erlebt abt.«

August reizte Renzls Aussprache bis zur Weißglut. In seinen uckermärkischen Ohren klang sie geziert.

Aber was reizte ihn nicht an einem Franzosen, seit neben dem Kradmelder August Pachulke an der Maginotlinie eine Granate eingeschlagen war und seinen Arm zerfetzt und seinen Körper mit Splittern durchsiebt hatte. Und dabei spielte es gar keine Rolle, daß es zufällig eine deutsche Granate gewesen war. Wenn die Splitter in seinem Körper rumorten oder ein Wetterumschwung Schmerzen in seinem verlorenen Arm verursachte, mußte Renzl dafür büßen, zuweilen sogar mit Schlägen, aber er durfte sich nicht wehren und sich auch nicht bei Steiners beschweren, er war immer Augusts Rache ausgesetzt.

»Wo kommst du her?« fragte ihn Dagmar. »Bist du gern hier?«

Renzl wußte nicht, ob das Kind nicht alles weitererzählen würde, was er sagte. Ein Wort zuviel konnte seine – abgesehen von August – recht humane Unterbringung in der Gärtnerei Steiner gefährden. Darum umging er eine direkte Antwort mit: »Naja – eben so –«

»Du bist kein Deutscher, nicht wahr?«

»Franzose. Ich komme aus Cherbourg.«

»Hast du dir gewünscht, in Deutschland zu arbeiten?«

»Nein, nicht sehr«, gestand er ihr.

»Warum bist du dann hier?«

»Man hat mich nicht gefragt. Eines Tages haben sie uns von der Schule weg nach Deutschland deportiert zur

Zwangsarbeit. Ich hatte Glück mit der Gärtnerei. Es ist besser als Lager und Rüstungsindustrie.«

»Ja«, sagte Dagmar, für die das alles fremde Begriffe waren. »Kann man August nicht für dich ins Lager schicken?«

»Aber Dagy, August ist Deutscher!«

»Und woher kannst du so gut deutsch? Habt ihr das in der Schule gelernt?«

»Mein Vater war Lehrer für Französisch in einem Internat im Odenwald. Wir haben fünf Jahre in Deutschland gelebt.«

»Ja, dann –«

Renzl zeigte ihr, wie sie die Salatköpfe durchsuchen mußte, auch die Erde drumherum. »Wenn du Hilfe brauchst, mußt du laut rufen – ich bin ganz da unten. Aber ruf nur, wenn es dringend ist. Ich hab nicht viel Zeit.«

Sie sah ihm nach. Ein magerer, hoch aufgeschossener Junge von neunzehn Jahren in einem ärmellosen Pullover, dessen unterer Rand sich aufräufelte. Die Hose, die er trug, mochte einmal einem Dickeren gehört haben. Ihr Hintern hing ihm bis in die Kniekehlen wie ein trauriges Gesicht, es sah beinah zum Lachen aus.

Dagmars kaputte Füße erlaubten kein Niederhocken, also kniete sie sich auf die Erde und begann den ersten Salatkopf zu untersuchen. Zerfressene Blätter, schlierige braune Spuren bis ins Innere zum knospenhaft geschlossenen Blaßgrün. Mit einem Zweig und Renzls Pappdach bewaffnet machte sie sich auf die Schneckenjagd.

Wer weiß, wo Dag sich gerade herumtrieb. Er hatte ihr, seit sie in Kornfeld waren, noch kein Zeichen seiner Nähe gegeben. Vielleicht hatte er den Zug überhaupt nicht verlassen, sondern war weiter Richtung Berge gefahren, weil er es nicht abwarten konnte, sie ganz von nahem zu sehen. Aber hätte er das getan, ohne sie zum Mitkommen aufzufordern?

Die erste Reihe von Salatköpfen hatte sie abgesucht und machte sich gebeugt stehend über die nächste her, wobei der Matrosenkragen und dieser verflixte Schlips noch viel mehr störten als beim Knien.

»Jo, Krischperl«, rief eine Frauenstimme von irgendwoher. »Was machst denn du so früh im Salat?«

Dagmar richtete sich auf und schaute die Fenster am Haus ab, entdeckte ein Mädchen über den Balkonblumen, das sich die Haare aufsteckte. Das mußte die Schwester von Elses Sepp sein.

»Ich fang Schnecken.«

»Des is fei brav«, lobte Leni.

»Das ist zum Kotzen«, sagte Dagmar, nach Renzls Pappheber suchend, den sie irgendwo verloren hatte. Eine Viertelstunde später rief Leni Steiner von der Haustür her: »Komm, Krischperl, jetzt wirst gebadet.« Und erlöste sie somit vom Schneckensuchen in der zweiten Salatreihe.

In der Küche hatte Leni eine Sitzwanne aufgestellt, aus der es dampfte. Dagmar mußte sich ausziehen – zum ersten Mal seit Tagen. Sie stieg aus dem Faltenrock, wickelte die verschmutzten Verbände von ihren Füßen. Schämte sich für ihre Unterhose.

Leni half ihr, die Matrosenbluse über den Kopf zu ziehen. »O mei – is des kompliziert mit all die Schnürln.«

Dagmar stieg rasch in die Wanne, wimmerte auf: »Meine Füße!« Fühlte sich gleich darauf überdacht von Lenis ausladenden Formen und ihrem unverständlichen Wortschwall. Ging unter in einer Reinigungsorgie, Lenis rubbelnde Finger überall, Seife brennend in den Augen, hielt sie die Hände schützend vor ihr Gesicht, während kübelweise warmes Wasser über ihren eingeschäumten Kopf strömte.

»Du oarmes Dreckspatzl, du – schau dir des Wasser an!« Dagmar sah sich, aus der Wanne steigend, das Wasser an, während Leni sie in ein rauhes Handtuch wickelte. Es war dunkelbraun und ölig.

Noch vorige Woche hätte Dagmar so einen rabiaten Eingriff in ihre Intimsphäre mit wüstem Gebrüll abgewehrt.

Nun saß sie am Tisch, trank Milch, kaute Butterschnitten, Leni sah ihr freundlich dabei zu. »Das schmeckt, gell, Krischperl?«

»Ja, danke«, sagte Dagmar folgsam. Oh, was war in dieser kurzen, bruderlosen Zeit aus ihr geworden!?

Krischperl – was immer das bedeuten mochte. Weil Leni soviel Essen in sie hineinzustopfen versuchte, nahm sie an, daß es sich bei Krischperl um ein mickriges, verhungertes Kasperle handeln mochte.

»Wo ist Else Pillkahn?«

»Die schlaft noch.« Leni zog Dagmar ein Unterhemd ihres Bruders an, sie versank darin bis zu den Fußspitzen.

»Muß ich wieder in die Schnecken?«

»Gar nix mußt, Krischperl. Ruh dich aus.«

Dagmar rollte sich auf dem Küchensofa zusammen und döste ein, bevor trübe Gedanken sie belasten konnten.

Manchmal rief der Kuckuck. Sie hörte Geschirrklappern und Stimmen am Tisch. Leni, die an ihrem Fußende auf dem Sofa Platz genommen hatte, lachte mit Renzl. August schimpfte auf diese Großstadtpflanze, dieses dämliche, unachtsame Gör, das den Eimer mit Schnecken im Beet hatte stehenlassen. Nun war ein Teil von ihnen wieder herausgekrochen und in die nächststehenden Salatköpfe hinein. So langsam, wie man immer sagt, sind Schnecken nun auch wieder nicht.

Die Tür öffnete sich, und Elses Stimme rief erschrocken: »Achgott, komm ich zu spät zum Frühstück?«

»Das ist man erst das zweite Frühstück, gnädiges Frollein«, kaute August ätzend.

»Es tut mir leid, ich hab geschlafen wie 'ne Tote«, entschuldigte sich Else. »Guten Morgen allerseits.« Sie hatte den Appetit von drei Ortsarmen, ihr Gesicht glänzte wie poliert, so sehr hatte sie es mit Lenis geborgter Seife bearbeitet. »Heute kaufe ich erst mal für uns ein. Wir haben ja nicht mal 'ne Zahnbürste«, teilte sie mit. »Und denn muß ich zum Friseur. Meine Wolle is so verfilzt, da komm ich nich mehr mit 'n Kamm durch.«

»– und denn rausgeputzt wie 'n feines Dämchen über die Seepromenade schuchteln auf der Suche nach 'n neuen Bräutjam, was?«

»August, schweig«, fuhr Leni ihn an. »Du bist –«

»Laß ihn man«, sagte Else so würdevoll, wie das mit vollem Munde möglich war: »Nach allem, was wir durchgemacht haben, kann mich so 'n August gar nich ärgern.« Und zu Frau Steiner: »Haben Sie ein Kursbuch?«

»Ein was?«

»Na, so ein Buch, wo die Züge drinstehen.« Else kam sich sehr überlegen vor, weil sie als einzige am Tisch wußte, was ein Kursbuch war. Sie hatten zu Hause eins gehabt, noch von ihrem Vater her, der Eilzugschaffner gewesen war.

»Na, hamma net. Wann mir wissen wollen, wann a Zug geht, schaun mir am Bahnhof nach«, klärte Frau Steiner sie auf. Ihr mißfiel Elses feine Tour an diesem Vormittag.

»Wir wollen so schnell wie möglich wieder nach Hause, nicht wahr, Dagmar?«

»Ah, geh, des muß ja net heut sein, gell, Muatta? Des schafft des Krischperl net mit seine wunde Füaß.«

»In den Nachrichten haben sie vorhin von neuen schweren Angriffen auf Hamburg gesprochen«, fiel Renzl ein. Dagmar brach aus ihrer zur Wand gekrümmten Unbeweglichkeit aus und richtete sich auf. »Ich will auch nach Hause, Fräulein Else.« Die noch feuchten, mit Kernseife gewaschenen Haare standen um ihr kleines blasses Gesicht. Bernsteinbraune Augen, in Schatten gebettet, Augen, die noch das Grauen widerspiegelten, das sie gesehen hatten.

»Ihr werd't euch umkieken, wenn ihr zu Hause kommt«, freute sich August. »In Erinnerung is immer alles heil –«

Am Nachmittag so gegen vier fiel plötzlich das Führerbild von der Wand und brach sich das Glas.

August hätte zu gern Renzl die Schuld daran in die Schuhe geschoben, aber Renzl hatte ein reißfestes Alibi, er war um diese Zeit mit Else beim Heurechen auf der Wiese gewesen, die August morgens gemäht hatte.

Renzl selbst hatte eine andere Vermutung, die er aber für sich behielt: das war Jesus gewesen, der dem Führer genau gegenüberhing und ihm seit Jahren in die Pupillen gucken mußte, vielleicht waren ihm heute gegen vier die heiligen Nerven durchgegangen, gelobt sei Jesus Christus. – Frau

Steiner, die vorm Haus Kartoffeln geschält und dort den Fall und das nachfolgende Klirren gehört hatte, konnte sich den Vorfall überhaupt nicht erklären – der Nagel saß fest in der Wand, der Aufhänger unbeweglich am zerbrochenen Rahmen. Hoffentlich bedeutete der mysteriöse Fall kein böses Omen. Hoffentlich war dem Sepp in Amerika nichts passiert. Er war es ja, der damals auf dem Aufhängen des Führerbildes in der Küche bestanden hatte.

Else Pillkahn sah Dagmar vorwurfsvoll an: Das war dein Bruder!!

Das Kind stand unendlich beglückt vor dem Scherbenhaufen: Dag hatte sich gemeldet. Wo bist du, Dag? Leni, die die Scherben zusammenfegte, nachdem sie das kaum beschädigte Führerfoto herausgenommen und auf den Tisch gelegt hatte, Leni, die Frohnatur aus vollem Herzen und selten von trüben Gedanken gequält, schon gar nicht von Übersinnlichem, meinte, daß sie wahrscheinlich das Bild nach dem Putzen nicht ordentlich auf den Haken gehängt hätte. Aber weder ihre Mutter noch Else noch Renzl noch Dagmar wollten so eine simple logische Lösung akzeptieren. Brachten Leni völlig durcheinander mit ihrem vehementen Protest.

»Ihr spinnt's doch alle miteinand! Ihr tut's grad so, als ob a Geist des Buidl abgnomma hätt!«

Ja, das glaubten sie. Selbst August. Wenn es schon nicht der Renzl gewesen sein konnte, so war es zumindest ein Geist, ein französischer, der Sabotage betrieben hatte.

Auf dem Weg zum Abfalleimer stolperte Leni, und die Scherben rutschten von der Schaufel auf den Boden bis unters Sofa und unter den Herd.

Dagmar sagte zu ihrem Bruder: »Das hättest du nicht machen dürfen. Die Leni ist nett. Ärger lieber August und die Alte.«

Dagmar schlief nun schon eine Woche mit Else in Sepp Steiners Kammer. Man hatte ihr eine Notliege unter die Dachschräge gestellt, an der sie sich beim Aufrichten Beulen stieß. Zwischen den beiden Betten blieb nur ein schmaler Gang. Ihrer beider gesamte Habe hing abends über zwei Stühlen.

Ihre Waschgelegenheit, eine Blechschüssel im Eisengestell, stand auf einem rutschigen Fleckerlteppich unterm Fenster.

Else hatte Dagmar im Seeliger Kaufhaus ein Dirndl erstanden – auf Bezugschein und auf Zuwachs. Khakifarbene Blumen auf schwarzem Grund mit einer khakifarbenen Schürze. Es hatte dasselbe Modell auch in freundlichen Tönen gegeben, aber die schmutzten nach Elses Meinung zu leicht.

Somit lief Dagmar wie eine junge Krähe herum, in Pantoffeln, die Renzl aus einer alten Bastmatte und Leinenresten genäht hatte, denn die Haferlschuhe, die ihr Else kaufte, waren unnachgiebig hart im Leder und bleischwer. Augusts Befehle sorgten dafür, daß sie nicht zum Nachdenken kam.

Innerhalb einer Woche lernte sie säen, pflanzen, pikieren, Unkraut jäten, den Stall ausmisten und mußte die Saatkästen im Gewächshaus betreuen. Frau Steiner schickte sie in den Ort zum Metzger, zum Bäcker und zu Hubers Laden, in dem es alles zu kaufen gab von Schmierseife über Socken, Lakritze, Kurzwaren, Tabak bis zum Trachtenjanker. Else Pillkahn schickte Dagmar mit Briefen an ihre Verwandten und Freunde zum Postamt. Es bestand aus der Vorderstube eines winzigen Häuschens und wurde von einem kropflastigen ältlichen Fräulein geführt, das alle die Postresi nannten.

Dagmar tat alles, was man ihr auftrug, ohne zu murren, aber Else traute dem Frieden nicht. Das konnte nur ein Scheinfriede sein. Dagmar lachte auch nie mehr und hatte doch früher mit ihrem wilden Gelächter ein vierstöckiges Treppenhaus erfüllt. Wenn Else mit ihr über zu Hause sprechen wollte, ging sie einfach fort. Ließ auch Lenis Herzlichkeit nicht an sich heran. Funktionierte stumm.

Dagmar träumte. Sie hatte sich mit Dag unter zwei schweren, mit den Lehnen zueinandergekippten Clubsesseln, die aussahen, als ob sie voreinander knieten, eine Höhle gebaut und sie mit Kissen ausgepolstert. Auf dem Bauch liegend, stopften sie im Schein einer Taschenlampe Dillgurken in sich hinein wie andere Kinder Süßigkeiten. Eine Filetdecke schloß den Einschlupf gegen das triste Grau eines Novembertages ab. Das Gefühl absoluten Geborgenseins und der Zusammengehörigkeit stellte sich wieder ein.

Beim Aufwachen konnte sich Dagmar noch genau an das Muster der Decke erinnern, an ihre Fransen, nicht aber an Dags Gesichtszüge.

Manchmal stand sie vorm Spiegel, ihre Haare eng nach hinten schiebend, in der Hoffnung, sein Gesicht in ihrem eigenen wiederzufinden.

»Dagmar ohne Dag ist kein Name«, unterbrach sie einmal ihr Schweigen Else gegenüber. »Was bedeutet schon Mar! Mar ist bloß ein Anhängsel von Dag. Ich bin ein Anhängsel.«

»Mahr bedeutet wohl was, nämlich Nachtgespenst, und wenn du so weitermachst, denn bist du selbst bald eins.«

»Die Deern tickt nich mehr richtig wegen ihrem Bruder«, sagte Else später zu Leni. »Und denn diese Folgsamkeit, richtig unheimlich. Als ob einer ihren Willen übers Knie gelegt und denn durchgebrochen hätte.«

Eines Morgens stellte Dagmar beim Gießen der Saatkästen fest, daß feine gelbe Spitzen die Erde durchbrochen hatten. Eine Zeile aus einem Schulgedicht fiel ihr ein: »Die Saat geht auf«. Sie hatte den Satz ohne Sinn heruntergeleiert als Teil einer auswendig zu lernenden Pflichtaufgabe.

Auf einmal begriff sie, was das bedeutete – die Saat geht auf. Etwas wuchs, weil sie es gesät und gegossen hatte. Dagmar fühlte plötzlich Freude, Verantwortungsgefühl und den Wunsch zu beschützen. Mehrmals am Vormittag lief sie ins Gewächshaus, um nachzuschauen, ob noch mehr Keime den Durchbruch gewagt hatten.

Sonntag mittag nach dem Essen bestieg August sein rostiges Fahrrad, frisch rasiert, in seiner guten Joppe, und entschwand grußlos bis zum späten Abend. Dagmar kam es so vor, als ob nicht nur seine Bewohner, als ob das ganze Haus aufatmete, ihn los zu sein.

August besuchte sonntags seine »Dame«. Aber wer das war und wo sie lebte, verriet er nicht. Was wußten sie überhaupt von August? In seinen Papieren stand, daß er am 8. Juli 1910 in Templin geboren war als Sohn von Schnittern, die zur Erntezeit von Gut zu Gut durch die Uckermark gezogen waren. August erhielt auch nie Briefe, noch nahm er Urlaub, um in seine Heimat zu reisen, wo immer die sein mochte. Leni Steiner hatte dafür eine allen, die August kannten, einleuchtende Erklärung gefunden: Vielleicht hat er daheim jemand dergurgelt und darf sich nie mehr sehen lassen.

Daß Steiners diesen unerfreulichen brutalen Kerl schon über ein Jahr unter ihrem Dach erduldeten, lag am kriegsbedingten Mangel an männlichen Arbeitskräften und an seiner Bedürfnislosigkeit bei sechzehnstündiger Wüterei pro Tag im Garten, auf den Steinerschen Wiesen und ihrem Feld. Er leistete soviel wie zwei Burschen mit gesunden Armen. Dabei rauchte er wie ein Schlot und betrank sich regelmäßig alle vier Wochen.

Der erste Sonntag in Kornfeld.

Leni und Else, die sich rasch angefreundet hatten, beschlossen, die Nachmittagsvorstellung im Kino zu besuchen. Es wurde ein Film mit Willy Birgel gegeben, den Else verehrte, weil er so edel und vornehm spielte.

Frau Steiner besuchte ihre Schwägerin in Seeliger. Und Renzl befreite den Hofhund von der Kette.

»Wohin gehst du?« fragte ihn Dagmar, die vorm Haus herumlungerte.

»Zum See. Willst du mitkommen?«

»Gerne.«

Über den Feldweg huschten Eidechsen. Wastl jagte laut bellend nach einem Ball, den Renzl immer wieder für ihn in die Gegend schleudern mußte. Zwischendurch bückte er sich nach Kamille, Mohn, Kornrade, Johanniskraut und Ackersenf, nach Gräsern und ein paar Ähren – ein kleiner Strauß entstand, den er Dagmar reichte.

»Danke, Renzl, aber was soll ich damit?«

»Weiterpflücken.«

»Wofür?«

»Für deine Maman.«

»Ich weiß ja nicht, wo Mama ist«, sagte Dagmar.

Renzl breitete die Arme aus. »Überall – auf der Wiese – im Wald –«

Dagmar folgte seinen Gesten und sah und spürte zum ersten Mal bewußt den Zauber dieser satten, leuchtenden, zufriedenen Landschaft. Und ihren Duft. Und den weichen Wind, der mit den Gräsern spielte und über die Weizenfelder wie eine Bö über den See strich.

»Vielleicht ist sie auch gerade da oben auf der kleinen Wolke«, die wie ein Klacks Sahne in der blauen Unendlichkeit schwamm.

Dagmar begann folgsam zu pflücken. Am stärksten zog sie der Mohn an und das Blau der Kornblume. Blau war überhaupt ihre Lieblingsfarbe. Der Strauß in ihrer Hand nahm rasch zu, ließ sich kaum noch umspannen, es war das erste Mal, daß ihr Pflücken Spaß machte.

Renzl hatte sich mitten in die Wiese geworfen mit ausgebreiteten Armen. Wastl bellte in der Ferne. Bienen summten Sommer, und Schmetterlinge, blau wie ein Fetzchen bayerischen Himmels, gaukelten über den Gräsern.

Dagmar war zu einer Kuh gegangen, die ihren Kopf über den Stacheldraht streckte. Sie hatte ein schönes, sanftes Gesicht. Dagmar wedelte mit ihrem Strauß die vielen Fliegen von ihrer Stirn, dabei erwischte die Kuh den Strauß und malmte ihn in sich hinein. Die frißt, als ob sie kein Gebiß hat, überlegte Dagmar und legte sich neben Renzl bäuchlings in die Wiese. »Weißt du, was eine Tarnkappe ist? Man zieht sie sich über den Kopf, und schon ist man unsichtbar.«

»Ach, das wär schön«, sagte Renzl sehnsüchtig.

»Mein Bruder hat eine.« Und dann erinnerte sie ihn daran, daß er mit ihr zum See gehen wollte.

Auf dem Weg zum Ufer fand er ein Büschel trockenes Heu, das von einem Wagen gefallen sein mochte. Er hob es auf und hielt es Dagmar vor die Nase. »Riech mal.«

Während die Halme ihr Gesicht kitzelten, mußte sie an die Zöpfe denken, die ihre Mutter in ihrer Schlafzimmerkommode in Seidenpapier aufbewahrt hatte. »Warum riechen abgeschnittene Wiesen so süß und abgeschnittene Haare bloß staubig? Kannst du mir das sagen, Renzl?«

»Mon dieu, du stellst Fragen, Dagy.« Er überlegte und kam zu dem Schluß: »Es wachsen dem Menschen zwischen seinen Haaren ja keine Kräuter und Blüten auf dem Kopf.«

Das leuchtete ihr ein. »Ich hätte gern eine Wiese auf dem Kopf. Stell dir vor, Renzl, ich hätte eine Wiese auf dem Kopf!«

Zum ersten Mal hörte er sie lachen.

Renzls Badeplatz am See, abseits vom Seeliger Ferienbetrieb: eine Erdkuhle zwischen überhängenden Bäumen, am Rande eines Schilfgürtels.

Dagmar hob ihren langen Dirndlrock und stakste unsicher auf dem steinigen Grund herum, von glasklarem, kühlem Wasser umspült. »Hier sind Fische«, rief sie ihm zu, der mit dem Hund am Ufer saß und einem Grashalm Pfeiftöne entlockte. Das hatte Dag auch gekonnt.

»Glaubst du, daß Menschen zweimal auf die Welt kommen, Renzl?«

»Oja. Einmal als Mensch und einmal Tier.«

»Bist du sicher?«

»Ganz sicher nicht, aber es könnte ja sein.«

»Dürfen sie sich aussuchen, was für ein Tier sie werden wollen?«

»Ich hoffe doch.«

Dagmar wollte mit beiden Händen eine Renke fangen, die greifbar nah an ihren Beinen vorüberschwänzelte. Dabei fiel ihr Rock ins Wasser. »Was für ein Tier möchtest du im nächsten Leben werden?«

»Eine Eidechse«, sagte Renzl so rasch, als ob er schon darüber nachgedacht hätte.

»Warum eine Eidechse?«

»Ich beobachte sie. Sie sonnen sich den halben Tag auf warmen Steinen, wohnen in der Mauer und sind zu flink, um zertreten zu werden. Selbst August läßt sie in Ruhe.«

Dagmar wrang ihren nassen Rock aus und stieg ans Ufer, um sich neben Wastl auf eine Baumwurzel zu setzen.

»Ich kann gut schwimmen. Du auch, Renzl?«

»Oja. Wir leben ja an der Atlantikküste.«

»Hast du manchmal Heimweh?«

»Großes Heimweh.« Er holte einen Riegel Schokolade aus seiner Hosentasche und teilte ihn in zwei Hälften. »Eine für dich. Gestern kam ein Päckchen von meinen Eltern. Sie haben selber kaum was zu essen und schicken mir trotzdem Süßigkeiten. Sie wollen einfach nicht glauben, daß ich hier satt werde.«

Ein alter Kahn zog vorbei, schwarz wie die beiden Nonnen, die unter einem roten Sonnenschirm auf einer Bank mit Lehne saßen, während ein Pater sie ruderte. Ein Anblick von possierlicher Idylle, der Renzl rechtzeitig von seinem Heimweh ablenkte.

Sie blieben noch eine Weile am Ufer und schauten den spielenden Fischen zu und den sich ausbreitenden Ringen auf der Oberfläche des Sees.

»Fährst du nie nach Hause? Du mußt doch mal Urlaub haben.«

»Fremdarbeiter kriegen keinen Urlaub. Oh, Dagy.« Er fuhr sich mit beiden Händen durch sein dunkles struppiges Haar (August hatte ihm schon mehrmals angedroht, es mit der Sense zu scheren, wenn er nicht endlich zum Friseur ging) und sah Dagmar herzlich an: »Wir sind schon zwei arme Schweine.«

Diese Sprache gefiel ihr. So redeten Dag und ihre Altonaer Freunde.

»Drei arme Schweine«, verbesserte sie ihn. »Du hast Wastl vergessen.«

»Ja, der auch. Immer an der Kette.« Renzl streckte ihr die Hand hin: »Aufstehn, wir müssen zurück«, zog sie in die Höhe. Sie ließ seine Hand nicht mehr los. Renzl dachte, zunehmend ernüchternd, an die Pflichten, die ihn in der Gärtnerei erwarteten, und wehrte den Hund ab, der ihn schrill bellend an den zerknautschten Ball in seiner Hosentasche zu erinnern versuchte.

Dagmar war zufrieden mit der rauhen Wärme seiner Hand in der ihren. Zum erstenmal seit ihrer Ankunft in Kornfeld, daß sie nicht vor Berührungen zurückscheute, sondern sie suchte. Zwischen ihren Händen fand ein Austausch von Einsamkeiten statt, und darüber hörten sie auf, Einsamkeiten zu sein.

Als sie an einer Pferdekoppel vorüberkamen, sagte Dagmar: »Dag liebt Pferde. Dag wird bestimmt ein Pferd in seinem zweiten Leben.«

»Oh nononon, pas un cheveau!«

»Was hast du gesagt?«

»Nur kein Pferd. Pferde werden geschunden. Müssen schwer arbeiten. Müssen in den Krieg. Und wenn sie alt sind, macht der Pferdeschlächter Würste und Steaks aus ihnen.«

»Hör auf, du redest wie August!« Sie beschloß: »Dag wird kein Pferd. Dann lieber auch eine Eidechse. Haben Eidechsen Feinde?«

»Die Elstern zum Beispiel, die Raubvögel ... jedes Tier hat Feinde und jeder Mensch. Ich bin Franzose, du bist Deutsche, wir sind auch Feinde, Dagy.«

»Ich bin nicht dein Feind, Renzl. Bringst du mir Französisch bei?«

»Tu es mon amie.«

»Was heißt das?«

»Du bist meine Freundin.«

»Jaja, aber so was hat Zeit. Zuerst brauche ich ein ganz schlimmes Wort, das ich zu August sagen kann, wenn er mich ärgert. Auf deutsch geht es nicht, sonst krallt er mir eine.«

»Cochon – heißt Schwein. Wir ziehen es zu ›con‹ zusammen.«

»Das ist nicht schlimm genug.«

Renzl überlegte. »Sanglier – Wildschwein.«

»Und wie heißt beschissenes Wildschwein?«

»Sanglier merde.«

»Das ist gut. Das merke ich mir.« Und sah ihn bewundernd an. »Danke, Renzl.«

»Danke heißt ›merci‹.«

2

Else sprach zwar noch vom Abreisen, aber sie meinte es nicht mehr. Die Arbeit machte ihr nichts aus, und das Land kam ihr vor wie der Urlaub, den sie nie gehabt hatte. Als sie das erste Mal frühmorgens beim Waschen aus dem niedrigen Fenster schaute und am Horizont die Berge sah, die ein Föhneinfall entschleiert hatte, konnte sie sich gar nicht beruhigen vor Entzücken, und es tat ihr nur leid, daß Mutter und Antje nicht bei ihr waren, und so verlor sie ihre Freude aus schlechtem Gewissen wegen dieser Freude.

Es war ein schönes, zufriedenes, saftiges Land ohne Kriegsspuren. Glocken bimmelten von Kirchtürmen und an den Hälsen der Kühe auf den Weiden. Die Milch schmeckte noch wie Kuhmilch, war sahnig weiß, nicht so bläulich verwässert wie die in Altona, die ihr jeden Morgen von der Molkerei geliefert worden war.

Die Ruhe überm Land war zuverlässig. Keine Ruhe vor dem Sturm. Und das Kind, das ihr gutes Herz ihr aufgezwungen hatte mitzunehmen, war aus seiner Betäubung aufgewacht. Freundlich aufgewacht wie in ein Leben ohne Erinnerung an das vergangene.

Else beobachtete nicht ohne Eifersucht, wie Frau Steiner, die schwer zu erwärmen war, Dagmar ihre Sympathie bekundete, indem sie sie voll Essen stopfte. Diese Deern war – außer bei Elses Freundin Leni – beliebter als sie selbst. So hatte sie sich das nicht vorgestellt. Und dann Dagmars Verhältnis zu dem hübschen Franzosen. Sie schauten sich manchmal über den Tisch an, als ob sie ein Geheimnis miteinander hätten. Aber was denn wohl für eins – er neunzehn und sie zehn?

Dagmar mußte früher ins Bett als Else, manchmal war es nur eine Viertelstunde. Aber wenn sie die Kammer betrat, lag das Kind zur Wand gerollt ohne die tiefen Atemzüge des Schlafes. Else begriff, sie ist noch wach, aber sie stellt sich schlafend, damit ich sie nicht anrede. Und dabei hätte sie so gern mit ihr von zu Hause gesprochen. Und begriff nicht, daß das der Grund war, weshalb Dagmar sich vor jedem Alleinsein mit Else fürchtete. Sie wollte an nichts erinnert werden, Else war ihr lästig wie ein Erpresser, der zuviel von der Vergangenheit eines anderen wußte, einer Vergangenheit, die besser zugedeckt blieb.

Pastor Meyring von der evangelischen Pfarrgemeinde in Seeliger hatte von der armen Waise gehört, die bei Steiners vorübergehend untergekommen war, und meldete seinen Besuch an.

Frau Steiner lüftete für dieses Ereignis ihre gute Stube, die sie sonst nur im Winter benutzten, wenn sie Zeit zum Wohnen hatten. Bis nach der letzten Ernte hielten sie sich in der Küche auf oder – bei warmem Wetter – auf dem Sitzplatz vorm Haus.

Schief vor Befangenheit und Mißtrauen sah Dagmar ihm entgegen, als Frau Steiner ihn hereinführte. »Bitte, ich möchte nicht über Mama und Dag sprechen, bitte nicht«, warnte sie ihn beschwörend.

Also sprach der Pfarrer mit ihr von Gott, der seine schützende Hand über alles, was da kreuchte und fleuchte, hielt, über Gott, den großen Hirten, Gott, den Schöpfer Himmels und der Erden ...

Und Dagmar glaubte ihm gern, daß Gott die Natur erschaffen hatte, das Land, das Meer, die Menschen, Tiere und Pflanzen, auch diejenigen, die der Landmann als Unkraut beschimpfte – und dafür liebte sie Gott. Als er ihr jedoch begreiflich zu machen versuchte, daß es auch Gott der Barmherzige gewesen war, der in seinem unerforschlichen Willen beschlossen hatte, alle und alles, was sie liebte und was die Geborgenheit ihres Kinderlebens ausgemacht hatte, frühzeitig abzuberufen und zu vernichten, packte sie ein solcher Zorn auf Gott, daß sie seinem Stellvertreter auf Erden ein Bein stellte, als er auf sie zugehen wollte, ein Bein, über das er stolperte und lang hinschlug, mit der Nase an einen Schrankfuß.

»Auch das hat Gott gewollt«, versicherte ihm Dagmar, tränenblind aus der guten Stube rennend, während er sich, seine blutende Nase haltend, hochrappelte. Sie ließ den

Hund von der Kette, griff sich Lenis Fahrrad und strampelte stehend zum See hinunter, nicht wissend, ob sie jemals in die Steinersche Gärtnerei zurückkehren würde.

Nur mit ihrer Unterhose bekleidet schwamm sie von Renzls verstecktem Badeplatz in den kühlen, klaren See. Es war soviel Wasser und Himmel um sie herum, durch keine Erwachsenenbesorgnis gestört, niemand, der vom Ufer »Dagmar« rief – Dag-mar, zwei Silben wie geschaffen für Vorwurf und Strenge. »Schwimm nicht so weit raus. Komm sofort zurück – hörst du nicht, Dagmaaaarrr!«

Niemandem würde es in dieser Einsamkeit auffallen, wenn sie einfach unterging. Else würde jammern und heulen, das konnte sie gut, aber um sie trauern? Kaum. Frau Steiner, die sehr fromm war und schon um fünf Uhr früh beim Gebetläuten in die Kirche rannte und donnerstags und freitags zusätzlich um fünfzehn Uhr, wenn die Glocken zur Erinnerung an Christi Leiden riefen und sonntags sowieso, Frau Steiner würde sagen: Wer einem Pfarrer ein Bein stellt, dem geschieht es nur recht, wenn er im See ertrinkt.

Ob man sie schon überall suchte, um sie einzusperren, weil sie den frommen Hirten beschädigt hatte? Im Grunde genommen konnte er ja wirklich nichts dafür, er war ja nur ein Angestellter von Gott. Immer die Untergebenen trifft's, die müssen die Fehler der Obrigkeit ausbaden – das hatte auch Renzl gesagt. Gott allein war schuld. Jahrelang hatte sie jeden Abend gebetet: ... und mach, daß Dag, Mama, Jonny und Oma gesund bleiben, aber Gott tat ja doch, was er wollte, da half kein noch so inbrünstiges Bitten, und darum wollte sie von nun an nie mehr zu ihm beten. Aber wenn sie das Beten aufgab, blieb ihr nichts, woran sie sich klammern konnte. Dann verlor sie das Ziel für all ihre dringenden Wünsche – auch für diejenigen, die nicht in Erfüllung gingen. Ihr Kopf war ganz durcheinander vor lauter Ratlosigkeit, wie es nun weitergehen sollte – am besten gar nicht.

Es würde eine Weile dauern, bis man das Rad und ihre Kleider am Ufer finden würde und Wastl, der bei ihnen ausharrte. Letzte Spuren von Dagmar DasarmeKind. Aber es gelang ihr nicht unterzugehen.

Vom Ufer tönte Wastls besorgtes Winseln.

»Ich komme, Jonny –« Sie hatte ihn schon so oft Jonny wie ihren Terrier genannt, daß er inzwischen auch auf diesen Namen hörte. Und eigentlich war es doch ganz schön, daß sich einer Sorgen um sie machte, und wenn schon nicht um sie, so doch um seine eigene Verlassenheit am Ufer.

Sie schwamm zurück. Er wedelte und wand sich gleichzeitig, beschämt über seine Wasserscheu, die ihn daran gehindert hatte, ihr nachzuschwimmen.

Dagmar wartete, bis sie getrocknet war, dann zog sie ihr Kleid über und setzte sich neben Wastl.

In die Gärtnerei traute sie sich nicht zurück. Sie wußte auch nicht, wo sie sonst hingehen sollte. Sie saß einfach da und hoffte und wußte nicht worauf.

Als ihre Seite des Seeufers längst im Schatten lag, hörte sie ein Fahrrad über Steine und Wurzeln näherklappern.

»Dachte ich's mir doch, daß ich dich hier finden werde«, rief Renzl. »Was machst du hier? Ich komme von der Wiese und alle sind in Aufregung – du bist seit Stunden fort – der Pastor ist auch fort ohne Gruß – sie haben inzwischen mit ihm telefoniert – er sagt, er wüßte nicht, wo du bist – du wärst ihm plötzlich davongelaufen ...«

Ihre Augen voller Hoffnung: »Hat er sonst nichts gesagt?«

»Was soll er denn gesagt haben?«

Mühlsteine plumpsten von ihrem Gewissen. Die Sonne ging nicht unter, sondern rückwärts wieder auf. Ihre Füße mußten hüpfen vor Erleichterung – linksrum-rechtsrum – Wastl sprang bellend an ihr hoch.

Und Renzl, der vom Baumstamm, an dem er gelehnt, in die Hocke heruntergerutscht war und ihnen grinsend zusah: »Was ist los, Dagy?«

»Das Leben ist schön«, versicherte sie ihm.

Pastor Meyring schwieg über den dramatischen Vorfall in der Steinerschen Gärtnerei, der zum Bruch seines Nasenbeins geführt hatte; nur seine Familie war eingeweiht. Eins seiner fünf Kinder schien nicht dichtgehalten zu haben – auf alle Fälle war die Geschichte am nächsten Tag als »stille Post« durch Seeliger und Kornfeld geeilt, auch durch Steiners Küche ...

Da er als geistliche Respektsperson unmöglich mit einer Clownsnase vor seine Schafe treten konnte, hatte er einen Vertreter aus der nächsten Kreisstadt angefordert, der für ihn die Sonntagspredigt halten mußte.

Weil Dagmar keine Eltern mehr hatte, wurde Else Pillkahn zu Pastor Meyring bestellt.

»Wieso ich?« jammerte Else über diese Ungerechtigkeit. »Ich bin mit den Satan weder verwandt noch sein Vormund. Ich hab Dagmar aus Mitleid mitgebracht. Das habe ich nu von meine Menschengüte! Ich bin selber Waise und noch so jung. Aber danach kräht keiner. Für Trost bin ich nich zuständig. Bloß wenn's um Verantwortung geht, denn erinnert man sich an Else Pillkahn. Nu ich zu Herrn Pastoor – also wirklich – nee aber auch!«

Else war gottgläubig, nicht konfirmiert, das verlangte in Hamburg auch keiner von einer überzeugten Nationalsozialistin. Doch hier in Seeliger war das anders. Da war nicht nur der katholische Pfarrer mächtig geblieben, sondern auch der evangelische Pastor mit der viel kleineren Gemeinde, egal, wie laut seine braunen Schafe »Heil« blökten.

Nun saß ihm Else gegenüber am Schreibtisch seines Amtszimmers, und seine Nase war ja wirklich ein stattliches Ding. Grün und blau und dunkellila, wie aufgeblasen in seinem ansonsten zartgeformten Gesicht.

Else konnte gar nicht wegschauen, aber zum Lachen war ihr dabei nicht zumute. Sie nestelte nervös an ihrem Handtaschenriemen herum, denn ihr war klar, daß er sie bestellt hatte, weil er eine Erklärung von ihr erwartete, und sie hatte sich entschlossen, jedwede Verantwortung für Dagmar Janson abzulehnen. Hatte auf dem halbstündigen Herweg mehrfach memoriert, was sie dem Pastor alles erzählen wollte: Diese Jansonschen Zwillinge – nix wie Blödsinn und Schindluder in ihre bösen Köppe! Ihre arme Mutter. Mit achtundzwanzig Witwe und denn die Brut am Hals! Wenn die abends ausse Konditorei Janson nach Hause kam, prasselten die Beschwerden ihr gleich im Hausflur aus offene Wohnungstüren entgegen. »Frau Janson, Ihre Zwillinge!« Und denn war sie ja schon fix und fertig. Und wenn sie später zu die betroffenen Mieter ging, steckte sie vorsorglich ihr Portmonnee ein, falls es Schäden zu bezahlen gab. Die aame Frau!

Else wollte als erstes klarstellen, daß sie für den übriggebliebenen Zwilling und seine unverhofften, brutalen Aktionen nicht verantwortlich gemacht werden durfte, auf keinen Fall.

Und dann – zu ihrer eigenen Verwunderung hörte sie sich folgendes sagen: »Herr Pastoor, die Dagmar, das ischa man vom Kern her eine gute Deern, bloß manchmal 'n büschen direkt. Ich kenne sie, wie sie mit ihrem Zwillingsbruder noch in die Wiege lag, und damals schon nich zu zügeln. Sie wissen, daß unse Familien in dieselbe Nacht umgekommen sind«, und sah ihn an, das Taschentuch rascher gezückt, als ihre Tränen fließen konnten. »Und nu sagen Sie zu so ein Kind, daß es Gottes Wille gewesen is, und das geht doch nich in so 'nen lütten Kopf, das geht ja nich mal in meinen, Herr Pastoor, daß soviel Unglück Gottes Wille sein kann.«

Sie sah ihn Luft holen, um zu antworten, aber sie ließ ihm keine Möglichkeit dazu. »Nö, Herr Pastoor, kommen Sie mir nich mit 'n Glauben. Immer wenn ich so richtig geglaubt habe, bin ich im Stich gelassen worden – ob von Gott, ob von einen Menschen. Und Bibelsprüche helfen auch nicht gegen das Leid an. Der Herr hat's gegeben, der Herr hat's genommen. Amen. Nur mit amen finde ich mir all gaa nich ab. Das ist, als ob man seine Unterschrift ungefragt unter was setzen muß, was man selber vielleicht gaa nich meint, aber von klein auf auswendig gelernt hat. Wann kommt man schon zum Selberdenken, alles is all vorgedacht!«

»Glauben Sie wirklich an gar nichts mehr, Fräulein?« brach Meyring in ihren Redeschwall ein.

»Doch. An unseren Führer Adolf Hitler.«

»Ach – und der hat Sie noch nie enttäuscht? Nicht mal nach Stalingrad?«

»Dafür kann er nich«, sagte Else unerschütterlich. »Das waren seine Generäle, und eh ich es vergesse –«, sie zog einen Zettel aus ihrer Handtasche, einen Abriß vom Bestellblock der Gärtnerei, angefüllt mit Schönschrift und gemalten Blümchen drumherum. »Von Dagmar Janson an Sie, Herr Pastoor.«

Er warf einen Blick darauf und erkannte an den gestelzten Entschuldigungssätzen, daß ein Erwachsener, wahrscheinlich Else selbst, dieses Reuebekenntnis diktiert haben mußte.

»Ich habe eingesehen, daß ich nicht ganz unschuldig bin an Dagmars ungezogener Reaktion«, gab der Pfarrer zu. »Aber ich habe vorausgesetzt, daß das Kind im Glauben erzogen worden ist, das ist sie wohl nicht. Und es ist wohl auch noch zu früh, mit ihr über ihre verstorbenen Anverwandten zu reden.«

»Das tut sie nicht mal mit mir, Herr Pastoor.«

»Sorgen Sie dafür, Fräulein –«

»Pillkahn, Herr Pastoor.«

»– daß Dagmar von nun an den Kindergottesdienst besucht.«

»Ich will mein Möglichstes tun«, versprach Else. »Der Weg ischa man 'n büschen weit, ich habe eben zu Fuß 'ne Dreiviertelstunde gebraucht. Wenn ich Dagmar schicke, is noch nich raus, ob sie auch wirklich ankommt. Das weiß man bei sie nie. Dafür dürfen Sie mich keine Vorwürfe machen, Herr Pastoor. Und außerdem is ganz unbestimmt, ob wir noch länger hierbleiben.«

Ehe er antworten konnte, läutete das Telefon auf seinem Schreibtisch, ein Grund für Else, sich eilig zu erheben und mit »Tschüs, Herr Pastoor, und gute Besserung für Ihre Nase« seiner Amtsstube zu entfliehen.

Als Dagmar eines Abends, vom Schwimmen heimkommend, das Rad den Höhenweg hinaufschob, kam ihr Else entgegengerannt, außer sich vor Zorn, so hatte Dagmar sie höchstens in Altona erlebt, wenn Jonny an ihre Ladentür pinkelte.

»Was ist passiert?«

»Die Anni war da«, japste Else, »die erste Braut vom Sepp, die aus Penzberg.«

»Ach, du meine Güte«, staunte das Kind nicht ohne Sensationslust. »Habt ihr euch geprügelt?«

»Nein – wieso, sie weiß ja nichts von mir. Aber die alte Steiner hättest du erleben müssen. Auf einmal scheißfreundlich und immer um die Anni rum und echten Bohnenkaffe für die Anni und mich als August seine Kusine vorgestellt und denn zu die Hühner geschickt, Eier einsammeln. Na, ich bin erst gaa nich wieder ins Haus.«

»Wie sieht sie aus? Ist sie hübsch?« fragte Dagmar interessiert.

»Na – so 'nen Busen –«, Elses Hände wogen schwere Gewichte in der Luft. »Direkt anstößig.«

»Und ihr Gesicht?«

»Einen schlechten Geschmack hat Sepp ja nu nich, das siehst du an mir. Sie soll eine reiche Fleischerstochter sein ...«

»Na und? Ihr hattet das Milchgeschäft in unserm Haus.«

»Fürs Gewesene gibt der Jude nix. Das mußt du dir merken, Deern. Was wir mal hatten, zählt nich mehr, nur was du hast.«

Dagmar empfand Mitleid mit Else, wie sie so dastand – mit vom Heulen verquollenen Augen, in der groben Männerschürze unförmig breit bei verdeckter, schmaler Taille, auf die sie so stolz war. »Mach dir nichts draus, Fräulein Else«, tröstete Dagmar, »du bist auch nicht arm. Du hast ja die tausend Mark vom Sparbuch.«

»Darum geht's ja nich. Was mich so wurmt, is die Mißachtung. Die kann mein Stolz nich ab. Die erste Schwiegertochter wird von Frau Steiner behandelt wie Gräfin Koks von der Gasanstalt, und in mir sieht sie man bloß 'nen Putzdeibel. Nee, nee, Deern, hier bleib ich nich länger. Morgen reisen wir ab.«

»Morgen schon?« erschrak Dagmar.

Morgen war Sonntag, da wollte sie mit Renzl eine Radtour zu den Bergen unternehmen. Renzl war ihr Freund. Als sie gestern abend zusammen auf der Wiese lagen und in den Abendhimmel schauten, hatte er plötzlich gesagt: »Seit du hier bist, ist der Wastl ein fröhlicher Hund«, und fügte nach einer Pause hinzu: »Ich auch. Ich bin auch fröhlich.«

Dagmar freute sich über dieses Bekenntnis, es versetzte sie in eine ein bißchen feierliche Stimmung. »Tu es mon ami, Renzl. Und Wastl est un – un – na – un chien. Ami et chien. Was lerne ich heute für Wörter?«
»Was möchtest du lernen, Dagy?«

»Kannst du dir das nicht noch mal überlegen, Fräulein Else? Müssen wir schon morgen nach Hause fahren? Hier ist es doch ganz schön.«
Else seufzte. »Das habe ich auch gedacht, bis die erste Braut alles kaputt gemacht hat.«
Für Dagmar war keine Nebenbuhlerin gekommen. Und seitdem die peinliche Geschichte mit Herrn Pastor unverhofft gut ausgegangen war, sah sie auch keinen Grund mehr für eine baldige Abreise von Kornfeld. Und wohin denn auch?

Beim gemeinsamen Nachtmahl war Frau Steiner überraschend freundlich im Umgang mit Else, welche daraufhin mißtrauisch vermutete: Entweder leitet sie damit einen sanften Rausschmiß ein, oder es hat an diesem Nachmittag Ärger mit der Möser Anni aus Penzberg gegeben. Sie war ja auch nur knapp eine Stunde geblieben – eine kurze Zeit in Anbetracht des umständlichen Weges hierher mit mehrmaligem Wechsel des Überlandautobusses.
»Greif zu«, forderte Frau Steiner sie auf – duzte Else zum erstenmal, sie, die bisher alles vermieden hatte, was die zweite Braut als Vertraulichkeit hätte auslegen können. Nach der Schmach des Nachmittags nun diese unerwartete Anerkennung. So spielt das Leben. Eben noch hatte Else gedacht, jetzt ist alles aus, und plötzlich schien alles besser denn je ...
Sie kratzte die Reste des Kaiserschmarrns von ihrem Teller und gleichzeitig ihr zerbröseltes Selbstbewußtsein zusammen und verkündete kühl: »Morgen reisen wir ab. Diesmal is endgültig.«
»Ah geh – warum?« bedauerte Leni. »G'fallt's dir nimmer bei uns?«

Frau Steiner verbarg ihren Schreck über Elses Mitteilung hinter einem zerknitterten Pokerface. »Du mußt net. Mir san zufrieden mit dir.«

»Als unbezahlte Arbeitskraft, ich weiß«, ergänzte Else.

»Wenn's daran liegt – mir zahl'n dir was, gell, Mutter?«

»Jo mei –«, sagte Frau Steiner. Das war weder ja noch nein, aber immerhin ein Überlegen, das ihren Wunsch, die fleißige Else noch eine Weile zu behalten, einschloß. »Aber wann's ihr bleibt, muß der Fratz in die Schul. Die Ferien sind vorüber.«

»Schule!« Dagmar legte ihre Gabel hin. Seit sie in Kornfeld war, lebte sie den Tagesablauf eines Gärtnerkindes, verdrängte die Vergangenheit, dachte nicht an die Zukunft, dachte von einem Beet zum anderen und an die kurzen Feierabende mit Renzl und Wastl – und nun dieser Schicksalsdonnerschlag, der die kleine Fröhlichkeit zerschlug, die sich zaghaft, aber stetig in ihr aufbaute: »Der Fratz muß in die Schul!«

Auf die Idee, daß Gärtnerkinder so was auch durchmachen müssen, war sie gar nicht gekommen.

Und Schule ohne Dag? Lauter fremden Kindern ausgeliefert sein? Sie erinnerte sich noch sehr gut, wie sie die Neuen in der Klasse früher behandelt hatten.

»Ich geh hier nicht zur Schule. Ich denk ja gar nicht dran.«

»Ob du willst oder nich, danach fragt die Schulbehörde nich«, sagte Else.

»Nun dann – dann reisen wir eben morgen ab!«

»Was heißt wir?« fuhr Else sie an. »Wer sagt denn, daß ich mitmuß, wenn du wegwillst?«

»Du. Du hast vorhin gesagt, du hast gesagt, wir reisen morgen endgültig ab.«

Nun legte auch Else ihre Gabel aus der Hand. »Das war vorhin. Und nun hör zu, Deern. Ich hab dich mit hergebracht. Steiners waren so großzügig, dich aufzunehmen. Sie haben dir nich mal aus dem Haus gejagt, wie die Sache mit Herrn Pastoor passiert ist. Der hat dir verziehen dank meine Fürsprache. Aber das war das letzte Mal. Nu is Schluß. Ob du ausbüxt aus Angst vor Schule – ob du zur Schule gehst und Stunk und Schande machst – das geht mich allens nix mehr an, verstanden? Wir sind geschiedene Leute.«

»Putain merde!« knurrte Dagmar über den Tisch, zitternd vor Erregung.

»Was sagst du?«

»Ich geh hier nicht zur Schule. Ich denk nicht dran!«

»Dann werden sie dich ebend von 'nem Schupo abholen lassen und mit Zwang hinführen – in Handschellen!« versprach ihr August.

Und Else: »Du mußt zur Schul, Krischperl, da gibt's fei gar nix!«

»Nein«, sagte Dagmar entschlossen. »Dann schreibe ich lieber an Mamas Freund.«

»Wem schreibst?« erkundigte sich Frau Steiner.

»Doktor Groothusen. Er soll kommen und mich nach Hamburg mitnehmen in meine alte Schule.«

Else, nachdem sie sich von ihrer Verblüffung erholt hatte, warf schrill lachend die Arme hoch, Schweißgeruch entströmte ihren rotbehaarten Achselhöhlen: »Th – th – auf einmal weißt du seinen Namen!«

»Er ist mir gerade eingefallen«, sagte Dagmar, die Augen starr auf die Kuckucksuhr gerichtet, ohne zu blinzeln, um das Abfließen der aufsteigenden Tränen zu verhindern.

»Montag wirst angemeldet. Am Dienstag gehst in die Schul. Basta!« bestimmte Frau Steiner, mit Faustschlag ihren Entschluß bekräftigend.

Dagmar sprang vom Tisch auf, daß der Stuhl umpolterte, und rannte aus dem Haus.

Renzl stand auf, murmelte eine Entschuldigung und lief ihr nach.

»Immer is er um das Gör«, sagte August hinter ihm her. »Das kommt mir nich geheuer vor.«

»Schmarrn«, fuhr ihn Leni an. »Du weißt genau, der tut nix Unrecht's mit 'm Krischperl, aber du suchst ja nach 'n Grund, damit daß du ihn denunzieren kannst.«

Renzl fand Dagmar beim Wastl im Hof. Sie hockte auf dem Dach seiner Hütte und kraulte ihn, der angekettet neben ihr hochstand.

»Oh, Dagy«, sagte er, Zigarettenpapier und Tabak aus seinen Beutelhosentaschen hervorkramend, »wie gern würde ich wieder in die Schule gehen. Und du schreist herum, als ob man beschlossen hätte, dich zu schlachten. Warum?«

»Ich war doch noch nie ohne Dag in einer fremden Klasse«, litt sie vor sich hin.

»Ja, glaubst du denn, du kommst in Hamburg in deine alte Schule zurück? Vielleicht ist sie abgebrannt. Dann stehst du auch allein da. Daran mußt du dich langsam gewöhnen. Hier hast du wenigstens uns nach der Schule. Überleg dir das mal!«

Dagmar sah ihn erschrocken an. Daran hatte sie überhaupt noch nicht gedacht.

In der darauffolgenden Nacht konnte sie nicht schlafen vor lauter Grübeln. Wälzte sich von einer Bettseite zur anderen, hieb mit der Handkante eine Kerbe in das bleischwere Kopfkissen, durch dessen gestärkten, handgewebten Bezug die Federkiele stachen.

»Stimmt das mit dem Doktor Groothusen, Deern?« Else im Bett an der anderen Zimmerwand konnte auch nicht schlafen. Am liebsten hätte Dagmar nicht nur in ihr Kissen, sondern auch in ihren Kopf eine Kerbe geprügelt, weil sie so dämlich gewesen war, Onkel Groothusens Namen preiszugeben.

Zu spät erinnerte sie sich daran, was er ihnen alles zugemutet hatte. Auf Mamas Betreiben mußte er Feste in seinem Harvestehuder Garten arrangieren, damit sie in gehobene Kinderkreise eingeführt wurden. Da standen die Zwillinge dann feingemacht herum, kannten niemand, litten an ihrer andressierten Wohlerzogenheit, wurden von keinem beachtet, bis ihnen der Matrosenkragen geplatzt war und das feine Fest in einer saftigen Prügelei geendet hatte.

Mama hatte sich immer geschämt, weil sie in einer Arbeitergegend wohnten und zur Schule gehen mußten. Aber das war Omas Wille gewesen. Oma hatte gesagt, wenn Altona gut genug für Kai-Uwes Jugend war, denn ist es auch gut genug für seine Kinners.

Die Zwillinge hatten Altona geliebt. Hier waren sie Anführer in ihrer Straße gewesen. Sie waren beliebt und geachtet, weil sie mutig waren und auch, weil sie im vierten Kriegsjahr noch über Konditorwaren verfügten.

Selbst wenn ihre Kumpane noch heute dort wohnen würden, was wäre Dagmar unter ihnen ohne Dag und ohne Kuchen!?

»Ich hab dich angelogen, Fräulein Else«, sagte Dagmar zum anderen Bett hinüber. »Ich habe den Namen von Mamas Freund erfunden. In Wirklichkeit hieß er ganz anders.«

Else glaubte ihr nicht. »So schnell kann man nicht so einen Namen erfinden – Paul Schmidt oder Otto Schulz, die ja, aber keinen Doktor Groothusen. Nee, Deern, das kannstu mich nich weismachen.«

»Leider ist er tot«, sagte Dagmar bedauernd.

»Achnö – auf einmal is er tot. Das wird ja immer spannender. Und woher weißt du, daß er tot ist? Vielleicht hat dich das sein Hund geschrieben?«

»Er hat keinen Hund. Und soll ich dir sagen, wie er richtig hieß? Doktor Jens Harmsen.«

»Jens Harmsen, was sagst du dazu! Das war doch der Zahnarzt aus unse Straße.«

Ohjeja, dachte Dagmar, irgendwie war ihr der Name auch bekannt vorgekommen.

»Ich bin jetzt müde, Fräulein Else, ich muß schlafen. Nacht.« Sie rollte sich zur Wand.

Else suchte nach der Flasche, die neben ihrem Bett auf dem Boden stand, trank im Dunkeln einen Schluck Brause mit synthetischem Himbeergeschmack, Brause lief über ihren Hals in den Ausschnitt ihres Nachthemds. »Kannst du schweigen, Deern?«

»Hmhm.«

»Schwör mich beim Leben von –«, sie brach ab. Bei wessen Leben sollte Dagmar denn noch schwören? »Schwör trotzdem! Leni hat mich erzählt, warum die Anni aus Penzberg so schnell wieder weg is. Die is nämlich bloß gekommen, um zu sagen, daß das noch Jahre dauern kann mit Sepp seine amerkanische Gefangenschaft, und sie wird inzwischen nich jünger, und denn weiß man ja auch gaa nich, ob man sich nach so lange Zeit noch versteht. Na, kurzum, sie hat einen Leutnant bei der Flak kennengelernt, der hat wohl einen abben Arm, aber einen guten Charakter und is all Leutnant, eben mehr wie 'n Obergefreiter und im Zivilberuf ein Jurist mit fünf Semester Studium. Na, sagt Leni, da hätte ich man ihre Mutter, die olsche Steiner, erleben sollen. Die hat Anni rausgeschmissen, aber vorher mußte sie den Ring von Sepp wieder rausrücken, der hat ja achtzehn Karat Gold. So, nu sind wir die erste Braut los – schneller wie gehofft. Leni sagt, sie will dem Sepp in sein Camp Ruston schreiben, daß ich nu hier bin und eine tüchtige Kraft. Aber von mich kein Gruß an Sepp, und wenn ich mich die Finger zusammenbinden muß. Keine Zeile und schon gaa kein liebes Wort nach all den Schweinkram, den er mich geboten hat.« Sie streckte sich zufrieden in ihrem Bett aus. »Es gibt doch eine Gerechtigkeit.«

Die Stille vorm geöffneten Fenster war absolut. Kein Blätterrascheln, kein Vogelpiepsen, kein Atmen irgendwo – eine Stille, die wachhielt, wenn man sich auf sie konzentrierte, wenn man sein bisheriges Leben lang bei Straßengeräuschen eingeschlafen war.

»Deern«, sagte Else nachdenklich, »nu weiß ich, daß ich die erste Braut bin und hierbleiben kann. Und nu hab ich auf einmal Heimweh. Ist das nich gediegen?«

»Du weißt auch nicht, was du willst, Fräulein Else«, gähnte Dagmar. »Einmal willst du hierbleiben und einmal willst du nach Hause.«

»Genau wie du«, gab Else zurück. »Das is nu mal so, wenn man nich mehr weiß, wo man hingehört.«

Am Dienstagmorgen wanderte Dagmar Janson mit Lenis altem Ranzen zur Schule nach Seeliger hinunter. Niemand begleitete sie auf diesem bitteren Gang, so was taten höchstens besorgte Mütter. In der Gärtnerei sagte man sich, sie kennt ja den Weg und hoffte, sie würde nicht nur pünktlich, sondern überhaupt im Schulhaus ankommen.

Else hatte ihr für dieses Ereignis die Haare geschnitten und das trübselige Dirndl frisch gewaschen. »Wehe, du prügelst dich«, rief sie ihr warnend nach.

Zum ersten Mal ging sie ohne Dag zur Schule. Vieles hatte sie inzwischen gelernt ohne ihn zu tun. Aber so alleingelassen wie auf diesem Weg hatte sie sich nie gefühlt, so halbiert, so übriggeblieben und schutzlos ohne seine kampflustigen Fäuste. Sie glaubte auch nicht mehr an seine Nähe unter einer Tarnkappe. Die vierzehn Tage, in denen sich laut Else die Toten noch auf der Erde bewegen, waren längst um. Mama war tot, Oma war tot, Jonny war tot. Dag war – nein, Dag nicht. Er war – Renzl hatte gesagt: Du mußt dir vorstellen, er ist irgendwo, und irgendwo kann überall sein, auch in deiner Nähe. Die tiefsinnige Bedeutungslosigkeit seines gutgemeinten Trostes akzeptierte Dagmar gläubig, weil das Wort Tod in ihr nicht vorkam.

Zum ersten Mal nun allein in einer Schule unter wildfremden Kindern, deren Mentalität sie nicht kannte und deren Dialekt sie nur mühsam verstand – allein. Allein. Allein, ich bin allein, sagte sie vor sich hin, immer wieder, bis ein Rhythmus daraus wurde, dem sich ihre Schritte anpaßten, die irgendwann in Hüpfen übergingen, bei dem ihr Alleingefühl an trauriger Bedeutung verlor.

Vor fünf Jahren war die Kornfelder Zwergschule aufgelöst worden, die Leni und Sepp noch besucht hatten: vier Klassen – zwei vormittags, zwei nachmittags in einem einzigen Schulraum. Seither mußten die Kinder nach Seeliger hinunterlaufen oder -radeln. Das Schulgebäude dort erinnerte von außen eher an ein großes bayerisches Wohnhaus als an eine Kinderkaserne.

Sämtliche Klassen hatten sich in der Aula zur Morgenandacht eingefunden. Sprossen an den Wänden, zusammengebundene, von der Decke baumelnde Ringe und ein zur Seite geschobener Barren erinnerten daran, daß dieser Saal nicht nur zum Beten, Singen und Redenschwingen, sondern auch als Turnhalle benutzt wurde.

Dagmar drückte sich an die Wand neben der Flügeltür, noch nicht sicher, ob sie bleiben oder türmen sollte. Ein Junge aus Kornfeld sah sich um und erkannte sie, er stieß seinen Nachbarn an, nun schauten sich immer mehr nach ihr um – ihr Schicksal hatte sich in Kornfeld längst herumgesprochen wie alles in einem 450-Seelen-Ort.

Was glotzt ihr wie das Rindvieh? schossen ihre Blicke voll aggressiver Angst zurück. Glaubt ja nicht, ihr könnt mir frech kommen, weil ich keinen Bruder mehr habe und nicht mal mehr einen Koffer besitze. Ich kann mich wehren. Ich kann Tricks – ich leg euch alle um! Wenn sich der nächste umdreht, strecke ich ihm die Zunge raus. Aber da es sich um eine Lehrerin handelte, nahm sie von ihrem Vorhaben Abstand.

Dagmar hatte ihren Zorn so heftig aufgeheizt, daß sie keinen Ton beim Schlußchoral hervorbrachte.

Während die Schüler sich nach der Andacht in ihre Klassen verteilten, stand sie im Flur, mit dem Gesicht zur gräulich gestrichenen Wand, und haßte gegen das lange Brett mit den Kleiderhaken an, bis der alte Hiebel, ihr Klassenlehrer, sie samt ihrer brettsteifen Abwehr ins Zimmer schob und auf einen leeren Platz in der fünften Reihe einwies.

Das Mädchen neben Dagmar, mit braunen, strammgeflochtenen Schnecken über den Ohren, gab ihr herzlich die Hand: »Grüß dich Gott, ich bin die Traudi.«

Wohin Dagmar schaute, begegnete sie von Neugier bis zu gesundem bäuerlichen Mißtrauen, auch aufmunterndem Grinsen, nirgends Abwehr. Nicht einer bot ihr eine Angriffsfläche als Ventil für ihre vorbeugend aufgeputschten Aggressionen.

Ja, wo sollte sie denn nun mit denen hin!?

Zuerst wurde ein auswendig gelerntes, vierstrophiges Gedicht vaterländischen Inhalts abgehört, dann wurde Diktat geschrieben.

In der großen Pause nahm Traudi sie an die Hand und führte sie auf den Schulhof dorthin, wo die Mädchen standen. Ihre Gespräche drehten sich um Gutkärtl, von denen sie noch nicht wußte, was sie bedeuteten, um ein von einem Traktor überfahrenes Huhn und fromme Stickereien auf Aidastoff.

»Magst a gern sticken?« fragte Traudi.

»Sticken? Ach, du meine Güte –«, sagte Dagmar und schaute sehnsüchtig zu den Buben herüber, die für sich tobten, sich produzierten und im Fingerhakeln übten, wobei ihnen die Köpfe rot anschwollen.

Auf dem Altonaer Schulhof hatte sie immer mit den Jungs gespielt. Heimweh nach Dag und ihrem Zuhause überwältigte sie. Hamburg. Hansestadt mit Seeräubervergangenheit. Das Tor zur weiten Welt.

Großstadtüberheblichkeit ließ sie von dieser fröhlich-naiven Mädchenschar abrücken. Oh, Hamburg-Altona ... Aber Dagmar konnte nicht leugnen, daß sie in der neuen Klasse herzlich aufgenommen und akzeptiert worden war.

»Ich muß aufs Klo«, sagte sie zu Traudi, um sich mit ihrem Heimweh in eine stille Schulhofecke zu retten. Dabei verlor ihre Sehnsucht an Entfernung, sie konzentrierte sich auf den von Hühnern zugeschissenen Hof hinter der Steinerschen Gärtnerei, auf Wastl an seiner Kette und die Freude auf Renzl, wenn er mit der Mistkarre um die Ecke bog und ihr zugrinste. Nein, nicht mehr Hamburg ohne Dag und Zuhause. Hier hatte sie wenigstens Renzl. Und an die Mädchen in ihrer Klasse würde sie sich auch gewöhnen mit der Zeit.

Endlich der Heimweg mit allen Schülern, die in Kornfeld wohnten, die Großen von den Kleinen streng getrennt. Mit viel Zeitvertrödeln, denn wenn sie ihr Zuhause erreichten, ging für die meisten von ihnen der Rest des Tages in Pflichten unter. Sie waren Bauern- und Handwerkerkinder. Dann kam der Weg, an dem Dagmar abbiegen mußte. Außer ihr blieb ein Junge aus ihrer Klasse übrig. Das war der Benedikt Rappenreiter. Der Name Rappenreiter war schon oft in der Gärtnerei gefallen.

Es waren die nächsten Nachbarn, ihr Grundstück lag hinter einer drei Meter hohen Thujahecke verborgen. August und Renzl mähten nach Feierabend dort die Wiesen.

Benedikt war der erste Rappenreiter, den sie kennenlernte. Sie ging vor ihm her, ohne sich nach ihm umzusehen, ging langsam, damit er sie einholen konnte. Mit der Schuhspitze schoß sie Steine aus dem zerfurchten Weg.

Und wartete ab.

»Stimmt des, daß du dem Pfarrer Meyring ein Bein gstellt hast?« eröffnete Benedikt schließlich die Unterhaltung.

Die Erwähnung des Pastors fiel wie ein Platzregen auf sie nieder. Er hatte ihr zwar vergeben. Aber morgen früh, beim evangelischen Unterricht, den er leitete, stand ihr das erste Zusammentreffen mit seiner gebrochenen Nase bevor.

»Woher weißt du?«

»Es war des erste, was mir der Mesner Toni erzählt hat, wie wir aus den Ferien heimkommen sind.«

»Es tut mir leid, das mit dem Pastor«, versicherte Dagmar. »Es ist aus Versehen passiert.«

»Ah geh – des glaab i net«, lachte er. »Weil du hast es mit Absicht getan. Du traust dich was.«

Und weil sein Unglaube wie eine Anerkennung klang, die Dagmar dringend brauchte, widersprach sie ihm nicht ein zweites Mal. »Ich – ich habe – hatte – ich meine, mein Zwillingsbruder ...«

»Ist der auch hier? Wie alt?«

»Na, eben mein Zwilling.«

Benedikt klatschte, über sich selber lachend, die flache Hand gegen seine Stirn. »Mei – bin i bläd!«

»Das war –«, es fiel ihr schwer, von Dag in der Vergangenheit zu reden, »also – was der sich alles getraut hat. Glaubst du nicht. Von dem habe ich viel lernen können.«

»Von mir kannst auch was lernen«, sagte Benedikt.

Das klang fast so, als ob er ihr seine Nachbarschaft anbot. Sie musterte ihn von der Seite. Er war einen halben Kopf größer als sie und sehr stämmig, vor allem seine zerstochenen, zerkratzten Beine richtige Stampfer, die aus kurzen, tintenverschmierten Lederhosen hervorprotzten. Sein überraschend feinzügiges Gesicht wurde von einer sonnenverbrannten Glatze gekrönt.

»Warum machst du das?« fragte sie, seinen Schädel betrachtend. »Hattest du Läuse?«

»Naa, schon lang nimmer. Wann i sie wachsen laß, schaug i greislich aus – wiara Madl.«

»Ich versteh dich so schlecht.«

»Ich habe Locken, weißt du«, sagte er in perfektem Hochdeutsch. »Meine Mutter schert mich.« Benedikt hob einen Stein auf und schleuderte ihn weit. »Gefällt's dir bei Steiners?«

»Ganz gut.«

»Der August ist ein brutaler Knochen. Mit dem möcht ich nicht unter einem Dach wohnen.«

»Ich hab's mir nicht ausgesucht«, sagte Dagmar, nun selbst einen Stein aufnehmend und gegen die Sonne schleudernd.

Benedikt verfolgte blinzelnd seine Bahn. »Für a Ma –, für ein Mädchen schmeißt du ganz gut.«

»Das war nichts. Sonst werf ich viel besser.«

»Ich auch«, versicherte er. »Warst schon am See drunten?«

»Jeden Tag zum Schwimmen. Du auch?«

»Na, nie –«, grauste er sich. »Des Wasser is mir vui, viel zu kalt. Ich angel lieber. Es ist verboten ohne Angelschein. Wann mi der Fischer derwischen tut – aber das macht's ja grad so spannend. Du kannst mal mitkommen, wenn du magst.«

»Ich möchte gerne«, versicherte sie aufblühend, weil da endlich wieder jemand war, der sie zu Verbotenem aufforderte. Der Renzl durfte ja nichts Unerlaubtes tun als Fremdarbeiter.

Mehr stehend als gehend hatten sie das hohe, schloßartige Rappenreitersche Portal erreicht.

»Also dann bis morgen«, sagte Dagmar.

Benedikt schaute auf seine Armbanduhr. »Wir essen erst in einer halben Stund« und ging deshalb noch ein Stück mit Richtung Gärtnerei. »Früher haben wir in München gewohnt und nur im Sommer am Land. Nun wohnen wir immer hier – wegen der Bomben.«

»Vermißt du die Stadt?«

»Halt meine alten Freunde. Hier hab ich nur den Huber Loisl von der Metzgerei und den Mesner Toni. Der läßt mich manchmal läuten, was gar net einfach ist. Da turnst hoch droben im Glockenturm auf losen Brettern umanand und mußt die Pendelwerke bedienen.«

»Das hätte Dag Spaß gemacht«, sagte Dagmar.
»Dag? Was ist das?«
»Mein Zwilling.«
»Ich hab auch einen Bruder«, sagte Benedikt. »Aber mit dem kannst nix anfangen. Der liest den ganzen Tag.«
»Geht der auch in Seeliger zur Schule?«
»Naa. Der fahrt mit 'm Zug aufs Gymnasium. Er ist schon dreizehn.«
Auf einmal erschien es ihm ein bißchen zuviel Entgegenkommen für den Anfang, wenn er sie bis vor die Steinersche Gartentür brachte, darum bog er nach kurzem »Servus, Dakkel« seitlich ab, ging vor der grünen Thujamauer in die Knie.
»He, Beni –«, sprach sie auf sein strammes Hinterteil herab, »warum nennst du mich Dackel?«
»Des kann ich mir besser merken wie deinen bläden Namen.« Und war durch ein Loch in der Hecke im Rappenreiterschen Grundstück verschwunden.
»Mein Name ist nicht blöder als Benedikt«, rief sie hinter ihm her und bereute im selben Augenblick diese Retourkutsche. Sie wollte ihn ja um Himmels willen nicht verärgern.
»Da hast recht«, stimmte er ihr, bereits jenseits der Mauer, zu. »I tät a liaba Hansi heißen.«
Voller Glücksgefühle rannte Dagmar das letzte Stück bis zur Gärtnerei in einem durch.
Sie war einem Jungen begegnet, und plötzlich war der Wunsch nach Toben und Abenteuern erwacht. Benedikt war natürlich kein Junge wie Dag, aber in seinem – ihrem Alter ...
Renzl. Leni. Wastl und nun auch noch Benedikt Rappenreiter. Und der See und die Wiesen und der Bollerherd in Steiners Küche und die Kuckucksuhr – es ging ihr gut. Die Berge waren nicht mehr so wichtig, nachdem sie sie gesehen hatte. Es störte sie an ihnen, daß man nicht durch sie hindurchschauen konnte auf das, was dahinter war.

Sie stieß die harten Haferlschuhe von den Hacken und hüpfte auf Socken in die Küche.
»Ich hab den Benedikt Rappenreiter kennengelernt!«

»Den Rappenreiter Beni?« griff August seinen Namen auf. »Na, da haste ja genau den Richtjen getroffen. Das is vielleicht 'ne Marke. Der hat mir mal meinen Arm versteckt.«

»Dann sag auch warum«, forderte ihn Leni auf, eine dampfende Schüssel auf den Tisch stellend. »Indem daß du ihm sein Baumhäusl zerstört hast, hat er sich gerächt.«

Frau Steiner kam an den Tisch, dann Else, erhitzt vom Wäschebügeln. Zuletzt Renzl, seine Blicke suchten Dagmar. »Na, wie war der erste Schultag?«

»Sie hat den Rappenreiter Beni kennengelernt«, sagte August voller Häme zum Franzosen. »Nu kriegste Konkurrenz.«

Dagmar, die wußte, daß August es nie gut meinte, wenn er Laurent ansprach, fragte mißtrauisch: »Was ist Konkurrenz?«

»Na, ebend 'n Nebenbuhler.«

»Was ist ein Nebenbuhler?«

»Nu haste zwei Kerle. Nu wird's spannend«, amüsierte er sich.

»August – du Saubär!« schimpfte Leni. »Sie ist ein Kind.«

»Ich kann so viele Freunde haben, wie ich will«, rief Dagmar und sah Renzl an.

Er war betroffen vom Blick ihrer weit auseinanderstehenden Augen; Augen wie aufgehende Monde oder untergehende Sonnen; Augen-Blicke voll unschuldiger Sehnsucht und Glut. Der Gedanke, daß auch aus diesem Kind einmal eine Frau werden würde, kam ihm in diesem Augenblick zum ersten Mal.

Am selben Nachmittag rief Frau Rappenreiter, Benedikts Mutter, in der Gärtnerei an. »Sie bräuchte a Kilo Pfirsiche, und die Dagmar möcht sie ihr bringen«, berichtete Leni, die das Gespräch angenommen hatte.

»A Kilo? Ja spinnt die?« schimpfte Frau Steiner. Die Rappenreitersche hatte anscheinend noch immer nicht begriffen, daß Obst Mangelware und nur auf Zuteilung zu haben war. Die Städter, die täglich mit dem Zug nach Kornfeld kamen, brachten Textilien und Zigaretten mit, um sie in der Gärtnerei gegen Gemüse und Obst einzutauschen! Und warum schickte sie nicht ihre faulen Buben, warum sollte ausgerechnet Dagmar die Pfirsiche herüberbringen, wo sie doch dringend beim Buschbohnenpflücken gebraucht wurde?

»Wannst mi fragst, Muatta, sie will des Madel kennalerna.«
»Wenn des der Grund is, reicht a Pfund«, beschloß Frau Steiner.

Mit einer Tüte aus gerolltem Zeitungspapier rannte Dagmar erwartungsvoll zu Rappenreiters, hielt kurz vor dem Loch inne, durch das Benedikt heute Mittag gekrochen war, und beschloß dann doch, das Anwesen zum ersten Mal durch die Pforte neben dem schwer aufzuschiebenden prunkvollen Tor zu betreten.

Der Weg dahinter, der sich zwischen Birkenspalier in das Grundstück hineinschlängelte, gab Ausblicke auf Wiesen mit Obstbäumen und auf Tennisanlagen frei, die anscheinend nur noch vom Unkraut benutzt wurden. Die müssen aber reich sein, staunte Dagmar, beeindruckt von den Ausmaßen des Anwesens.

Am Ende des Birkenwegs öffnete sich ein gepflasterter Hof mit Remise, Geflügelgehege, Ställen und einem Haus, das bis unters vorgezogene Dach von wildem Wein umwuchert war. Zwischen baumelnden Ranken klaffte ein offenstehendes Fenster wie ein hungriges Maul.

Kinder spielten in einem Sandkasten.

Dagmar stand da und schaute entzückt, bis aus einem nahen Baum ein Mensch wie eine Kugel fiel und gerade noch rechtzeitig vorm Niederplumpsen sein Fahrgestell ausfuhr. Das war Benedikt.

»Mensch, ihr habt's aber schön hier.«
»Jo mei –« Was sollte er sonst dazu sagen.
»Und alles bewohnt ihr allein?«
»Naa, nix. Das Chauffeurshäusl und das Wirtschaftshaus sind g'steckt voll mit Ausgebombte aus München. Die oanen trifft's halt und die andern am Land net, indem daß die, wo's trifft, bei dene am Land unterschlupfn kenna. Und des is für uns a koa Freid net.«

»Kannst du nicht deutsch reden, Beni?«

»Und was is mit der oiden Bisgurn, der Steiner. Verstehst die?«

»Die spricht ja kaum mit mir.« Sie hielt ihre Tüte hoch: »Ich soll deiner Mutter Pfirsiche bringen.«

»Dann komm mit.«

Das Wohnhaus der Rappenreiters war durch einen kleinen zweiten Hof von den Wirtschaftsgebäuden getrennt. Ein weißes Landhaus mit französischen Fenstern und grünen Läden, der obere Stock war im hohen, schiefergrauen Walmdach untergebracht.

Beni führte sie an einem großen Hundezwinger vorbei, der leerstand bis auf einen Napf, in dem sich Regenwasser gesammelt hatte. Auf seinem Rand wippte eine Meise ...

»Habt ihr 'nen Hund?«

»Naa. Meine Oma hatte welche. Des war früher das Haus meiner Großeltern.«

Auf der Wiesenseite, vor einer kurzen Freitreppe, rundete sich der Gartenplatz. Hier fand bei Sonnenschein das Rappenreitersche Familienleben um einen großen ovalen Tisch statt. In seiner Mitte ein Strauß mit buntem Löwenmaul, Kaffeetassen, ein Nähkorb, Schulhefte, mit deren Seiten der Wind spielte, eine Schüssel mit grünen Äpfeln, Bücher, eine bauchige Kanne und sogar ein Tintenfaß standen auf einer Leinendecke, deren Kreuzstichmuster vom vielen Waschen verblaßt war. Um den Tisch herum weißlackierte Holzstühle, die so stehengeblieben waren, wie sie beim Aufstehen achtlos zurückgeschoben wurden. Über einer Lehne baumelte Benedikts Ranzen.

Dagmar stand versunken vor dieser farbenfrohen Unordnung und dachte: Hier möchte ich gern mit Dag zu Hause sein.

»Da drüben –«, Benedikt zeigte auf eine abseits stehende Liegekarre, »das ist mein Bruder Viktor.«

Viktor hatte seinen Kopf nicht rasiert, weil seine braunen Haare ja auch keine Locken schlugen. Er sah kurz von seinem Buch auf, sah ein dünnes Mädchen mit einer Tüte aus Zeitungspapier, hielt ein Grüß Gott in diesem Fall für überflüssig und las weiter.

Blumenbeete trennten den Gartenplatz von der angrenzenden, sanft abfallenden Wiese voller Apfelbäume. In der Ferne glitzerte der See.

»Mami«, sprach Benedikt das breite Hinterteil im kornblumenblauen Kleid an, das gebückt über einer Rabatte stand. »Die Dackel is da.«

Frau Rappenreiter richtete sich zu einer für Dagmar unvermuteten Größe auf. Die starken Beine hatte Beni wohl von ihr geerbt. Sie stieg aus dem Beet, wischte ihre erdigen Hände an der Schürze ab. »Grüß dich Gott, mein Kind.«

Dagmar hatte noch nie so eine wunderschöne Frau gesehen. Unter ihrem zerzausten blonden Haar war einfach alles schön – Stirn, Augen, Wangen, Mund, selbst der sonnengebräunte kräftige Hals über dem geöffneten Kragen ihres Kleides. Eine klare, ebenmäßige, heitere Schönheit.

Dagmars Mutter Inge Janson war auch eine hübsche Frau gewesen, klein, zierlich und immer schick angezogen. Das sagten alle. Aber es war keine Ruhe in ihrer Hübschheit, stets Nervosität und so ein unzufriedener, vorwurfsvoller Zug um den Mund. Immer erschöpft und überfordert, wenn sie ihren Zwillingen begegnete, wie ein Schmetterling, der selbst beim Landen das Flügelflattern nicht einstellen konnte. Auch ihre Umarmungen flügelflüchtig. Wenn der Hund Jonny sie beim Heimkommen vor Freude ansprang, hatte sie kein Streicheln für ihn, nur Abwehr aus Angst um ihr gutes Kleid gehabt.

Nach dem Abschütteln der Begrüßungen, den Hut noch auf dem Kopf, hatte sie sich im Herrenzimmer in den Schreibtischstuhl fallen lassen und zum Telefonhörer gegriffen. Sie sah sich gestört nach den Zwillingen um, die ihr gefolgt waren. »Ach, Kinder, seht ihr denn nicht, daß ich telefonieren möchte?«

Sie wußten genau, mit wem – mit dem Dr. Groothusen, zu dem sie Onkel Rolf sagen sollten – und wichen deshalb keinen Schritt aus ihrer Nähe, wild entschlossen, zu stören. Wieso hatte sie für diesen Groothusen immer Zeit und ein Lächeln in der Stimme und für ihre Kinder nichts als diese zitternde Nervosität und die Gebärde des Fortschiebens? Um mit Groothusen ungestört ins Bad reisen zu können, hatte sie die Zwillinge in deren Ferien im Kinderheim untergestellt, ohne Rücksicht auf ihren brüllenden Protest.

Dag und Dagmar waren keine unerziehbaren schlimmen Teufel, wie alle Leute glaubten und deshalb ihre Mutter bedauerten. Sie hatten sich nur mütterliche Beachtung zu erkämpfen versucht, wenn schon nicht ihre Geduld und Liebe, dann wenigstens ihren Zorn.

Und dann ihr Vorwurf mit der Querlage!

Bei anderen Familien brachte der Klapperstorch die Kinder. In der Phantasie der Zwillinge hatte er bei Jansons nie landen können. Dafür schilderte ihre Mutter viel zu gern und oft und auch im Beisein der beiden das Martyrium, das sie ihr bereits in der Schwangerschaft bereitet hatten. Dann waren sie auch noch zu früh zur Welt gekommen. Dagmar als erste – sozusagen eine problemlose Spontangeburt, aaaber der Junge mit seiner Querlage –!

Sobald Dag das Wort Querlage hörte, verließ er türenknallend das dramatisch geschilderte Geschehen, und Dagmar folgte ihm. Egal, worum es ging, sie hielt zu ihrem Bruder und besonders, wenn es um seine Geburt ging. Was konnte Dag dafür, daß man ihn in Mamas Bauch mit Gewalt hatte wenden müssen, bis er mit den Füßen zuerst das Licht des Kreißsaals erblickte!?

Es soll ein Wunder gewesen sein, daß die beiden überhaupt den Alptraum dieser Geburt überlebt hatten und der Junge sogar geistig gesund war, trotz minutenlangen Sauerstoffmangels, der auf lateinisch Hypoxie heißt. Mama liebte seither dieses Wort und wandte es immer wieder an, auch wenn sie sich über Kohlmief aus der Küche beklagte.

An ihren Vater Knut Janson hatte Dagmar keine Erinnerung. Die Zwillinge kannten ihn nur von einem Schmalfilm, der anläßlich einer Schiffstaufe aufgenommen worden war. Ein kleiner, schlanker Mann mit einer Prinz-Heinrich-Mütze, die er tief in die Stirn gezogen hatte, weil es gerade so stürmte. Mütze und windgebauschter Regenmantel mehrmals im Bild, einmal mit einem Winken in die Kamera verbunden – das war ihr Vater gewesen, einziges Kind ihrer Großmutter, aber leider nicht an der Übernahme der Jansonschen Konditorei interessiert. Er hatte in einer Hamburger Reederei gearbeitet.

Eines Novemberabends – die Zwillinge waren noch nicht zwei Jahre alt – war er mit einer Barkasse einem einlaufenden Schiff seiner Reederei entgegengefahren. Die Barkasse kollidierte im Nebel mit einem Schlepper und sank sofort. Als man ihn aus dem Hafenwasser fischte, war er bereits an Unterkühlung gestorben.

»Guten Tag«, sagte Dagmar und machte zu ihrer eigenen Verblüffung vor Frau Rappenreiter einen Knicks. »Ich bringe die Pfirsiche, es ist aber nur ein Pfund, und richtig reif sind sie auch noch nicht.«

»Danke, Dagmar.« Frau Rappenreiter reichte die Tüte an Benedikt weiter. »Bring sie in die Küche –«, und als er davonflitzen wollte, »he, halt, nimm gleich was vom Geschirr mit. Und mach uns einen Himbeersaft. Du trinkst doch auch einen, Dagmar?«

Pastor Meyring hatte sie auf das Hamburger Kind aufmerksam gemacht, und heute früh war sie Leni Steiner beim Bäcker begegnet, die von ihrer »Einquartierung« erzählte. Und dann Beni bei Tisch über Dackel, die Neue in seiner Klasse …

Frau Rappenreiter hatte nicht erwartet, daß man das Kind auch äußerlich als schweres Schicksal verpacken würde. Dieses trübsinnige Dirndl auf Zuwachs –! Und Dagmars Haare sahen so aus, als ob man ihnen einen Kochtopf übergestülpt und das, was drunter hervorschaute, in halber Ohrhöhe abgesäbelt hatte. Mein Gott, Kind, wenn dich deine Mutter so sehen würde, dachte sie.

»Komm, setz dich.«

Dagmar setzte sich auf den angewiesenen Stuhl, ihr war sehr unbehaglich unter Frau Rappenreiters ausführlichem Gluckenblick. Gleich wird sie wie der Pastor von ihrer Familie zu sprechen anfangen und Wunden aufreißen, immer diese Fremden, die kein Recht dazu hatten, ihr weh zu tun. Bei Steiners ließ man sie wenigstens in Ruhe, da sprach man in ihrer Gegenwart nie von dem, was geschehen war. Dagmar sah sich nach der Terrassentür um, wo blieb Benedikt so lange? Warum kam er nicht und erlöste sie von seiner Mutter?

»Ich habe gehört, du arbeitest tüchtig mit in der Gärtnerei«, sagte Frau Rappenreiter. »Macht es dir Spaß?«

»Manche Sachen schon.«

»Dann bist du das erste Kind, das ich kenne, das gerne im Garten arbeitet.«

Dagmar dachte daran, daß sie jetzt eigentlich Buschbohnen pflücken müßte. »So gern nun auch wieder nicht«, sagte sie und, auf die blühenden Rabatten schauend, »Sie haben schöne Blumen.«

»Nicht wahr? Sie sind auch meine ganze Freude. So tröstlich in diesem schrecklichen Krieg.«

»Hier ist kein Krieg.«

»Nein, hier nicht, aber ich war gerade in Berlin.«

Frau Rappenreiter nahm eine Zigarette aus der Schachtel, die auf dem Tisch lag und suchte nach Streichhölzern in ihrer Schürzentasche. »Ich habe dort meinen Mann beim OKW besucht. Wir haben zwei Luftangriffe miterlebt.« Sie blickte Dagmar mitfühlend an. »Was müßt ihr in Hamburg durchgemacht haben.«

Dagmar sah sich immer besorgter nach der Terrassentür um. Wo blieb bloß Beni, um sie von den sie langsam einkreisenden Fragen seiner Mutter zu befreien? Dabei entdeckte sie die rosa-, rot- und weißblühenden Büsche in Majolikakübeln rechts und links der Freitreppe und erkundigte sich, ablenkend, nach ihrem Namen.

Frau Rappenreiter sagte, das wären Oleander. »Wenn ich an ihren Blüten rieche, habe ich das Gefühl, in Italien zu sein.«

»Darf ich auch mal riechen?« Schon war sie fluchtartig aufgesprungen und stieß auf der Treppe mit Benedikt zusammen, der drei Gläser balancierte. Endlich Beni.

»Mei, Dackel, wo willst denn hin?« fragte er, die Hände voll übergeschwapptem klebrigen Himbeersaft.

»Der – der August soll dir dein Baumhäuschen kaputt gemacht haben. Wollen wir es neu bauen? Jetzt gleich?«

»Und der Saft?«

»Ich hab keinen Durst.«

»Dann gib mir ihr Glas«, forderte Viktor vom Liegestuhl her. Ohne an den Tisch zu Frau Rappenreiter mit ihrem Blick voll ungestellter Fragen zurückzukehren, rannte sie hinter Beni in den Park hinein mit seinen dichten Baumgruppen und besonnten Wiesen und Pavillons – oh, Dag, was für ein unerforschtes Neuland für Abenteuerspiele!

»Letzte Ostern waren wir bei einem Onkel auf'm Gut«, fiel Dagmar ein. »Da haben wir in einem Schuppen Bretter gefunden, prima geeignet für ein Baumhaus. Wie mein Bruder sie auf die richtige Größe zurechtsägte, kam der Onkel und wollte tot umfallen vor Schreck. Die Bretter waren nämlich neue Dielen fürs Schlafzimmer.« Vor Benedikt fiel es ihr leicht, von Dag zu erzählen.

Der Schaden am Baumhäusl, entstanden durch einen von der Nebenlinde abgesägten, herabfallenden Ast, war notdürftig repariert. Benedikt hatte inzwischen die Lust an ihm verloren und es seit längerer Zeit nicht mehr bewohnt.

Bei diesem Baumhaus handelte es sich um ein wackliges Bretternest in einer Astgabel mit vom Regen verfaulten Kissen. Dort hockten sie, um die Madengänge im Fallobst herumkauend, und überboten sich im Erzählen von begangenen Heldentaten.

Nach dem, was Beni so alles von diesem Zwillingsbruder zu hören kriegte, tat es ihm schon sehr leid, daß nicht Dag, sondern seine Schwester in Hamburg überlebt hatte. So einen Freund wie Dag hätte er hier dringend gebraucht.

Dagmar kam viel zu spät in die Gärtnerei zurück. Man saß bereits, Suppe löffelnd, am Küchentisch.

August schimpfte, weil sie sich ums Bohnenpflücken gedrückt hatte. Else schimpfte: Wie sieht denn dein Kleid aus –! Leni fiel auf, daß sie Turnschuhe trug.

»Die hat mir Beni geschenkt. Ihm sind sie zu klein.«

»Und deine Pantoffeln?« fragte Frau Steiner.

Dagmar blickte den Hersteller derselben schuldbewußt an. »Ich hab sie drüben vergessen, Renzl, aber morgen hol ich sie bestimmt. – Es tut mir so leid«, fügte sie hinzu. Und das nicht nur wegen der vergessenen Pantoffeln, sondern weil nun auch Beni eine wichtige Rolle in ihrem Kornfelder Leben zu spielen begann.

Sie spürte Renzls Enttäuschung, schließlich war sie das einzige Wesen, das er seit seiner Deportation liebgewonnen hatte. Nun mußte er sie mit Beni teilen.

Else erhielt einen Brief von ihrer Freundin Hilde aus Harburg, eine erste Antwort auf all die Karten, die sie von hier aus an Verwandte und Freunde geschickt hatte. Hilde schrieb ausführlich über den Angriff in der Nacht vom 27. zum 28. Juli, bei dem ein Feuersturm über ganze Stadtteile hinweggerast war, von Barmbek bis Rothenburgort hatte alles gebrannt. Das Feuer hatte die fliehenden Menschen eingeholt und wie die Fliegen in seinen starken Sog gezogen. Das könnte sich keiner vorstellen, der es nicht erlebt hat, schrieb Hilde.

»Und wir haben sie alleingelassen!« Else quälte das Gewissen, was Dagmar nicht verstand.

»Du hättest auch nicht helfen können, bloß mitverbrennen. Sei froh, daß du hier bist. Ich bin froh.« Dagmar hatte beschlossen, in Kornfeld Wurzeln zu schlagen und zu wachsen, seit sie Beni begegnet war. Sie war ganz sicher, den hatte ihr Dag geschickt als Bruderersatz.

In der Nacht wurde sie durch Elses Schreien hochgeschreckt und mußte sie heftig rütteln, um sie aufzuwecken.

»Was ist los, Fräulein Else, warum brüllst du?«

»Der Feuersturm«, keuchte Else, »er kam immer näher, ich hab schon die Hitze gespürt und versucht zu rennen, aber ich kam nich vom Fleck. Ein Glück, daß du mir geweckt hast, Deern.« Sie tastete nach der Brauseflasche neben ihrem Bett und öffnete den Verschluß. »Ich bin wie ausgedörrt.«

»Möchtest du immer noch nach Hamburg zurück?« fragte Dagmar.

»Ja«, sagte Else, nach der Kohlensäure aufstoßend, und wischte ihren Mund. »Bevor der Winter kommt, mach ich zurück. Auch verbrannte Erde ist Heimaterde«, fügte sie gefühlvoll hinzu.

Dagmar war mit Beni in der Schule und ahnte nicht, daß seine Mutter beschlossen hatte, ihr Schicksal in die Hand zu nehmen.

Frau Rappenreiter erschien vormittags in der Gärtnerei, um Else Pillkahn kennenzulernen, der sie all die Fragen stellen wollte, vor denen das Kind geflohen war.

Sie führten ihr Gespräch auf dem Sitzplatz am Haus und rauchten dabei Zigaretten. Selbst Else, obgleich es ihr nicht schmeckte und ein deutsches Mädel nicht rauchte, paffte waagerecht zwischen Daumen und Zeigefinger, die Geste verlieh ihr eine gewisse selbstsichere Eleganz.

»Dagmar hat es gewiß gut hier«, sagte Frau Rappenreiter. »Aber es kann sich ja nur um einen vorübergehenden Zustand handeln. Haben Sie sich eigentlich in Hamburg polizeilich abgemeldet mit Angabe Ihrer neuen Adresse?«

»Th – abgemeldet«, lachte Else kurz auf. »Ich hab Sie doch erzählt, Frau Rappenreiter, wie wir ohne Genehmigung aus dem Chaos rausgemacht sind. Aber hier ist alles sauber und ordnungsgemäß ausgefüllt worden.«

»Dann glauben Dagmars Verwandte womöglich, daß sie auch mit umgekommen ist, wenn in Hamburg nichts vorliegt.«

»Ach, das haben die bestimmt von hier nach da weitergeleitet, in unsern Staat geht doch keiner verloren«, versicherte Else.

»Nein. Normalerweise nicht. Aber nach solchen Katastrophen ...« Frau Rappenreiter holte eine kleine Schere aus ihrer Jackentasche und schnitt die Glut von ihrer halbgerauchten Zigarette, um den Stummel für später aufzuheben. »Und Sie sind sicher, daß Dagmar inzwischen nicht an ihre Verwandten geschrieben hat?«

»Bestimmt nich! Aber den Namen von dem Freund ihrer Mutter hat sie neulich verraten. Inzwischen schwört sie Stein und Bein, daß sie ihn erfunden hat.«

»Wissen Sie den Namen noch, Fräulein Pillkahn?«

»Ja, das war Doktor Groothusen.«

»Nun ja –«, Frau Rappenreiter erhob sich, »ich will sowieso versuchen, ob ich ein Gespräch an meine Schwester durchkriege, die wohnt in Hamburg-Eppendorf. Sie soll mal im Telefonbuch nachsehen, ob ein Doktor Groothusen drinsteht.«

»Ja, das ist gut.« Else brachte Frau Rappenreiter zum Gartentor. »Es gehört endlich wieder Richtigkeit in die Deern ihr Leben. Sie braucht dringend einen Vormund. Hier leben wir doch bloß im Notstand. Frau Steiner behält uns, weil wir tüchtige Arbeiter sind, aber was wird im November, wenn sie unsere Hilfe nich mehr nötig hat? Denn sind wir bloß noch geduldet, nö, Frau Rappenreiter, nich Else Pillkahn. Aber so is das nun mal mit die Heimatlosigkeit. Die macht einen zu Menschen zweiter Klasse.«

Obgleich Benedikt sie einmal zum verbotenen Angeln mitgenommen hatte, begriff Dagmar bald, daß sie in ihm doch keinen Bruderersatz sehen durfte, eben nur einen Nachbarsjungen, der sich an sie erinnerte, wenn seine Spezis aus dem Dorf keine Zeit zum Spielen hatten. In der Schule tat er vor den Buben so, als ob er sie nicht kennen würde – weil sie ja bloß ein Mädchen war. Erst auf dem Heimweg, wenn sie als letzte in ihrer Richtung übrig blieben, nahm er den Kontakt wieder auf. Das kränkte anfangs, aber Dagmar war Gott sei Dank nicht mit der Mühsal des anhaltenden Übelnehmens beschwert, und außerdem würde sie wohl nie einen Ersatz für Dag finden, nicht hier und nirgends in der Welt.

Ein Glück, daß sie Renzl hatte. Mit ihm verband sie ein Gefühl, das jeden Tag zunahm, das wie ein Juchzen in ihr aufstieg, wenn sie ihn kommen sah, der Wunsch, ihm entgegenzurennen – aber sie wagte es nicht aus Angst vor August, der den Franzosen haßte und Dagmars Sympathie für ihn dadurch strafte, daß er ihr keinen Augenblick untätigen Kindseins gönnte.

Sonntags lud Frau Rappenreiter sie zum Mittagessen ein. Dabei ging es laut und ungezwungen zu mit aus der Stadt angereisten Verwandten. Die Themen ihrer Gespräche setzten eine Vertrautheit voraus, an der Dagmar nicht teilnehmen konnte.

Ob sie wohl je wieder zu einer Familie gehören würde?

3

Der Sommer übergab dem Herbst die Landschaft. Das Laub loderte gelb und rot und kupfern unter einem bayerischblauen Himmel. Im glatten See spiegelte sich die Pracht noch einmal wie aufgeklappt. Anhaltender Föhn ließ die Berge näherrücken mit Neuschnee auf den Gletschern. Es war fast zu schön und das zu einer Zeit, wo in Hamburg längst der kalte graue Niesel fiel.

Eines Sonntags war Leni Steiner schon früh mit Freundinnen in den Zug gestiegen und in die Berge gefahren. Sie sagte, von oben hätte man eine fast grenzenlose Fernsicht. Else hätte sie gern begleitet, aber ihr fehlte das passende Schuhzeug und außerdem jede Erfahrung im Steigen – außer von Treppen.

Weil aber auch sie das schöne Wetter ausnützen wollte, unternahm sie eine Radtour mit Renzl und Dagmar. Sie wünschte sich, einmal um den See herumzufahren, ohne sich Gedanken darüber zu machen, daß die wenigsten Wege am Ufer entlang führten und geteert waren. Meistens radelten sie über Wiesenpfade – die Wiesen von einem die Sinne sättigenden Grün.

Dagmar hockte zwischen Renzls sehnigen Armen, die sie wie Gitter vorm Abrutschen von der Querstange bewahrten. Sie hatte sich ein wenig zurückgelehnt, ihre Haare wehten ihm gegen den Hals.

Sie sprachen nicht viel. Manchmal machten sie sich gegenseitig auf Wild aufmerksam oder das Auftauchen eines Kirchturms, der ein neues Dorf ankündigte. Oder auf eine einsam stehende kleine Kapelle, von Baumkronen beschirmt.

»Dagmar«, rief Else eifersüchtig hinter ihnen, »du kriegst 'nen wunden Hintern von der Stange. Komm auf meinen Gepäckständer!«

»Nö, du fährst mir zu kippelig, Fräulein Else, und außerdem hab ich Renzls Jacke unterm Po.«

Am späten Nachmittag packten sie in einem Biergarten am See ihre mitgebrachten Brote aus und bestellten Bier für sich und Brause mit Geschmack für Dagmar. Weil sie die einzigen Gäste waren, die etwas aßen, konzentrierten sich Spatzen und Meisen auf ihren Tisch in Erwartung der Brotkrumen.

Ein Wind war aufgekommen und überzog den See mit einem schnellfließenden, helldunklen Raster. Trockene Blätter segelten knisternd aus der Buche, unter der sie Platz genommen hatten. Die Sonne schwamm milchig und zum ersten Mal seit vielen blanken blauen Tagen in einem noch ungeformten Wolkengespinst. In der Luft tanzten Insekten. Herbstmelancholie stellte sich ein bei dem Gedanken an den langen Winter wer weiß wo. Noch hier oder schon wieder in Hamburg –? Es war eine Stimmung, die Erinnerungen weckte.

»Meine Familie kommt aus dem Médoc«, erzählte Renzl zwischen lustlosen Schlucken von seinem Bier. »Meine Großeltern haben dort ein kleines Weingut. Was gäbe ich für einen Liter Roten von unserem Berg! – Meine Vorfahren waren Teppichwirker«, erzählte er weiter. »Sie zogen von Schloß zu Schloß im Périgord, um Aufträge zu sammeln. Es ist noch ein Karton für einen Gobelin aus dem siebzehnten Jahrhundert erhalten. Sie waren ja nicht nur Wirker, sondern machten ihre Entwürfe selbst und färbten auch ihre Seiden und Wollen eigenhändig ein. Oja, sie waren große Künstler.«

»Was ist ein Gobeläng?« fragte Dagmar.

»Ein handgewebter Wandteppich von oft riesigen Ausmaßen und von weitem kaum von einem Gemälde zu unterscheiden.« Renzl hätte gerne noch mehr erzählt, aber Elses Mitteilsamkeit wartete bereits ungeduldig darauf, von der Leine gelassen zu werden.

»Meine Mutter ihre Vorfahren waren alles Fischer mit eigenen Ewer. In jeder Generation sind ein, zwei Söhne auf See geblieben. Das war das Los von eine Fischersfrau. Und trotzdem haben die Töchter immer wieder Fischer geheiratet. Ich bin manchmal mit Großvadding zum Schollenfang raus – das war schön. Mag gaa nich an denken.« Else lauschte kurz auf die ruhigen Schläge eines Ruderers. Die Wasserbewegung setzte sich in kleinen Wellen fort und schluckte hörbar über das steinige Ufer. »Ich stell mir gerade vor, es wär die Elbe.«

»Liebesknochen!« Mit diesem Seufzer brach Dagmar in Elses Heimweh ein. »Immer gab's Torten und Kuchen bei uns, manchmal sogar statt Pausenbrot. Andere Kinder haben uns um Omas Konditorei beneidet. Wir konnten das süße Zeug nicht mehr ausstehen. Jetzt hätte ich ganz gern ein Stück –«

»– Budderkuchen!« stöhnte Else auf. »Noch waam aus'n Ofen. Oh, Deern –!«

Dagmar zeigte auf Renzls Bierglas. »Darf ich mal?«

Er schob es ihr zu, während er sich eine Zigarette rollte. Dagmar trank von der Randstelle, von der er kurz zuvor getrunken hatte, es schmeckte ziemlich bitter, aber man konnte sich daran gewöhnen, vor allem an diese angenehme Duseligkeit im Kopf, die gleich darauf einsetzte. Sie trank noch ein paar Schlucke mehr.

»Du hättest Hamburg kennenlernen sollen, wie es noch heil war«, träumte Else aufs Wasser hinaus. »Über anderthalb Millionen Einwohner, das muß man sich mal vorstellen! Der Hafen mit seine Ozeanriesen aus alle Welt! Die Tanker und Frachtschiffe –«

»Du meinst Kriegs- und Lazarettschiffe«, holte Renzl sie in die Gegenwart zurück.

»Aber wenn der Krieg vorbei ist, kommt das allens wieder. Uns Hamburg war 'ne stolze Stadt, was, Deern? Und die schönen Lokale: Café Vaterland – Uhlenhorster Fährhaus – Alsterpavillon. Na und denn St.-Pauli-Landungsbrükken mit Hafenaussicht. Und Hagenbecks Tierpark, weißt du noch, Deern? Da fuhr die Linie 16 hin.«

Dagmar wehrte sich gegen Elses Heimweh. »Hier ist es auch schön. Es ist auch da schön, wo man gerade ist und nich bloß da, wo man gerade nich sein kann. Bloß das willst du nich einsehen.«

»Nu is aber Schluß.« Else nahm ihr das Bierglas fort.

»Deern! Du hascha all 'ne schwere Zunge!«

»Immer mußtu meckern, Fräulein Else. Meine Ssunge is üüberhaupt nich schwer, bloß mein Kopf, komisch –« Dagmar kreuzte ihre Arme auf der Tischplatte, um auf ihnen ihre plötzliche Müdigkeit unterzubringen.

»Ich hätte nie gedacht, daß in dem Bier überhaupt Alkohol ist«, wunderte sich Renzl und neigte sich zu Dagmar, um ihre Atemzüge zu hören. »Sie schläft bereits«, grinste er.

»Du magst sie wohl sehr gern!« Elses Feststellung war nicht frei von Eifersucht.

»Sie rührt mich – kleiner, herrenloser Hund ...«

»Da täusch dich man nich, Renzl, Dagmar wirkt bloß so zart. Im Grunde ist die zäher wie wir alle zusammen.«

»Nicht so zäh, wie du denkst, Else, nur sehr tapfer.«

»Sag bloß, ich bin nich tapfer!« begehrte sie auf. »Ich habe genausoviel verloren wie die Deern, aber mit mir hast du kein Mitgefühl, weil ich nich so zart ausseh wie sie. Auch in einem starken Körper wohnt eine empfindsame Seele.«

»Das weiß ich, Else«, beteuerte er rasch. »Du bist tapfer und wunderbar, wirklich, und ich mag dich sehr gern.« Aber leider nicht genug, bedauerte sie und stand auf, um auf die Toilette im Hof zu gehen.

Dieser Franzose. Mit Dagmar verbrachte er jede freie Minute. Sie, Else Pillkahn, hatte er noch nie dazu aufgefordert, mit ihm zum Baden zu fahren oder spazierenzugehen. Sie hätte natürlich abgelehnt, weil er schließlich ein besiegter Feind war, aber er gab ihr nicht einmal die Chance dazu.

Leni sagte auch: Bei dieser Männerlosigkeit so einen feschen Buben im Haus zu haben und nichts mit ihm anfangen dürfen! Die Mutter würde sie aus dem Haus jagen, wenn ihre Tochter mit einem Fremdarbeiter – nicht, daß sie etwas gegen Renzl hatte, im Gegenteil, sie mochte ihn sogar sehr gern –, aber die Angst vor den Nachbarn! Das Gerede im Ort!

Frau Steiners anfängliche Sorge hatte sich bald gelegt. Renzl war nun schon über ein Jahr in ihrem Haus und hatte noch niemals versucht, sich Leni unsittlich zu nähern, obgleich sie eine resche Person war. An sich war das für einen Franzosen sehr ungewöhnlich, wo die Franzosen doch bekannt sind für ihr Olala.

Dagmar schlief noch immer, als Else von der Toilette zurückkam. »Sag mal, Renzl, vermißt du hier kein Mädchen?« fragte sie, am Tisch Platz nehmend.

»Warum?« lachte er, Kippentabak aus einem Beutel auf einem neuen Blatt Zigarettenpapier verteilend, »ich habe ja August. Jede Nacht habe ich ihn in der Kammer neben mir mit all seinen Geräuschen. Ist das nichts?«

»Kannst du nie ernst sein, Renzl?« ärgerte sie sich.

»Bon, jetzt bin ich ernst«, und grinste, den Klebestreifen des Zigarettenpapiers über die Zunge ziehend, »vielleicht habe ich eine Freundin und rede nur nicht darüber.«

Alle vier Wochen gab ihm Frau Steiner Urlaub, von Samstag- bis Sonntagabend. Dann besuchte er seine Schulfreunde in einem Ausländerlager nahe München, das die umliegenden Rüstungsbetriebe mit Arbeitskräften versorgte. Er verließ die Gärtnerei mit leeren Händen und Taschen. Nur Dagmar wußte, wo er einen Rucksack voll Gemüse und Obst auf dem Weg zum Bahnhof in einem Gebüsch versteckt hatte. Das war ihr gemeinsames Geheimnis.

»Hast du eine Freundin im Lager?« bohrte Else weiter.

»Ja, im Lager«, sagte er, um endlich Ruhe vor ihren Fragen zu haben, klopfte die gerollte Zigarette auf dem Tisch auf, hängte sie in den Mundwinkel und rüttelte sanft an Dagmars Schulter. »Eh, Mademoiselle, wachen Sie auf!«

Auf der Heimfahrt war Dagmar wieder munter zwischen Renzls Armen. Sie schwatzte und lachte in einem fort.

Else strampelte mißmutig nebenher. So arm war sie, so liebebedürftig, so moralisch heruntergekommen, daß sie sich wünschte, an Dagmars Stelle zwischen des Franzosen Armen zu klemmen.

Schon mehrmals war er ihr im Traum als Liebhaber erschienen. Mager und geschmeidig und sehr leidenschaftlich. Wenn sie dann aufwachte, war Else fix und fertig. Nichts war passiert, nicht mal im Traum, aber ihr Körper in unerlöster Erregung, die sich nur langsam entkrampfte, manchmal erst, wenn sie die Küche betrat – und da saß er dann leibhaftig auf dem Sofa und sagte so heiter, als wäre nichts geschehen: »Morgen, Else, hast du gut geschlafen?«

Verfluchter Franzose. Er trieb schon ein böses Spiel mit ihr – und ahnte nichts davon.

Die Sonne ging in aufziehenden grauen Wolken unter. Dämmerung sank rasch auf ihre Räder, vertiefte sich zur Dunkelheit. Renzl und Dagmar hatten längst ihre Unterhaltung eingestellt, so sehr mußte er sich auf die unebenen Wege konzentrieren. Streckenweise waren sie gezwungen abzusteigen, bis sie eine Ortschaft erreichten, deren zu bläulichen Funzeln abgeblendete vier Laternen wenigstens einen schwachen Lichtkreis im aufkommenden Wind auf die Straße schlenkerten.

Renzl brachte Dagmar »Frère Jacques« bei. Den Text lernte sie verblüffend schnell, die Melodie fiel jedesmal anders aus. Man würde lange suchen müssen, um ein ähnlich falsch singendes Kind zu finden.

Ab und zu sah er sich nach Else um. »Na, geht's denn noch?«

»Muscha«, maulte sie zurück.

»Du solltest auch französisch lernen, Fräulein Else. Ist gar nich so schwer. L'été ist der Sommer, l'automne der Herbst. Wastl ist ein chien und moi, je suis une petite fille.«

»Nu hör bloß auf zu protzen mit deine Kenntnisse. Wenn ich wollte, könnte ich das eins fix lernen, aber wozu, wo Frankreich doch mal Provinz von Großdeutschland wird und alle Franzmänner deutsch lernen müssen. Nöch, Renzl?« fügte sie provozierend hinzu.

Er umging eine direkte Antwort, indem er sagte: »Franzosen lernen ungern Fremdsprachen.«

»Weil sie faul sind«, schoß Else zurück.

»Sagt August auch«, lachte Renzl.

Der Heimweg schien endlos im Dunkel bei aufkommendem Wind, der die Wärme vertrieb und das Laub aus den rauschenden Bäumen schleuderte. Mit der rechten Hand führte er das Rad, mit der linken versuchte er das frierende Kind an seiner Seite zu schützen. Kurz vor der Gärtnerei kam ihnen eine Gestalt mit wehendem Umhangtuch entgegen. Das war Frau Steiner. »Da seid's ihr ja endlich. Wo wart's denn? Die Rappenreiter hat schon mehrmals angeläutet. Sie erwartet euch – egal wie spät es wird, hat sie gesagt.«

»Warum? Hat die Deern wieder was angestellt?«

»Naa. Es handelt sich um einen Herrn aus Hamburg.«

Dagmar fuhr der Schreck geradewegs in den Bauch, ein Gefühl, als ob sie gleich Durchfall bekommen würde. Sie sah sich nach Else um.

Else war nicht sehr behaglich zumute. »Das wird der Herr Doktor sein«, sagte sie möglichst leichthin.

»Was für 'n Doktor?«

»Na, Groothusen, der Freund von deine Mama.«

Jetzt war alles aus. Und Else war schuld. Blindwütiger Haß auf Else, die sie heimtückisch verraten hatte. Renzl konnte Dagmar gerade noch einfangen und in die Eisenklammer seiner Arme sperren, bevor sie mit Fäusten, Knien und Hacken über die Verräterin herzufallen vermochte. »Du Aas – du gemeines Aas!« schrie sie zappelnd in Elses Richtung. »Du hast ihm heimlich geschrieben – du – du –« Renzl hielt ihr den Mund zu, sie machte sich frei. »Laß mich los, oder ich beiß – laß mich sofort los –« Und da er sie nicht frei ließ, kriegte er all die Fußtritte ab, die für Else bestimmt waren.

»Deern, ich habe ihm nicht geschrieben. Ich schwöre es! Das war Frau Rappenreiter.«

»Aber du hast ihr seinen Namen verraten.«

»Ich wußte ja nicht mal, ob er stimmt. Und denn hat er doch gestimmt. Er hat geschrieben, daß er kommt, sobald er kann.«

»Und warum hast du Dagmar nichts davon erzählt?« fuhr Renzl sie an.

»Wenn ich gewußt hätte, daß er heute kommt, denn hätten wir ja woll nich den langen Ausflug gemacht«, verteidigte sich Else.

Dagmar hatte das Toben aufgegeben, von einem Atemzug zum andern, und stand erschöpft da. Renzl, vom Ringkampf ebenso mitgenommen, lockerte seine Armfessel – das war ein Fehler. Sie tauchte aus ihr heraus und war in der Dunkelheit verschwunden.

»Da ham wir den Salat. Die sind wir los«, sagte Else und seufzte tief. »Brauchen wir gaa nich nach suchen. Die läßt sich nich finden.«

Nicht nur Renzl, selbst Frau Steiner protestierte. Auch wenn das Krischperl über eine arge Dreckschleuder verfügte und ein ungezügeltes Temperament – es durfte sich in seiner Verzweiflung nicht irgendwo im Freien verkriechen. Der Wettereinbruch bedeutete auch einen starken Temperatursturz.

»Die wird schon kommen, wenn sie friert«, sagte Else. »Ich geh jetzt erst mal oben und mach mich frisch, und denn nach Rappenreiters. Und das kann ich Sie sagen, Frau Steiner, ich bin heilfroh, wenn ich diesen lütten Deibel los bin.« Und zu Renzl: »Hat se zugebissen?«

Dagmar hatte gebissen, getreten, geboxt, in der Rage auch gegen Renzls sensibelsten Körperteil, so daß er kurzfristig Sterne sah – aber nie und nimmer hätte er das vor Else zugegeben.

Sie stieg die steile Treppe zu ihrer Kammer hinauf und fühlte sich miserabel. Verflixte Deern, wenn die in ihrer Not nun Dummheiten anstellt?

Else öffnete die Kammertür. Im Licht der Hängefunzel sah sie Dagmar auf ihrem Bettrand sitzen, nackt bis auf den Schlüpfer. Mit eingeseiftem Lappen wischte sie in ihrem Gesicht herum. Neben ihr auf dem Federbett lag ausgebreitet das hellblau-weiß karierte Baumwollkleid, das Frau Rappenreiter aus übriggebliebenem Gardinenstoff für sie hatte nähen lassen.

»Ich kann den Kamm nicht finden, Fräulein Else. Wo hast du unsern Kamm?«

Else verbarg ihre unbeschreibliche Erleichterung. Diese Deern war immer wieder für Überraschungen gut – manchmal sogar für erfreuliche. Sie riß das Fenster auf und brüllte in die rauschende Dunkelheit: »Frau Steiner – Renzl! Ich hab sie gefunden. Sie ist oben!«

»Ich hab dich nach dem Kamm gefragt!« erinnerte Dagmar.

Als Else ihr den Scheitel ziehen wollte, wich sie seitlich aus. »Ich will deine Verräterhände nich an meinem Kopp!«

Sie wußte noch nicht, wie sie Frau Rappenreiter, die die Schönheit eines guten Menschen besaß und sich dennoch heimtückisch in ihr, Dagmars, Leben eingemischt hatte, je wieder vertrauen sollte.

Mit einem spitzen Holzspan kehrte sie auch noch unter ihren Fingernägeln. Dieser Groothusen, zu dem sie Onkel hatten sagen müssen, sollte sehen, daß sie inzwischen nicht verkommen war. Sie wollte ihm beweisen, daß es überhaupt keinen Grund gab, sie von hier wieder fortzuholen.

Die Zwillinge hatten nie begriffen, was ihre Mutter an diesem Dr. Groothusen so bezaubernd fand, daß sie seine Gesellschaft der ihren vorzog und nur zu gern seine Frau geworden wäre.

Allein sein Anblick reizte ihre Spottlust zu bösen Vergleichen. Seine hohe, fliehende Stirn ging in einer Linie in die lange Nase über – ein Profil wie eine Rutschbahn oder wie ein Schafskopf. Als Student einer schlagenden Verbindung angehörend, hatte er seine rechte Wange auf dem Paukboden durch einen Fechthieb halbieren lassen. Wenn er sich erregte, färbte sich die lange Narbe blaurot. Die Schütterkeit seines Haares kaschierte er durch quergelegte Strähnen, die sich bei stürmischem Wetter aus ihrer pomadisierten Zwangslage befreiten und je nach Windrichtung vom Kopf abgestanden hatten – zur Gaudi der Zwillinge.

Er trug eine Hornbrille, seine Anzüge waren vom besten Hamburger Schneider.

Frau Rappenreiter hatte Groothusen selbst vom Bahnhof abgeholt und seinen Koffer auf dem Gepäckständer ihres Rades heimgefahren. Sie hatte beschlossen, ihn in ihrem Gastzimmer einzuquartieren, um ihm den langen Fußweg vom Hotel in Seeliger nach Kornfeld zu ersparen. Außerdem hatte sie ihn bei ihren mehrmaligen Telefonaten und in seinem Brief als einen liebenswürdigen Herrn kennengelernt. Seine Gegenwart würde eine anregende Unterbrechung ihres Alltags bedeuten.

Er traute seinen Augen nicht, als sie ihn den Birkenweg hinauf in ihr Anwesen hineinführte. Blieb stehen und lüftete den Hut. »Gnädige Frau, gestatten Sie mir, überwältigt zu sein. Ich hatte ja nicht geahnt, ein Paradies vorzufinden. Wie schön für Dagmar, daß sie sich in dieser Umgebung erholen durfte.«

»Ich habe vorhin in der Gärtnerei angeläutet. Sie ist mit Else Pillkahn und Steiners französischem Arbeiter auf einer Radpartie. Es wird noch eine Weile dauern, bis sie zurückkommt«, sagte Frau Rappenreiter.

Ihrem Einzug in die Hausdiele ging ein kurzer Streit voraus, wer seinen schweren Koffer herauftragen sollte. »Es sind vor allem Kleidungsstücke für Dagmar drin, warme Sachen«, erklärte Groothusen, »auch ein abgelegter Wintermantel ihrer Kusine –, alle Verwandten haben etwas zugesteuert. Das braucht sie für die Rückfahrt. Bei uns oben ist es doch schon recht frisch.«

»He, Beni«, sagte Frau Rappenreiter, griff in die sich bewegenden Mäntel in der Garderobe und zog ihren Sohn hervor. »Warum versteckst du dich? Begrüß Herrn Doktor Groothusen. Er ist Dackels Onkel. Und dann hol deinen Bruder. Bringt das Gepäck ins Gastzimmer.« Sie nahm Groothusen Mantel und Hut ab. »Der Glatzkopf da ist mein Sohn Benedikt. Er geht mit Dackel in dieselbe Klasse – aber das habe ich Ihnen ja schon am Telefon erzählt.«

Groothusen schenkte Beni im voraus eine Mark fürs Koffertragen.

Frau Rappenreiter sah das und warnte: »Verderben Sie die Preise nicht! Soviel kriegt er Taschengeld für eine Woche.«

Beni wollte ihnen ins Wohnzimmer folgen, um noch mehr über das zu erfahren, was sie mit Dackel vorhatten, aber seine Mutter legte ihre Hand auf seinen leicht überstachelten Kopf und drehte ihn so zur Tür hinaus. »Verdrück dich, mein Sohn.«

Groothusen sah sich inzwischen um. Ein heller Wohnraum, das Licht strömte durch eine Terrassentür und rechts und links von ihr durch französische Fenster mit Scheitelgardinen aus weißem Mull.

Nirgends Barock, keine geschnitzten Heiligen, keine Putten an den Wänden und keine Ölgemälde mit trinkfreudigen Mönchen und Gebirgslandschaften.

Hier hatte eine norddeutsche Hausfrau ihre strenge Biedermeier-Aussteuer aufgestellt, auch einige bäuerliche Bakkensessel voll ausgewogener Unbeholfenheit. Außer Familien-Miniaturen überm Sofa hatte sie zwei Gemälde ihres Vaters mit Ahrenshooper Motiven aufgehängt.

»Kommen Sie, Sie müssen unsern Blick bewundern, Herr Groothusen.« Frau Rappenreiter führte ihn zur geöffneten Terrassentür. »Ist das nicht schön. Nirgends auf der Welt kann es schöner sein als an diesen bayerischen Seen – nur anders schön. – Der Schornstein da unten, hinter der Thujamauer, gehört zur Steinerschen Gärtnerei.«

»Dort wohnt also Dagmar.«

»Sie hat's da gut. Aber auf die Dauer ist es natürlich kein Zustand, weder für Steiners noch für Dackel.«

»Und wohl auch nicht das, was sich Inge – ich meine Frau Janson – für ihre Tochter vorgestellt hat.« Er hielt ihr sein silbernes Zigarettenetui hin. Seine feinen, zum Zupacken wohl unfähigen Hände mit kinderkleinen Nägeln fielen ihr dabei auf. »Es hat lange gedauert, bis ich endlich einen Platz in einem Internat in Malente gefunden habe. Sehr gute Adresse. Gutsbesitzer und der Adel schicken dort ihre Töchter hin. Ich bin weitläufig mit der Leiterin verwandt. Nur dadurch war es möglich, Dagmar dort unterzubringen.«

Armer Dackel, dachte Beni, der vom angrenzenden Speisezimmer zuhörte. Ein Mädelpensionat! Die wird sich freuen!

Frau Rappenreiter und Groothusen hatten inzwischen am Kamin Platz genommen und tranken einen Sherry, wobei sie ein sorgenvolles Gesicht machte. »Das wird nicht einfach werden, Herr Groothusen. So wie ich Dagmar inzwischen kenne, rechne ich mit massivem Widerstand gegen Ihre Internatspläne.«

»Ich weiß, gnädige Frau«, sprach er auf einem Seufzer, »ich bin daran gewöhnt. Die Zwillinge haben vom ersten Tag an Krieg gegen mich geführt. Sie waren unausstehlich vor lauter Angst, ich könnte ihr Stiefvater werden. Sie müssen wissen, gnädige Frau, daß ich Inge Janson unendlich verehrt habe.« Er holte seine Brieftasche aus der inneren Rocktasche und entnahm ihr ein Foto. »Das war sie –« Sie stand auf dem Bild in glänzend fließendem, tief ausgeschnittenem Abendkleid neben einer chinesischen Bodenvase. »Das war am 9. Mai dieses Jahres in meiner Wohnung nach einem Opernbesuch«, fügte er hinzu.

»Eine hübsche, sehr elegante Erscheinung«, versicherte ihm Frau Rappenreiter.

»Und so sensibel, viel zu sensibel für das, was ihr das Schicksal aufgebürdet hatte. Mit achtundzwanzig schon Witwe, allein mit diesen, nun, etwas ungestümen Zwillingen, dazu ihr voller Einsatz in der Konditorei unter der Fuchtel der Schwiegermutter – eben alles zuviel für ein Geschöpf, das für den Luxus geboren war.«

Ach, du lieber Gott, dachte Frau Rappenreiter, die nie in den Genuß gekommen war, von irgendeinem Mann als Luxusgeschöpf verehrt zu werden. Diese Inge Janson mußte Groothusen um seinen nüchternen Juristenverstand gebracht haben.

»Sind Sie ganz sicher, daß sie mit ihrem Sohn Dag in jener Nacht im Keller war?«

»Leider, gnädige Frau. Ich habe noch mit ihr telefoniert, als die Sirenen heulten. Und der Luftschutzwart hat mir bestätigt, daß sie als letzte in den Keller heruntergekommen sind. Der im Nebenraum eingelagerte Koks hat noch tagelang gebrannt. Es – war ihr Krematorium.«

Krematorium, das Wort hatte auch Else bei ihrer Schilderung benutzt.

»Was glauben Sie, wie viele Spuren ich verfolgt habe, um Dagmar zu finden. Ich wußte nur mit Sicherheit, daß sie am Tag nach dem Angriff mit einem jungen rothaarigen Mädchen vor den Trümmern der Konditorei gesehen worden war. Bei ihren Verwandten hat sie sich nicht gemeldet. Langsam nahm ich an, daß sie Hamburg nicht verlassen hat und im Feuersturm umgekommen ist.« Er sah sie voll Dankbarkeit an. »Und dann kam der Anruf Ihrer Frau Schwester, die wissen wollte, ob ich der Doktor Groothusen bin, der eine Dagmar Janson kennt. Stellen Sie sich meine Freude vor nach all dem Schmerz. Sie müssen wissen, daß ich nach ihr nicht nur gesucht habe, weil sie Inge Jansons Tochter ist. Ich bin auch der Familienanwalt und von ihrer Mutter als Vormund der Zwillinge eingesetzt worden, falls sie vor mir sterben sollte. Als ob sie ihr Schicksal vorausgeahnt hätte ...«

Nachdem sie Groothusen ins Gästezimmer gebracht hatte, in dem wirklich schon sein Koffer eingetroffen war – nun ja, die Mark Trinkgeld! –, deckte Frau Rappenreiter den Teetisch.

Benedikt polterte die Treppe hinunter und brach ins Wohnzimmer ein. Auf ihre Frage, ob er ein Stück Kuchen haben wollte, ging er laut schnaufend, mit zusammengekniffenem Mund an ihr vorbei ins Arbeitszimmer.

»Beni, was ist los?« fragte sie hinter ihm her.

Konnte er leider nicht sagen, ohne zugeben zu müssen, daß er gelauscht hatte. Aber spüren sollte sie, daß er stinkböse auf sie war. Seine Mutter – eine Verräterin. Was mußte sie sich immer in anderer Leute Angelegenheiten mischen. Hatte den armen Dackel geradezu hinterfotzig diesem Norddeutschen ausgeliefert. Allein sein hoch- und zunäsiger Tonfall brachte Beni auf die Palme.

Er schritt düster aus dem Arbeitszimmer an seiner Mutter vorbei zum Speisezimmer –

»Beni! Sag doch was!«

– aus dem Speisezimmer an ihr vorbei zur Diele, knallte die Tür hinter sich zu mit einer Wucht, die ein Nachbeben der beiden Türflügel auslöste. Wenn er ihr schon nicht sagen konnte, was er von ihr hielt, so wollte er sie wenigstens pantomimisch mit seiner Verachtung strafen.

Er hat gelauscht, ahnte Christine Rappenreiter bedrückt, er gibt mir die Schuld, und ihr kamen plötzlich Bedenken, die ihr Gewissen belasteten.

Natürlich war es ihre Pflicht gewesen, Dr. Groothusen von Dagmars Hiersein zu benachrichtigen. Aber warum hatte ihr keine dafür zuständige Behörde diese Meldepflicht abgenommen? Warum hatte Else Pillkahn es nicht getan?

Armer Dackel. Hatte sich gerade ein bißchen hier eingelebt, hatte Freunde gefunden, fing an zu vergessen, erste Wurzeln tasteten sich in Kornfelder Erde – und nun hatte sie selbst diesen Vormund hergeholt und somit einen neuen Abschied eingeleitet mit einem neuen Anfang in einer neuen Fremde. War das alles nicht viel zu schnell? Selbst ein Hund verträgt keinen mehrfachen Herrenwechsel in so kurzer Zeit. Und schon gar nicht ein seelisch schwer belastetes Kind, das gerade begonnen hat, seinen Kummer in einen Kokon einzuspinnen.

Es klopfte an der Flurtür. Dr. Groothusen trat ein mit einer behutsam getragenen Porzellanvase. »Es ist keine chinesische Flötenvase, wie man auf den ersten Blick wegen ihrer Blaumalerei und der Motive annehmen könnte, sondern Meißen um 1730«, erklärte er das Prachtstück und stellte es auf den Kaminsims, lächelte Frau Rappenreiter bittend an. »Nehmen Sie es als meinen bescheidenen Dank, liebe gnädige Frau.«

Christine Rappenreiter ging wie hypnotisiert auf die Vase zu – »ist die schön – das gibt's doch nicht« –, nahm sie mit vorsichtigen Händen auf, betrachtete sie von allen Seiten – »das ist ein viel zu kostbares Geschenk – nein, das kann ich nicht annehmen –«

»Bitte«, sagte er. »Wie gerne hätte ich Ihnen auch ihr Pendant mitgebracht, aber das ist bei einem Angriff zerbrochen wie alles andere auch. Ich wollte meine Chinoiserien nicht auslagern, ich wollte sie um mich behalten. Nun ja – das ist das letzte Stück. Hierher wird sich gewiß keine Bombe verirren, und da Sie doch etwas von Porzellan verstehen –«

»Woher wissen Sie?«

»Ihre Frau Schwester hat mir erzählt, daß Sie Porzellanmalerin waren und gerade bei KPM in Berlin anfingen, als Sie Ihren Gatten kennenlernten.«

Christine Rappenreiters Hände streichelten den Körper der Vase. »Sie ahnen nicht, was für eine Freude Sie mir damit gemacht haben, Herr Groothusen. Ich bedanke mich.« Sie wollte sie auf den Kaminsims stellen und beschloß dann doch, sie in ihrem Vitrinenschrank zu verschließen und den Schlüssel abzuziehen. »Es könnte sein, daß mein Sohn Benedikt die Vase als eine Art Judaslohn betrachtet und – Sie wissen ja – Glück und Porzellan, wie leicht bricht das.«

Während sie sich vor den Kamin setzten, fragte Groothusen: »Ihr Name, gnädige Frau, ist nicht allzu häufig. Könnte es sein, daß Sie etwas mit ›Nah und weiter sieht man durch Brillen von Rappenreiter‹ zu tun haben?«

»Ja, das ist unsere Firma.« Sie hob die schwere silberne Kanne vom Stövchen und schenkte Tee in Copelandtassen. Dabei sagte sie: »Lieber Herr Groothusen, wollen wir doch bitte auf Konversation verzichten. Es gibt soviel zu besprechen und zu überlegen, bevor Dagmar von ihrem Ausflug zurückkommt.«

Die Luft hatte sich binnen einer Stunde um zehn Grad abgekühlt. Else und Dagmar rannten mit verschränkten Armen durch die stürmische, mondlose Schwärze zum Rappenreiterschen Tor.

»Wir brauchen dringend warme Sachen, Wintermäntel – auf Ausgebombtenbezugschein – nich auf Kleiderkarte, das kostet zuviel Punkte«, keuchte Else neben Dagmar her.

»Weißt du – irgendwie bin ich jetzt ganz froh, daß der Groothusen gekommen ist. Sprechen muß ich ja sowieso mal mit ihm – schon wegen meinem Sparbuch. Da hat Oma jeden Monat zehn Mark auf eingezahlt und zum Geburtstag fünfzig. Da muß viel Geld drauf sein«, keuchte Dagmar zurück.

»Du bist auch ohne Sparbuch keine arme Kirchenmaus. Deine Oma war eine wohlhabende Frau. Und du büscha jetzt wohl Alleinerbin.«

»Von was, Else?« Dagmar schob einen der schmiedeeisernen Torflügel so weit auf, daß sie sich hindurchzwängen konnten. »Ist doch alles kaputt und verbrannt.«

»Aber es müssen doch noch Bankkonten da sein.« Zwischen ächzenden, Blätter schüttelnden Birken schoß ein Schatten auf sie zu, Else schrie auf vor Schreck.

Es war nur Beni. »Dackel! Wo warst denn so lang? I wart seit Stunden!«

»Das kann ich doch nicht wissen, Beni.«

»Dei Vormund is da.«

»Der Groothusen, habe ich schon gehört. Aber wieso Vormund? Was heißt Vormund?«

»Schlimmer wie 'n Verwandter«, mischte sich Else ein, »meine Freundin hatte mal einen amtlich bestellten. Sie mußte alles machen, was er für sie bestimmt hat, ob sie mochte oder nich. Einmal hat er ihr sogar untere Röcke gegrif –«, sie brach erschrocken ab, was sagte sie da –!

»Mei – was is des scho gegen das, was der Vormund vom Dackel mit ihr machen will. Er will sie in ein Internat für Mädels stecken«, rief Beni.

»In was?« schrie Dagmar auf, nicht nur wegen dieser entsetzlichen Ankündigung, sondern auch weil Else aus Furcht, sie könnte ausreißen, so grob nach ihrem Handgelenk griff, daß es schmerzte.

»Deern, bleib hier, wehe, wenn du –«

»Laß mich los, ich lauf nich weg«, unterbrach sie Elses Gezeter. »Erst muß ich mein Sparbuch haben. Wo soll ich denn hin ohne Sparbuch und warme Sachen!?«

Beni zog sie aus Elses Hörweite. »I borg dir meins. Mein Anorak kriegst a, damit daß d' net frierst. Schlafen kannst im Pavillon. I sorg dafür, daß d' net hungern mußt.« Beni war ganz versessen auf seinen Abenteurerplan, den er sich für Dackels Flucht aus den Fängen ihres Vormunds ausgedacht hatte – es waren von ihm bereits Decken und Polster aus dem Haus auf indianischen Schleichwegen ins vorgesehene Versteck transportiert worden. Sogar an eine Kerze und Streichhölzer und einen Band Karl May und eine Flasche Brause hatte er gedacht und auch an einen Hammer aus dem Handwerkskasten. Als Waffe, falls sie nachts von norddeutschen Weißhäuten überfallen werden sollte.

Und nun machte ihm Dagmar einen Strich durch seinen spannenden Plan, indem sie wirklich wollte, daß er die Haustürklinke niederdrückte und ihr den Weg zum Wohnraum freigab, wo seine Mutter und dieser norddeutsche

Kidnapper am Kamin Alkohol aus Gläsern mit langem Hals tranken.

Dagmar war viel zu aufgeregt beim Gedanken an dieses Wiedersehen mit Groothusen, an die Kämpfe, die ihr mit ihm bevorstanden, um Benis Bemühungen um ihr Wohlergehen zu würdigen. Aber zugehört hatte sie ihm schon mit einem Ohr, ja, sie deponierte sein indianisch gefärbtes Rettungsunternehmen für alle Zeiten in ihrem Unterbewußtsein. Beni konnte deshalb später anstellen was er wollte, sie würde immer zu ihm halten.

»Mein liebes kleines Mädchen – endlich!«

Sie hing wie ein Stock in seiner Umarmung und biß sich auf die Unterlippe, um nicht herauszuschreien: Ich bin nicht Ihr kleines Mädchen! Ich mag Sie nicht – lassen Sie mich los!

Aber sie wollte sich klug verhalten. Wenn sie ruhig blieb, würde sie mehr erreichen. »Guten Abend, Herr Groothusen.«

»Aber Herzchen, warum so förmlich? Du hast doch früher Onkel zu mir gesagt.«

»Feiner Onkel«, griff sie ihn an, ihre guten Vorsätze vergessend. »Will mich ins Internat stecken.«

»Woher weißt du?« fragte er betroffen und sah sich nach Frau Rappenreiter um, die gerade einen Blick voller Ohrfeigen in Benis Richtung abschoß, weshalb er sich sicherheitshalber ins angrenzende Speisezimmer verdrückte, wütend auf Dackel, die ihn verraten hatte.

Jetzt trat Else vor und streckte Groothusen die Hand hin. »Ich bin Fräulein Else Pillkahn.«

Er umschloß ihre Rechte mit beiden Händen. »Oh, das freut mich, freut mich unendlich, liebes Fräulein Pillkahn. Wie soll ich Ihnen je danken für das, was Sie für Dagmar getan haben.«

»Das war pure Menschenpflicht, Herr Doktor«, sagte Else und holte einen zusammengefalteten Zettel aus ihrer Handtasche. »Und damit wir's nich vergessen – die Aufstellung von meine Unkosten hab ich gleich mitgebracht.«

»Setzen Sie sich, Fräulein Pillkahn«, sagte Frau Rappenreiter, nachdem Else auch ihr die Hand gegeben hatte. »Beni«, rief sie.

Er kam folgsam angeflitzt, froh, nicht länger vom Nebenzimmer aus lauschen zu müssen. Die Akustik war dort miserabel.

»Hol ein Glas für Fräulein Pillkahn und einen Stuhl für Dackel, und dann verschwinde in dein Zimmer. Ich will heute nichts mehr von dir sehen!«

»Nu sagen Sie man bloß, wie sieht es in unsern lieben Hamburg aus?« eröffnete Else das Gespräch.

»Trostlos! Unvorstellbar. Dieser Feuersturm ...«

»Ja, das hat meine Freundin auch geschrieben.«

»Sie haben ja so recht getan, nach Bayern auszuweichen.«

»Und trotzdem, Herr Doktor, wenn ich Sie jetzt so sprechen höre, denn kriege ich banniges Heimweh.« Else erhob ihr Weinglas. »Prost, auf Hamburg!«

»– und auf das glückliche Wiedersehen«, fügte Groothusen hinzu, und dann, nachdem sie getrunken und ihre Gläser abgestellt hatten, wandte er sich an Dagmar. »Was glaubst du, was sich deine Verwandten für Sorgen um dich gemacht haben!«

»Die doch nich –! Die sind froh, daß sie mich nicht geerbt haben. Die konnten Dag und mich nie leiden.«

»Du sollst ja nicht zu ihnen, Kind.«

»Will ich auch nich. Aber in ein Internat lasse ich mich auch nich einbuchten. Da bleib ich keinen Tag!«

Frau Rappenreiter bemerkte, wie Dagmars Schenkel zitterten, auf denen ihre gefalteten, vor Aufregung sich zerknöchelnden Hände lagen.

»Die Vorstellung mag dich jetzt noch schrecken«, Groothusen klang sehr behutsam, »aber wenn du erst in Ruhe darüber nachgedacht hast, wirst du einsehen, daß ein Internat das beste für dich ist.«

»Niemals. Ich steck die Bude in Brand.« Sie schloß die Augen, ihre Schläfen pochten, als ob sie den Kopf sprengen wollten. Dag, wo bist du? Warum hilfst du mir nicht? Beni fiel ihr ein und sein Versteck im Pavillon. Aber wie lange würde sie dort unentdeckt bleiben?

Sie öffnete die Augen. In ihrem Blick war hilfloser Zorn über ihr Ausgeliefertsein an diesen neuen Bestimmer in ihrem Leben – und auch Verlassenheit. Sie begriff schmerzlich genau, was es hieß, keine Familie mehr zu haben. Familie bedeutete ein Bollwerk, schützende Mauern um sich herum.

Frau Rappenreiter lächelte ihr zu. Dagmar schaute fort, sie wollte ihr Lächeln nicht.

»Was möchtest du denn am liebsten, Kind?« erkundigte sich Groothusen, eine Zigarette am Stummel der anderen anzündend.

»Hierbleiben«, sagte Dagmar.

»Bei Steiners geht das nich auf die Dauer, das weißt du, Deern«, wurde Else streng. »Nu spiel nich den störrischen Esel, Herr Doktor hat schon genug Geduld mit deine Ungezogenheit gehabt.«

»Lassen Sie nur, Fräulein Pillkahn«, wehrte er ihre Einmischung freundlich ab. »Möchtest du nicht wenigstens den Prospekt vom Internat sehen? Ich habe auch Fotos gemacht.«

»Nein.«

»Die Landschaft um Malente ist sehr schön. Du kannst schwimmen und sogar reiten, das Internat hat in seinem kleinen Tierpark zwei Islandponies –«

»Ich will nicht reiten –«, sie stand auf, »ich will jetzt gehen.«

Nun platzte Christine Rappenreiter der Kragen. »Du setzt dich sofort wieder hin. Es geht nicht alles nach deinem Kopf!«

»Sie haben mir gar nichts zu sagen«, zischte Dagmar.

»O doch, eine ganze Menge. Und du wirst mir zuhören.« Es war dieser Tonfall in ihrer Stimme, der ihre Söhne kuschen ließ. Dagmar setzte sich wieder hin.

Frau Rappenreiter leerte ihr Weinglas mit einem soliden Schluck. »Was glaubst du wohl, was Herr Groothusen und ich seit Stunden tun? Nicht mal zum Abendessen sind wir bisher gekommen vor lauter Kopfzerbrechen über deine

Zukunft. Wir meinen es beide verdammt gut mit dir, wir mögen dich, obgleich du es uns nicht leicht machst. Wir sind nicht deine Familie, aber wir fühlen uns für dich verantwortlich, als ob du unser Kind wärst – genauso wie Fräulein Pillkahn, als sie dich mit nach Bayern genommen hat.«

Dieses Einbezogensein behagte Else sichtbar.

»Th – ausgerechnet die«, brummte Dagmar, aber nicht zu deutlich.

»Und so haben wir eine Kompromißlösung gefunden, die dir bestimmt gefallen wird. – Wollen Sie es ihr sagen, Herr Groothusen?«

»Machen Sie nur weiter, gnädige Frau, Sie sind gerade so schön in Fahrt.«

»Also, Dackel, niemand zwingt dich, in ein Internat nach Norddeutschland zu gehen, wenn du gern hierbleiben möchtest. Ich hoffe, Frau Steiner wird dich so lange behalten, bis ich in der Nähe ein Institut für dich gefunden habe. Das kann Wochen, womöglich Monate dauern, aber ich kriege dich unter. Jedes freie Wochenende kannst du bei uns verbringen oder in der Gärtnerei, Herr Groothusen ist damit einverstanden.«

Kleine Blume Hoffnung, die sich in Dagmar entfaltete. Ihr Widerstand brach zusammen wie ein Gerüst, das ihren Willen aufrechterhalten hatte. »Ich möchte ins Bett«, sagte sie, zum Umfallen erschöpft.

»Ja, mein Kind.« Groothusen erhob sich. »Ich gebe dir noch ein paar Sachen mit – sie sind oben in meinem Zimmer –. Moment, bin gleich wieder da.«

»Mönsch, Deern, hast du ein Schwein mit diesen Vormund«, bellte Else auf, als er die Treppen zum ersten Stock hinaufeilte.

Dagmar schwieg. Sie wußte nicht, was Dag dazu sagen würde, wenn sie Elses Meinung zustimmte. Er hatte Groothusen noch weniger leiden können als sie selbst. Die Arme voller Kleidungsstücke kam er zurück. »Deine Kusinen haben ihre Schränke für dich geöffnet.«

»Na, nu guck doch –« Else griff nach einem weinroten, taillierten Mantel mit Pelerine und grauem Krimmerbesatz und hielt ihn für Dagmar auf.

Christine Rappenreiter und Groothusen schauten zu, wie sie, die Arme über den Schultern nach den Ärmellöchern suchend, sich hineinhangelte. Else knöpfte ihn zu. Als ob man eine Vogelscheuche behängte, so stand Dagmar da.

»Wenigstens paßt er einigermaßen«, meinte Christine und beschloß, die falschen Pelzornamente von der Pelerine zu trennen.

Groothusen erinnerte sich an Dagmar im dunkelblauen Mantel mit Bubikragen und doppelreihigen Perlmuttknöpfen, mit weißen oder dunkelblauen Kniestrümpfen – Inge Janson hatte einen so guten Geschmack gehabt.

Dagmar war es inzwischen völlig egal, was man ihr anzog, Hauptsache, es beengte nicht ihren Bewegungsdrang. »Der Mantel ist schön warm«, sagte sie, »den behalte ich gleich an.«

Beim Gutenachtsagen an der Haustür zog Groothusen unter seinem Arm ein flaches, in Zeitungspapier geschlagenes Päckchen hervor.

»Was ist das?«

»Fotos. Ich habe sie für dich vergrößern und rahmen lassen.«

»Ist Dag drauf?« fragte sie atemlos.

»Aber ja, mehrmals. Und deine liebe Mama, sogar euer Jonny.«

Dagmar preßte das Päckchen an ihre Brust, Erschütterung und Angst vorm Auspacken irgendwann, noch heute abend, aber nicht hier vor all den andern. Unter dem Zeitungspapier in ihren Armen war Dags Foto!

»Danke, Onkel Groothusen«, sagte sie und wich nicht aus, als er einen unsicheren Kuß auf ihr Haar drückte.

»Oh, Deern«, schlotterte Else neben ihr, als sie über das Bett von Birkenblättern, gepeitscht von kaltem Regen, dem Gartenportal zutrabten. »Du hast dein Glück gemacht. So ein anständiger Vormund. Darfst hierbleiben. Kriegst ein teures Internat bezahlt. Hast Fotos von zu Hause und auch noch 'nen Wintermantel.« Sie seufzte lauter als die Bäume über ihnen im Sturm. »Und was hab ich?«

»Wenn du willst, kannst du ja mit ihm nach Hamburg zurück«, sagte Dagmar. »Er wird bestimmt dafür sorgen, daß du irgendwo unterkommst.«

»Vielleicht tu ich das wirklich«, sagte Else, das schwere quietschende Parktor aufziehend ...

In der Gärtnerei hatte Leni, wäschestopfend, auf ihre Rückkehr gewartet.

Über dem Herd, in dem niedergebrannte Scheite knisternd zusammenfielen, trockneten Socken auf einer Leine. Regen peitschte gegen die kleinen Fenster. Die Kuckucksuhr tickte eilig. Auf dem Sofa putzte sich die Katze.

Dagmar betrat die Küche mit dem Wissen um ihren baldigen Abschied von der Steinerschen Gärtnerei. Solche warme Geborgenheit wie hier hatte sie nur in den Häuschen empfunden, die sie sich früher mit Dag aus zusammengestellten Sesseln und Decken in der Altonaer Wohnung gebaut hatten.

Leni sagte, sie hätte noch Kakao im Rohr. Dagmar lehnte ab, sie wollte so schnell wie möglich in ihre Kammer hinauf und – bevor Else kam – die Fotografien auspacken.

Der kleine Raum war ausgekühlt, weil das Fenster noch offenstand. Die Laden klappten. Noch im Mantel setzte sie sich auf den Bettrand und knibberte mit fahrigen Fingern die Knoten der Schnur auf, die die Bilder unterm Zeitungspapier zusammenhielten.

Gleich würde sie Dag und Mama und Jonny wiedersehen.

Alle Internate im näheren und weiteren Umkreis, die Frau Rappenreiter anrief, waren hoffnungslos überfüllt mit langen Wartezeiten für einen freiwerdenden Platz, denn immer mehr Städter, die es sich leisten konnten, versuchten ihre Töchter aus den Gefahrenzonen der Luftangriffe in ländliche Heimschulen umzuquartieren.

Aber dank ihrer guten Beziehungen zum Seeliger Bürgermeister, dessen Schwester im Internat am gegenüberliegenden Seeufer Zeichenunterricht gab, und in Anbetracht von Dagmars Waisenschicksal, war sie auf Platz eins der dortigen Warteliste geschoben worden.

Es blieb ihr somit eine unbestimmte Galgenfrist, und darüber verblaßte die Angst vor diesem neuen Schicksal.

Dagmar hatte sich im Gewächshaus gleich neben dem Bollerofen einen Arbeitsplatz eingerichtet. Hier störte sie selten jemand außer Renzl, und der störte sie ja nicht. Manchmal verdunkelten Schneemassen das Spitzdach über ihr. In der Mittagssonne begannen sie zu tauen, rutschten in dicken Fladen abwärts und schlugen mit dumpfem Krachen auf dem Boden auf. Eiszapfen tropften hell auf ein Blech. Dann wieder trommelte Regen aufs Dach, oder es schien wärmend die Sonne auf ihren Rücken, während sie, am Federhalter kauend, über ihrem vierzehntägigen Brief an Onkel Groothusen brütete. Was sollte sie ihm nur immer schreiben? Aber das war seine einzige Bedingung gewesen: zwei Briefe im Monat.

»Lieber Onkel Groothusen!
Wie geht es Ihnen? Mir geht es gut. Heute scheint die Sonne und es ist warm. Ich habe mit Leni die Petersilje zum Treiben eingetopft und Renzl hat das Spätgemühse eingemietet. In der Schule ist es langweilig, weil ich schon alles kann. Vielen Dank für das Taschengeld und die Schokkolade. Die Hausschuhe passen gut. Frau Rappenreiter habe ich noch nicht wieder gesehen weil gehe ich blos noch sonntags zum Mittagessen hin wegen dem Onkel. Der ist eine Landplahge.
Viele Grüße
Dagmar.«

Ludwig Rappenreiters Vetter Otfried – ein Major a. D. mit Beinprothese, mit einem ausgemergelten Schädel und hellen, stechenden Augen – wohnte nun schon zwei Wochen bei Rappenreiters im Gästezimmer, und es war nicht abzusehen, wann er seine Koffer packen und nach Nürnberg, wo er teilausgebombt war, zurückreisen würde. Er selbst hielt seine Anwesenheit im Landhaus für dringend erforderlich – übrigens eine Ansicht, die keiner mit ihm teilte. Er fühlte sich als Stellvertreter seines in Rußland kämpfenden Vetters und somit berechtigt, sich in Christines Haushalt einzumischen und ihren verweichlichten Söhnen Zucht und Ordnung beizubringen.

Das hatte zur Folge, daß Viktor nach dem Gymnasium nicht mehr direkt nach Hause kam und wenn, sich umgehend in seinem Zimmer verbarrikadierte. Da er Klassenbester war, bestand kein Anlaß für den Onkel, seine Hausaufgaben zu überwachen. Somit konzentrierte sich seine pädagogische Lust auf den armen, verspielten Beni.

Christine Rappenreiter, die sich für Dagmar verantwortlich fühlte, hatte sie anfangs dazu verdonnert, an dieser Hausaufgaben-Exerzierstunde teilzunehmen, aber das ging nur fünf Tage schlecht, dann verzichtete der Onkel von sich aus auf die Präsenz dieses schrecklichen Kindes, das faxenmachend Benis Konzentration störte. »Sie ist aufmüpfig, schlecht erzogen, aggressiv – kein guter Einfluß für deinen Sohn, liebe Christine. Du solltest seinen Umgang mit ihr auf die gemeinsamen Stunden in der Schule begrenzen, auch wenn du dich ihrem Vormund verpflichtet fühlst.«

Dagmar war selig, daß sie nicht mehr zum Hausaufgabenunterricht kommen mußte. Aber als Rache fürs Beschweren klaute sie dem Onkel seine Leib- und Magenlektüre, den Gothaer Adelskalender, sozusagen seine »Von-Bibel«, und versteckte sie auf dem Spülkasten der unteren Toilette. Sie war es auch, die ihm den Spitznamen »Onkel von Bibel« gab und damit sogar Viktor zu einem Grinsen anregte. Worauf Dagmar ungemein stolz war und sich gern noch kühner produziert hätte, wenn Frau Rappenreiter sie nicht vorzeitig in die Gärtnerei zurückgescheucht hätte mit der Auflage, sich erst wieder in ihrem Hause blicken zu lassen, wenn sie bereit war, sich beim Onkel zu entschuldigen.

Am meisten sehnte Christine selbst seine Abreise herbei, mischte er sich doch vom Frühstück bis zu den Spätnachrichten dominierend in ihren Tagesablauf, brachte ihn durcheinander – nein, wirklich, sie lebte nun schon ein paar Jahre zu selbständig, mit aller Verantwortung, um sich noch einem zugereisten Männerwillen unterordnen zu können.

Außerdem nahm sie ihm übel, daß er die Söhne aus ihrer Nähe vertrieb. Sie sah die beiden nur noch zu den Mahlzeiten ab und zu. Viktor verließ kaum noch sein Zimmer, Beni verdrückte sich in die Steinersche Gärtnerei.

Die hatte er früher nur betreten, wenn seine Mutter ihn mit einem Auftrag hinschickte. Nun fand er sich jeden Abend in der Küche ein. Dort gab es zwar August am Tisch, mit dem er nicht gut stand, aber vor dem er sicher war, solange sich Steiners in der Nähe aufhielten – vorm Onkel von Bibel war er's nie. Er nahm es seiner Mutter sehr übel, daß sie den lästigen Onkel nicht einfach nach Nürnberg zurückschickte, sondern ihn auch noch höflich behandelte, obgleich sich ihre impulsive Fröhlichkeit in seiner Nähe in nervösen Mißmut verwandelt hatte, unter dem auch ihre Söhne leiden mußten.

Bei Steiners in der Küche war's bullig warm und gemütlich, wenn draußen der Schneesturm das Haus einwehte. Leni, Renzl, Dagmar und Beni spielten Schafkopf, Rommé oder Sechsundsechzig.

August pfiff auf seinem Stuhl, im Schlaf schwankend, in sein Unterhemd hinein. Frau Steiner stopfte Strümpfe und genoß Benis häufige Besuche am Abend, ein Zeichen dafür, daß er sich in ihrer niederen kleinen Küche wohler fühlte als im feinen Rappenreiterschen Haus.

Übrigens hatte Beni Elses Stuhl eingenommen, denn sie war mit Groothusen nach Hamburg zurückgefahren mit einem Düngemittelkarton, in dem sie ihre inzwischen erworbenen Habseligkeiten verschnürt hatte.

Ein naßgeweinter Abschied auf dem Bahnsteig, aber bereits beim Heimkommen, beim Betreten der gemeinsamen Schlafkammer, die Dagmar nun ganz allein gehörte und ihr nach dem Ausräumen des zweiten Bettes geradezu geräumig vorkam, vermißte sie Else schon nicht mehr.

In den neuen Freiraum unter der Schrägwand schob sie die Kommode und baute auf ihr die gerahmten Fotografien ihrer Familie auf. Die Zwillinge, engumschlungen, Grimassen schneidend. So ein schönes Bild gab es auf der Welt nicht ein zweites Mal. Dag mit Jonny auf dem Schoß, Jonny mit einem steifen und einem Schlappohr. Ein Besuch in Hagenbecks Tierpark während der Seehundfütterung. Mama und Oma vor dem Eingang der Konditorei. Das offizielle Foto zu Omas sechzigstem Geburtstag. Mama lächelt geziert, Dag und Dagmar stieren in die Kamera wie Wildhunde, die man in Stachelhalsbänder gezwängt hat.

Renzl hatte ihre Fotos als erster betrachten dürfen, dann Steiners und Rappenreiters. Sogar in die Schule hatte sie sie mitgenommen, um den Kindern zu beweisen, daß sie genau wie sie einmal eine Familie und ein Zuhause besessen hatte.

Das Foto, auf dem Jonny drauf war, zeigte sie Wastl, der es kurz beschnupperte und danach das Interesse daran verlor.

Nach zweieinhalb Wochen kam ein Brief von Else Pillkahn:

»Liebe Dagmar nebst Steiners!
In Hamburg wohne ich nun in Herrn Doktor sein kaputtes Haus wovon bloß noch das Suteräng steht. Ich bin noch ganz dösig von die viele Behördenrennerei. Ab Montag mache ich einen Kurs in Krankenflege und fange dann später als Hilfsschwester in ein Lazarett an. So kann ich unsere verwundeten Jungs am besten nützlich sein. Das Wiedersehen mit unsere einsmals so schöne stolze Stadt kann ich gar nicht beschreiben und noch immer haben sie nicht alle Toten von den Juliangriffen ausgebuddelt. Manche Gegenden sind zu Sperrgebieten erklärt und dann die Rattenplage.

Aber sonst geht das Leben wieder seinen Gang. Am 13. Dezember hatten wir einen Angriff. In der Innenstadt, in Eimsbüttel und andere Stadtteile ist was runtergekommen.

Jeden Tag denke ich an Kornfeld und was Ihr wohl grade macht. Das Dorf kommt mir wie ein Paradies vor wo ich oft vergessen habe das wir Krieg haben, wo der Tod bloß manchmal über uns weggebraust ist. Es war trotz allem eine schöne Zeit bei Euch. Nun steht Weih-

nachten vor der Tür und macht mich angst und bange. Das erste Weihnachten ohne unsere lieben. Mag gar nicht an denken. Am 21. Dezember singen die Wiener Sängerknaben in der Harburger Stadthalle. Herr Doktor war so freundlich meine Freundin Hilde und mich dazu einzuladen aber lieber nicht Herr Doktor habe ich gesagt wenn ich Weinachtslieder höre heule ich meine Augen aus den Kopf. Das sah er denn auch ein. Schöne Grüße und ein frohes Fest
wünscht
Else Pillkahn.
P. S. Liebe Deern! Ich war schon dreimal in Altona wo unser Haus gestanden hat. Heiligabend gehe ich mit Herrn Doktor hin mit Kerzen und Blumen. Er läßt herzlich grüßen schreibt selbst wenn er aus Kiel zurückkommt.«

Zu Weihnachten schickte Groothusen Skistiefel und Keilhosen, wer weiß, was er dagegen eingetauscht haben mochte. Auch wenn er komisch aussah und manchmal vogelig redete, er war schon ein guter Onkel. Dagmar gewöhnte sich langsam daran, ihn als ihren einzigen Verwandten zu betrachten. Für die Grüße und Geschenke ihrer Onkel, Tanten und Kusinen hatte sie sich nicht einmal bedankt. Sie nahm ihnen übel, daß sie am Leben geblieben waren, während ihre Familie hatte sterben müssen.

Renzl hatte schon einen Tag vor Weihnachten den Kachelofen in der guten Stube angeheizt und im Wald einen kleinen Tannenbaum geschlagen. Leni buk mit Dagmars Hilfe Plätzchen und »Auszogne«.

Es wurde kein fröhliches Fest, obgleich August schon mittags zu seiner Dame gestapft war und somit keine Bissigkeiten auf Renzl spucken konnte, der schweigend am Kachelofen lehnte, seinen Rücken wärmend, mit seinen Gedanken zu Hause.

Frau Steiner hatte das Bild ihres Sepp vor sich aufgestellt und las immer wieder seine Karte. Es ging ihm gut, er war in ein anderes Camp verlegt worden, kriegte 20 Dollar

Arbeitslohn im Monat. Wenn nicht das Heimweh wäre, könnte er sich nicht beklagen, und die Else Pillkahn möchte ihm nicht mehr böse sein. In Hamburg damals hätte er alles ernst gemeint.

Mit einem Tannenzweig kokelte Dagmar an der Tischkerze und sagte keinen Ton. Aus dem Radio wurden Telefongespräche zwischen Soldaten in ihren Unterständen und ihren Familien in der Heimat übertragen, die Leni zu Tränen rührten. Es gab Weißwürste zum Abendessen und Karamelpudding. Die Zeit bis zur Christmette vertrieben sie sich mit Spielen. Einmal läutete das Telefon. Dagmar stürzte hin, sie war ganz sicher, daß der Anruf ihr galt. Vielleicht Dag von irgendwoher –? Wenigstens Onkel Groothusen. Aber es war nur Frau Rappenreiter.

»Mein kleines Mädchen«, sagte sie bewegt, »ich wünschte, du wärst zu uns gekommen. Aber du wolltest ja nicht. Wenn du hier wärst, könnte ich dich ganz fest in meine Arme nehmen.«

O nein, dachte Dagmar erschrocken, was für ein Glück, daß ich nicht drüben bin. Ich will nicht angefaßt werden, sonst muß ich schreien.

Es war sehr mühsam, bis zur Mitternachtsmette wach zu bleiben, aber Dagmar hatte sich geweigert, mit Rappenreiters und dem Onkel von Bibel am Nachmittag in die evangelische Kirche nach Seeliger hinunterzugehen. Einmal bis Mitternacht aufbleiben dürfen und dann an Renzls Hand die Christmette in der katholischen Kirche erleben, das hatte sie sich gewünscht. Sie mochte den Weihrauchduft, das goldbestickte Gewand des Pfarrers, die Meßknaben in ihren Nachthemden über derben Stiefeln, sie kannte sie alle aus der Schule und fühlte sich schon zugehörig zu diesem Dorf. Dagmars Unfähigkeit, auch nur einen richtigen Ton zu treffen bei lautem, inbrünstigem Vortrag, klang beinah nach Sabotage des Besucherchors. In den vorderen Reihen sah man sich gestört bis empört nach ihr um, Frau Steiner zischte Leni zu, sie möge ihr das Maul zuhalten, Leni sah ratlos in Renzls Richtung, dem liefen Lachtränen übers Gesicht. Keiner von beiden hatte den Mut, dem Kind das Singen zu verbieten. Und somit fiel Dagmar einmal wieder aus dem Rahmen und meinte es doch so gut.

Beim Heimkommen kochte Frau Steiner noch einen Glühwein zum Warmwerden. Selbst Dagmar bekam ein Glas. Anschließend mußte Renzl sie in ihre Kammer hinauftragen, Leni zog ihr Schuhe und Hosen aus und deckte sie zu.

»Ein Rausch in der Weihnachtsnacht ist besser fürs Krischperl als das nüchterne Alleinsein mit den Fotos seiner Verstorbenen«, meinte Leni, als sie, die Kammer verlassend, das Licht löschte.

»Du bist schon ein Schatz, Leni«, versicherte ihr Renzl. »Du bist sehr lieb.«

»Meinst?« Sie sank plötzlich an seine magere Jungenbrust, ehe er es verhindern konnte. Vergebens wartete sie auf seine Umarmung.

»Leni«, sagte er bekümmert, »ich mag dich sehr, aber denk an deine Mutter. Sie schickt mich fort, wenn sie's erfährt, und erst der August! Der bringt mich um.«

»Ja, i woaß, Renzl.« Sie hatte Mühe, ihre schwere, unerlöste Sehnsucht nach Zärtlichkeit zurückzunehmen.

»Der August gönnt dich keinem. Der hätte dich doch am liebsten selbst.«

»Aber schad is schon«, seufzte Leni und wünschte ihm eine gute Nacht, bevor sie in ihre Kammer ging.

Nun war es so weit. Eine Schülerin des Mädcheninternats am gegenüberliegenden Seeufer kam aus dem Weihnachtsurlaub nicht zurück. Somit wurde ihr Bett in einem Viererzimmer für Dagmar frei. Frau Rappenreiter ließ zwei Nachthemden für sie nähen, kaufte Unterwäsche auf Kleiderkarte und versah alles mit ihrem Namen. Handtücher und Waschlappen gab sie aus eigenen Beständen dazu.

Der Abschied von der Steinerschen Gärtnerei fiel Dagmar schwerer, als sie sich vorgestellt hatte. Allein schon das Einpacken ihrer Habseligkeiten in den geborgten Rappenreiterschen Lederkoffer mit all seinen Hotelschildern. Der Abschied vom Alleinschlafen, an das sie sich inzwischen gewöhnt hatte. Von nun an zu viert in einem Raum mit Mädchen, die alle älter waren als sie und eben Mädchen.

Der Abschied von Leni, von Wastl, der Katze, den Hühnern, ihrem Arbeitsplatz neben dem Bollerofen im Gewächshaus. Von all ihren Pflanzen, für die sie verantwortlich war seit ihrer Aussaat. Auch Frau Steiner hatte sie inzwischen gern.

Am schwersten fiel der Abschied von Renzl. Dieses magere Händeschütteln vor all den anderen, die dabei zuschauten. Nur ihre Blicke durften sich kurz umarmen.

Am Gartentor fand sich sogar August ein, bemüht, einen schrumpeligen Boskop an seinem Hosenhintern blank zu polieren. Er war an sich für Dagmar bestimmt, aber als sie verwundert über soviel unverhoffte Freundlichkeit ihre Hand danach ausstreckte, biß er grinsend selbst hinein. So heftig, daß der Saft auf sein Kinn spritzte.

Beni fuhr ihren Koffer zur Bahnstation und wartete, bis der Bummelzug einlief. »Servus, Dackel, pfüat di«, sagte er und drehte auf dem Hacken um.

»Er hätte dir wenigstens nachwinken können«, ärgerte sich seine Mutter, die Dagmar bis zur Kreisstadt begleitete und dort mit ihr in einen holzgasbetriebenen Überlandomnibus stieg. Dagmar sagte keinen Ton. Damals in Hamburg war alles viel zu entsetzlich gewesen, um ihr Bewußtsein zu erreichen. Dieser zweite Abschied von einem neuen Zuhause brach ihr beinah das Herz.

15.1.44

»Lieber Onkel Groothusen,
nun bin ich im Internat. Die Mädchen lachen über meine französische Aussprache, die ich vom Renzl gelernt habe. Sie sagen die klingt geziehrt. Sie selber sprechen deutsches Französisch. Das klingt vielleicht! Ich bin nicht gerne hier. Ich bin den Mädchen in meinem Zimmer zu jung. Sie sind schon zwölf. Die Lehrerinnen mögen mich auch nicht. Darf ich wieder nach Kornfeld zurück?

Da war es schön.
Viele Grüße
Dagmar.«

14.2.44
»Lieber Onkel Groothusen,
Du hast schon alles von der Vorsteerin gehört. Sie sagt sie hat Dir geschrieben. Ich kann wirklich nicht dafür. Ich habe zum Renzl gesagt sag mir ein schlimmes Wort für August auf französisch und ein schlimmes Wort für eine Frau wenn mich eine ärgert. Ich habe das Wort zu der Französischlehrerin gesagt wie sie mich geärgert hat. Ich weiß nicht, was es bedeutet. Ich wollte die Lehrerin nicht beleidigen. Aber wenn sie mich hier nicht mehr haben wollen heule ich deshalb nicht und gehe gern nach Kornfeld zurück und danach auf das Gimnasjum in der Kreißstadt.

Sei nicht böse, Onkel Groothusen. Ich bemüe mich ja brav zu sein.
Viele Grüße
Dagmar.«

Es ging nicht nur um den schockierenden Ausdruck »putain merde«, bei dessen Übersetzung sich der Internatsvorsteherin die Feder sträubte, weshalb sie davon Abstand nahm und Groothusen seinem französisch-deutschen Langenscheidt überließ, um das ganze Ausmaß an Ordinärheit zu ergründen.

Es ging um das Kind schlechthin. Bei aller Rücksichtnahme auf sein schweres Schicksal, es war einfach zu unreif, um sich in den Lebensbereich älterer Schülerinnen einzufügen. Ihren gutmütigen Hänseleien wäre Dagmar mit übertriebenen Aggressionen begegnet, schrieb die Vorsteherin. Sie trat gegen Schienbeine, spuckte und setzte auch einmal das Kopfkissen einer Zimmerkameradin unter Wasser, nur weil diese zu ihr gesagt hatte: Auch Waisenkinder müssen Ordnung halten. Das war doch nun wirklich keine Beleidigung gewesen, sondern eher eine gutgemeinte Feststellung.

Die Vorsteherin versprach, Dagmar noch so lange zu behalten, bis Groothusen eine andere Anstalt für sie gefunden hatte, jedoch nicht länger als einen Monat.

Es war wirklich nicht einfach, der Vormund dieses übriggebliebenen Zwillings zu sein. Aber Groothusen besaß inzwischen Beweise ihrer Zuneigung, die ihn rührten. Wie sollte er sich verhalten, ohne Dagmars scheu aufkeimendes Zutrauen zu verlieren, das ihm inzwischen wichtiger war als das Ausüben seiner Autorität?

Wohin mit ihr? Groothusen hätte sie am liebsten zu sich nach Hamburg geholt in sein notdürftig repariertes Haus. Aber sicherer war sie in Oberbayern vor Bombenangriffen – und auch lieber.

Das Telefonieren mit Frau Rappenreiter wurde immer schwieriger bei etlichen anderen Stimmen in der Leitung, die genauso laut wie sie selber schrien, um sich Gehör zu verschaffen. Sie waren inzwischen zu Eilbriefen übergegangen.

Den Gedanken an ein anderes Internat hatten inzwischen beide aufgegeben. Das beste für eine Zehnjährige war noch immer das Aufwachsen in einer Familie. Da der Onkel von Bibel nicht nur mit den Rappenreiterschen Buben verzankt war, sondern auch mit ihrer Mutter und den Noteinquartierten im Wirtschaftsgebäude, folgte er dem Ruf einer Kusine ins Fränkische, die dringend einer männlichen Hand auf ihrem Anwesen bedurfte.

Somit wurde das Gästezimmer im ersten Stock frei, und Dagmar durfte dort einziehen, wenn ihr Vormund damit einverstanden war.

Groothusen war kein Prinzipienreiter. Er beharrte nicht auf einmal getroffenen Entschlüssen, wenn es darum ging, sich Sympathien zu erhalten. Er war Wachs in Inge Jansons nervösen, anspruchsvollen Händen gewesen. Nun beugte er sich den Wünschen ihrer kleinen Tochter. Seine Nachgiebigkeit beruhte auf seiner Einsamkeit.

Und somit zog Dagmar beseligt im Rappenreiterschen Gästezimmer ein, das trotz tagelangen Lüftens noch immer nach Onkel von Bibels selbstangebautem Pfeifentabak stank.

Nach den Osterferien fuhr sie mit Benedikt und anderen Schülern aus Seeliger und Kornfeld mit dem Vorortzug aufs Gymnasium in die Kreisstadt. Sie waren der phonetische Alptraum der erwachsenen Mitreisenden im Abteil, hatten nichts als Blödsinn im Kopf, schlugen sich gegenseitig die Mappen über den Schädel, wenn sie sich stritten. Alles in allem waren diese drei Stationen mit dem Bummelzug hin und zurück eine einzige rauhe Gaudi.

Nachmittags half sie Benedikt, der Lernschwierigkeiten hatte, mit unendlicher Geduld bei seinen Schulaufgaben. Dafür holten sie seine Fäuste aus mancher prekären Lage, in die sie ihr aggressives Temperament hineinmanövriert hatte, siegreich und nur leicht verbeult heraus.

Manchmal kam es ihr wie Betrug an Dag vor, weil sie neue Freunde gefunden hatte und nicht mehr jede Stunde an ihn dachte, aber sie hatte inzwischen so viele andere Gedanken im Kopf, das mußte er schließlich einsehen. Und vielleicht spielte er zuweilen ihre Spiele unter seiner Tarnkappe mit.

4

An allen Fronten wurden deutsche Linien durchbrochen, erzwungene Rückzüge aus eroberten Gebieten als strategische Maßnahme zur »Frontbegradigung« beschönigt.

Im Juni '44 landeten alliierte Truppen in der Normandie. Den italienischen Stiefel hatten sie bis Rom erobert. Immer mehr deutsche Städte verwandelten sich in ausgebrannte Skelette. Nach der sowjetischen Frühjahrsoffensive gegen die deutsche Heeresgruppe Nord begann im Juni die Offensive gegen die Heeresgruppe Mitte. Im Juli dann das Attentat auf Hitler, das Frau Rappenreiter, am Radio kauernd, anfangs in Glückszustände versetzte und später – als sein Mißlingen bekannt wurde – in tiefe Verzagtheit.

Für Dagmar waren all diese Hiobsbotschaften nur Randerscheinungen, die sie wenig berührten und Beni schon gar nicht. Wenn sie später an diesen Sommer 1944 zurückdachte, kam er ihr wie ein grünes, fröhliches Abenteuer vor voller Spiele, Weite und Liebe. Sie sträubte sich schon längst nicht mehr gegen Christine Rappenreiters Mütterlichkeit, sondern schlupfte ab und zu freiwillig in die Geborgenheit ihres Gluckengefieders, anfangs mit schlechtem Gewissen, weil sie dadurch die Erinnerung an ihre Mutter betrog, aber ohne Sehnsucht nach dieser Mutter. Sie hatte den Zwillingen ja keine Zärtlichkeit beigebracht. Somit blieben in Dagmars ersten ungelenken Versuchen der Anschmiegsamkeit immer ein paar Ecken, die Christine rührten.

Von Zeit zu Zeit wies Benis Eifersucht sie in ihre Schranken zurück: Das ist unsere Mutter. Du bist hier nur ein aufgenommenes Kind, vergiß das nicht. »Wenn eure Schwester am Leben geblieben wäre, müßtet ihr uns auch mit ihr teilen«, gab Frau Rappenreiter zu bedenken.

»Sie hatten eine Tochter?«

»Ja. Leider hat sie nur ein paar Monate gelebt.«

Dagmar war tief beeindruckt von dieser Mitteilung. »Wie hat sie geheißen?«

»Gisa.«

»Vielleicht hat Dag sie inzwischen getroffen wie ich Beni«, überlegte sie.

»Selbst wenn«, sagte Beni, »was fängt er mit'n Baby an?«

Als französische Truppen Paris befreiten, ließ August seine Wut darüber an Renzl aus, sofern nicht Steiners in der Nähe waren, um ihn daran zu hindern. Er ließ ihn bis zur Erschöpfung schuften, provozierte ihn durch Haßtiraden auf seine Nationalität, hoffend, daß Renzl einmal die Kontrolle über seine Selbstbeherrschung verlieren und zurückschlagen würde, damit er einen Grund hatte, ihn aus der Gärtnerei abzuschieben – diesen gallischen Nichtsnutz, den die Weiber in Schutz nahmen und hätschelten, obgleich sie wußten, daß nie aus ihm ein guter Gärtner werden würde. Immer lobten sie ihn für sein technisches Geschick beim Reparieren von elektrischen Leitungen, Wasserhähnen, defekten Dächern, während sie Augusts Arbeit von manchmal vier Uhr früh bis neun Uhr abends als selbstverständlich hinnahmen.

Es war nicht nur Franzosenhaß, sondern auch Eifersucht, die ihn immer neue Schikanen für Renzl erfinden ließ. Bei einem ihrer täglichen Besuche in der Gärtnerei fand Dagmar Renzl eines Mittags im Gewächshaus mit tränenüberströmtem Gesicht.

Anfangs dachte sie, es wäre Schweiß, der über seine hageren Wangen tropfte, aber an seiner verschnupften Stimme, die voller Haß war, erkannte sie, daß Renzl weinte. Sie hatte noch nie einen Mann weinen sehen und war so erschüttert darüber, daß sie sein Gesicht streichelte. »Nicht weinen, Renzl, nicht –«

Seine Arme umklammerten plötzlich ihren Körper mit der Heftigkeit eines seit Jahren nach Zärtlichkeit ausgehungerten Jungen, der er noch immer war – aber nur kurz, aus Furcht, August könnte sie überraschen.

»Es ist wegen August, nicht wahr?« ahnte Dagmar.

Er nickte, mit einem Lappen sein Gesicht wischend.

»Warum läßt du dir soviel von ihm gefallen? Warum haust du ihn nicht kaputt?«

»Weil er nur darauf wartet. Aber ich geb ihm keinen Grund, mich strafbar zu machen. Lieber geh ich freiwillig ins Lager und arbeite in einem Rüstungsbetrieb. Es kann ja nicht mehr lange dauern.«

»Was kann nicht mehr lange dauern, Renzl?«

»Der Krieg. Vielleicht ist er schon in ein paar Monaten vorbei.«

»Ja, das wär schön.« Und plötzlich erschrocken: »Gehst du wirklich ins Lager, Renzl?«

»Ich hab's schon Frau Steiner gesagt.«

»Und was hat sie gesagt?«

»Sie sagt, als Zwangsarbeiter hätte ich kein Recht, über meine Arbeitsstelle selbst zu entscheiden, und sie würde mich gern behalten. Aber sie sieht ein, daß es mit August und mir so nicht weitergeht. Sie will mir ein Zeugnis schreiben, daß sie mit meiner Arbeit zufrieden war, mich aber nicht mehr in der Gärtnerei gebrauchen kann. Dann stecken sie mich woanders hin. Es ist die beste Lösung.«

Dagmar nickte ernst. »Aber schade, Renzl. Dann bist du nicht mehr da. Gehst du bald fort?«

»Schon möglich.«

»Aber ich seh dich doch noch? Du darfst nicht vormittags weggehen, wenn ich in der Schule bin. Ich will dich zum Bahnhof bringen.«

Renzl hockte auf der hochkant stehenden Kiste, auf der Dagmar früher gesessen hatte, wenn sie im Gewächshaus ihre Schularbeiten machte und ihre Briefe an Onkel Groothusen schrieb. Dagmar stand vor ihm zwischen seinen gespreizten Schenkeln und blickte in sein sonnenverbranntes, hageres Gesicht. Er lachte schon wieder. Seine Finger mit den schwarzen Erdrändern unter den Nägeln fuhren wie ein Kamm durch ihr Haar. »Bonne chance, petite Dagy«, sagte er.

»Bleib hier, Renzl.« Sie spürte plötzlich den Wunsch, seine spröden, aufgesprungenen Lippen zu küssen. Sie hatte Dag nie auf den Mund geküßt, ihre Mutter hielt ihr immer die Wange hin. Zum ersten Mal hatte sie den Wunsch, jemand auf den Mund zu küssen, aber das ging natürlich nicht. Warum, wußte sie auch nicht zu sagen.

Sie gab Renzl die Hand. »Ich muß jetzt gehen. Wir haben einen Aufsatz auf. Meinen habe ich schon fertig. Jetzt muß ich noch Benis schreiben, aber morgen komme ich wieder. Bis morgen, Renzl, au revoir, adieu, mon ami, je reviens demain.«

Sie sollte Renzl nicht wiedersehen.

Gegen Abend rief Leni bei Rappenreiters an, ihre Stimme schrillte so laut in den Hörer, daß man sie im ganzen Zimmer hören konnte.

»O Gott«, sagte Christine. »Ich komm gleich rüber.«
»Was ist passiert?« wollten die Kinder wissen.

Frau Rappenreiter sagte, sie würde bei Steiners gebraucht, und als die beiden ihr folgen wollten, sagte sie: »Ich werde gebraucht, nicht ihr. Ihr bleibt hier und wehe, ihr rührt euch vom Fleck – ich schlag euch windelweich. Ich tu's.«

»Ist was mit dem Renzl? Hat er den August umgebracht?« zitterte Dagmar.

»Wie kommst du denn auf solchen Blödsinn. Ich erzähl's euch, wenn ich zurückkomme.«

Aber das dauerte ihnen zu lange. Zehn Minuten nach Frau Rappenreiter verließen sie das Grundstück durch die Abkürzung im Zaun. Weil es noch hell war, wagten sie nicht, unters Küchenfenster der Gärtnerei zu schleichen, um mehr zu hören als Stimmen. Sie verstanden nicht, was sie sagten. Frau Steiner, Leni und Christine Rappenreiter sprachen leise und besorgt. Entweder waren Renzl und August stumm, oder sie waren nicht in der Küche.

Nach einer Viertelstunde brachte Leni ihren Gast zum Gartentor.

Frau Rappenreiter versprach: »Ich tu was, Leni. Vielleicht erreiche ich heute abend noch jemand. Sonst morgen früh. Ich fahr morgen früh nach München. Schreibt ihm ein gutes Zeugnis, unterschreibt es alle beide. Ich nehme es mit.«

Dagmar und Beni warteten darauf, daß sie die Straße zum Tor einschlagen würde, aber zu ihrem Schrecken kroch Christine auch durch das Loch im Zaun, um Zeit zu sparen. Somit würde sie vor ihnen das Haus erreichen, aber sie hatte nun andere Sorgen, als die Kinder zu kontrollieren.

Sie goß sich einen Cognac ein, ging damit in ihr Arbeitszimmer, in dem das Telefon stand, und schloß die Tür hinter sich.

Die Angst um Renzl war größer als die Angst vor einer angedrohten Tracht Prügel. Dagmar kehrte noch einmal in die Gärtnerei zurück und erfuhr dort von Leni, was geschehen war.

Am späten Nachmittag war ein fremder Hund in den Hof der Gärtnerei eingedrungen und hatte ein Huhn gerissen. August erwischte den Hund und wollte mit seiner dreizakkigen Kralle zuschlagen. Renzl ging dazwischen, um den Hund zu retten. Die Kralle landete in seiner Schulter. Der Schmerz war so stark, daß Renzl durchdrehte und dem August an die Kehle ging. Das sah Leni vom Garten aus, kam angelaufen und warf sich zwischen die beiden. Ihr Schreien brachte Renzl zur Besinnung, er ließ August los. August ging ins Haus, während sich Leni um Renzls Wunden kümmerte. »Drei tiefe Einstiche. Anfangs kam gar kein Blut.«

Leni lief ins Haus, um die Jodflasche zu holen, dabei hörte sie, wie der August mit der Gendarmerie telefonierte: »Dieser Franzos is mir armen Krüppel an die Kehle gegangen. Der wollte mir umbringen!«

Ehe Leni eingreifen konnte, hatte er den Hörer aufgelegt und das Haus verlassen.

Sie schüttete gerade Jod in Renzls Wunden, als ein Motorrad mit Beiwagen vorfuhr, dem zwei Gendarmen entstiegen. Leni eilte auf sie zu, vor Angst um Renzl brachte sie den ganzen Sachverhalt durcheinander, beschuldigte August der böswilligen Verletzung.

Frau Steiner pfiff ihre Tochter an: »Du misch di da net nei –!«

Die Polizisten fragten Renzl, der mit bloßem Oberkörper im Hof stand und ein Handtuch auf seine Wunden drückte, ob er den August Pachulke am Hals gewürgt hätte.

Das konnte Renzl nicht abstreiten.

»Hast ihn dergurgeln wollen?«

»Nein«, versicherte Renzl, »bestimmt nicht.«

»Niemals. I kenn doch den Renzl. Kriegt ihr amoi so a Heugabel wie dem August sei Eisenhand ins Fleisch!« nahm jetzt sogar Frau Steiner seine Partei. »Und ihr kennt's den August. Des is a Rammel!«

Die Gendarmen ließen Renzl nicht einmal Zeit, sein Hemd anzuziehen. Er mußte in den Beiwagen steigen, die Uniformierten stiegen aufs Motorrad. Es staubte, als sie in den trockenen Furchen wendeten und Richtung Seeliger davonfuhren.

Kurz bevor sie hinter der Rappenreiterschen Hecke ihren Blicken entschwanden, sah sich Renzl noch einmal um.

»Mir hat's des Herz umdraht!« beschloß Leni ihren Bericht.

Christine durchwühlte den Schreibtisch ihres Mannes, fand schließlich das dringend benötigte Telefonheft mit den Nummern hoher Würdenträger der Partei in einem Geheimfach. Es war ihr zuwider, diese Männer, die sie seit Jahren gemieden hatte, anzurufen, aber es ging um Renzl, und Renzl konnte nur noch höchster Einfluß vor dem KZ bewahren.

Es war immer dasselbe, sofern sie die gewünschte Person telefonisch erreichte. Zuerst freute man sich, von der schönen Frau Rappenreiter nach so langer Zeit zu hören, machte sich vielleicht sogar Hoffnung, ernüchterte hörbar, sobald sie um Hilfe für einen französischen Zwangsarbeiter bat. Wurde formell, versprach das Nötige zu veranlassen, was nie geschehen würde. Wünschte noch einen angenehmen Abend. Heil Hitler. Christine war viel zu sehr mit ihrem Wunsch zu helfen und ihrem Widerwillen, verhaßte Parteibonzen um Hilfe bitten zu müssen, beschäftigt, um auf Dagmar zu achten, die hinter einem Lehnstuhl kauerte und, am Fingerknöchel nagend, zuhörte. Auf der Suche nach einer Zigarette entdeckte sie das Kind. »Ach, Dackel«, sagte sie ohne Überraschung, »es ist zum Kotzen, aber ich schwör dir – ich hol ihn raus, wo immer sie ihn einsperren. Ich habe noch jemand in petto, der war heute nicht zu erreichen – der muß mir helfen. Der muß, sonst –« Sie brach ab und löschte die Lichter im Wohnraum. »Wir gehen jetzt ins Bett.« Und auf der Treppe zu ihren Schlafzimmern: »Du hast ihn sehr gern, nicht wahr?« Und weil Dagmar nicht antwortete: »Ich auch. Er hat oft bei mir in der Küche gesessen. Er liebt unsere Küche mit dem langen Tisch und den vielen Stühlen für eine große Familie. Sie hat ihn an zu Hause erinnert. Ich weiß nicht, ob er's dir erzählt hat – wir haben uns oft und lange unterhalten, wenn August nicht in der Nähe war. Gute Nacht, Dackel –« Sie hielt Dagmar die Wange hin. »Vergiß nicht, für Renzl zu beten.«

Dagmar betete: »Lieber Gott, mach, daß Renzl es gut hat und nicht bestraft wird. Er ist ja nicht schuld.« Und fügte hinzu: »Licber Dag, mach, daß August kaputtgeht. Amen.«

Zuerst nahm sich Christine Rappenreiter den August vor am nächsten Morgen, August, der gestern kurz vorm Eintreffen der alarmierten Polizei verduftet und erst gegen elf Uhr abends sternhagelvoll – wer weiß von wo – in die Steinersche Gärtnerei zurückgekehrt war. Und kein Renzl mehr da, der ihn über die Stiege ins Bett schleifte und ihm die Stiefel auszog und den Arm abschnallte.

Christine verlangte von August Pachulke, daß er seine Anzeige bei der Polizei zurückzog. Renzl hätte ihn nicht umbringen wollen, es wäre alles eine Kette von unglücklichen Zufällen gewesen.

August willigte ein, schon wegen der Steinerschen Weiber, wegen ihrem stummen, haßerfüllten Vorwurf voller Unversöhnlichkeit: Was hast du Renzl angetan, was uns, daß er nun nicht mehr da ist.

Leni, von Natur aus eine »Lachwurzn«, hatte niemand mehr, der ihr Grund zum Fröhlichsein gab. Auch der Reiz, den ein junger, attraktiver Mann auf ein junges, vollblütiges Mädchen ausübt, war ihr durch seine Verhaftung genommen worden. Keiner mehr da, für den es lohnte, sich ein bißchen hübsch zu machen.

Selbst Frau Steiner empfand sein Fehlen am Tisch als einen Verlust. Sie schwieg noch ausführlicher als früher, bis auf einen aus tiefem Nachdenken geborenen Satz: »– und ob er wohl genug zum Essen kriegt da, wo er jetzt sein mag!?«

Keine der beiden Frauen am Tisch kam auf die Idee, dem August sein Fleisch kleinzuschneiden. Es ging nicht ums Kotelett. Das konnte er zur Not in die Hand nehmen. Es ging um den Verlust weiblicher Zuwendung, ohne die selbst ein grober Knochen wie August nicht auskam.

Er zog seine Anzeige wegen versuchten Totschlags zurück. Aber Renzl war bereits als Täter von der Behördenmühle der Strafjustiz erfaßt.

Renzl, wer weiß wo –?

In diesen Tagen der Ungewißheit beschloß Dagmar: Wenn es Frau Rappenreiter gelingt, den Renzl vor Strafen zu bewahren, werde ich immer für sie dasein und ihr helfen, wenn sie Hilfe braucht, das schwöre ich. Mit der frisch ins Tintenfaß getauchten Schreibfeder stieß sie sich in die Handfläche, tief unter die Haut.

Dag hatte sich einmal aus Versehen eine Feder in die Hand gestochen. Es blieb ein blauer Punkt unter der Haut zurück.

So einen wollte Dagmar jetzt auch, um sich bei seinem Anblick immer an ihr Versprechen zu erinnern. Ein kostspieliges und schicksalsschweres Versprechen, wie sich im Ernstfall herausstellen sollte. Aber dazu kam es erst Jahre später.

Anfang September erhielt Christine die Nachricht, daß ihr Mann, Oberst Ludwig Rappenreiter, auf dem Rückzug aus Rußland an der tschechischen Grenze bei einem Tieffliegerangriff gefallen war.

Dagmar fühlte sich ein bißchen verloren in einem Haus mit einem Todesfall, der ausschließlich Rappenreiters betraf. Sie war so hilflos in ihren Beileidsbezeugungen. Frau Rappenreiter, sehr fremd und fast schlank wirkend in ihrem schwarzen Kleid, erlöste sie von ihrem Gestotter, indem sie Dagmars Wange flüchtig tätschelte: »Dank dir, Kindchen, ich weiß, du meinst es gut.«

Beni machte es ihr leicht: »Mei, Dackel, so is des halt im Krieg.«

Für ihn war sein Vater in den letzten Jahren nur noch ein Urlaubsvater gewesen und als solcher nicht übermäßig beliebt. Bei jedem seiner Abschiede hatte Beni weniger Trauer als Erleichterung empfunden, seine ständigen Ermahnungen, seine Strenge, seine Vorwürfe wieder loszusein und vor allem die eiskalten Duschen und Waldläufe vor Schulbeginn. Rappenreiter hatte seinem jüngsten, verspielten, zur Bequemlichkeit neigenden Sohn im Schnellkurs Disziplin, Abhärtung und Pflichtbewußtsein eintrichtern wollen, den Weichling stählen, wie er es nannte. Ein Glück für Beni, daß diese spartanischen Zumutungen jedesmal mit dem Urlaub seines Vaters geendet hatten. Viktor als der Ältere von beiden mit einer längeren und bewußteren Erinnerung an die Kindheit mit dem Vater – dessen Liebling er gewesen war, weil intelligent und strebsam –, schloß sich in seinem Zimmer ein. Er unterbrach seine augenblickliche Lektüre »Wilhelm Meisters Wanderjahre« und nahm die »Orestie« des Aischylos aus seinem Bücherbord, um das Totenopfer zu lesen. Orest am Grabe Agamemnons:

»Hermes im Erdgrund – in des Obhut jetzt
Mein Vater ruht –«

Verwandte reisten aus München an, um die arme Witwe zu trösten und sich von ihr ausführlich bewirten zu lassen. Sie räkelten sich auf der Terrasse im Sonnenschein, während Christine mit bunter Schürze überm Trauerkleid am Herd hantierte und auf die Gäste schimpfte. Benedikt und Dagmar mußten Tisch decken, Teig rühren, Silber putzen, Möhren raspeln, Kartoffeln schälen.

Beim Salatholen im Gemüsegarten fragte Dagmar: »Ich kann mich nicht an meinen Vater erinnern. Wie war denn deiner?«

»No – halt ein Vater«, sagte Beni.

»Wie soll ich das wissen, wenn meiner so früh gestorben ist?«

»Eine Respektsperson, verstehst? Man muß sich nach ihm richten, wenn er heimkommt. A bißl a Spielverderber.«

»Und deine Mutter, Beni – ich meine – es ist jetzt sehr schlimm für sie, nicht wahr? Sie läßt sich nichts anmerken, aber –«

»Ja, des is scho arg, weil daß sie jetzt eine Witwe ist. Aber wenn der Papa auf Urlaub bei uns war, ham s' nur gestritten. Meist wegen Politik. Des hat mir der Viktor erzählt.«

Die Verwandten nahmen noch das Abendessen mit, bevor sie sich verabschiedeten. Das bedeutete noch einmal einen größeren Abwasch für Dagmar und Beni. Sie waren noch beim Abtrocknen, als der Dreitaktmotor eines DKW in den Hof ratterte.

»Scheiß die Wand an«, stöhnte Beni, »des is mei Tant Alice.«

Dagmar kannte sie bereits von ihren Besuchen am Wochenende ab und zu. Tante Alice war die Schwester des Oberst, ein resolutes Fräulein, das sich um die noch nicht ausgebombten Rappenreiterschen Optikergeschäfte kümmerte.

»Hoffentlich hat sie schon gegessen«, sagte Dagmar. »Ich mag nicht mehr decken und abwaschen.«

Alice, einsachtundsiebzig groß auf flachen Schuhen, die kompakte Statur in Loden gehüllt, mit Ponyhaarschnitt, der so gar nicht zum Loden paßte, um so besser zu ihrem kräftigen, klugen Gesicht, war herbeigeeilt, um ihre Trauer um den Bruder in Form von aufgestautem Zorn abzuladen. Sie brach durch die unverschlossene Haustür ins Treppenhaus ein und schrie: »Christine! Wo bist du? Sind die Klageweiber fort? Da bist du ja. – Oh, mein Bruder. Jetzt ist er endlich gefallen, der hirnverbrannte Depp. Bleibt ihm wenigstens das Schicksal von 1918 erspart, wo er den Ersten Weltkrieg verloren hat wie eine persönliche Tragödie. Diesmal muß er unsere Niederlage nicht beweinen, dieser – dieser –«

»Alice«, schnitt Christine scharf in ihren Zorn, »denk an die Buben. Du sprichst von ihrem gefallenen Vater.«

»Und ich sag's dir, der Blödmann könnt heut noch leben. Den hätten s' doch u. k. gestellt bei unserm Unternehmen. Ohne Brillen kannst koan Krieg net gewinnen. Aber es gibt halt eine Kurzsichtigkeit, gegen die ist kein Dioptrin gewachsen. Muß den Helden spuin, und mir überläßt er die Müh mit'm Geschäft.«

In Alice Rappenreiters Redeschwall hinein warf Beni eine Tür mit Nachdruck. »Gemma schlafen«, sagte er zu Dagmar, die sich weigerte, weil sie nicht müde war. Es war ja auch noch viel zu früh. »Dann bleib halt auf«, sagte Beni, »i mag nimmer«, und lief die Treppe hinauf.

Dagmar stieg ihm nach und fand ihn auf seinem Bett, auf dem Bauch, das Gesicht im Kopfkissen. Seine Schuhe hämmerten gegen die untere Bettstatt. Ob er ihn geliebt hatte oder nicht: Sein Vater war gefallen.

»Schau, Dackel, das ist das erste Foto von meinem Mann und mir auf einem Segelboot. Ich war damals in Berlin und wohnte zur Untermiete bei seiner Tante Schönding im Tiergartenviertel. Ludwig hatte geschäftlich in Berlin zu tun. Wir begegneten uns im Korridor, als er die Tante besuchte ... es war ein Coup de foudre – wir sahen uns und brannten lichterloh.«

»Im Ernst?« fragte Dackel und mußte an das brennende Hamburg denken.

»Es war Liebe auf den ersten Blick.« Christine blätterte weiter im Album: »Und hier unsere Hochzeitsfotos.«

»Sie sind sehr schön darauf«, sagte Dagmar.

»Mein Mann aber auch. Er war ein phantastisch aussehender Mann – findest du nicht?«

»Doch, ja«, sagte Dagmar höflich, das Foto betrachtend. »Aber er beißt beim Lachen die Zähne zusammen.«

Die Hochzeit hatte in Ahrenshoop, im reetgedeckten Fachwerkhaus ihrer Eltern mit Blick auf die Ostsee, stattgefunden. Christines Vater war expressionistischer Maler, eine Kunstrichtung, die seinem Schwiegersohn ebenso befremdlich erschien wie einige der Hochzeitsgäste.

»Sag einmal, Liebste«, fragte er Christine auf der Fahrt in die Flitterwochen, »waren da nicht Juden unter den Leuten, die deine Eltern eingeladen hatten?«

»Ja und? Sie suchen sich ihre Freunde nicht nach ihrer Religion aus.«

»Es geht mir ja auch weniger um die Religion als um die Rasse«, sagte Rappenreiter.

»Ich versteh dich nicht, Ludwig.«

Und er wiederum verstand seine junge Frau nicht: »Wärst du fähig, einen Juden zu heiraten?«

»Warum nicht, wenn ich ihn liebe.«

»Was hast du nur für eine Einstellung, Liebste. Ist dir nicht bewußt, daß Mischehen Rassenschande bedeuten?«

»Nö, wieso? Wenn was Gutes bei rauskommt.«

Ihre Naivität erschütterte ihn: »Du bist doch in manchen Dingen noch ein rechtes Kind.« Er wollte Gespräche über dieses Thema auf die Zeit nach ihrer Hochzeitsreise verschieben, aber nun dachte Christine von sich aus noch einmal über seine Frage nach. »Würdest du mich weniger lieben, wenn ich Jüdin wäre?«

»Was für eine Frage!«

»Bitte, beantworte sie mir. Stell dir vor, ich sage dir in diesem Augenblick, daß ich Jüdin bin.«

»Das wäre eine Tragödie. Bei allen Gefühlen – es würde zur Trennung kommen.«

»Du würdest mich verlassen?« Christine mochte nicht glauben, was sie da eben gehört hatte. »Obgleich du mich liebst und ich der gleiche Mensch wäre wie vorher, als du es nicht wußtest?«

»Begreifst du das wirklich nicht? Es geht um meine Nachkommen, um die reinrassige Erhaltung unserer Art!«

Christine konnte sich kaum beruhigen. »Ich würde dich nie verlassen, egal, wer du bist, was du bist, was du tust. Ich würde immer zu dir halten und deine Kinder haben wollen.«

Später an diesem Tag sagte er ihr, daß er seit 1927 Mitglied der Nationalsozialistischen Arbeiterpartei war. Christine erinnerte sich, schon von ihr gehört zu haben. »Das sind doch diese Schlägertypen!«

»Jede Bewegung, auch diejenige mit den hehrsten Zielen, wird in ihrer Entwicklung von unerfreulichen Randerscheinungen begleitet«, entschuldigte er seine Partei und bedauerte gleichzeitig, daß diese »Schlägertypen« das einzige war, was sie von ihr wußte. »Wir werden noch ausführlich darüber reden müssen, Liebste.«

»Aber nicht jetzt. Nicht auf der Hochzeitsreise! Ach, Ludwig, wenn ich nicht so verliebt in dich wäre, so schrecklich verliebt ...«, sie sah ihn kopfschüttelnd an, »also ich glaube, wir würden streiten. Du redest manchmal so – so verquast, Liebling. Pardon, ich möchte dich nicht kränken, aber –«

Um des ehelichen Friedens willen verzichtete Ludwig in der folgenden Zeit darauf, ihr parteipolitische Vorträge zu halten, und betrachtete Christine als sein schönes, junges Weib, das von politischen und geschäftlichen Dingen nichts zu verstehen brauchte. Ihr Aufgabenbereich waren das Haus und die Kinder, die sich bald einstellten. Zuerst ein Mädchen, das mit fünf Monaten an Diphtherie starb. Dann wurde Viktor geboren. Am 30. Januar 1933 kam Ludwigs geliebter Führer Adolf Hitler an die Macht, und in der letzten Stunde dieses Tages wurde sein Sohn Benedikt geboren. Was für ein Datum in seinem Leben.

Es waren nicht nur Ludwigs niedrige Parteinummer und seine engen Beziehungen zur Führungsspitze der Partei, die aus dem mittleren bayerischen Betrieb für optische Geräte ein Unternehmen machten, dessen Werbespruch »Näher und weiter sieht man durch Brillen von Rappenreiter« über Bayern hinaus auch im übrigen Reich bekannt wurde. Es waren vor allem die unternehmerischen Fähigkeiten seiner um zwei Jahre älteren Schwester Alice und ihrer glücklich gewählten Berater.

Christine geriet in den Strudel gesellschaftlicher Wichtigkeit, gewöhnte sich daran, Parteibonzen in ihrem Münchner Haus zu empfangen, verlor zeitweise den kritischen Überblick. Und es hatte schon seinen das Selbstgefühl hebenden Reiz, im Mercedes am spalierstehenden Volk vorbei zu einem Galaempfang zu fahren, zu den Festspielen nach Bayreuth, zur Olympiade nach Berlin und überall zu den Geladenen zu gehören, nie zu den Zaungästen, die sich mit einem kurzen Blick auf die glänzende Welt der Mächtigen begnügen mußten.

Jeden Sommer fuhr sie mit den Buben nach Ahrenshoop, wo Viktor und später auch Beni mit den Kindern der Nazis dieselben Spiele spielten wie sie selbst früher mit den Kindern der jüdischen Sommergäste.

Ihr Vater, wegen seines entarteten Malstils aus der Reichskulturkammer ausgeschlossen, hatte sich in seinen Schaukelstuhl zurückgezogen und las Philosophen. Es kümmerte ihn nicht, wovon er lebte, solange er und seine Frau leben konnten, ohne die Hilfe des Nazischwiegersohnes in Anspruch nehmen zu müssen. Christine und ihre Mutter hatten deshalb das »Erbe« einer verstorbenen Tante Selma erfunden, ein schier unerschöpfliches Erbe, das die monatliche Sorgenfreiheit seines Alters finanzierte.

Immer öfter wandten sich Ahrenshoopener Freunde mit der heimlichen Bitte um Hilfe für rassisch und politisch Verfolgte an Christine Rappenreiter. Und Christine half anfangs mit der gleichen Bedenkenlosigkeit, mit der sie die Feste der Parteiprominenz besuchte. Ludwig ahnte nichts davon, daß seine Frau Verfolgte selbst nach Kornfeld chauffierte, wo sie so lange im Landhaus seiner eigenen Mutter Unterschlupf fanden, bis sich ein neues Versteck für sie oder eine Fluchtmöglichkeit ins Ausland gefunden hatte.

Gespräche mit diesen Verfolgten, Untergetauchten rissen Christine aus ihrem politischen Desinteresse. Nun suchte sie die nächtelange Diskussion mit ihrem Mann Ludwig. Er gab ohne weiteres zu, daß Defätisten und Volksverbrecher in Gefängnissen und Konzentrationslagern einsaßen und daß es auch das Ziel des Führers war, das Dritte Reich von artfremden Elementen wie Juden und Zigeunern zu reinigen. Das ging natürlich nicht auf einmal, man wollte ja für die Deportierten anständige Unterbringungsmöglichkeiten und Lebensbedingungen schaffen – sagte Ludwig Rappenreiter und glaubte es wohl auch, »dieser unverbesserliche Idiot«, wie ihn seine Schwester Alice unter anderem titulierte, »der läuft doch mit Scheuklappen herum, der will einfach nur das Positive sehen. Dem kannst net helfen.«

Opfer der nun unerschöpflichen politischen Auseinandersetzungen zwischen Ludwig und Christine war ihre einstmals so große Liebe. Christine stieg von einem Tag auf den anderen aus all ihren gesellschaftlichen Verpflichtungen aus und begrenzte ihren Kreis auf ein paar gleichgesinnte Freunde. Äußerlich wahrten sie den Schein einer intakten Ehe. Als Grund für ihren totalen Rückzug aus der Öffentlichkeit nannte Christine zunehmende Taubheit. Welch ein Hohn! War doch gerade ihre Hellhörigkeit der Anlaß dazu gewesen.

Bei Ausbruch des Zweiten Weltkriegs meldete sich Ludwig Rappenreiter als Reserveoffizier an die Front. Dadurch besserte sich Christines »Gehörleiden« abrupt. Ludwig war nicht mehr da, und sie selbst hatte keine ihr unangenehmen Einladungen mehr zu befürchten, weil sie längst von den gesellschaftlichen Listen gestrichen worden war.

Wenn Ludwig auf Urlaub kam, bemühten sich beide um Toleranz um des lieben Friedens willen, den Christine jedoch beim besten Willen nie länger als einen Tag einhalten konnte. Dann begannen ihre bitterbösen, den Urlaub vergällenden Diskussionen von neuem.

Und nun war Ludwig gefallen. Mit seinem Tod war Christines Zorn auf ihren Mann, auf seine politische Verblendung und kritiklose Nibelungentreue sinnlos geworden. Ihre Vorwürfe hatten ihr Ziel verloren. Es blieb das übrig, woran sich zu erinnern lohnte. Es blieb eine Art Fotoalbum, in das sie nur die gelungenen Bilder geklebt hatte aus einer Zeit, als sie selbst noch verblendet vor Liebe gewesen war.

Auf der Suche in sich nach einem Schmerz, den Ludwig verdiente, denn er war ja kein schlechter Mensch gewesen, fand sie nur noch tiefes Bedauern darüber, daß sie zu keinem Schmerz mehr fähig war.

Zwischen allen Hiobsbotschaften von der Front endlich eine große, freudige Nachricht: Ein hoher Parteifunktionär, den Christine um Hilfe für Renzl bedrängt hatte, teilte ihr mit, daß er in ein Arbeitslager bei Fürstenfeldbruck gebracht worden war, kein Straf-, sondern eines der normalen Lager für ausländische Arbeiter, in das Renzl sich freiwillig hatte melden wollen, um August zu entgehen. Seine einzige Bestrafung: Ausgangssperre und Schreibverbot, was ihn nicht daran hinderte, einen Zettel an Christine und Dagmar aus dem Lager zu schmuggeln.

Auf ihm bedankte er sich bei Frau Rappenreiter mit all der tiefen Verehrung, die er für sie empfand, und schickte Dagmar seine Sehnsucht nach einem Sonntag mit ihr und Wastl am See. Und eine Umarmung auf französisch.

»Darf ich den Brief behalten?« fragte Dagmar und hatte ihn schon eingesteckt.

»Aber verlier ihn auf keinen Fall – nein, gib ihn lieber wieder her, du bist nicht sehr ordentlich. Du läßt ihn nachher irgendwo herumliegen, und wir wollen Renzl doch nicht gefährden.«

»Darf ich wenigstens ein Wort von ihm behalten?«

»Natürlich, Dackel. Schneid dir eins heraus.«

Und danach sahen sie zu, wie der Zettel im Kamin verbrannte.

Viktor schenkte Dagmar noch immer nicht mehr Beachtung als dem ersten Soßenfleck, der am Sonntag aufs frische Tischtuch gekleckert wurde. Aber er wehrte sich auch nicht gegen ihre Anwesenheit. Zwei Hunde hatten beschlossen sich zu ignorieren, damit sie sich nicht beißen mußten.

»Um Viktors Interesse zu erregen, mußt du schon ein Buch sein«, sagte seine eigene Mutter.

Bücher waren seine Droge, er verließ sie am Wochenende nur, um an den vormilitärischen Übungen der Hitlerjugend teilzunehmen, und das nicht etwa aus freiem Willen. Alles, was ihn vom Lesen ablenkte, bedeutete Zwang.

Seit Renzl nicht mehr da war, konzentrierte sich Dagmars Sympathie auf Benedikt, diesen gutartigen kleinen Elefanten, der seinen fröhlichen Sinn lauthals aus sich heraustrompetete und gar nicht merkte, daß er an Dagmars Longe trampste. Er machte ihr Mühe in der Schule, sie wollte doch, daß er nicht sitzenblieb und somit ihre gemeinsame Klasse verlassen mußte.

Jede Woche einmal inspizierte Christine Rappenreiter Dagmars Zimmer, für dessen Ordnungs- und Sauberkeitsgrad das Kind allein verantwortlich war. Dabei fand sie eine Liste auf ihrem Schreibtisch, die Dagmar wohl vergessen hatte wegzuschließen. Überschrift:

Meine neuen Freunde
1. Renzl (nicht mehr da)
2. Beni
3. Frau Rappenreiter
4. Wastl
5. Leni
6 und 7 waren Namen von Mitschülern, schon einmal heftig mit Bleistift durchgestrichen, dann wieder ausradiert – je nach Streit und Versöhnung
8. Messner Toni (der sie ab und zu die Glocken in der Dorfkirche läuten ließ)
9. Frau Steiner.

Christine Rappenreiter fühlte sich geehrt, weil sie unter Dagmars neuen Favoriten noch vor dem Steinerschen Hofhund rangierte.

Es folgte ein größerer Abstand, danach eine weitere Eintragung: Mein neuer Verwandter – Onkel Groothusen.

Christine beschloß, ihn von seinem, von Dagmar bestimmten Familienstand zu unterrichten. Es würde ihn sicher freuen.

Was mochte wohl ein Kind dazu veranlassen, eine Liste seiner neuen Freunde anzulegen? War es der Wunsch, seiner Verlassenheit zu beweisen, daß es auch ohne Dag nicht einsam war?

Zweiter Teil

5

Es war ein Maimorgen des Jahres 1967, den sie am liebsten zurückgedreht und noch einmal von vorn begonnen hätte, und zwar an einem anderen, günstiger bestrahlten Tag.

Unten im Haus schlug Aljoscha, der schwarze Afghane, wütend an, davon wachte Dagmar auf. Es war vor Sonnenaufgang, der Himmel schon hell, aber noch farblos. Im Rechteck des geöffneten Fensters hing transparent der weiße Mond mit einer Leidensmiene, als ob er die Nacht durchgemacht hätte. Aber hatte er ja auch.

Mit der Maikühle wehte das leuchtende Solo einer Amsel herein, Grillen schribbten und Hubers junger Hahn krähte wie im Stimmbruch.

In diese akustische Idylle knirschten unsichere Schritte über den Kies, Aljoschas Bellen überschlug sich. August kam nach Hause. Jetzt erst kam August heim! Entweder erkannte der Hund in dem Umeinandergestolpere nicht den vertrauten Schlurfschritt des Gärtners, oder er verband mit dieser veränderten Gangart die Erinnerung an Fußtritte und Schläge, weshalb er sich so erregte.

Dagmar griff nach ihrem überm Fußende des altväterlichen Mahagonibettes hängenden Bademantel, fuhr in ihre Pantoffeln und schaute in dem Augenblick aus dem Fenster, als August, das Gleichgewicht verlierend, in eine Blumenrabatte kippte wie ein umgestoßener Sack.

»August!!!«

»Nu was?« giftete er zum ersten Stock herauf. Es paßte ihm überhaupt nicht, daß sie ihm bei seinem Versuch, sich hochzurappeln, zusah.

»Meine Narzissen! Mußt du ausgerechnet in meine Narzissen fallen?«

»Suchst du dir immer aus, wo de rinfällst, wenn de fällst?«

»Wo kommst du überhaupt her. Um diese Zeit hat keine Wirtschaft mehr auf.«

»Werd ich ebend woanders jewesen sind. Kann ja hinmachen, wo ich will – oder?« Er legte eine längere Pause ein, um in seinem benebelten Kopf nach einer würdevollen Erklärung zu suchen. »Es war 'n Herrenabend«, fiel ihm ein. »Und wenn de's genau wissen willst, es war beim Ladenhüter.«

»Was für'm Ladenhüter?«

»Na – äh – äh – beim Anton. Frag nich so dämlich.«

Anton Huber war der Obergärtner. Seine Frau lag zur Zeit im Krankenhaus.

»Du meinst Strohwitwer, August«, sagte Dagmar aus dem Fenster.

»Wenn ich Ladenhüter sage, meine ich Ladenhüter«, beharrte er stur.

Es war nicht der Zeitpunkt, ihm den Unterschied zwischen einem Ladenhüter und einem Strohwitwer zu erklären. Dazu war August zu betrunken. Ihm fehlte der zweite Arm zum Abstützen, weshalb er bei seinen Versuchen, sich aufzurichten, immer wieder umfiel.

Wo war sein Kunstarm? Wahrscheinlich hatte er beim Anton die Prothese abgeschnallt und in seinem Vollrausch vergessen, sie mitzunehmen.

Es war ja nicht das erste Mal, daß Dagmar nach einer seiner Sauftouren die örtlichen Wirtschaften abrufen mußte auf der Suche nach dem Ersatz.

»Ich komm runter«, rief sie aus dem Fenster und lief treppab, schloß die Haustür auf, schob den Hund, der ihr folgen wollte, mit dem Fuß zurück: »Du kannst jetzt nicht raus!« Das fehlte ihr gerade noch – eine Beißerei zwischen Aljoscha und dem betrunkenen August.

Schlotternd lief sie durch den eisigen Morgen um zwei Hausecken zum Terrassenplatz. Rabatten umrundeten ihn, ein breiter, buntblühender Frühlingskranz, vom Kiesweg durchschnitten. Wie ein Band, das sich um diesen Kranz wand, waren ihre Lieblingsnarzissen angepflanzt – weißglasige Blütenblätter um ein rotumrandetes gelbes Gesicht.

Es gab schönere Narzissen, aber keine andere strömte diesen schwülen, betörend süßen, tuberosenähnlichen Duft aus, nach dem Dagmar süchtig war.

Ausgerechnet auf ihnen hatte August Platz genommen und versuchte vergebens, seinen Hintern daraus abzuheben. Immerhin hatte er seine unfolgsamen Glieder so weit um sich versammelt, daß er aufrecht sitzen konnte. Sein Lokkenkopf wirkte wie ein Löwenhaupt auf seinem altgewordenen, halslosen Kinderkörper.

Oh, August! Wut und Mitleid und Haß auf ihn und Gewöhnung an ihn in dreiundzwanzig gemeinsamen Jahren, dabei täglich dreimal der Wunsch ihn loszuwerden, an die hundert Kündigungen zu Papier gebracht und anschließend zerknüllt in den Kamin geworfen ... Wieso eigentlich Mitleid mit August? Weil er ein Krüppel war mit Arthritis in den abgearbeiteten Knochen, kaputten Füßen und Phantomschmerzen im verlorenen Arm? Er war kein guter Mensch, er war gehässig und grob und bösartig, das hatte sie immer gewußt – und August war noch immer da.

Jeder Penner, jeder Stadt- und Landstreicher, mit dem er bekannt war und ab und zu auf Uferbänken oder im Bahnhofsgelände versackte, war, was seine Kleidung anbelangte, ein feiner Pinkel neben August. Seine Saufbrüder trugen wenigstens die textilen Spenden des Sozialamtes und anderer Wohlfahrtsorganisationen.

August hingegen nahm seine gute Garderobe, die ihm Dagmar kaufte, nur an höchsten Feiertagen aus dem Schrank und wechselte selten seine Wäsche, er schlief auch in ihr. Und wehe, sie brach mit Gewalt in seine Stube im Chauffeurshaus ein und sammelte seine schmutzstarrenden Plünnen in die Mülltonne. Dann ließ er sich zur Strafe über Tage nicht in der Gärtnerei sehen, dann soff er zur Strafe durch.

Er grinste Dagmar aggressiv entgegen, als sie auf ihn zukam und ohne Sympathie nach seinem gesunden Arm griff, um ihn in die Höhe zu ziehen. Das war nicht einfach trotz seines Fliegengewichts, denn er gab ihr keine Hilfestellung, schlimmer noch, er widersetzte sich ihren zornigen Bemühungen. Endlich hatte sie ihn hochgewuchtet und beschwor ihn zähneknirschend: »Bleib oben, verdammt noch mal! Hast du vergessen, daß du um sieben beim Baron sein mußt?«

»Wieso ich? Schick doch den Hansi«, er kicherte hämisch, »wenn der bis dahin auf der Leiter stehen kann. Der verträgt ja nischt.«

»Sag bloß, der Hansi war auch beim Anton!« Dagmar zog erschüttert Bilanz. Alle drei Gärtner fielen heute früh aus, blieb nur der einzige weibliche Lehrling übrig, den zu vergraulen August noch nicht gelungen war.

Moni konnte sie nicht zum Kunden schicken, sie verstand nicht mit dem elektrischen Heckenschneider umzugehen, das würde im Katastrophenfall zu einem Lehrling mit nur noch neun Fingern führen.

»Du weißt, daß heute die Franzosen kommen, August. Spätestens um zehn muß der Lorbeer im Rathaussaal stehen.«

»Das is Antons Sache. Ich rühre keinen Finger für die Scheißfranzosen. Die haben meinen Arm auf'm Gewissen.«

Dagmar massierte ihre Stirn. Bemühte sich, nicht zu brüllen, sondern zu beschwichtigen. »August, das ist lange her. Das war im Krieg.«

»Für mich gibt es keinen Frieden mit die Strolche und schon gar keine Dingsda – na, sag doch mal – eh –«

»Städtepartnerschaft.«

»Was soll überhaupt der Unsinn? Wofür soll das gut sind, ha? Anton sagt auch, das ist bloß was für die Großkopferten, sagt er. Damit die von der Stadtverwaltung frei Reisen und Saufen in Frankreich haben und die Franzosen bei uns. Alles auf unsre Steuern. Der kleene Mann guckt wie immer in die Röhre.«

»Sollen sie etwa dich einladen, August? Damit du dich vollaufen läßt und die Wacht am Rhein singst?«

Er dachte über ihre Worte nach. »Du, dis is direkt 'ne Idee.«

»August! Wehe, du machst Stunk!! Wehe, August!!!«

»Ich geh jetzt pennen, gut Nacht.« Sein Gähnen klang wie Schmerzenslaute, während er um die nächste Hausecke bog Richtung Chauffeurshaus.

Dagmar pflückte die zerknickten Narzissen, soweit sie noch zum Pflücken lohnten. In den hohen Bäumen über ihr das Frühkonzert – Meisenzwitschern, Spatzenschilpen, Amseln, das Djüdjüdjü der Grünfinken, Buchfinken; Krähen krächzten sich frei, und irgendwo weit ab rief ein Kuckuck siebenmal.

Aufsteigende Sonnenstrahlen hinter der Tannengruppe färbten Wölkchen rosarot. Und dann August. Sein Grölen durchbrach die Morgenandacht:

»Siegreich woll'n wir Frankreich schlagen
Sterben als ein tapfrer Held –«

Das war allerdings noch schlimmer als die Wacht am Rhein. August konnte nur noch diese zwei Textzeilen, darum sang er sie wieder und wieder. Und wieder. Damit will er mich ärgern, wußte Dagmar. Und ärgerte sich.

In seiner Stube hing außer den auf langen Nägeln aufgespießten Arbeitshosen und Jacken – er mißachtete Schränke – nur ein Porzellanteller als Wandschmuck, eine patriotische Warze aus dem Ersten Weltkrieg. Zwei Landser mit Pickelhaube und Tornister stürmten auf verdrehten Gliedmaßen den Tellerrand, um den ein Vers voll Kampfesübermut stümperte:

»Wo liegt Paris? Paris dahier –
Den Finger drauf, das nehmen wir.«

Von Freitag bis Sonntag sollte das erste Partnerschaftstreffen zwischen Seeliger – durch eingemeindete umliegende Dörfer zur Kreisstadt aufgeblasen – und der aquitanischen Küstenstadt Portneuf andauern.

Gesetzt den Fall, August schwankte in eine öffentliche Veranstaltung und regte durch franzosenfeindliche Gesänge und Äußerungen den dritten Weltkrieg zwischen diesen beiden Kleinstädten an! August mußte rechtzeitig aus dem Verkehr gezogen werden, und wenn sie ihm ein Taxi finanzierte, das ihn zu seiner Dame Olga nach München spedierte. Aber drei Tage an einem Stück ertrug selbst Olga diesen Querulanten nicht.

»Keine Frau hält August drei Tage an einem Stück aus, bloß ich, und das seit Jahren«, schimpfte Dagmar, in ihrem Bad die Hähne aufdrehend, um sich unter der heißen Dusche aufzuwärmen. Und wenn sie ehrlich war, so behielt sie August nicht nur aus Mitleid, sondern aus Furcht, der »arme Krüppel« könnte bei seiner Entlassung die Hälfte ihrer Kundschaft mitnehmen und bei ihr schwarz, für fünf Mark billiger die Stunde, arbeiten. Er hatte es ihr bereits angedroht bei einem ihrer Großangriffe aufeinander.

Dagmar zog das lange T-Shirt, das ihr als Nachthemd diente, über den Kopf und stieg in die Wanne. Ließ sich begießen – heiß und kalt und heiß. Vom Flur her sah Aljoscha zu. Freiwillig betrat der Hund das Badezimmer nicht, er hatte schon unerfreuliche Erfahrungen in der Wanne gemacht mit Seife in den Augen.

Zur gleichen Zeit stand August im Unterhemd vor der Regentonne und stieß seinen benebelten Schädel in das eiskalte trübe Wasser, zog ihn heraus, um durchzujapsen, und versenkte ihn aufs neue, so lange, bis er einigermaßen nüchtern war.

Zusammen mit Moni besteckte Dagmar die zwanzig fürs Festbankett im »Seeliger Hof« bestimmten Tischschalen mit Tazetten, Zwerg-Iris, Maiglöckchen, Vergißmeinnicht und roten Moosröschen – mit allem, was kleinblütig war in den französischen und bayerischen Landesfarben. Das war Bedingung bei der Bestellung gewesen.

Von ihren Gärtnern hatte sich noch keiner sehen lassen, weshalb sie gegen neun Uhr bei ihrem Kunden anrief, um August mit einem akuten Ischiasanfall zu entschuldigen.

»Ischias?« wunderte sich der Baron, der selbst am Apparat war, »davon hat mir der August gar nix erzählt. Er schneidet seit sieben die Hecken, also wirklich, Verehrteste, i versteh Sie net...«

Einerseits war sie erleichtert, weil er pünktlich zur Arbeit erschienen war, andererseits hatte sie eine Mordswut auf diesen Schuft, der gegen elf Uhr vom Rad stieg – mit einer dicken Brasil zwischen den Zähnen und einer weiteren in der oberen Tasche seines zerlumpten Jacketts, dem adligen Trinkgeld vermutlich – und Dagmar triumphierend angrinste: Na, habe ich dich mal wieder reingelegt? Aber beim Aufladen der Lorbeerbäume auf den Kleintransporter half er nicht.

Der Hof stand voll von Autos mit geöffneten Kofferräumen, in die steigenweise Geranien, Petunien, Begonien und Fuchsien versenkt wurden. Zwei Frauen aus der Nachbarschaft halfen beim Verkauf, denn wie jedes Jahr gleich nach den Eisheiligen hatte der Run auf Balkonblumen eingesetzt. Mai und Juni waren für die Gärtnerei die einträglichsten Monate im Jahr.

Dagmar stellte selbst die Lorbeerbäume im Rathaussaal auf, lieferte die Tischdekorationen im »Seeliger Hof« ab, wurde beim Herumfahren durch die plumpen, orangefarbenen Wagen der Stadtreinigung aufgehalten, die im Zeitlupentempo die Straßenränder saugten und sich nicht überholen ließen wegen dem Gegenverkehr. Dabei hatte sie Zeit, das Aufstellen von Biertischen und Bänken auf dem Rathausvorplatz zu beobachten. Um ein Bühnenpodest wurden Lautsprecher installiert, Buden und Stände säumten den Platz wie eine Mauer ein. In Anbetracht des wolkenlosen Himmels und des Wetterberichts rechnete man mit vielen Besuchern.

Bevor Dagmar zurückfuhr, ging sie zur Bank und anschließend in Else Armbrusters neuen Selbstbedienungsladen, den ersten dieser Art in Seeliger.

Früher hatte das 1872 erbaute zweistöckige Haus die schönste Lüftlmalerei der Hauptstraße besessen: Petrus und der Fischzug mit den oberbayerischen Bergen im Hintergrund. Über jedem Fenster hatten Medaillons mit den Porträts der Besitzer mit Blumenkörben abgewechselt, unterm Dachgiebel lächelte die Muttergottes mit dem Jesuskind. Nach dem kürzlich erfolgten Umbau des Erdgeschosses zum Selbstbedienungsladen mit durchgehender Ladenscheibe mußte der Rest der Fassade natürlich auch renoviert werden. Eine Restaurierung der alten Lüftlmalerei war im Etat nicht vorgesehen, also wurde alles in gebrochenem Weißton überstrichen, auch die Medaillons über den neu eingebauten modernen Klappfenstern, zu denen sie im Stil nicht mehr paßten.

Nur die Madonna unterm Giebel überlebte das Massaker dank Alois Armbrusters Protest gegen die rabiaten Modernisierungswünsche seiner Frau Else, geborene Pillkahn. Die Madonna mußte bleiben, sonst würde das Haus seines Segens beraubt. Else, evangelisch getauft, nicht gläubig, jedoch abergläubisch, hatte in diesem Punkt nachgegeben.

Vor zwei Wochen – gerade noch rechtzeitig vorm deutsch-französischen Volksfest – war ihr Laden fertig und mit viel Blasmusik, Freibier, Leberkäs und teilnehmenden Honoratioren eingeweiht worden. Zwischen den Auslagen prunkten noch die Blumenschalen der am Ausbau beteiligten Handwerksbetriebe.

Dagmar zerrte sich einen der ineinandergekeilten Einkaufswagen heraus, stellte fest, daß sie einmal wieder ihre Besorgungsliste zu Hause vergessen hatte, grüßte nach rechts und links – die meisten Kunden waren ja auch Kunden ihrer Gärtnerei – und quälte sich mit einer Melodie herum, die ihr seit Stunden nicht aus dem Kopf ging. (Früher, in ihrer Kinderzeit, hatte sie nicht drei Töne hintereinander richtig singen können. Sie war die Plage jedes öffentlichen Chors gewesen. In der Schule durfte sie sich nicht mal am Deutschland- und Horst-Wessel-Lied beteiligen, um ihre Würde nicht durch ihren falschen Baß zu sabotieren. Das kränkte damals sehr, denn sie sang gern. Seit ihrem zwanzigsten Lebensjahr etwa lachten ihre Zuhörer zwar noch immer, aber sie erkannten doch auf Anhieb die Melodie, die sie zu singen beabsichtigte.)

Als sie überlegend vor der Tiefkühltruhe stand, sprach sie ein alter Mann an. »Sie, Frau Janson, was Sie da summen – des sollten S' besser lassen.«

»Ach, Herr Anger, grüß Sie Gott. Was summe ich eigentlich? Ich krieg die Melodie nicht aus dem Kopf.«

Er sah sich erst nach möglichen Zuhörern um, bevor er ihr ins Ohr gestand: »›Siegreich woll'n wir Frankreich schlagen!‹«

»O nein!« Sie hielt sich erschrocken den Mund. »Das ist ja fürchterlich.«

»Jo mei«, sagte Herr Anger, »ich kann Sie ja verstehn. Ich hab zwei Weltkriege in Frankreich mitgemacht.«

»Ich nicht, Herr Anger, ich hab das Lied heut früh zum erstenmal gehört. Ich schwöre es.«

»Mir brauchen S' nix schwören, Frau Janson. Wann's nach mir ging, hätten wir noch a Monarchie«, beruhigte er sie.

Leicht verstört nach diesem Intermezzo, vergaß sie Milch und Quark zu besorgen und stellte sich vor der Kasse an.

Dort thronte Else Armbruster, eine resche Mittvierzigerin mit faltenlosem, blauäugigem, Selbstbewußtsein ausstrahlendem Gesicht, auf dem mit Hilfe von pfirsichfarbenem Make-up die Sommersprossen verblaßt waren. Ihr Haar hatte sie nach dem Friseurbesuch noch nicht ausgekämmt.

»Grüß dich, Else.«

»Achnee – das gibt's ja woll nich! Frau Janson beehrt auch schon unser Geschäft! Nach vierzehn Tagen!!«

»Ich war auf eurer Einweihungsfeier.«

»Ja, aber nur 'ne Viertelstunde. Bürgermeisters sind 'ne halbe Stunde geblieben. Drei Zeitungen haben drüber berichtet. Mit Bild. Alle des Lobes voll«, erzählte sie, Dagmars Einkäufe in die Kasse tippend.

»Läuft der Laden?«

»Die Kunden strömen nur so. Bloß du, von der ich nu wirklich erwartet hätte, daß du bei mir kaufst, du – macht 36,43.«

»Nu schimpf nicht, Else«, sagte Dagmar, in ihrem Portemonnaie nach drei Pfennigen kramend, »ich kann doch nicht unsere alten Kornfelder Lädchen auf einmal im Stich lassen, bloß weil du einen neuen Laden aufgemacht hast. Außerdem vertrage ich heute früh keinen Ärger mehr.«

»August!« ahnte Else.

»Er will Stunk machen.«

»Dascha woll nix Neues.«

»Auf dem Partnerschaftsfest.«

»Nö, das geht ja nu nich – das soller man ablassen«, erschrak Else.

»Siegreich will er Frankreich schlagen, sterben als ein tapfrer Held ...«

»So'n Schietkerl. Schütt ihm Schlafmittel in sein Abendbier, hörst du? Kommst du denn?«

»Weiß ich noch nicht«, sagte Dagmar.

»Komm heute abend auf den Marktplatz. Da ist bestimmt was los. Die Franzosen bringen eine Cancan-Gruppe mit und ein Musette-Orchester. Ich hab sogar französische Einquartierung. Monsieur und Madame Lacroix, wie die Suppe. Gegen drei sollen sie mit Bussen eintreffen. Ach, du hast ja noch gaa nich mein Gastzimmer gesehn – allens neu renoviert. Man will sich als Deutsche ja nich vor Franzosen blamieren.« Sie mußte das Gespräch mit Dagmar beenden, weil die hinter ihr anstehenden Kunden unruhig wurden. »Grüß Gott, Frau Buscher –«, und Else brach in ein vom Hamburger Tonfall getragenes Bayerisch aus, von dem Studienrat Schneideck behauptete, es brächte seine Ohren zum Winseln.

Dagmar fuhr direkt zur Gärtnerei zurück. »War was?«

Lehrling Moni übermittelte ihr die frohe Botschaft, daß sowohl Hansi als auch Anton ihren Rausch besiegt hätten und die Anpflanzung um Zahnarzt Küglers neuerbauten Bungalow fortsetzten.

»Und da laben sie denn ihren Nachdurst mit neuen Bieren«, ahnte Dagmar. »Und sonst?«

»Drei Trauersträuße, ein Sargbukett, zwei Kränze. Ich hab alles notiert.«

»Wer ist denn gestorben?«

»Die alte Siebichen.«

»Die Siebichen. Tut mir leid, aber für sie ist es eine Erlösung.«

»Ja, schon, aber hätt sie net sterben können, wo wir in Osterglocken erstickt sind? Da ist keiner gestorben, genau wie letzten Herbst, wo wir auf unsere Chrysanthemen sitzen blieben. Jetzt müssen wir beim Händler bestellen, alle Schnittblumen ham wir für die Hochzeit und die Partnerschaft verbraucht«, bedauerte Moni. Sie hatte ein langes, flaches Gestell mit tiefgerutschtem Po, mit Bizepsbeulen an ihren sonst sehr dünnen Armen und ein putziges Hamstergesicht. Sie war zuverlässig, immer nüchtern, und Dagmar wünschte ihr einen guten Mann und viele brauchbare Kinder, aber noch nicht so bald. Noch konnte sie auf Monis Beistand nicht verzichten.

In der Mittagspause fuhr sie die dreihundert Meter nach Hause, mußte aussteigen, um das hohe, schmiedeeiserne Gartenportal aufzuschieben, nahm die Post aus dem Briefkasten, Aljoscha hatte den Motor des Autos erkannt und kam wie ein Mustang über die Wiesen zum Tor gepprescht. Durfte einsteigen und bis zum Haus mitfahren. Kaum betrat sie die Diele, läutete das Telefon.

Es war Bauer Huber von nebenan. »Frau Janson!« Bedrohlicher Unterton. »Ihr Scheißviech von einem Misthund!!«

Auch das noch. »Aber ich habe doch alle Löcher im Zaun gestopft.«

Das hatte Aljoscha nicht gehindert, ein neues zu buddeln, im Hof vom Huberbauer einzudringen und zwei Hühnern den Hintern kahlzurupfen. Die übrigen zwölf waren seinem Besuch entgangen, weil sie sich rechtzeitig auf einen Birnbaum gerettet hatten. Hühnerrupfen war Aljoschas Leidenschaft. Er liebte es, in dieses hysterische Gegacker und flüchtende Geflatter hineinzufassen, manchmal mit tödlichem Ausgang. Am meisten Freude hatte es beim Hahn gemacht. Der stolzierte seither mit einem kahlen Steiß herum.

Bauer Huber versprach Dagmar, ihr »Scheißviech« beim nächsten Mal mit der Mistgabel zu »derstechen«.

»Aljoscha«, sagte sie nach diesem Telefonat zu ihm, der schmal vor ihr saß und sie braunäugig anliebte, »du bist mein Sargnagel!«

Sensibel wie er war, fiel er – durch ihren strengen Ton erschüttert – in sich zusammen, lief zu Dackelgröße ein und schämte sich dramatisch.

Es war ihr plötzlich alles zuviel. Die Gärtnerei mit ihren roten Zahlen. August. Der Konkurrenzkampf mit drei weiteren Gärtnereien am Ort. Auch das Rappenreitersche Haus, in dem sie seit Christines Tod allein lebte. Purer Luxus für Frau mit Hund und ohne Familie.

Schau dir Else an«, sagte sie zu Aljoscha, »die mit ihrem Laden. Sie thront zwar auf einem Riesenschuldenberg, aber das kratzt sie nicht. In paar Jahren hat sie alles abbezahlt, sagt sie, und weil sie dran glaubt, schafft sie es auch. Auf mich guckt sie runter wie auf einen Versager, weil ich ständig zubuttern muß. Na schön, ich bin keine Geschäftsfrau so wie sie. Else würde wahrscheinlich auch aus der Gärtnerei ein florierendes Unternehmen machen und hier im Haus eine Gastwirtschaft einrichten und die Wiese als Campingplätze vermieten. Else kann das, die hat Ellbogen und akzeptiert kritiklos jeden, von dem sie sich einen Profit verspricht. Mir fehlt ihr beruflicher Ehrgeiz. Ich kann auch nicht auf Anhieb mit jedem schunkeln.«

Irgendwie war sie immer ein Outsider geblieben, ein übriggebliebener Zwilling.

Aljoscha, an ihre Selbstgespräche gewöhnt, war darüber zu ihren Füßen eingeschlafen.

Dagmar kannte eine Menge Leute, sie war oft eingeladen und sagte immer häufiger ab mit der Begründung, um fünf Uhr aufzustehen und abends müde zu sein. Für ein gutes Gespräch war sie nie zu müde, aber diese Geselligkeiten, wo über die Soundsos geratscht wurde, die sie nicht kannte, übers Verweigern am Birkenrick, die Halse an der fünften Boje, das siebzehnte Golfloch, über Mode und Kosmetik, langweilten sie, weil sie nichts davon verstand. Kinder hatte sie auch keine, um mitreden zu können.

Sie stand inzwischen vor dem Problem, sich entweder in Gesellschaft einsam zu fühlen oder zu Hause allein.

»Irgendwas muß anders werden. Aber ganz schnell«, versicherte sie dem Hund so energisch, daß er aus dem Schlaf hochfuhr und erwartungsvoll zur Tür lief.

Mit einstündiger Verspätung trafen zwei Busse aus Portneuf mit Honoratioren, Bürgern, einer Tanzgruppe und einem Akkordeontrio in Seeliger ein. Sie stolperten leicht gerädert aus den Wagentüren auf den Marktplatz, unter ihnen ein schlanker, trotz seiner ergrauenden Haare sehr jung wirkender Mann – Jean-Laurent Macaire. Er trug eine goldgeränderte Brille, eine locker sitzende Jacke zu Jeans und einen Schal um den Hals. Bei der Begrüßung mit Bier, Weißwürst und Brezen sah er sich interessiert um. Er war in Seeliger, zum ersten Mal seit zweiundzwanzig Jahren –!

Blasmusik dröhnte den Gästen stimmungsbelebend um die Ohren, der Oberbürgermeister las eine launige Ansprache auf französisch vom Blatt, Transparente wehten breit überm Platz:

»Seeliger grüßt seine Partnerstadt Portneuf. Bienvenue à Seeliger.«

Nur noch Seeliger. Früher hatte der Ort Seeliger-Kornfeld geheißen, Kornfeld war inzwischen namenlos eingemeindet worden.

»Gibt es hier noch die Gärtnerei Steiner?« fragte Macaire eine Frau mit Kinderwagen, die vom Straßenrand aus die angekommenen Franzosen betrachtete.

»Steiner?« überlegte sie. »Kenn ich nicht. Aber so genau weiß ich das nicht. Es gibt hier mehrere Gärtnereien.«

Macaire stieg mit den Honoratioren in den Bus zurück, der sie zu ihrem Hotel bringen sollte, während die Seeliger Bürger ihre Logiergäste samt Koffern in ihren Autos verstauten.

Alois Armbruster hatte seinen Mercedes kurz vorher durch die Waschanlage einer Tankstelle gescheucht. Obgleich es nur fünfzig Schritte vom Rathausplatz bis zu seinem Haus waren, hatte Else auf einer kurzen Rundfahrt ihrer Franzosen bestanden. »Damit sie einen ersten Eindruck von unserer Stadt kriegen.« Und vor allem vom Mercedes, ahnte Armbruster.

Lacroix' hatten nach vierzehnstündiger Busfahrt ein gewisses Übersättigungsgefühl, was vorübereilende Landschaft anbetraf, aber sie schauten höflich aus den Fenstern. Jeannot Lacroix, der zwei Jahre lang in einem Straßburger Delikateßgeschäft gearbeitet hatte, bevor er sich in Portneuf selbständig machte, sprach ein wenig deutsch. Madame Lacroix, Mitte vierzig, zum erstenmal auf Auslandsreise, gähnte verstohlen auf ihre Handtasche nieder. Sie war ja so fertig.

Als der Wagen endlich in den Hof des Armbrusterschen Grundstücks einbog, stand Else in strammsitzendem, veilchenfarbenem Pullover überm Faltenrock in der Haustür. Aus ihrem Willkommenslächeln fielen die Mundwinkel, als ihr Logierbesuch dem Mercedes entstieg. Unter Lacroix' hatte sie sich etwas anderes vorgestellt als diese Mittvierziger von unscheinbarem Äußeren, bieder gekleidet, um nicht zu sagen tiefste Provinz. Und dazu das schäbige Gepäck. Vulkanfiberkoffer und Hebammentasche aus Opas Erbe. Für solche hatte Else nun ihre besten Garnituren auf die Gästebetten gezogen!

Nachdem Jean-Laurent Macaire im Seeliger Hof ausgiebig geduscht und ein frisches Hemd angezogen hatte, verließ er das Hotel, bemüht, keinem Mitreisenden zu begegnen, der ihn aufhalten oder sich ihm anschließen könnte. Er wollte den Ort nach so langer Zeit allein wiederfinden.

Aber bereits auf dem Rathausplatz hätte er beinah die Orientierung verloren, lauter neue Häuser oder die alten bis zur Unkenntlichkeit renoviert. Die Kirchen sahen noch aus wie die Kirchen in seiner Erinnerung. Der Bahnhof, ein Jahrhundertwendebau, sonnte sich in seinem frischgestrichenen Kaisergelb. Hinter der Eisenbahnbrücke, die in den ehemaligen Ortsteil Kornfeld hinüberführte, versprach ein Schild vor einer großen Baustelle sechs Eigentumsbungalows. Hier war früher eine Ausflugswirtschaft mit Kegelbahn, Schießständen und Biergarten unter Kastanienbäumen gewesen. Hierher hatte Macaire Gemüse aus der Gärtnerei liefern müssen. Nach der Baustelle die zweite Querstraße links – inzwischen betoniert, zu schmal für Bürgersteige – hatte zur Steinerschen Gärtnerei geführt, und da sah er sie auch schon: das Wohnhaus zwischen neuen Gewächshäusern ein wenig verhutzelter als damals, aber noch immer vom rosaroten Gürtel seiner Balkongeranien umgeben. Um diese Frühlingszeit blühten sie noch dürftig.

Bei diesem Anblick stellte sich keine Sentimentalität ein, das hatte er auch nicht erwartet, nur Neugier, was wohl aus seinen Bewohnern inzwischen geworden war. Einem der Gewächshäuser war ein Blumenladen vorgebaut. Kundenautos standen auf der Straße und im Hof. Macaire wartete, bis eine Verkäuferin frei war, und erkundigte sich bei ihr nach Steiners.

Steiners? Keine Ahnung. Sie war nur Aushilfe und nicht von hier. Vielleicht wußte der August – aber der war jetzt nicht da. Soweit ihr bekannt war, gehörte die Gärtnerei schon seit Jahren Frau Janson, die wohnte auf dem großen Grundstück nebenan.

Der Name Janson sagte ihm nichts. »Meinen Sie das Rappenreitersche Anwesen?«

»Ja, ganz recht.«

Macaire bedankte sich, ging den Weg an der Thujamauer zurück zum Tor und öffnete eine der schweren Hälften, deren schmiedeeisernes, melodiös geschlungenes Muster wie schwarzes Filigran gegen das helle Grün des dahinterliegenden Birkenwegs stand. Rechts, wo früher der Tennisplatz und ein kleiner Park mit Pavillon gewesen waren, drängten sich jetzt in dichten Reihen die Laub- und Nadelholzzöglinge einer Baumschule, links waren noch immer Wiesen, in denen vereinzelt blühende Obstbäume herumstanden.

Auf dieser zum See geneigten Seite kam Macaire plötzlich die Erinnerung an ein bescheidenes Glück. Im Schatten eines Apfelbaums in der Mittagspause im Gras liegen, fast betäubt vom Duft des frischgemähten Heus. Bienensummen. Vom Wohnhaus kommt eine große, stämmige Germania im blauen Kattunkleid auf ihn zu, überm Arm einen Henkelkorb mit Mittagessen, in der Schürzentasche eine Bierflasche. »Bleib liegen, Junge, ruh dich aus.« Während er ißt, sitzt sie neben ihm im Gras, sie sprechen von Frankreich. Sie spricht auch ganz offen über Politik mit ihm und wie sehr sie hofft, daß der Krieg bald zu Ende sein wird, egal wie. Hauptsache, das gegenseitige Morden hört endlich auf. Ihr Mann ist Oberst an der Ostfront und ein Nazi. Und sie lieben sich nicht mehr. Daran ist die Politik schuld.

Obgleich Christine Rappenreiter die Frau eines Nazi war und aussah wie ein idealisiertes nordisches Denkmal, hatte Renzl sie sehr verehrt. Urmutter und Urgeliebte in einem –

so kam sie ihm vor. Wenn sie aber einmal die Respektsperson herausließ, dann rannten nicht nur ihre Söhne, dann stand selbst August stramm.

Macaire sah eine Krähe mit einem Ding im Schnabel, das wie ein Joghurtbecher aussah, im Tiefflug über die Wiese schweben, sich mühsam erhebend, weil verfolgt von einem großen schwarzen Hund. Die Krähe rettete sich auf einen Obstbaum, ließ den Becher fallen. Der Hund beendete seine Hetzjagd mit einer Vollbremsung, bellte steil ins belaubte Geäst, beschnüffelte kurz den ins Gras gefallenen Gegenstand, verlor an ihm und an der Krähe das Interesse und federte weiter vor sich hin mit der Grazie eines Dressurpferdes – ein schwereloses Tänzeln. Plötzlich verharrte er mit erhobenem Vorderlauf: Aljoscha hatte den Fremden in der Birkenauffahrt entdeckt und schoß nun, bösartig bellend, auf Macaire zu, der bewegungslos stehenblieb mit dem unerfreulichen Gefühl, einem zornigen Puma schutzlos ausgeliefert zu sein. Blickte in braunäugigen Haß und Zähnefletschen. Vor lauter verkrampftem Stillstehen geriet er ins Schwanken. Minuten dehnten sich zu Stunden. Macaire rief um Hilfe. Ja, gab es denn niemand, der ihn von der Bestie befreite? Sollte er den Rest des Tages hier verbringen?

Der Hund hatte sich inzwischen hingelegt, den langen, schmalen Fang auf die Pfoten gebettet. Macaire juckte die Nase, aber sobald er die Hand zu heben wagte, erhob sich zähnefletschend sein Bewacher.

Nach der Ewigkeit von einer Viertelstunde quietschte eine Schubkarre auf dem Birkenweg näher, geführt von einem schmächtigen Mann mit grauer, klebriger Lockenfrisur. Seinen Schritten merkte man die Arthritis in den Knien an.

August.

Macaire wunderte sich, daß der Anblick dieses kleinen, schäbigen, bemitleidenswert wirkenden Mannes nach so langer Zeit noch immer dieses Gefühl wehrlosen Hasses in ihm aufleben ließ.

»Was wolln Se?«

»Ich möchte Frau Janson sprechen.«

August bemißgutachtete ihn mit schiefem Kopf. »Sind Se Vertreter?«

»Ich bin privat hier.«

»Denn warten Se mal.« Er watschelte ohne Schubkarre Richtung Haus.

Macaire rief ihm beklommen nach: »Können Sie nicht den Hund mitnehmen?«

»Der folgt mir nicht.«

Es dauerte noch einmal endlose drei Minuten, bis eine tiefe, ziemlich rauhe Stimme »Aljoscha« rief. »Sofort hierher!«

Der Hund dachte nicht daran. Afghanen parieren eh nur, wenn sie es für nötig halten – in diesem Fall mußte er einen Eindringling verbellen und Dagmar vor ihm schützen.

Macaire sah einen schmalen Jungen über die Wiese näherrennen – an dem leichten doppelseitigen Wippen unter dem Männerhemd erkannte er, daß er sich geirrt hatte. Es war kein Junge, sondern eine mädchenhafte Frau, die den Hund am Halsband ergriff. Nun stand er neben ihr, besitzanzeigend an ihren Schenkel gepreßt.

»Hat er Sie etwa gebissen?«

»Noch nicht.« Macaire, von Aljoscha befreit, stieß ein geradezu meckerndes Lachen vor Erleichterung aus.

»Am Tor steht groß und deutlich: Bissiger Hund. Haben Sie das nicht gelesen?« traf ihn Dagmars Vorwurf.

»Oja. Aber das Schild ist sehr alt. Das gab es schon vor fünfundzwanzig Jahren. Nur damals gab es hier keinen bissigen Hund. – Ich bin Jean-Laurent Macaire.«

Der Name sagte ihr nichts. »Janson«, stellte sie sich ungern vor. »Sie wünschen?«

»Tut mir leid, wenn ich so einfach bei Ihnen eingebrochen bin. In der Gärtnerei sagte man mir, daß Sie vielleicht wüßten, was aus Steiners geworden ist. Ich war von '42 bis '44 in ihrer Gärtnerei beschäftigt, ich –«

»Renzl«, unterbrach sie ihn. Sein Name war auf einmal da, aus einer tiefen Schublade ihres Gedächtnisses. Sie klappte beide Hände um ihr Gesicht, wie um die maßlose Überraschung zu stützen. »Der Renzl! – Nein, so was! Ich bin Dagmar.«

»Dagy?« So hatte sie seither keiner mehr genannt. Dagy, mit der Betonung auf der zweiten Silbe, was ihrem harten Namen die Strenge nahm.

Natürlich Dagy – diese Augen wie liegende Halbmonde oder wie untergehende Sonnen. Ihr rauhes Lachen. Schon als Kind die Stimme einer Kettenraucherin ...

Sie standen voreinander und suchten in den Zügen des anderen den Freund der Kinderzeit, und darüber verpaßten sie den Zeitpunkt für eine spontane Wiedersehensumarmung.

»Das – also wirklich – das ist eine echte Überraschung. Kommen Sie mit, Renzl – nein, nicht Renzl, nicht diesen Zwangsarbeiternamen. Wie heißen Sie? Ich habe vorhin nicht zugehört.«

»Jean-Laurent Macaire.«

»Oh, das ist viel. Kann ich Laurent sagen? – Kommen Sie, Laurent ...«

Der Gartenplatz vor der kurzen Freitreppe. Auf jeder Stufe Büsche und Bäumchen in den alten Majolikakübeln, daß es die noch gab –! Der Blick über Wiesen, gelb von Löwenzahn, über den See bis zu den schwach sichtbaren, noch schneebedeckten Alpen.

Hier wenigstens fand sich seine Erinnerung noch zurecht. Auf dem runden Gartentisch lagen Aktenordner, Blöcke mit Auftragspausen, Kontobücher und andere Schriftstücke, durch Teetasse, Kanne und Teller am Wegflattern gehindert. Dagmar schob alles zusammen. »Ich habe gerade Abrechnungen gemacht, wie schön, daß Sie mich dabei stören – setzen Sie sich – möchten Sie einen Tee oder lieber einen Begrüßungsdrink? Ja, ich hole uns einen Wein –«

»Nehmen Sie den Hund bitte mit?«

»Aljoscha, komm – ich hab was für dich –« Ein vielversprechender Satz, der ihn ins Haus laufen ließ. Dagmar, zwei Stufen auf einmal, ihm hinterher.

Dagy – pagenhaft schlank – wie alt mochte sie jetzt sein? Zehn war sie damals gewesen, 1943, als sie eines Abends in ihrem Matrosenkleid in der Steinerschen Küche stand, mit Höhlenaugen, die das Grauen gespeichert hatten, das sie gesehen – vierunddreißig könnte sie sein – sie wirkte so jung – ihr gehörte jetzt die Gärtnerei? Wo waren Rappenreiters?

Aljoscha, sich noch das Maul nach einem Fleischbrocken leckend, schoß aus dem Haus. Macaire saß wie angenagelt, in seinen Wiedersehensemotionen stark gebremst.

Endlich kam Dagmar mit Gläsern, Korkenzieher und einer Flasche unter dem Arm.

»Ich würde Ihnen gerne helfen, aber ich habe außer diesen Jeans nur noch eine Sonntagshose mit«, bedauerte er.

»Wenn ich dabei bin, tut er Ihnen nichts«, sie reichte ihm die Flasche zum Entkorken und sah ihm dabei zu. »Sie haben mir damals Pantoffeln genäht. Ich habe sie immer aufgehoben, aber jetzt finde ich sie nicht mehr.« Und nachdem er eingeschenkt hatte, streckte sie ihr Glas über den Tisch: »Mit Anstoßen.«

»Santé«, sagte Macaire voll Gefühl.

»Sanglier –«, fiel ihr ein, sie sah ihn zusammenzucken und schoß eine zweite Beleidigung hinterher: »Putain merde!« Und lachte sich schief über seine spürbare Befremdung. »Das habe ich von Ihnen gelernt, Renzl, ich meine, Laurent. Wegen ›putain merde‹ bin ich damals vom Internat geflogen, und ›sanglier‹ habe ich noch immer für August im Gebrauch. Als ich die Steinersche Gärtnerei pachtete, habe ich ihn mitpachten müssen, sozusagen als lebendes Inventar.«

»Ich bin ihm vorhin begegnet.«

»Er kann Sie nicht erkannt haben, sonst hätte er mich nicht geholt. Sie stünden noch immer da und schrien um Hilfe. Dabei hätte er allen Grund, Ihnen dankbar zu sein, daß Sie ihn damals nicht angezeigt haben.«

Neben Dagmar hatte der Hund auf der Gartenbank Platz genommen wie ein Mensch und klatschte ihr die seidige Pfote auf den Schenkel. Sie legte den Arm um seinen langen, starken Nacken. In der Sonne schimmerte sein schwarzes Fell kastanienrot.

»Wo fangen wir an? Bei Steiners – nein, erzählen Sie erst. Wie kommen Sie nach so langer Zeit hierher? Sind Sie mit den Franzosen angereist?«

»Ja.« Er suchte seine Taschen nach Zigaretten ab und lehnte sich, nachdem er sie gefunden hatte, in seinem Stuhl zurück. »Vierzehn Stunden im Bus, davon habe ich mindestens sieben bedauert, nicht mit dem Wagen gefahren zu sein. Aber ich muß Ihnen erzählen, wie ich überhaupt dazu gekommen bin. Ich lebe an sich in Paris, ein Teil meiner Familie ist seit Kriegsende in Portneuf. Ab Mai fahr ich oft runter, weil ich dort eine Strandboutique unterhalte – mit Badesachen und Souvenirs. Außerdem bin ich an einer Pariser Kunstgalerie beteiligt.«

»So was. Der Renzl hat eine Kunstgalerie in Paris!« staunte Dagmar. »Und was haben Sie mit der Partnerschaft zu tun?«

»Also der Schwager meines Cousins – können Sie mir folgen, Dagy –?«

»Der Schwager Ihres Cousins –«

»– ist ein Weinhändler. Er hatte einen Platz im Bus nach Seeliger gebucht, um hier Geschäftskontakte anzuknüpfen. Zwei Tage vor der Abreise verwechselte er aus Versehen den Rückwärtsgang seines Autos mit dem Vorwärtsgang und mußte ins Spital. So erfuhr ich überhaupt von dieser Reise nach Seeliger. Da wurde ich neugierig und habe kurz entschlossen seinen freigewordenen Platz im Bus besetzt.« Er trank einen Schluck und sah sie über den Rand des Glases an. »Auf die Idee, daß Sie noch hier sein würden, wäre ich nie gekommen. Soll ich auch die Pfunde ablegen, die ich inzwischen zugenommen habe, damit Sie mich besser erkennen?«

»Danke, nicht nötig. Ich habe den Renzl schon wiedergefunden.« Sie lachte mit ihren unregelmäßigen Zähnen. Immer neue Entdeckungen, die ihm den Zauber des zehnjährigen Kindes zurückbrachten.

»Wo ist Frau Rappenreiter? Ist sie nicht mehr hier?«

»Nein, sie ist vor fünf Jahren gestorben«, sagte Dagmar.

»Oh, das tut mir leid«, und Macaire sah so aus, als ob ihn ihr Tod wirklich berührte. »Ich wollte ihr immer mal schreiben. Ich habe ihr soviel zu verdanken ...«

»Und warum haben Sie es nicht getan? Sie hätte sich riesig gefreut.«

»Tja, warum nicht –?«

»Es kam Ihnen immer was dazwischen, und das über zwanzig Jahre lang. Ich kenne so was.«

»Ich wußte ja auch nicht, ob sie sich noch an mich erinnern würde«, suchte er nach einer Ausrede.

»Christine hat keinen vergessen, den sie einmal gern hatte. Sie hat oft von Ihnen gesprochen und was wohl aus Ihnen geworden ist. Ich habe ihr genau wie Sie unendlich viel zu verdanken. Aber sie mir auch«, fügte Dagmar selbstbewußt hinzu, ohne ihre Worte zu begründen. Sie kraulte nachdenklich Aljoschas Fell. »Ach, Renzl – wir drei armen Luder damals – erinnern Sie sich noch an Wastl, den Hofhund –? Fünfzehn Jahre ist er alt geworden.«

»An der Kette?«

»Als Frau Steiner gestorben ist, hat ihn Leni ins Haus geholt.«

»Leni«, erinnerte er sich gern. »Was macht sie?«

»Oh, die hat eine Landwirtschaft im Allgäu geheiratet. Jetzt sitzt sie auf einem Einödhof und zieht drei Kinder und etliche Kälber groß. Sie müssen Sie anrufen. Sie wird sich sehr freuen, wenn sie hört, daß der Renzl da ist. Ich gebe Ihnen die Nummer.«

»Wie hieß noch die, mit der Sie damals aus Hamburg gekommen sind?« überlegte Macaire.

»Sie meinen Else? Die werden Sie heute abend auf dem Fest treffen. Fragen Sie nach Else Armbruster, so heißt sie jetzt. – Ah, da fällt mir was ein. Moment –«, sie stand auf und lief ins Haus, Aljoscha wollte ihr nach, dann erinnerte er sich daran, daß er den Fremden bewachen mußte, der so gar keinen Wert auf Bewachung legte. Dagmar war bald zurück, in einem Album mit fleckigem Leineneinband blätternd, legte es aufgeschlagen vor Macaire hin. »Da!«

Sie zeigte auf eine kleine Fotografie, ihr weißer Zackenrand war beinah größer als das Bild: fünf Erwachsene, ein Kind und ein struppiger Hund vorm Eingang der Steinerschen Gärtnerei – aufgereiht und steif wie ein befangenes Gesangsseptett.

Macaire erkannte Leni, Steiner, August, Frau Steiner, die Hamburger Else, sich selbst strichdürr in verbeulten, geflickten Hosen und das Kind Dagmar in seinem Dirndl. Dagmar hielt seine Hand und sah zu ihm auf wie zu einem Besitz.

»Das Foto hat Beni Rappenreiter gemacht mit seiner Agfabox«, sagte sie.

»Richtig, Beni –« So langsam füllten sich die Lücken in seiner Erinnerung. »Gab es nicht zwei Söhne Rappenreiter?«

»Gibt es immer noch. Viktor ist Philosophieprofessor in Tübingen und Beni – tja, Beni ist öfter mal was anderes. Ein verrückter Typ, aber nett. Auch viel zu gutmütig. Das nutzen manche aus.« Wenn sie von Benedikt Rappenreiter sprach, klang ihre Stimme plötzlich weich. »Ich glaube, die Brüder haben sich seit der Testamentseröffnung freiwillig nicht getroffen. Wenn der eine sich hier aufhält, läßt sich der andere nicht sehen. Viktor ist viel zu gescheit für uns Durchschnittsgeister. Vor allem tut er so gescheit. Das muß er wohl, sagt Beni, weil man sonst nicht merkt, daß ein Professor was Besonderes ist.«

Eine Katze schlich über die Wiese, Aljoscha sprang auf und gab Vollgas in ihre Richtung.

»Es gibt paar Dinge aus jener Zeit, die vergesse ich nie. Die will ich auch nicht vergessen –« Laurent hatte sich zurückgelehnt mit dem Blick zum See. Es klang, als ob er ein Bild schildere, das er dort sah: »Ein kleines, fröhlich schwatzendes Mädchen auf der Querstange vor mir auf dem Fahrrad zwischen meinen Armen – wir rasen im Leerlauf den Weg zum See hinunter.« Er sah sie an und grinste ein bißchen verlegen.

»Ich frage mich heute noch, wie wir das geschafft haben, ohne uns die Knochen zu brechen. Es waren doch reine Feldwege zum See ...«

»Ich war zwar ein mieser Gärtner, aber ein guter Radler«, lachte Laurent Macaire und hörte im gleichen Augenblick die Kornfelder Kirchturmuhr viermal schlagen.

»O weh, ich muß zum Hotel. Ich habe leichtsinnigerweise versprochen, zwischen Seeliger und Portneuf zu dolmetschen. – Wenn ich gewußt hätte, daß ich Dagy hier antreffen würde ...«

»Ja, schade«, sagte sie und stand auf. »Ich bring Sie zum Tor.«

Er sah sich noch einmal um, bezaubert von den gelbblühenden Wiesen.

»Beni behauptet, dem ›Mai seine oberbayerische Auslegeware‹ wäre die schönste auf der Welt.« Und beim Anblick von Aljoscha, der schwarz wie ein Scherenschnitt mit vorgestrecktem langen Hals, wehenden Ohren und Ringelschwanz – jeder Schwerkraft enthoben – über die Wiese wehte: »Schaut er nicht aus wie ein Fabelwesen?«

»Es fehlt ihm bloß noch ein Horn«, gab er zu.

»Wissen Sie, was ich nie vergessen habe, weil es mich damals ungemein beeindruckt hat? Das war unser Gespräch über die Wiedergeburt. Sie behaupteten, jeder käme zweimal auf die Welt, einmal als Mensch und einmal als Tier. Und Sie würden gerne als Eidechse wiederkommen. Erinnern Sie sich?«

Laurent grinste. »Keine Ahnung. So was habe ich mal behauptet?«

Auf dem Weg zum Tor erzählte sie ihm, wie sie zu Aljoscha gekommen war.

Eines Abends hatte er plötzlich auf der Wiese vor ihrem Gartenplatz gestanden – verwahrlost, verhungert und sehr scheu –, er ließ sich nicht anfassen. Sie hatte ihm Futter und Wasser vor die Tür gestellt, so kam er immer wieder, vom Hunger getrieben. Er mochte kein Jahr alt sein, denn er hatte noch sein Babyfell. Dagmar rief Polizei und Tierheime an, aber es hatte sich keiner gemeldet, der ihn vermißte. Vielleicht war er ausgerissen, vielleicht auch von seinen Besitzern ausgesetzt worden, weil sie mit ihm nicht fertig wurden.

Fünf Tage lang vernachlässigte Dagmar die Gärtnerei, bedrohte August mit dem Fegefeuer ohne Alkohol, wenn er den Hund vom Grundstück verjagen würde. Sie hatte keinen anderen Gedanken als diesen Hund. Das war damals ein paar Monate nach Christine Rappenreiters Tod. Sie war alleingelassen in dem großen Haus, sehr allein. In dieser Zeit fing sie wieder an, sich an ihre Kindheitserinnerungen zu klammern – an Dag. »Unsere Unterhaltung über die Wiedergeburt fiel mir ein. Ich habe damals fest geglaubt, dieser

Hund, der plötzlich aufgetaucht war und niemandem gehörte – wäre mein wiedergeborener Zwillingsbruder. Ich habe das wirklich geglaubt. So fängt man an zu spinnen, wenn man sehr allein ist. Und Aljoscha hat auch was von Dag. Er ist genauso wild und fröhlich – so unbezähmbar, ein enfant terrible – und genauso beschützend wie Dag damals. – Jetzt lachen Sie mich aus. Mit Recht!«

»Warum? Weil Sie Phantasie haben? – Aber sagen Sie, war Ihr Bruder auch so bissig wie Aljoscha?«

»Nein, überhaupt nicht. Gebissen hab doch immer ich. Erinnern Sie sich nicht?«

Sie erreichten das Tor. »Haben Sie eigentlich seit damals hier gewohnt?« fragte Macaire.

»Ja, bis auf die Zeit, wo das Haus von Amerikanern beschlagnahmt war und dann, als ich Gartenarchitektur studiert habe, da war ich nur in den Semesterferien hier.«

Mit einem letzten Rückblick sagte Laurent: »Sie haben es wunderschön. Das Haus, von dem man träumt. Die perfekte Landschaft. Damals ist mir das gar nicht so aufgefallen mit dem Zwang im Nacken.«

»Ja, ich beneide mich manchmal selbst um mein Zuhause«, versicherte sie ihm.

»Und es können Sie keine Rappenreiterschen Erben von hier vertreiben?«

»Nur von dem Teil, den ich von ihnen für die Baumschule gepachtet habe. Das Haus mit sechstausend Quadratmeter Grund gehört mir.«

»Oh –«, staunte Macaire, und überlegte kurz, ob er noch mehr Fragen stellen durfte, ohne allzu neugierig zu wirken.

Dann verabschiedeten sie sich voneinander und versicherten, daß es wundervoll gewesen war, sich nach so langer Zeit wiederzusehen. Dagmar wünschte ihm noch viel Spaß in Seeliger – er fragte, ob sie zum Fest auf dem Rathausplatz kommen würde – sie sagte, wohl kaum bei ihrer Scheu vor Massenschunkeleien. »Aber Else ist bestimmt da. Die wird Augen machen –!«

Er ging rasch die Straße hinunter, sie wartete, ob er sich noch einmal umsehen würde, um zu winken. Er sah sich nicht um.

Dagmar kehrte zu ihren Abrechnungen auf dem Gartentisch zurück, aber es wurde nichts mehr draus. Jean-Laurent Macaire, dieser Renzl von damals, hatte die Vergangenheit mitgebracht und bei ihr zurückgelassen, und wie sollte sie sich über diese hinweg auf Zahlen konzentrieren, zu denen sie noch nie ein intimes Verhältnis unterhalten hatte.

Erinnerungen meldeten sich an. Erinnerungen an den Mai 1945. Dagmar vor dem Jeep der amerikanischen Besatzer her den Birkenweg hinaufrennend, dabei mit den Armen rudernd wie eine Wespe im Himbeersirup. Sie schrie außer Atem: »Die Amis sind da – die Amis –« Im Hof waren Rappenreiters, ihre ausgebombten Verwandten und Flüchtlinge aus dem Osten, die in den Wirtschaftsgebäuden und im Stall kampierten, in Reih und Glied angetreten, ihre verschreckt plärrenden Kinder fest im Griff.

Dagmar, den Jeep mit amerikanischen Offizieren im Rücken, rannte auf sie zu, mit einer Schwimmbewegung die Reihe zerteilend und sich neben Benedikt einordnend als drittes Kind der Familie Rappenreiter, ihr zugehörig auf Gedeih und Verderb.

Das Anwesen wurde von den Amerikanern beschlagnahmt, die Familie im Ort aufgeteilt. Dagmar kehrte in ihr altes Bett in der Steinerschen Gärtnerei zurück und brachte Beni mit einem Rucksack voll Wäsche und seiner Schultasche mit. Frau Steiner war anfangs gegen Bub und Mädel in einer Kammer, aber Leni beruhigte sie: »Die zwei Hallodris haben Wichtigeres im Kopf als wie des Erotische.«

Damals gründete Dagmar ihr erstes Blumengeschäft mit Beni als Partner. Sie pflückten am Wochenende wahre Hügel von Wiesenblumen und Maiengrün, brachen des Nachts ins Rappenreitersche Grundstück ein, um Tulpen und Narzissen und Vergißmeinnicht zu stehlen. Dagmar band daraus wunderhübsche Biedermeiersträuße und machte sich damit am Sonntag vormittag auf Verkaufstour. Beni mußte den Korb mit der Ware tragen und draußen warten, während sie im trüben Dirndl, aus dem sie inzwischen herausgewachsen war, barfuß und ach so bemitleidenswert mager vor die Besatzer hintrat, stumm ihre Sträußchen vorzeigend.

Zum ersten und einzigen Mal bewußt in die Rolle Dagmar DasarmeKind zurückschlüpfend, vor keinem Posten und Off-limits-Schild haltmachend, drang sie in jede Unterkunft der Offiziere ein. Später erweiterte sie ihren Kundenstamm um die GIs in ihren Sammelunterkünften.

Das Geschäft florierte. Sträuße gegen »chocolats, candys and cigarets«, gegen »coffee and soap«.

Benedikt hätte diese Aktion gern frühzeitig beendet. Einmal satt Schokolade reichte ihm, weiter dachte er nicht, aber Dagmar trieb ihn jeden Samstag nachmittag und sonntags sehr früh auf die Wiesen zum Pflücken. Nie wieder, schwor sich Beni, nie wieder in seinem Leben wollte er sich nach einer Blume bücken. Er hatte für alle Zeiten die Nase voll vom Pflücken und sehnte den Abzug der Amerikaner herbei.

Macaires Erinnerungen auf dem Weg vom Rappenreiterschen Anwesen zum Hotel in Seeliger: Eines Sonntags, Anfang Juni 1945, war er als freier junger Mann nach Kornfeld gekommen, um sich zu verabschieden, bevor er am selben Tag mit anderen ehemaligen französischen Zwangsarbeitern die Heimreise antrat. Er traf die Steinerschen Frauen an. Leni gab ihm ein selbstgebackenes Brot mit auf die Heimreise und küßte ihn fest auf den Mund. Nun hatte ihre Mutter nichts mehr dagegen, weil Renzl kein Zwangsarbeiter mehr war. Nun war es sowieso zu spät, er fuhr für immer heim zu französischen Mädchen. – Laurent verkniff sich nur mühsam den Wunsch, nicht in Augusts noch immer überheblich grinsende Visage zu schlagen. Dann besuchte er Christine Rappenreiter, um ihr zu danken, weil sie ihn durch Einsatz der Parteibeziehungen ihres Mannes vorm KZ bewahrt hatte.

Sie wohnte damals mit Viktor in der hinteren Stube eines bäuerlichen Austragshäusls und war gerade dabei, sich im Hof den Kopf zu waschen, als er sie aufsuchte. Er hatte ihr einen Brief mitgebracht, geschrieben, um sie bei ihrer Entnazifizierung zu entlasten. »Ach, weißt du, Renzl, seitdem es im weiten Umkreis keinen Menschen mehr gibt, der jemals ein Nazi gewesen ist, habe ich beschlossen, zu meiner Schuld der ersten Jahre mit Ludwig Rappenreiter zu stehen.

Damals habe ich alle Vorteile als seine Frau genossen. Gut, ich habe auch vielen geholfen, ich habe x-mal meinen Kopf riskiert und die Sicherheit meiner Jungs – aber das macht mich nicht schuldfrei. – Und nun freu dich auf zu Haus. Auf deine Familie. Deine Zukunft – endlich wieder Zukunft für uns alle.« Christine Rappenreiter hatte ihr nasses Haar in ein Handtuch geschlungen und Renzl umarmt. »Ich wünsch dir soviel Zukunft.« Sie versprach ihm, Dagmar zu grüßen, auf deren Rückkehr von ihrer sonntäglichen geblümten Verkaufstour er nicht warten konnte.

Er versprach, ihr eine Karte von seinem neuen Zuhause zu schreiben, das nicht mehr Cherbourg war – bei den Kämpfen während der Landung der Alliierten war sein Elternhaus zerstört worden und seine Familie zur ältesten Tochter nach Portneuf gezogen, die dort einen Hotelierssohn geheiratet hatte – um es ehrlich auszusprechen: einen verstaubten Hotel-garni-Schuppen-Besitzerssohn.

Die versprochene Karte an Dagy schrieb er nie. Er schob es auf und auf, bis es ihm zu spät vorkam, noch einen Gruß an das kleine Hamburger Mädchen zu schicken, das nur noch als fröhlicher Farbfleck in einer sonst ungeliebten Erinnerung geblieben war. Wahrscheinlich hatte ihr Vormund sie auch längst nach Hamburg zurückgeholt.

In Portneuf holte Jean-Laurent sein Bakkalaureat nach und trampte anschließend aus der Provinz in die vom Existentialismus beherrschte, spannende Kunstszene von Paris.

Dagmar hatte ihn heute nachmittag ohne großes Bedauern fortgehen sehen, konnte dennoch nicht aufhören, über ihre Begegnung nachzudenken, und es war niemand da, mit dem sie über Renzl reden konnte. Die Stille im Haus war plötzlich unerträglich.

Sie rief Leni an, aber Leni war mit ihrer Tochter nach Kempten zur Schwägerin gefahren. Danach versuchte es Dagmar bei Else.

Ihre Patentochter Antje war am Telefon. »Grüß dich, Patendackel, du willst Mama sprechen? Die Mama sagt, sie kann jetzt nicht, sie bügelt ihr Kleid fürs Fest.«

»Sag ihr, es ist wichtig.«

Und nun Elses Stimme ungeduldig: »Wo brennt's denn? Aber mach's kurz. Wir wollen nach 'n Rathausplatz.«

»Ich wollte dir nur erzählen, daß Renzl mich besucht hat.«

»Renzl?« überlegte Else, »was für'n – Renzl!!!« schrie sie gleich darauf, »etwa uns Renzl von damals? Sag bloß, der is mit den Portnöffern hier.«

»Ja, Else.«

»Daschan Ding. Uns Renzl! – Hast du ihm gesagt, daß ich auch hier bin? Hastu ihm von unser Geschäft erzählt?«

»Du wirst ihm bestimmt auf dem Fest begegnen«, sagte Dagmar.

Auf einmal hatte Else Zeit. Rief hinter sich, daß Antje das Bügeleisen ausstellen sollte. »Nu erzähl doch mal. Wie sieht er aus?«

»Schon sehr gut. Er ist nicht mehr so mickrig wie früher, eben breiter und männlicher. Trägt 'ne Brille. Hat schon eine Menge grauer Haare.«

»Hat er noch so hübsche Züge? Ich erinner mich noch an seine schöne Nase. – Was hat er denn so von sich erzählt?«

»Nicht viel. Wir haben hauptsächlich von früher gesprochen. Frag ihn selber, wenn du ihn triffst.«

Und nachdem dieses Gespräch beendet war, saß sie noch einen Augenblick vorm Telefon und schaute durch das Fenster in den Garten. Glocken läuteten.

Auf der Terrasse warf Aljoscha seinen Kopf in die Luft und hob mit viel Gefühl und anfangs zart vibrierendem Tremolo zu singen an, berauschte sich an seinen eigenen Tönen, drehte den Bariton voll auf und heulte nun wie eine Entwarnungssirene, bis ihm die Luft ausging und er nur noch erschöpfte Beller ausstoßen konnte. Irgend jemand mußte ihm einmal gesagt haben, daß er eine schöne Stimme habe. Seither ließ er sie bereits am Morgen heraus, um seine Lungen zu lüften, und bei jedem längeren Glockenläuten. Er sang, wenn ihm sein butterweiches Herz über die Ränder schmolz. Er grölte aus Protest. Und im Umkreis kreischten zwei Hündinnen mit. Das klang infernalisch.

Heute nachmittag hatte sie zu Jean-Laurent Macaire gesagt, daß es ihr gutginge, daß sie sich selbst um dieses Zuhause beneide. War sie wirklich glücklich in diesem Haus mit Aljoscha als einzigem ständigen Gesellschafter? Ab und zu wohnte Beni übers Wochenende bei ihr.

Kam sie sich nicht immer öfter wie angekettet vor an diesen mühsamen, unwirtschaftlichen Betrieb? Hatte sie nicht manchmal das Gefühl, ihr Fernweh und ihre Abenteuerlust würden ihr noch die Rippen sprengen? Und seit zwei Jahren nichts mehr fürs Herz gehabt. Mit vierunddreißig noch immer kein Kind. Ach, verdammt noch mal, dachte sie entschlossen, ich muß die Fesseln durchschneiden, die mich an dieses Haus binden. Ich muß hier raus und woanders ganz neu anfangen – wahrscheinlich mit einer neuen Dummheit. Egal.

Trotz der Abendkühle wimmelte es auf dem Rathausplatz zwischen den Buden, in denen von Seeliger Gastronomen Französisches gebraten, gegrillt und gekocht wurde. Vor den Crêpes-Bäckern standen Schlangen an und vor allem vorm Weinausschank. Duftender Rauch verqualmte den Blick zu den blassen Sternen. Das französische Akkordeontrio spielte kaum hörbar gegen Hunderte von Stimmen an, weil die Lautsprecheranlage ausgefallen war.

An einem der vollbesetzten langen Biertische klemmten Armbrusters mit ihrem französischen Logierbesuch zwischen anderen Einheimischen mit ihren Gästen. International gemischte Reihen um der Völkerverständigung willen – nur war das Verständigen mit Schwierigkeiten verbunden, wenn man nicht die Sprache des anderen beherrschte.

Im Laufe des Abends stiegen immer mehr Franzosen rückwärts über die Bänke und machten sich auf die Suche nach ihren Landsmännern. Ihre Plätze wurden im Nu von Deutschen besetzt. Und das hob die allgemeine Stimmung ungemein, war man nun endlich wieder unter sich, verstand sich, kannte sich ...

Else Armbruster drängte mit Ellbögen und Hüften eine Gasse durch die Menge Mensch auf der Suche nach dem Renzl. Warum hatte sie nur vergessen, Dagmar nach seinem

Nachnamen zu fragen. Einen Renzl aus Portneuf kannte keiner – und ob sie selbst ihn wiedererkennen würde nach so langer Zeit, wenn sie ihm begegnete?

»Hi, Elsie«, hielt ein Trumm von Mann sie auf. Ihre Bäuche gerieten in Tuchfühlung.

»Sepp! Du? Du auch hier?« rief sie überrascht. »Lange nich gesehn.«

Sepp Steiner, ihr ehemaliger Verlobter. Er war feist geworden, stellte sie befriedigt fest. Das Bier! Von seiner Schwester Leni, mit der sie wöchentlich einmal telefonierte, wußte sie, daß seine zweite Frau samt dem Baby durchgegangen war, und das gönnte sie ihm aufrichtigen Herzens.

Damals, im Mai 1946, als ihr Dagmar von seiner Rückkehr aus amerikanischer Gefangenschaft schrieb, hatte Else ihre Stellung im Hamburger Krankenhaus gekündigt und war nach Bayern getrampt, überwältigt von der Sehnsucht nach dem idyllischen Kornfeld und vor allem nach diesem bigamistisch veranlagten Verlobten. Sie mußte ihn wiedersehen, egal, wie dieses Wiedersehen ausgehen würde, Else brauchte reinen Tisch.

Sepp Steiner wäre von sich aus nicht auf die Idee gekommen, nach dem Verbleib seiner Hamburger Verlobten zu forschen. Else war so lange her, und ein vor Gesundheit strotzender, gut gekleideter veramerikanisierter Heimkehrer konnte in dieser männerarmen Heimat viele Mädchen haben. Die Auswahl war unerschöpflich für Sepp.

Zum zweitenmal hatte Else die Steinersche Küche unangemeldet im Juni '46 betreten. Wie beim ersten Mal saßen sie alle um den Küchentisch – Frau Steiner, Leni, August und im Vordergrund Sepps bulliges Kreuz. Er registrierte, daß den drei anderen vor Überraschung der Löffel in die Suppe fiel, und bewegte seinen Stiernacken in Richtung Tür, um zu sehen, wer da eingetreten war. Es war ein unbeschreibliches Wiedersehen, sogar mit Sepp.

Bereits in der zweiten Nacht landete Else auf seiner Matratze. Meine Zeit, der Sepp! Ein Stier! Ehrenwort!

Nun hatte Else einen Liebhaber, einen satten Magen, eine Familie, die alten Freunde. Sie schuftete in der Gärtnerei, um sich unentbehrlich zu machen. Und wartete darauf, daß Sepp das Aufgebot bestellte. Es waren dies vielleicht die glücklichsten vier Monate in ihrem Leben, bis sie dahinterkam, daß er sie betrog, und das nicht nur mit einer.

Da war es aus. Diesmal endgültig. Else wurde Krankenschwester in Seeliger.

Kurz nach der Währungsreform blieben die Städter aus, die mit dem Zug in Scharen herausgekommen waren, um ihren letzten Besitz gegen Gemüse und Obst einzutauschen. Es gab nun alles zu kaufen.

Gärtner sein bedeutete wieder viel Schufterei bei geringem Profit. Ein Grund für Sepp, Mutter und Schwester die Mühe zu überlassen. Er ging nach München, um Automechaniker zu werden. Eine gründliche Ausbildung dazu brachte er bereits aus seiner amerikanischen Gefangenenzeit mit. »Aus den Staaten«, wie er zu sagen pflegte.

Heute ging es ihm hervorragend. Er besaß eine große Kfz-Werkstatt, eine VW-Vertretung und zwei Tankstellen.

Sepp Steiner klatschte Else auf den Hintern. »Alles okay, girlie?« (Das Amerikanische war aus ihm wohl nicht mehr herauszukriegen.)

»Bestens. Hast du schon unser Selbstbedienungsgeschäft gesehen? Zur Eröffnung waren alle Bürgermeister da und fünf Zeitungsreporter und nix wie Lobeshymnen. Tatsächlich.«

»Du bist tough, Elsie.« Er ließ sie von seinem Pappbecher trinken. Rotwein kleckerte auf ihre Dirndlbluse. Er wollte sich an die Flecken machen, sie hieb ihm auf die Finger.

»Ich muß nu weiter. Ich bin mit meinem langjährigen französischen Freund verabredet. Tschüs, du.«

»Servus, Elsie«, sagte er hinter ihr her, ihr strammes Hinterteil betrachtend.

Wie ein Brauereiroß!

Jean-Laurent Macaire stand mit Rupert Schneideck, Studienrat für Französisch am Seeliger Gymnasium und Initiator der Partnerschaft mit Portneuf, vor der Bühne und suchte nach einer diplomatischen Antwort auf die Frage: »Wie gefällt Ihnen unsere Stadt nach so vielen Jahren, Monsieur Macaire?«

»Ich – eh – bin beeindruckt. Dieser Neuaufbau – geradezu ravissant.«

»Sie meinen die Betonklötze von Banken und Kaufhaus und die neuen Wohnkasernen, nicht wahr?« begriff Schneideck. »Unsere Heimatpfleger haben sich dagegen gewehrt. Umsonst. Wer's Geld hat, hat hier das Sagen. Man stiftet etwas Gemeinnütziges, und schon kriegt man die Abrißgenehmigung von unrentabel gewordenen Altbauten. Es ist ein Trauerspiel.«

Macaire hütete sich, dem Studienrat zuzustimmen. Schimpfen darf nur ein Einheimischer über seinen Ort. »In Portneuf besteht kein Grund zur Sorge vor einschneidenden baulichen Veränderungen«, sagte er, »dazu fehlen die Mittel.«

»Sein Sie froh. Unser Wohlstand hat dazu geführt, daß Seeliger seine Originalität verloren hat. Es ist auswechselbar mit anderen, zu Tode modernisierten Orten.« Im gleichen Augenblick brach Schneideck unter einem harten weiblichen Schlag in seinen Rücken zusammen.

»Ruppi«, rief Else Armbruster hinter ihm, »da bist du endlich.« Ihr Du beruhte auf Kegelbrüderschaft. »Du mußt mir helfen. Ich suche einen Franzosen, der früher Renzl hieß.«

»Ja, wie soll ich denn –«, begann Schneideck.

»Hier steht er«, sagte Laurent Macaire.

Else fiel ihm so heftig um den Hals, daß er ins Schwanken geriet und der Scheinwerfer hinter ihm in Gefahr. »Renzl! Ich bin die Else von damals!«

Laurent kaufte zwei Viertel Wein, sie fanden an einem Tischende ein paar Zentimeter Bank auf jeder Seite, ausreichend für eine halbe Backe zum Sitzen. Else konnte sich gar nicht genug sattsehen am Renzl. Sie fand ihn ja so schön, so edel geschnitten, nicht bloß die Nase, die sie als solche in Erinnerung gehabt hatte, und dann die graubehaarten Schläfen!

»Na, denn Prost, Renzl, nach so langer Zeit. Nu erzähl doch mal – bist du verheiratet?«

»Seh ich so aus, Else?«

»Nö – und es wär auch ein Jammer, wenn so was wie du nich mehr zu haben wäre. – Mein Mann sitzt da drüben. Armbruster Alois, eine der ältesten Familien von Seeliger. Ich hab ja nu das erste Selbstbedienungsgeschäft im Ort. Uns Antje macht nächstes Jahr Abitur. Sie is Klassenbeste, und in ihre Klasse sind zwei Grafen und die Tochter von der Helma Küpers – der Name sagt dir wohl nichts, ihr kriegt ja auch kein deutsches Fernsehen.« Zufrieden ihr Glas hebend: »Ja, Renzl, wer hätte damals gedacht, daß so was mal wieder aus mir werden wird!«

»Nicht wahr, Else –«

»Erinnerst du dich noch, wie ich Juli '43 bei Steiners angekommen bin? Ich besaß bloß noch das, was ich auf dem Leibe hatte, und mußte wieder bei Null anfangen. Und nu fahren wir Mercedes.« Somit hatte sie auch die Automarke angebracht.

»Das wundert mich nicht bei dir«, sagte Macaire, die stramme Person im Dirndl mit selbstgehäkelter Stola darüber herzlich betrachtend. »Du warst immer sehr tüchtig.«

»Na ja«, sagte Else, »einer muß doch –«

Drei inhaltsschwere Worte, die vermuten ließen, daß Elses Gatte zum großen Aufstieg nur passiv beigetragen hatte. Alois Armbruster, ein Mann wie ein Beiboot in den Heckwellen seines Dampfers Else nachtanzend.

Sie breitete ihre kurzen, kräftigen Hände mit den flüchtig lackierten Nägeln, deren Trocknen sie nicht abgewartet hatte, auf der Tischplatte aus, Finger mit mehreren Ringen übereinander – das gehörte dazu, wenn man an der Ladenkasse saß. »Mein Alo würde heute noch vor Sonnenaufgang mit sein Kahn auf Fischfang tuckern, wenn ich nich gewesen wäre. Ach, die Männer – und nu sag mal, was sagst du zu Dagmar Janson!? Du hast sie doch heute besucht.«

»Sie ist reizend.«

»Reizend? Na ja. Aber die is doch reineweg mall. Wohnt ganz allein in dem großen Haus und gehört ihr auch noch«, begann Else auszupacken. »Der Rappenreiterschen ging es ja sehr schlecht nach'n Krieg. Die Geschäfte zu achtzig Prozent zerstört und auch der Betrieb in Schutt und Asche. Und ihr Mann tot, aber Nazi gewesen und sie bloß ihre Pension als Oberstwitwe. Davon konnte sie aber nich die Buben und den Besitz hier unterhalten, wie er von den Amis freigegeben wurde. Nu sollte er verkauft werden. Es war auch schon ein Käufer da aus Argentinien. Aber da hat Dagmar ihren Vormund beschworen, das Ruinengrundstück in Altona zu verkaufen und Frau Rappenreiter das Geld zu geben, damit sie Kornfeld behalten konnte. Es war ja nu auch ihre Heimat. An sich ein Wahnsinn von dem Vormund, da mitzuspielen, wo doch ein Miethaus auf dem Altonaer Grundstück eine monatliche Rendite bringt, von der sie bequem hätte leben können. Und was bringt 'ne Villa? Bloß Unkosten. Aber wenn Dagmar sich was in den Kopf setzt – und sie wollte eben mit Frau Rappenreiter zusammen hier wohnen bleiben. Und so hat Groothusen ihr das Haus und die Wiese davor gekauft.« Else betrachtete ihr leeres Glas.

»Möchtest du noch ein Viertel?«

»Wieviel hatte ich denn schon?« überlegte sie.

»Du mußt ja nicht mehr Auto fahren«, beruhigte er sie.

»Aber früh aufstehen – also gut, noch eins. Weil du da bist.«

Und als er wiederkam: »Prost, Renzl, du könntest mir heute noch gefallen. Damals war ich ziemlich verknallt in dich.«

»Aber es ging ja nicht, weil du ein deutsches BDM-Mädel warst und ich ein schäbiger Zwangsarbeiter.«

»Du hast ja auch gar nicht gewollt, Renzl. Weder Leni noch Else. Du warst bloß immer um die Dagmar rum. Dabei war die noch'n Kind. Wo hast du denn damals deine Männlichkeit hingeschwitzt?«

»In die Arbeit, Else. August hat mich fertiggemacht.«

»Ja, der August, der is noch immer da.«

»Ich weiß, Else.«

Sie sah ihn an. »Wir sind ja wohl ein Jahrgang, Renzl. Und die Dagmar is inzwischen auch schon vierunddreißig. Ich weiß gaa nich, ob die jetzt einen hat. Die erzählt ja nix. Fast vier Jahre war sie mit einen Gartenarchitekten zusammen, mit dem hat sie auch die Gärtnerei gepachtet nach Frau

Steiner ihren Tod. Aber das war denn doch nich das, was er sich vorgestellt hatte, er wollte was Besseres, und wie er ein gutes Angebot nach Düsseldorf gekriegt hat, ist er denn hin, aber Dagmar wollte nicht mit. So ging das in die Brüche.« Tränen quollen aus ihren Augen vor verdrängtem Gähnen. »Hier wird ja gemunkelt, daß sie was mit Beni hat. Aber die Leute reden viel.« Sie sah ihn verpliert an. »Tut mir leid, Renzl, ich muß ins Bett.«

»Ich bring dich nach Hause, Else.«

»Erst austrinken –«, sie quälte den Wein in sich hinein, »lieber den Magen verrenkt, als dem Wirt was geschenkt –«, und wuchtete ihren schweren Körper in die Höhe. »Wie geht's denn dir, Renzl, was machst du so? Ach, das kannst du mir auch morgen mittag erzählen. Du kommst zum Essen zu uns. Keine Widerrede. Sagen wir halb drei? Ist dir das recht, Renzl?«

Sie nahm gern seinen Arm als Stütze an, er führte sie sorgsam durchs Gedränge – sie grüßte nach rechts und links – »man hat ja so viele Kunden und Bekannte in so einem Ort –«, genoß die fragenden Blicke dieser Kunden und Bekannten, den gutaussehenden Fremden an ihrer Seite betreffend. »Ein französischer Freund von früher«, beantwortete sie ihr Staunen.

Jean-Laurent fühlte sich wie ein Besitztum von ihr vorgeführt – wie der Selbstbedienungsladen und der Mercedes. Oh, Else, dachte er amüsiert.

Als sie die Straße erreichten, fiel ihr ein, daß sie ihren Mann auf dem Partnerschaftsfest vergessen hatte. »Mein Alo! Ich muß noch mal zurück. Wenn der einen in der Krone hat, hält er halb Seeliger frei, ich muß den Alo holen. – Tschüs, Renzl«, sie hielt ihm die Wange hin, »wir sehn uns morgen. Sei pünktlich, es gibt warm!«

Macaire hatte noch keine Lust das Hotel aufzusuchen. Er ging zum See, auf den Dampfersteg hinaus bis zur Spitze. Ein Wolkenvorhang verdunkelte den Mond. Weit zurückliegende Lichter auf den ansteigenden Ufern spiegelten sich im Wasser, ein Phänomen, das er nie begreifen würde.

Auf den Promenadenbänken schliefen Penner. Liebespaare hielten sich aneinander fest.

Etwa zweihundert Meter nach den letzten Bootshäusern begann der Wald, der bis in den See reichte. Dort hatten sie ihre Badestelle gehabt. Dagy in Lenis mottenzerfressenem blauwollenen Anzug, wie ein Sack mit Trägern. Blaue Lippen, Gänsehaut, rote Augen mit dunklen Wimpernstrahlen. Sie stand bis zu den Hüftknochen im eisigen Wasser und rief zitternd: »K-omm schon, du bbist f-f-ffeige – es is übbberhaupt nich kalt –«

Dagy – sie ging ihm nicht aus dem Kopf. Er hätte sie gern noch einmal gesehen, aber sie hatte ihn weder aufgefordert wiederzukommen, noch war sie auf dem deutsch-französischen Fest erschienen, um ihn dort zu treffen. Schade, wirklich schade. Auf einmal empfand er die Zeit bis Sonntag mittag, bis zur Rückreise, ohne Dagmar als vergeudete Zeit.

Im Seeliger Hof reichte ihm der Nachtportier mit seinem Schlüssel drei Benachrichtigungen. Zwei Zeitungsreporter baten um ein Interview. Was wollen die von mir? überlegte er. Haben sie erfahren, daß ich vor etlichen Jahren hier einmal Zwangsarbeiter war? Wer hatte ihnen das erzählt?

Und dann der dritte Zettel: Dagmar Janson hat angerufen. Sie möchten zurückrufen. Tel.: 7657.

Auf dem Weg zur Treppe beggegnete er dem stellvertretenden Bürgermeister von Seeliger, der aus dem Festsaal Richtung Herrentoilette schoß.

»Oh, Missjöh«, begrüßte er Macaire, ihn wiedererkennend. »Voulez-vous un drink avec nous? Un grand plaisir pour nous – là«, er zeigte auf die Tür, »venez là, pardon. – Un moment – aller pissoir –«

»Vielen Dank«, sagte Jean-Laurent hinter ihm her, aber ich bin sehr müde. Morgen gern – à demain, Monsieur.«

Er lief in den zweiten Stock hinauf in sein Zimmer. Einzelzimmer mit Blick auf den Garagenhof. Nur die Doppelzimmer hatten Seeblick.

Auf dem Tisch ein Präsentkorb vom Hotel – Früchte und eine halbe Flasche deutscher Rotwein von der Weinstraße.

Es war vier Minuten nach elf, zu spät, um Dagmar jetzt noch anzurufen, wie schade. Er hätte sich noch gern mit ihm unterhalten.

Und dann läutete das Telefon neben seinem Bett, er nahm den Hörer ab und hielt ihre Stimme in der Hand. »Ich habe mir gedacht, der war bestimmt lange auf dem Fest und traut sich jetzt nicht mehr, mich anzurufen. Stimmt's?«

»Ich habe mir gerade überlegt – wenn ich sie anläute und ihre Stimme klingt verschlafen, hänge ich ein, damit sie nicht weiß, daß ich es war, der sie gestört hat.«

»Wie war das Fest?«

»Großes Wiedersehen mit Else. Morgen mittag bin ich zum Essen bei ihr eingeladen.«

»Gibt es etwas, was Sie jetzt noch nicht von mir wissen? Ich bin doch eins ihrer Lieblingsthemen.«

»Soviel Zeit hatten wir nicht. Und ich möchte noch viel mehr von Ihnen wissen.«

»Warum ich anrufe – ich habe mir überlegt, wo Sie schon mal im Lande sind –, ob Sie nicht Lust haben, noch mal vorbeizukommen«, sagte Dagmar. »Es sei denn, Ihre Zeit ist ausgebucht.«

»Wahnsinnig gerne, wann?«

»Vielleicht morgen – nach dem Essen bei Else, paßt Ihnen das?«

»Paßt es Aljoscha?«

»Ich sperre ihn ein. – Gute Nacht, Laurent, bonne nuit.«

»Gute Nacht, Dagy – schlafen Sie gut. Ich freu mich auf morgen.«

»Ich freu mich auch.«

»Gute Nacht.«

Er blieb, nachdem er den Hörer aufgelegt hatte, noch einen Augenblick auf dem Bettrand sitzen und stellte geradezu bestürzt fest, daß er sich verliebt hatte.

Vor dem Mittagessen führte Else Madame Lacroix ihre technischen Errungenschaften vor: eingebaute Stereoanlage und Fernseher in der altdeutschen Schrankwand, die vollautomatisierte Küche mit Spülmaschine, Kühltruhe, Grill,

Kaffee- und Kompakt-Küchenmaschine, Elektro-Eierkocher, den pflegeleichten Fußboden ... »Du hast dein Dampfbügeleisen vergessen und die Friteuse, Mama«, sagte Antje, aus der Schule heimkommend und der Vorführung ihrer Mutter lauschend.

»Man kann ja nicht alles zeigen, aber ich sage dir, der Frau hat's die Sprache verschlagen. Die sieht doch so aus, als ob sie zu Hause noch mit 'nem Quirl rührt.«

Antje wandte sich an Madame Lacroix, die beeindruckt bis betreten dastand, und sprach sie französisch an, worauf diese lächelte und Verständnis demonstrierte.

»Was hast du zu ihr gesagt?« wollte Else wissen.

»Ich habe gesagt, daß sie dir dein Protzen nicht übelnehmen soll. Als du nach Bayern kamst, hättest du nicht mehr als deine Handtasche besessen und wärst nun so stolz auf alles, was du inzwischen angeschafft hast.«

»Das hast du ihr wirklich gesagt?« In Elses Stimme schwang eine Bratpfanne mit, die sie ihrer vorlauten Tochter am liebsten über den Schädel gezogen hätte.

»Mama, ich genier mich für deine Angeberei. Und Papa tut's auch«, sagte Antje, die Küche verlassend, denn es hatte an der Haustür geklingelt. Macaire war gekommen.

Else Armbrusters Gäste lobten ihre Küche und hätten Bouillon mit Mark, gebratene Renken, Kalbsbraten mit Spargel sowie Erdbeeren in Sahne noch viel mehr genossen, wenn sie nicht bei jedem Gang, den sie mit Antjes Hilfe auftrug, sich hochrot schwitzend entschuldigt hätte, weil er nicht so gut wie sonst gelungen war.

Else war verstimmt, weil ihre Tochter mit den drei Gästen französisch sprach und sie somit aus der dominierenden Rolle der Gastgeberin in die der erhitzten Köchin degradierte. Diese Antje, dieses aufmüpfige Ding – da gönnt man der eine höhere Schulbildung, als man selber hatte, zahlt teuer für Jachtclub und Tennisstunden und wird zum Dank ständig kritisiert.

Macaire hatte Mitleid mit Else, die ihn an ihre »grüne Seite« gesetzt hatte, und schmierte die Wunden ihrer verletzten Eitelkeit mit Komplimenten über ihre Kochkunst, ihr hübsches Aussehen und ihr geblümtes Kleid.

»Wie war Mama eigentlich als junges Mädchen?« erkundigte sich Antje auf französisch bei ihm.

»Du siehst genauso aus wie sie damals«, antwortete er auf deutsch, »sie war eine sehr tapfere, fleißige Person – das ist sie ja auch heute noch.«

Und Antje auf französisch: »Bei Mama zählt nur der Erfolg. Sie muß den größten Laden haben, eine Tochter, die bloß Einser schreibt. Am liebsten würde ich das Abitur verpatzen, um sie zu ärgern. Schaun Sie sich an, was Sie aus meinem Vater gemacht hat. Einen Jasager. Der hat inzwischen total resigniert, weil er ihr nicht gewachsen ist.«

»Sie meint es gut mit euch.«

»Was habt ihr denn die ganze Zeit zu tuscheln, he?« mischte sich Else eifersüchtig ein. Dieser Renzl! Immer mit den Jungen mußte er poussieren – damals mit Dagmar und nun mit Antje, die ihn gerade fragte: »Kann ich du sagen, Jean-Laurent?«

»Die Dampferfahrt beginnt um vier, jetzt ist es zwanzig vor vier«, erinnerte Else, die Dessertteller zusammenstellend. »Ihr Männer geht am besten schon vor zum Steg. Wir Frauen räumen noch ab und kommen dann nach. Haltet uns anständige Plätze frei. Du kommst doch mit, Antje?«

»Tut mir leid, Mama, ich bin verabredet.«

»Ich kann leider auch nicht«, bedauerte Macaire.

»Ach, Renzl, das darfst du mir nich antun!« Else war so enttäuscht. Nach diesem ausgiebigen Mittagessen, das sie ja eigentlich für ihn gekocht hatte – für die Logiergäste hätte auch Renke mit Salat gereicht –, ließ er sie nun so schnöde im Stich. Dabei wollte sie ihn den Honoratioren der Stadt als langjährigen Freund vorführen, wollte ihnen zeigen, daß sie nicht erst im Jahre '67 eine deutsch-französische Partnerschaft eingegangen war, sondern bereits Ende des Krieges. Nun brachte er sie um diese Veranstaltung. »Was hast du denn anderes vor? Gehst du etwa mit Antje in'ne Disco?«

»Dagmar hat mich eingeladen.«

»Aber bei der warst du doch schon gestern. Wir brauchen dich als Dolmetscher an Bord.«

»Schau amal zum Fenster naus, Mama«, unterbrach Alois Armbruster Elses Enttäuschung.

»Misch du dich nicht ein, Alo!«

»Es bieselt«, bedauerte er.

Else betrachtete den Regen, der immer eiliger gegen die Scheiben trommelte. Auch das noch, dachte sie, den Tränen nahe.

Antje und Macaire verließen gemeinsam das Armbruster-Haus. »Im Juni komm ich zum Schüleraustausch nach Portneuf«, sagte Antje, ihr Gesicht in den Regen haltend, so zufrieden, als ob sie gerne unter einer warmen Dusche ging. »Bist du dann da?«

»Nicht immer, aber wenn ich weiß, daß du da bist, komme ich rüber. – Wir hätten einen Schirm mitnehmen sollen«, meinte Laurent.

Sie steuerte den Rathausplatz mit seinen vom Regen leergefegten Tischreihen an. Nur eine einsame, gebeugte Figur war übriggeblieben, ein kleiner Mann, wie zum Trotz saß er da.

»Das ist doch der August«, erschrak Antje. »Dagmar hat Mama gesagt, daß er Randale machen will. Den müssen wir abräumen, Jean-Laurent.« Sie ging auf August zu, der die gesunde Hand wie ein Dach über sein Glas hielt, um sein Bier vorm Verwässern zu schützen. »Grüß dich, August. Es wär scho recht, wann du heimgehen tätst, morgen kannst nimmer hatschen bei dein Rheuma.«

Um seine triefenden, bis über die Augen hängenden Haare blinzelte er bösartig in Renzls Richtung. »Ich hab dir gleich erkannt, schon gestern«, grollte er, sein Bier austrinkend und rutschte aus der Bank. »Ich will nischt mit dir zu tun haben –.« Und entfernte sich watschelnd auf durchgetretenen Füßen. »Scheißfranzose!«

Antje wollte explodieren, aber Macaire legte ihr beruhigend die Hand auf den nassen Arm. »Laß ihn, den kannst du nicht mehr umschulen. Dazu haßt er uns Franzosen viel zu gern.«

»Ja, bist denn net bös auf ihn? Hast keine Rachegefühle?« begriff Antje nicht.

»Heute nicht mehr.« Er gab ihr die Hand: »Adieu, Antje. Es war schön, dich kennenzulernen, wir sehen uns sicher noch. Adieu –« Er rannte Richtung Bahnhof, wo die Taxis standen, denn er wollte wenigstens mit trockener Unterwäsche bei Dagmar eintreffen.

Im Hof stand außer ihrem Kombi ein uralter Porsche mit Münchner Nummer. Etwa Besuch? Welche Enttäuschung. Er hatte gehofft, sie allein anzutreffen.

Auf sein Klopfen reagierte niemand, deshalb drückte er die Klinke nieder und betrat die dämmrige Eingangshalle.

Die Erinnerung an alte Häuser ist vor allem eine akustische. Jede Schwelle hat ihr eigenes Knarren, jede Tür klingt anders. Das Rauf- und Runterlaufen auf ausgetretenen Treppen: ein kleines Orchester. Allein das metallische Klingeln der Teppichstangen. Das Knacken in der Holztäfelung, das lange Nachrauschen im Wasserkasten der altmodischen Klospülung beim Wiederauffüllen!

Laurent war früher oft im Rappenreiterschen Haus gewesen. Erinnerte sich auch noch an die überfüllte Garderobe, heute wie damals hing und stand dort noch die Wintersaison herum – Skier, speckige Lammfellmäntel, Schals, Fellschuhe, übereinandergetürmte Mützen; dazu war das Frühjahr gekommen in Form von Regenmänteln, Jacken, Gummistiefeln.

Die Tür, hinter der es zum Keller ging, wurde aufgestoßen, ein massiver junger Mann, ein Riese mit einer lächerlich kurzen Plastikschürze überm Hemd, trug den Afghanen wie einen Wäschekorb in seinen Armen in die Diele. Aljoscha war gerade gebadet worden und von diesem Ereignis noch seelisch so mitgenommen, daß er vergaß, Macaire anzuknurren.

»Servus, Renzl – Dackel hat mir schon erzählt, daß d' kommst. I bin der Beni Rappenreiter. Kenns mi nimmer, gell? Früher war i am Kopf rasiert, weil i hab die Lokken net mögen, die warn mir peinlich.« Er ließ den Hund frei, wischte seine nasse Hand am Hintern ab und reichte sie Macaire, zerdrückte ihm beinah die Finger. »Grüß dich.«

Benedikt hatte die ebenmäßigen Züge seiner Mutter geerbt, auch ihr starkes, gewelltes Haar, nur nicht die ihre Züge veredelnde Intelligenz.

»Der Saubär –« Damit meinte er Aljoscha, der wie von Sinnen durchs Treppenhaus stürzte, herauf und herunter, sich zwischendurch auf dem Rücken rollte, sein Fell auf einem Läufer trockenschubbernd; anschließend wütete er Richtung Küchentrakt weiter, »der hat sich in Kuhscheiße gewälzt. Deshalb das Bad. Nacha schaut er immer aus wiara halberter Hund. – Kennst den? Zwei Rüden treffen eine Bobtailhündin – nix wie Fell vorn bis hinten und koa Schwanz net. Sagt der eine Rüde zum andern: ›Des is a Weiberl – mei! Die hat a sexy Figur!‹ Sagt der andere: ›Die? Ja, woher weißt denn des?‹ Sagt der erste: ›Jo mei, i hab sie halt naß gsehn.‹« Beni lachte herzlich über seinen Witz, verringerte allerdings seine Heiterkeit, als er Dagmars Blick begegnete – sie mußte schon einen Augenblick in der Haustür gestanden und zugehört haben. »Ich weiß, ich weiß, aber für den Renzl war er neu, gell, Renzl?« verteidigte Beni seinen Witz.

»Mir hat er gefallen«, versicherte Macaire und ging auf Dagmar zu. Sie trug zu ihren Jeans ein blaugestreiftes Hemd mit hochgestelltem Kragen, über dem ihr dichtes, frischgewaschenes Haar knisternd vor Elektrizität wehte. Ein Kornett – ein junger napoleonischer Offizier – ein Mädchen in einer historischen Hosenrolle, ging es ihm bei ihrem Anblick durch den Kopf. Leichtes Make-up und sauber gescheuerte, lackierte Fingernägel bestätigten, daß sie sich auf seinen Besuch vorbereitet hatte.

»Grüß Sie, Laurent –«, und auf Beni zeigend, »der Junge ist inzwischen groß geworden, nicht wahr?«

»Ihr siezt euch«, begriff Beni nicht. »Hätte ich mich auch mit ihm siezen müssen? So ein Schmarrn.«

»Leistest du uns etwa beim Tee Gesellschaft oder hast du was Besseres vor?« fragte ihn Dagmar.

Beni grinste. »Danke für die herzliche Einladung. An sich wollte ich neun Löcher spielen, aber bei dem Scheißwetter trinke ich lieber einen Tee mit euch.«

Benedikt führte dabei die Unterhaltung. Er schilderte sich selbst als den Versager der Familie, es klang beinah, als ob er mit seinen Mißerfolgen kokettierte, was Dagmar offensichtlich mißfiel.

»Stell dich nicht blöder hin, als du bist«, fuhr sie ihn an. »Immerhin hast du deine Optikerlehre bis zum Meister gemacht, naja, und danach eben öfter mal was Neues angefangen. Und mir Karten aus der ganzen Welt geschickt. Wo du alles warst, während ich in Kornfeld malocht habe. Und bin ich dabei etwa reicher geworden als du?«

»Vor lauter Bäumen hat die Arme net einen grünen Zweig gesehen«, grinste Beni und duckte sich zu spät.

Das Kissen, das sie nach ihm warf, schlug ihm die Glut von der Zigarette. Funken sprühten auf den Teppich, die er austrat. »Ich habe dich oft genug gewarnt, verschone mich mit deinen Kalauern«, erinnerte sie ihn.

»Dackel ist noch immer arg spontan. Wer die amal kriegt, muß mit Tätlichkeiten rechnen.«

Gegen die Flurtür donnerte ein wuchtiger Gegenstand – das war Aljoscha auf seiner rabiaten Trocknungstour. Dann läutete das Telefon, ein Mädchen wollte Beni sprechen. Sie verabredeten sich in München.

»So, jetzt seid's ihr mich endlich los.« Er beugte sich über Dagmar und küßte sie auf den Mund. »Tschau, Dackel, pfuet di –«

»Kommst du morgen?«

»Weiß noch nicht. Hängt vom Wetter ab. Vielleicht komm ich auch noch heut nacht heraus.«

Dann verabschiedete sich Benedikt von Renzl. Nachdem das poltrige Geräusch seines Uralt-Porsches in der Ferne verstummt war, trat endlich Ruhe ein. Auch Aljoscha schien sich irgendwo im Flur zum Schlafen deponiert zu haben.

Macaire war aufgestanden und ging zur Terrassentür. Der Regen hatte die Ufer verhangen. Ein einziger Dampfer fuhr mit halber Kraft auf dem sonst leeren See herum.

»Das ist die ›König Ludwig‹«, sagte Dagmar, die neben ihn getreten war, »da könnten Sie jetzt auch drauf sein.«

»Hier bin ich lieber«, sagte Macaire und: »Sie verstehen sich sehr gut mit Beni.«

»Oja. Wir streiten manchmal fürchterlich und sehen uns Wochen nicht, aber wir kommen immer wieder auf uns zurück.« Sie lachte. »Wenn wir beide mit fünfzig noch nicht verheiratet sind, dann wollen wir uns gegenseitig nehmen. Was natürlich reine Theorie ist. Denn mit fünfzig weiß er, daß ich fünfzig bin und fängt an, sich für seine Nichten zu interessieren, die jetzt zehn sind. Und ich muß nicht erst fünfzig werden, um zu wissen, daß ich bei aller Liebe zu Beni nicht einen Tag mit ihm verheiratet sein möchte. Im selben Augenblick würde ich nämlich meine Toleranz aufgeben und von ihm verlangen, daß ich ihn ernst nehmen kann. Schon daran würde es scheitern.«

Dagmar brachte das Teegeschirr hinaus. Macaire half ihr dabei. Sie kehrten nicht ins Wohnzimmer zurück, sondern stellten Wein und Käse auf den Küchentisch, an dem früher zwölf Rappenreiter leicht Platz gefunden hatten.

Macaire hatte gehofft, Dagmar allein anzutreffen. Nun war Benedikt fort, und sie waren endlich allein und befangen. Diese Befangenheit beruhte nicht auf einer über zwanzigjährigen Entfremdung, sondern auf dieser beunruhigenden Anziehungskraft, die bei beiden gestern nachmittag eingesetzt hatte im ersten Gefühl der Reue, kein Wiedersehen verabredet zu haben. Da hatte sich etwas federleicht ereignet und nahm nun an Gewicht zu – und wo war die Selbstverständlichkeit, mit der Else und Beni und Laurent sich vom ersten Augenblick an geduzt hatten? Weder Dagmar noch Macaire kam der Gedanke, es nachzuholen. Es war zu spät dafür und noch zu früh.

Laurent sah sich in der Küche um. In halber Höhe band ein Fries von Delfter Kacheln die Wände zusammen. »Hier habe ich oft mit Frau Rappenreiter gesessen, wenn ich zum Arbeiten kam. Sie sprach gern französisch mit mir, sie sprach es sehr gut. Sie hat mir Sachen zum Anziehen geschenkt und einmal eine Trachtenjoppe von ihrem Mann. Ich kam mir wie ein Boche darin vor«, erinnerte er sich. »Wo liegt sie eigentlich begraben?«

»Sie wollte weder zu ihrer Familie in die DDR noch einen Parkettsitz – ihre Worte – auf dem Rappenreiterschen Erbbegräbnis in München. Darum hat sie sich frühzeitig eine ›Liege‹ auf dem Kornfelder Dorffriedhof reserviert. Das ist natürlich nicht »in«. Da liegt man heute nicht mehr. Man kauft sich auf dem Seeliger Parkfriedhof ein. Aber sie sagte, von Kornfeld aus könnte sie zu Fuß nach Hause gehen, wenn sie uns besuchen wollte.« Dagmar schnitt ein Stück Parmesan ab und reichte es Macaire auf Messers Spitze über den Tisch. »Manchmal wünschte ich mir schon, sie wäre nicht so nah untergekommen. Ich werde nie den Gedanken los, daß sie täglich Haus und Garten inspiziert.«

»Ich werde ihr morgen meine Aufwartung machen, wir fahren ja erst mittags zurück«, sagte Macaire auf die Art eingehend, wie Dagmar mit ihren Toten verfuhr.

Sie schnitt sich auch ein Stück Käse vom Stück, konnte es aber nicht in den Mund schieben, weil sie lachen mußte. »Der arme Beni. Ab und zu bringt er Mädchen mit, die über Nacht bleiben, und neulich – und so mittendrin – hatte er plötzlich das Gefühl, seine Mutter ist vom Friedhof zu Besuch gekommen, steht am Bett und schaut ihnen zu. Aus war's.«

»Und das konnte er ja auch schlecht dem Mädchen als Entschuldigungsgrund sagen«, begriff Macaire.

»Und wer hatte Schuld? Ich. Ich mit meiner blöden Phantasie. Er sagt, ich hätte ihn angesteckt.«

»Wann kommen Sie nach Paris, Dagy?«

»Was?« Sie glaubte, nicht recht verstanden zu haben.

»Sie brauchen mich nur anzurufen, wenn Sie Zeit haben – aber es müßte bald sein.«

»Bald? Warum?«

»Warum lange warten?« fragte er dagegen.

Sie sah ihn über den Tisch hinweg an. Er hatte die Brille ins Haar geschoben. Seine kurzsichtigen Augen wirkten wie von innen verriegelte Fenster, sie konnte nicht hineinschauen. Tiefe Schatten unter den Jochbeinen. Sein barocker Mund zog sich manchmal streng zusammen, wie beleidigt, wenn ihm etwas mißfiel. Das störte sie an ihm. Jetzt war sein Lächeln voller Zärtlichkeit.

Dagmar hatte Mühe, ihre Gefühle zur Ordnung zu rufen. »Wissen Sie was, Laurent? Wenn ich nicht Dagy von damals wäre und Sie nicht Renzl von damals, dann wären wir wie Fremde aneinander vorbeigegangen, wären üüüberhaupt nicht auf die Idee gekommen –«, sie brach ab und wurde rot.

»Ja, das mag sein«, gab er zu. »Aber wir sind nun mal – eh – auf die Idee gekommen, und ich finde das einfach phantastisch.«

»Ja? – Ja, doch, ich – ich finde es auch phantastisch. Und ich komme bestimmt mal nach Paris – aber frühestens im November. Vorher kann ich hier nicht weg«, versicherte sie ihm.

Macaire widersprach ihr nicht. Nicht an diesem Nachmittag.

Die Busse mit den französischen Partnern rollten durch eine vom Regen frischgewaschene, vollkommene Landschaft. Gelbe Butterblumenwiesen, das Babygrün der Laubbäume zwischen schwarzen Tannen schwebend. Am Horizont eine glasklar gezeichnete, gletscherweiße Alpenkette. Spielzeugdörfer um Zwiebeltürme geschart. Kühe auf den Weiden. Und dieses Tuschkastenblau darüber. Bayern bemühte sich so sehr nach dem Dauerregen, jedoch vergebens, die meisten der abfahrenden Gäste schliefen erschöpft vom nahtlosen Programm der letzten drei Tage.

Laurent saß hinter Lacroix. »Nun, wie hat es Ihnen gefallen?« fragte er über die Sitzlehne hinweg.

»Oja –« Monsieur Lacroix, der einen Gangplatz hatte, wandte sich zu ihm um. »Es ist ein sehr schönes Land. Ich verstehe nicht, warum sich die Deutschen in den Süden stürzen, wenn sie Ferien haben.«

»Genau wie die Pariser. Machen Sie Ferien an der Loire? Nein. Sie rasen durch ans Meer.«

»Man hat sich viel Mühe gegeben, uns in der kurzen Zeit zu zeigen, wozu man es inzwischen wieder in Deutschland gebracht hat. Der Fortschritt ist geradezu amerikanisch«, sagte Lacroix. »Zum Beispiel das Selbstbedienungsgeschäft von Monsieur Armbruster.« Lacroix' Bewunderung war ohne Neidgefühle, weil er selbst weder vom eigenen noch vom Ehrgeiz seiner Frau dazu getrieben wurde, seine Epicerie zu vergrößern oder zu modernisieren um den Preis schlafloser Nächte, hervorgerufen durch hohe Bankschulden. »Ich möchte in Ruhe meine Achtel trinken und mit meinem Schwager Antoine zum Angeln gehen.«

»Sie genießen das Leben, Monsieur Lacroix«, sagte Macaire. »Ich auch. Man wird nicht reich dabei, aber man lebt.«

»Unser Sohn hat schon das Geldmachen im Kopf wie die hier. Damit er sich Wohlstandssymbole kaufen kann. Und meine Frau macht sich schon jetzt Sorgen, wenn sie an Armbrusters Gegenbesuch in Portneuf denkt. Was wohl Frau Armbruster sagen wird, wenn sie unsere Toilette sieht. Wir brauchen eine neue Toilette, sagt sie. Von jetzt ab wird sie unser Haus mit Frau Armbrusters Augen sehen, und es wird ihr schäbig und zurückgeblieben vorkommen. Arme Marie-Claire –« Aber die Komplexe seiner Frau schienen ihn eher zu amüsieren als zu besorgen. Nach einer Weile drehte er sich noch einmal zu Macaire um. »Sie werden es nicht für möglich halten, ich hätte es auch nicht für möglich gehalten, wenn ich es nicht mit eigenen Augen gesehen hätte. Armbrusters bewahren ihre Käsesorten in einem gekühlten Bord auf. Weichkäse darf nicht laufen, sagen sie, sonst kauft ihn keiner. Sie unterbinden den natürlichen Reifeprozeß eines Camembert –!« Er erwartete von Laurent einen mittleren Ohnmachtsanfall als Reaktion auf seine Mitteilung, aber der hatte gar nicht zugehört, sondern lächelte zum Fenster hinaus. Er dachte gerade an Dagy Janson ...

6

Jean-Laurent ließ Dagmar keine Möglichkeit, ihn zu vergessen. Er schickte Ansichtskarten aus Paris, Portneuf, von einem Wochenendtrip nach Cannes.

Anfang Juli fuhr Antje Armbruster mit ihrer Abiturklasse nach Portneuf, um dort am französischen Unterricht des Lycée Marie Curie teilzunehmen. Sie wohnte bei Lacroix' und wurde wie ein französisches Mädchen behütet, nicht mal ein Discobesuch war erlaubt, nicht mal ein abendlicher Bummel am Strand mit anderen Seeliger-Schülern.

»Weißt, Patendackel« (so nannte Antje ihre Patentante Dagmar), »ich möchte kein französisches Mädel aus der Provinz sein. Ich käm mir vor wie eingekastelt. Wie aus'm vorigen Jahrhundert. Wenn eine mit fünfundzwanzig noch nicht verheiratet ist, fühlt sie sich wie eine alte Jungfer«, erzählte Antje nach ihrer Rückkehr aus Portneuf. »Wenn nicht der Laurent gewesen wär. Er ist ein Wochenende heruntergekommen, um mich und meine Freundin auszuführen. Das war einfach Schau. Er ist ja auch ein scharfer Typ. Bloß schad, daß er schon so alt wie Papa und Mama ist. Der könnt mir gefallen. Er hat oft von dir gesprochen, Patendackel, du scheinst ihn sehr beeindruckt zu haben. Er steht halt mehr auf reifere Frauen.«

Nun, sooo reif kam sich Dagmar mit vierunddreißig Jahren nun auch noch nicht vor.

An sich hatte sie vorgehabt, im November nach Paris zu fahren. Aber eines Nachts saß sie neben Benedikt in seinem Porsche, mit dem er die Schallmauer zwischen Salzburg und München zu durchbrechen versuchte.

Da fing er an, vom Renzl zu reden. »Hör zu«, sagte er, »du magst ihn. Was mußt warten bis November, wenn alles trist ist. Fahr nach Paris, solange die Abende noch lang und warm sind. Fahr bald, Dackeline – du hast es dringend nötig.« Beni hatte eine neue Liebe das Herz geweitet, Marie-Theres, Tochter eines Salzburger Gastronomen. Beni wollte nicht nur alleine glücklich sein. Nach schlecht bezahlten Ausflügen in die Filmbranche war er notgedrungen ins »Näherundweitersiehtmandurch Rappenreiterbrillen«-Unternehmen zurückgekehrt, das seine Tante Alice wieder aufgebaut hatte, wenn auch in bescheidenerem Rahmen als früher. Er mußte ja dem Vater der Marie-Theres etwas Solides nachweisen, wenn er es auf seine Tochter abgesehen hatte. »Vielleicht gibt's a Doppelhochzeit irgendwann – du mit'm Renzl und i mit der Thesi. Solln wir den Professor dazu einladen, was meinst?« Er sprach von seinem Bruder Viktor nur als von dem Professor, von seiner Frau als der Professorin und von ihren vier Kindern im Alter von eins bis acht von den Akademikerles – woraus der Kürzung halber »die Mickerles« geworden waren.

»Du spinnst«, lachte Dagmar. »Mit zehn hätte ich Renzl gern geheiratet, aber heute? Ich kenne ihn ja kaum!«

»Darum mußt ihn halt wiedersehn. Sobald wir daheim sind, rufst ihn an und sagst, daß d' kommst.«

Für Beni war alles so einfach. Der mit seinem sonnigen Gemüt. »Was wird inzwischen mit der Gärtnerei?«

»Das Unkraut wächst auch ohne dich. Auf Aljoscha paßt tagsüber die Moni auf, und abends komm ich nach Kornfeld zum Einhüten. Okay?«

»Ich weiß ja noch gar nicht, ob es ihm jetzt paßt mit meinem Besuch«, sagte Dagmar und fing an, sich auf Laurent in Paris zu freuen.

Else Armbruster an der Kasse ihres Selbstbedienungsladens sagte nur »So!« mit scharfem S und das O offen. »Was machst du denn in Paris?«

»Schifferl fahren auf der Seine, in Museen gehen, mich ins bestrapste Nachtleben stürzen ...«

Else gefiel nicht der provozierende Übermut in Dagmars Stimme. »Allein?« fragte sie.

»Nein.«

Nun lachte ihr die dumme Gans auch noch ins Gesicht. »Mit Herrn Doktor Groothusen?«

»Sei nicht so neugierig, Else.«

Die Kasse klingelte und schüttete das Wechselgeld aus. Dagmar packte ihre Einkäufe in Tüten und federte zur Tür hinaus. Fehlte bloß noch, daß sie im Wechselschritt hüpfte wie ein altmodisches, glücklich verliebtes Mädchen.

Ein Glas Champagner in der Air-France-Maschine von München nach Paris. Ich fliege nach Paris, um Laurent zu treffen, was für ein Abenteuer. Ich und ein Abenteuer! Es ist phantastisch. Laurent hat am Telefon gesagt, es ist phantastisch, daß Sie kommen. Ja, es ist phantastisch – oh, Laurent, was steht uns da bevor –!

Kurz vorm Aufsetzen in »Charles de Gaulle« buddelten sich erste Bedenken durch Dagmars Euphorie. Wie komme ich eigentlich dazu, einen Mann zu besuchen, mit dem ich als Kind einmal sehr befreundet war und den ich seither nicht vermißt habe. An sich ein Fremder; wir haben uns wenige Stunden über Vergangenes unterhalten ... Wir haben uns gefallen. Was ist, wenn wir uns jetzt nicht mehr gefallen? Mein Aufenthalt ist für sechs Tage gebucht, aber ich kann ja jederzeit früher zurückfliegen oder allein in Paris bleiben, es gibt so viel zu sehen, was ich noch nicht kenne...

Wie ein schöner, braungebrannter Mönch, der seine Kutte gegen verwaschenes Jeansblau eingetauscht hat, ging es ihr durch den Kopf, als sie ihn zwischen den anderen Wartenden stehen sah.

Er sagte, ihr Gepäck in seinem Kofferraum verstauend, daß er plötzlich Bedenken gehabt hätte, ob sie auch wirklich komme, ob sie es sich nicht in letzter Minute anders überlegen würde.

»Ich hatte Bedenken«, versicherte ihm Dagmar. »Sie setzten kurz vor der Landung ein. Da war es leider zu spät für Bedenken.«

Es war sehr heiß, und die Scheiben waren heruntergekurbelt in der Hoffnung auf kühlenden Durchzug. Sein linker Ellbogen hing überm Fenster, die rechte Hand im Steuerrad. Wenn sie sein Profil zu betrachten versuchte, fing er sofort ihren Blick auf. Darum schaute sie lieber geradeaus auf die reizlose Autoroute du Nord und streckte sich beglückt: »Ich bin in Paris.«

Macaire sagte: »Ich muß Sie enttäuschen, Dagy, unsere Pläne haben sich leider geändert. Nicht Paris. Die Stadt ist sowieso ein Brutofen – 33 Grad im Schatten –, haben Sie Lust, über aufgeweichten Asphalt zu hecheln?«

»Hitze macht mir nichts aus, bestimmt nicht.«

»Die Pariser sind an die Küsten gereist. Es sind nur Touristen in der Stadt. Und Rentner. Die meisten Geschäfte machen Ferien«, gab Laurent zu bedenken.

»Ich freu mich trotzdem auf Paris!«

»Oh, das tut mir leid«, bedauerte er. »Jetzt habe ich schon Ihr Hotelzimmer abgesagt. Ich dachte, es würde Ihnen Spaß machen, das Wochenende auf dem Land zu verbringen.«

Sie sah ihn entgeistert an. »Sagten Sie Land? Monsieur Macaire, wissen Sie, wo ich herkomme!? Vom Land!!! Ich bin gierig auf Großstadtsumpf! Je sumpfer, je schöner. Ich habe mir extra dafür einen ganz irren Fummel gekauft.«

»Sie dachten an Paris bei Nacht? Music Halls und so was?« fragte Laurent betroffen.

»Ich habe überhaupt nicht nachgedacht. Das habe ich Ihnen überlassen, Laurent. Sie kennen die Stadt besser als ich.«

»Montag«, versprach er ihr. »Montag abend fahren wir nach Paris zurück. Dann ist meine Wohnung wieder frei. Zur Zeit ist sie überbelegt von New Yorker Freunden. Vorgestern abend standen sie plötzlich vor der Tür, ich konnte sie nicht abweisen. Ich wohne manchmal wochenlang bei ihnen, wenn ich drüben bin.«

Dagmar seufzte ergeben. »Also fahren wir aufs Land. Wohin?«

»An die Loire.«

»Oh! Schlösser und Schleusen. Da fährt der Professor Viktor Rappenreiter gerne hin. Wenn er nach Kornfeld kommt, was selten geschieht, bringt er seine Lichtbildvorträge von Reisen mit. So habe ich die Loire kennengelernt.« Ihr Entzücken, dorthin zu fahren, hielt sich in Grenzen. Dann wäre sie schon lieber nach Portneuf an die aquitanische Küste gereist.

»Wir werden bei einem Freund wohnen«, erzählte Laurent. Serge Decker, ein Lufthansapilot. Vor drei Jahren hat er die Ferme Les Grenouilles gekauft, an sich eine Ruine aus dem 18. Jahrhundert. Sie hat früher zum Schloß gehört. Vom Schloß besteht nur noch ein Achtel des Turms. Serge steckt all sein Geld und seine Freizeit in die Renovierung des Hofes.«

»Müssen wir ihm etwa dabei helfen?« erkundigte sich Dagmar lustlos.

»Serge ist gar nicht da. Er ist ins Périgrod gefahren, um eine Kutsche zu kaufen. Anschließend will er alle Winzer aufsuchen, von denen er Wein bezieht. Serge hat Ferien. Es kann Tage dauern, bis er seine Weinproben beendet hat. Er nennt das ›ins Manöver fahren‹.«

»Oh, das kenne ich«, sagte Dagmar. »Meine Gärtner fahren auch gern ins Manöver, vor allem August.«

»Serge ist kein Säufer«, widersprach Laurent. »O nein, Serge ist ein Genießer, er versteht was von den Weinen, von ihren Trauben Cabernet, Merlot, Sauvignon, Melon, Romorantin, Chenin Blanc und wie sie heißen. Ich kann ihm stundenlang zuhören.«

Sie hielten an einer Ampel und sahen sich gleichzeitig an.

»Dagy –«

»Hmhm?«

Er zögerte einen Augenblick, beinah so, als ob er etwas anderes hatte sagen wollen als das, was zu sagen er sich endlich entschloß: »Ich hoffe, die Landschaft der Loire wird Ihnen gefallen.«

Serge Deckers Anwesen hieß im Ort noch immer »le château«, obgleich von diesem nur die Turmruine übriggeblieben war. Château Les Grenouilles. Es klebte am Rand eines typischen mittelfranzösischen Kleinstädtchens. Man schaute auf seine baukastenhaften, ineinander verschachtelten Dächer hinab, auf ein Puzzle von dunkelverwitterten, hellgrauen und rosa Ziegeln rund um einen strengen Kirchturm. Die jüngsten Häuser waren etwa hundert Jahre alt. Selbst ihre Fernsehantennen hatten sich dem Stadtbild angepaßt und wirkten nicht als Fortschrittssymbol.

Les Grenouilles – das war jetzt ein Wohnhaus mit unverputzten Steinmauern, schwarzgebeizten, holzverschalten Gauben im Dach und hellblauen Fensterläden; das war eine zusammengebrochene, noch nicht restaurierte Ruine und ein zum Gästehaus umgebauter ehemaliger Ziegenstall mit drei Kammern von klösterlicher Strenge: Bett, Tisch, Stuhl und schwarze Eisenhaken an den nachträglich eingezogenen Wänden zum Aufhängen der Kleider.

Dagmar bezog die Kammer links außen, Laurent stellte seine Tasche in die Kammer Nummer zwo. Zwischen ihnen befand sich der größte Raum des Ziegenhauses: das Badezimmer. Eine Wand war schon halb gekachelt, das Klo stand wie ein Thron erhöht im Raum, die Dusche umgab eine Art Telefonzelle mit Plastikwänden.

»Dort drüben kommt das Bidet hin, der Anschluß ist schon da –« Laurents Stimme verlor die Eifrigkeit, mit der er ihr anfangs Les Grenouilles erklärt hatte. »Es muß hier noch viel getan werden. Ehrlich gestanden, ich dachte, das Gästehaus wäre längst fertig – ich war seit Monaten nicht mehr hier –, wenn ich das gewußt hätte –« Er brach ab und sah sie bekümmert an. »Oh, Dagy, es tut mir so leid –«

Sie antwortete nicht, von einer dicken schwarzen Spinne fasziniert, die sich aus dem Gebälk abseilte.

»Wie bin ich nur auf die Idee gekommen, daß es Ihnen hier gefallen könnte!«

»Ich hab Hunger«, sagte sie.

»Es gibt kein Restaurant im Umkreis«, bedauerte Laurent schon wieder. »Für die paar Durchreisenden lohnt es nicht, und die Einheimischen essen zu Haus. Aber ich fahr gleich in den Ort hinunter und kaufe ein. Moment – vielleicht ist was im Kühlschrank drüben – wenigstens ein Begrüßungsschluck.«

Dagmar folgte ihm langsam über den Hof zum Wohnhaus. Rechts und links von seiner Eingangstür standen ungezählte Blumentöpfe. Geranien blühten buschhoch. Sie setzte sich auf die Bank vorm Haus, Laurent brachte roten Sancerre und Käsekuchen. Der Käsekuchen schmeckte nach

Ziegenbock und landete in der wildwuchernden Wiese, in die sich Katzen duckten.

»Wollen wir weiterfahren?« schlug er vor.

»Wohin?«

»Zum Beispiel Orléans – wir könnten in Orléans übernachten – ich kenne dort ein gutes Hotel ...«

Sie blieben. Dagmar hatte das Gärtchen hinter dem Ziegenhaus entdeckt mit Obstbäumen und Rosenrabatten. Sein Zaun grenzte an die schmalen Gärten schmaler Häuser, die ihr Intimleben aus geöffneten Fenstern und Türen in den Abendfrieden lüfteten – friedlich streitende Erwachsenenstimmen, müde quengelnde Kinder, Geschirrklappern, ein Radio, jemand sang ebenso schrill wie inbrünstig. Sie saßen nebeneinander auf einer Bank und tranken Wein.

Laurent erzählte eine Geschichte von Les Grenouilles, als es noch ein kleines Landschloß war. »1789 lebte hier ein junger Baron mit seiner jungen Baronin. Sie langweilten sich sehr in der ländlichen Eintönigkeit und waren sehnsüchtig nach dem eleganten Treiben in der großen Stadt Paris. Sie wollten hin, koste es Schulden, soviel es wolle. Und so brachen sie eines Tages auf und kamen bis vor die Stadttore von Paris. Dort wurde ihre Kutsche von einem Wachtposten aufgehalten, der sagte: ›Bürger, Ihr Name!‹ – Bürger!! Thhh – der Baron aus dem Berry schmetterte seinen Adel und den seiner Gattin aus dem Kutschfenster. Darauf mußten beide aussteigen. Paris, die elegante Metropole, lernten sie nicht aus den Fenstern ihrer eigenen Kutsche kennen, sondern – zusammengepfercht mit anderen Adligen – vom Karren aus, der sie zur Guillotine rumpelte. Baron und Baronin hielten sich in den Armen und weinten nach der stillen Heimat, nach der Provinz, die so provinziell war, daß sich die große Französische Revolution bis zu ihr noch nicht herumgesprochen hatte. Ihr Schlößchen hat bald darauf ein Feuer zerstört – man nimmt Brandstiftung derjenigen an, die es vorher geplündert haben.«

Dagmar wehrte sich nicht länger gegen den Zauber seiner metallisch und sehr jung klingenden Stimme, die sich sogar zum Legendenerzählen eignete. Ein fahler Mond leuchtete hinter Dunstschleiern.

Sie unterhielten sich halblaut – einfach so, keine direkten Fragen, die direkte Antworten verlangten, während die Dämmerung in Nacht versank und in den Häusern am Ende des Gartens Laute und Geräusche verstummten und das Licht ausging. Auch in den Spitzdächern verlöschten die Luken und der Schein dort, wo Ziegel fehlten. Im Gras jagten sich fauchend zwei Katzen.

»Ich weiß so wenig von Ihnen«, fiel ihr ein.

»Muß ich heute abend von mir reden? Wollen Sie wirklich noch alles hören? Also gut – in Stichworten. 1948 bin ich mit fünfzig Francs und einem Koffer von Portneuf nach Paris getrampt, direkt nach St. Germain-des-Près, hatte Sartres »Das Sein und das Nichts« gelesen, wollte an die Quelle des Existentialismus, seine Muse, die Greco, erleben ... Ein Mädchen ließ mich bei sich schlafen. Ich habe als Kellner, Botenjunge und Fotomodell gejobbt, Vorlesungen über Philosophie gehört, ich hatte keine Ahnung, was aus mir werden sollte, bis ich Richard Gabon kennengelernt habe, einen alten Pariser Kunsthändler. Ihm habe ich eigentlich alles zu verdanken. Meine Bildung, meine Ausbildung. Dann trieb mich eine Liebe nach New York und die Enttäuschung über sie wieder zurück nach Paris. Seit sieben Jahren habe ich zusammen mit meinem Partner Anselme eine Galerie in Paris, er unterhält eine zweite in Cannes und ich meine Strandboutique in Portneuf. Das ist alles.«

»Das sind Fakten«, sagte Dagmar und hielt ihm in der Dunkelheit ihr Glas hin. Er öffnete gerade die zweite Flasche Sancerre. »Was mich interessiert, ist Ihr Privatleben. Sie haben doch eins, oder? Haben Sie eine Freundin? Haben Sie zwei? Haben Sie Kinder? Haben Sie einen Hund?«

»Eine Katze.«

»Ist das alles?«

»Sie ist trächtig.«

»Ich meine, Sie müssen doch eine Freundin haben.«

»Haben Sie einen Freund, Dagy?« fragte er dagegen.

»Zur Zeit nicht, aber das kann sich morgen ändern.«

»Bei mir auch«, hoffte er. »Ich bin gerade dabei, etwas zu beenden – was eh längst nicht mehr existiert. Aber manchmal macht gerade das die größeren Schwierigkeiten.«

»Warum?«

»Beide wissen, daß es zu Ende ist, aber einer will es nicht wahrhaben und kämpft dagegen an mit nicht immer fairen Methoden.«

»Ach, das muß schlimm sein«, sagte Dagmar, »das habe ich nie erlebt. Meine Trennungen verliefen immer im Sande.«

»Und wie verliefen Ihre Aussprachen davor?« erkundigte sich Laurent. »Als Kind waren Sie gerne tobsüchtig.«

Dagmar schaute auf den weitergewanderten Mond, sein gutmütig-bekümmertes Gesicht von kleinen Schleiern getrübt.

»Dagy –«

Sie hob ihre Arme, faltete ihre Hände im Nacken und legte ihren Kopf hinein. »Bitte, fragen Sie mich, woran ich gerade denke«, forderte sie ihn auf.

»Woran denken Sie?« erkundigte er sich folgsam.

»An Paris bei Nacht!«

Das Land um die Loire schien ausgestorben, sobald sie die Kleinstadt verließen. Leere Straßen, die durch leere Dörfer führten. Verlassene Kanäle. Die Loire, ein breiter, träger Strom mit buschiggrünen Inseln zwischen den Schenkeln. Romantische Ufer zum Baden, zum Träumen, zum Angeln, zum Lieben – nichts, gar nichts, nicht einmal ein streunender Hund verirrte sich an sie.

Es war sehr heiß und windstill und der Himmel farblos vor Dunst. Sie fuhren über einen Treidelweg neben einem Kanal, einstmals für Pferdegespanne angelegt, die Schiffe ziehen mußten. Nicht mal ein Zwitschern in den Bäumen.

»Vor kurzer Zeit muß ein Giftgasunglück stattgefunden haben«, überlegte sie. »Vielleicht ist ein Reaktor von eurem Kernkraftwerk undicht. Neinnein, es muß ein Giftanschlag gewesen sein, der alles Leben auf einmal hier getötet hat. Schau dir das Schleusenhaus an. Als ob seine Bewohner hinter den blaßblauen Läden tot auf ihren Betten liegen, aber noch nicht lange, denn ihre Gärten wirken frisch gegossen. – Wir sind die einzigen beiden, die das Desaster überlebt haben, Laurent, und darum mag ich nicht mehr Sie zu dir sagen, aber auch nicht du, ich glaube, ich spreche Ihn am besten in der dritten Person an.«

»Das laß mal lieber«, sagte er.

Endlose Wege, durch mannshohes Schilf und Gras und Büsche sich schlängelnd – nie kam ihnen ein Radler entgegen, nie ein Auto.

Dagmar stand neben Laurent im heißen Wind. »Wenn einer die Absicht hat, sich von einem anderen zu befreien, dann kann er ihn hier leicht loswerden«, überlegte sie, »und es wird sehr lange dauern, bis man ihn findet.«

»Stimmt. Hier kann man Unerwünschtes verlieren. Aber es ist auch eine Gegend, um sich selbst wiederzufinden. Es lenkt einen nichts davon ab«, sagte Laurent und nahm Dagmar in seine Arme. Einfach so. Sie nahm dabei nicht einmal die Hände aus den Rocktaschen. In den Rocktaschen waren sie am sichersten untergebracht. Noch war sie sich nicht sicher. War scheu und auf alle Fälle, wenn überhaupt, war dies hier mehr als ein Flirt.

Die Besichtigung von einem Schloß und drei Schleusen und zwei seiner hiesigen Freunde am Tag war genug. Im Grunde genommen dienten Schlösser und Schleusen und Freunde und Landschaft nur zur Dekoration für ihr Zusammensein, dieses verhaltene Sich-aneinander-Herantasten, langsam, ganz langsam, sie hatten ja Zeit. Im dämmrigen Café sich gegenübersitzen, Plastik, Kitsch und Vereinsfotografien an den Wänden. Konversation mit Franzosen am Nebentisch, mit Madame, die beiden das zweite Achtel Weißen einschenkte. Sich über den Tisch hinweg zutrinken, an einem Schinkensandwich nagend, irgendwas Belangloses sagen. Bereitwilliges Lachen über jeden Versuch des anderen, witzig zu sein. Mittagsschwüle. Betrunkene Knie – es gab nicht mal eine Toilette in diesen Cafés, sie mußte dazu auf den Marktplatz gehen, wo ein Wetterhäuschen stand, rechts total offen für Knaben, links für Mädchen, mit halber Klapptür und einem Balanceakt verbunden.

Und wieder flimmernde Hitze über ausgestorbenem Land. Honigfarbene Weizenfelder bis zum Horizont.
Den Kopf im Nacken, tränenden Auges in den farblosen Himmel schauend: »Es hat mich überwältigt.«
»Was hat dich überwältigt?«
»Die Müdigkeit. Ich muß dringend aufs Ohr.«
»Dann stell deinen Sitz zurück und schlaf.«
Sie rollte sich zusammen, murmelte: »Glaubstu, du bist des Fahrens mächtig, wenn ich dich allein auf die Straße gucken lasse?«
»Ich versuche es. Aber eh du entschlummerst, mußt du noch eine Entscheidung treffen.«
»Eine schwere Entscheidung?«
»Wenn wir jetzt gleich unser Gepäck holen und losfahren, können wir heute abend im Bordelais sein. Ich weiß dort einen wunderschönen Landgasthof. Antik eingerichtete Zimmer, hervorragende Küche ...«
»... und noch mehr Weine«, ahnte Dagmar. »Und dann sind die so edel, daß ich nicht Schorle draus machen darf, und dann bin ich schon wieder müde –« Sie gähnte sich laut aus.
»Also was ist mit dem Bordelais? Hast du Lust?«
»Erstens habe ich überhaupt keine Ahnung, wo es liegt, und zweitens ist es bestimmt viel zu weit von Paris entfernt. Da wollen wir doch am Montag hin, Laurent, versprich mir das.«
»Tut mir leid, daß es dir hier nicht gefällt«, bedauerte er.
»Wann habe ich gesagt, daß es mir nicht gefällt?« Sie schaute aus dem offenen Wagenfenster. »Nein, habe ich nicht gesagt, im Gegenteil – ich fühle mich hier wahnsinnig wohl. Wir müssen die Landschaft mit niemandem teilen – und schaumalschau, die bleichen, gestorbenen Kühe da drüben an. Wenn ich jetzt aussteige und auf sie zugehe und sie anfasse, fallen sie zusammen und zerbröseln.« Dagmar lauschte ihrer eigenen Gesprächigkeit nach und stellte fest: »Diese Landschaft macht redselig.«

»Also möchtest du bleiben.«
»Ich habe ja wohl so geklungen, als ob.«

Nachmittagshitze, gegen die geschlossenen Fensterläden dröhnend. Dagmar warf sich auf ihrem Bett herum, fand keinen Schlaf. Laurents Gedanken ließen sie nicht zur Ruhe kommen. Zwei Türen weiter lag er in seiner Kammer, und sie hoffte, daß auch ihre Sehnsucht ihn peinigen würde.

»Sehnsucht, Deern, die muscha kalt aufgesetzt werden und denn bei kleiner Flamme zappeln, bis sie gar ist, und denn voll aufdrehen und denn hops!« – Ach, Else Pillkahn, du mit deinen Ratschlägen fürs Leben anderer Leute!

Dagmar überlegte, ob sie Elses Rezept an Laurent weitergeben sollte. Lieber nicht, es war schon schlimm genug, wenn es ihr selbst in einem erotischen Ausbruch in den Sinn kommen sollte: Bei kleiner Flamme zappeln – voll aufdrehen und denn hops –

Hops wäre das Ende ihrer Leidenschaft. Bei Hops bräche alles zusammen.

Um halb sieben – wie verabredet trafen sie sich in geduschter Frische auf dem schmalen Gang vor ihren Ziegenzellen. Laurent hatte beschlossen, mit Dagmar zu Freunden in die Solonge zu fahren. »An sich sind es Serges Freunde, aber ich habe sie übernommen.«

»Wissen sie, daß wir kommen?«

»Nein. Ist auch nicht nötig. Was hat man in dieser Gegend schon vor?« Er ging vor ihr über den Hof zu seinem Wagen. Sie war ein bißchen verrückt auf seinen durchtrainierten Rücken, schmal bis auf die bügelartigen Schultern. Sein Hinterkopf mit der Kappe aus grau-meliertem Haar ...

Es war schon längst nicht mehr wichtig, daß er der Renzl ihrer Kinderzeit war. Es war nur mehr ein zusätzlicher Reiz ihrer neuen Verliebtheit.

»Warum hast du nie geheiratet, Laurent?«

Er hatte das Auto erreicht und sah sich, einsteigend, nach ihr um. »Tja, warum? Das werde ich dir sagen. Weil ich dir erst jetzt wiederbegegnet bin.«

Sollte das etwa ein Heiratsantrag sein, überlegte sie. Nein, natürlich nicht. Das hatte er nur so hingesagt, ohne sich etwas dabei zu denken. Aber die Vorstellung, mit Laurent zusammenzubleiben – vielleicht ein Leben lang ... diese Vorstellung hatte ihr bereits in Kornfeld gefallen.

Am Eingang der schmalen Allee, die rechts von der Landstraße abbog, hingen Schilder an Torpfosten und Bäumen: Propriété privée – Entrée interdit – Chiens méchants.

Parallel zur Allee verlief ein Flußarm. Schlingpflanzen baumelten von Bäumen, die ihn im Herbst mit ihren Blättern verstopften. Kleine brüchige Brücken, zu einem klassizistischen Landschloß führend. Strenge Linien, runde Türme rechts und links mit schiefergrauen Mützen. Schlafmützen. Der Charme von mit Stallburschen durchgebrannten Komtessen, von Kavaliersschulden, nie aufgeklärten Todesursachen, von längst verklungenem Kinderreigen.

Und dazu paßten die chiens méchants – die Hüter dieses Verfalls: greise Hunde, steifbeinig, ihr Bellen auf einen einzigen heiseren Ton reduziert. Sie kamen von allen Seiten angehumpelt, lahme Hinterläufe hinter sich herschleifend, mit weißen Mäulern vor Alter und weißen Augen vor Blindheit, mit Geschwüren überall. Sie hießen Poupette, Bébé, Anémone, Chérie, Namen, die daran erinnerten, daß auch sie einmal niedlich gewesen sein mußten.

»Poupette« (deren Jagdhundbauch fast den Boden berührte) »ist der Teenager. Sie ist erst fünfzehn«, erklärte Laurent und führte Dagmar in den Hof, wo mehrere Autos vor den ehemaligen Pferdeställen kreuz und quer parkten.

Der Maler Loiret, der äußerlich an den fünfzigjährigen Jean Gabin erinnerte, hauste im linken Flügel des Schlosses mit Jeanne, einer großen jungen Frau. Sie schritt mit der Grazie einer Schwarzen trotz ihrer hohen Schwangerschaft, die sie stolz unterm batikbunten Leinenhänger vor sich hertrug, zwischen all den Gästen umher und füllte ihre Gläser nach.

Das waren Handwerker, die nach getaner Arbeit den Zeitpunkt zum Heimfahren verpaßt hatten und nun ein

Achtel nach dem andern ohne Eile in sich hineinfüllten. Außer ihnen war ein New Yorker Kunsthändler anwesend, eine englische Verlegerin mit ihrer Freundin und deren Kindern, von denen eins gerade im Ententeich zu ertrinken drohte. Die Rettungsaktion verlief erfolgreich, der brüllende Knabe war über und über mit Entengrütze und Schlingpflanzen kostümiert wie ein Nöck.

Laurent stellte Dagmar seinen Freund Paul Boucheron, genannt Loiret, als einen der begabtesten heutigen Maler Frankreichs vor. Und Loiret und seiner Lebensgefährtin Jeanne stellte er Dagmar als seine große Liebe seit Kinderzeiten vor, eine Mitteilung, die sekundenlange Verblüffung auslöste, was Dagmar nicht entging. Dann aber wurde sie um so herzlicher begrüßt. Loiret zog sie voll Pathos an seine breite Brust: »Soyez bienvenue, ma belle –« Sein Hemd roch nach Tabak, Wein und Terpentin, Dagmar hing über der Wölbung seines Bauches – ein völlig neues Gefühl, so einen Mann mit Bauch zu umarmen. Loiret schob sie anschließend von sich, ohne sie freizugeben, und fragte, ob sie russische Vorfahren hätte – Dagmar fielen nur Norddeutsche ein und die brasilianische Urgroßmutter, aber er bestand darauf, daß auch Russen unter ihnen gewesen sein mußten. Seine nicht ganz einleuchtende Begründung für diese Behauptung: er habe plötzlich einen sentimentalen Walzer von Glinka vernommen, als er sie auf sich zukommen sah.

Russisch! Was ist russisch an mir, was sentimental? Wer ist Glinka? So ein Schmarrn. Sie sah sich nach Laurent um, der den Arm um Jeannes breiten Rücken gelegt hatte, einem Trommelfeuer von Fragen ausgesetzt. Manchmal schauten sie in Dagmars Richtung und lächelten, sie sprachen offensichtlich von ihr.

Dagmar mußte alle Anwesenden begrüßen. Sie hatte bisher immer gedacht, Deutschland wäre das Land der Händeschüttler. Seit sie sich an der Loire aufhielt, hatte ihre Rechte Abnutzungserscheinungen wie die Hand eines Landesoberhauptes nach einem Neujahrsempfang. Wo immer sie ein Café auf ein Achtel betraten, wurden nicht nur mit den Wirtsleuten, sondern auch mit den am Tresen hockenden Gästen Hände geschüttelt. Und beim Fortgehen noch einmal. Da Laurent durch Serge Decker und Loiret viele Leute hier kannte, nahm das Schütteln kein Ende.

Man rückte an dem langen Tisch im Hof zusammen, damit sie sich dazwischenzwängen konnten. Jeanne versorgte sie mit Pouilly fumé.

Kinder schrien, die Hunde keuchten heiser, Grillen zirpten, alle redeten durcheinander. Dagmar hatte Mühe, den lebhaften, raschen Unterhaltungen zu folgen, ihr Französisch reichte dafür nicht aus, aber sie mußte sich ja nicht beteiligen. Es war so viel angenehmer, einfach dazusitzen, Laurent an ihrer Seite zu wissen, Jeannes schwerem, aufrechtem Schreiten zuzusehen.

Ich möchte auch ein Kind, schoß es ihr durch den Kopf. Noch nie hatte sie sich so sehr ein Kind gewünscht. Ein Kind von Laurent.

Einer von den Handwerkern, die nicht nach Hause fanden, fing an zu singen:

»J'en boirai cinq à six bouteilles
Une femme sur les genoux.
Une femme, oui, oui, oui,
Une femme, non, non, non,
Une femme sur les genoux ...«

Loiret beugte sich über den Tisch zu ihr. »Tout va bien, Dagy?«

»Merci. Je suis heureuse.« Einfach dazusitzen, umgeben von Menschen, bei denen sie sich auf Anhieb dazugehörig fühlte – in Seeliger wurde sie nie das Gefühl los, ein Außenseiter zu sein. Der Mond ging auf, Rosen dufteten betörend ...

Und dann die nächtliche Heimfahrt zwischen Feldern. Immer wieder probierten Hasenkinder, ob sie das Überhoppeln der Straße noch schafften, bevor der Kühler sie erwischte – es sah aus wie das Mutprobenspiel kleiner Jungs.

Immer wieder zündeten die Scheinwerfer Laternen in den Augen plumper Vogelsilhouetten an, die auf Pfosten am Wegrand hockten. »Das sind Eulen«, sagte Laurent und hielt den Wagen an »Komm her –«

Gab es einen aufregenderen Zustand als das Wissen um eine Liebe, die nicht mehr aufzuhalten war, nur verzögert werden konnte; die noch alles vor sich hatte? Diese verrückte Sehnsucht nacheinander –

Während sie sich in den Armen lagen, hörten sie einsame Hufe. Im abgeblendeten Scheinwerferlicht sahen sie einen Schimmel nähertraben mit ausladenden Satteltaschen, an denen Stiefel, Kochtopf und ein breitrandiger Hut befestigt waren. Die Steigbügel hatten Lederklappen. Über der Kruppe schwankte von links nach rechts ein Reiter im Dämmerschlaf. Der Schimmel signalisierte ihm das parkende Auto; er wachte auf, hielt neben dem geöffneten Wagenfenster, verlor beim Niederbeugen beinahe das Gleichgewicht, bemerkte, daß er in eine Leidenschaft eingebrochen war, entschuldigte sich für die Störung, aaaaber – und nun kam seine Geschichte: Er war seit Tagen von Dijon aus auf der Wanderschaft mit seiner Alphonsette und für diese Nacht in der Ferme La Cigale angesagt, doch er mußte sich verritten haben und ob monsieur-dame vielleicht die Ferme La Cigale kennen würden?

Laurent bedauerte sehr, allein schon wegen der mißmutigen Alphonsette, von der Dagmar behauptete, daß man ihr bei jedem Schritt die Hühneraugen anmerkte. »Haben Pferde eigentlich Hühneraugen?«

»Natürlich nicht. Pferde haben bloß Pferdeaugen.«

»Vor allem die Araberpferde«, rekelte sich Dagmar neben ihm, während sie langsam weiterfuhren. »Die haben vielleicht Pferdeaugen. Da ist Feuer drin. Ist in meinen Augen auch Feuer, Renzl, sag mal –«

»Mir langt's.«

»Heißt das, es ist zuviel Feuer drin?«

»An sich nicht.«

»Wieviel Feuer?« wollte sie wissen.

»Wie bei den Eulen etwa.«

»Mercidanke. Das kränkt.« Sie rollte sich von ihm fort. »Und da nun gerade die Stunde der Wahrheit gekommen ist, muß ich dir auch was sagen. Deine Freunde, die ich bisher kennengelernt habe, sind ja so ganz nett, aber keiner käme je auf die Idee, mir einen Tee oder Kaffee anzubieten. Bloß immer Wein und das schon vormittags.«

»Du mußt ihn ja nicht austrinken. Du könntest nippen und ihn stehenlassen wie eine Dame«, schlug er vor.

»Stehenlassen? Spinnst du! So guten Wein!?« Und dann fiel ihr wieder die verbitterte Alphonsette ein. »Wir hätten sie einladen sollen, bei uns zu übernachten. Wir haben ja noch die dritte Kammer frei. Und dein Freund Serge hätte sich bestimmt über Pferdeäpfel für seine Erdbeeren gefreut. Sollen wir umkehren und Alphonsette bitten, nebst Reitersmann unser Gast zu sein? Was meinst du, Laurent?« Und ehe er antworten konnte, zeigte sie in die Nacht hinaus. »Schon wieder eine Eule – was machen bloß all die Eulen in unserem Scheinwerfer? Langsam habe ich den Eindruck, wir werden beobachtet.«

»Dagy –«

»Ich weiß, ich rede zuviel. In Paris hätte ich bestimmt nicht soviel geredet.«

»Bereust du noch immer, hier zu sein?«

Sie überlegte. »In Paris zum Beispiel wäre ich niemals in der Nacht Alphonsette begegnet. Oder den Eulen. In Paris hätte mir auch keiner Ziegenbockkäsekuchen angeboten. Wo liegt Paris? Paris dahier – den Finger drauf, das nehmen wir.«

»Bitte?«

»Das steht auf einem Teller in August seiner Stube.«

»Dagy –«

»In Paris wäre ich bestimmt nicht so albern wie hier. Ich bin doch sonst nicht albern. Wie kommt das bloß?«

»Dagy –«

»In Paris –«

»Läßt du mich bitte einmal ausreden? Ich möchte verdammt noch mal endlich auch was sagen –«

»Sag es.«

»Ich liebe dich.«

Ich liebe dich. In dieser stillen Landschaft ging alles so selbstverständlich vor sich. Ich bin dyn, du bist myn ...

Ein Gefühl von Zusammengehörigkeit, das Dagmar so lange vermißt hatte.

»Was hältst du von einem letzten Achtel vorm Ziegenstall?« sagte Laurent, als sie im Hof von Les Grenouilles aus dem Wagen stiegen.

Er küßte sie zum Abschied wegen der bevorstehenden Trennung von zirka fünf Minuten, ging ins Wohnhaus, um Wein zu holen. Dagmar setzte sich auf die Bank vorm Stall und fühlte sich sehr froh und auch demütig vor soviel Glück, wie sie es noch nie mit einem Mann empfunden hatte. Glück mit dem absoluten Vertrauen von damals, als sie zwischen seinen Armen auf der Querstange im Leerlauf bergab ...

... und wenn sie wirklich zusammenbleiben sollten? Dann muß ich das Haus in Kornfeld aufgeben, die Gärtnerei, überlegte sie. Alles, woran ihr Herz jetzt noch hing, paßte in ein paar Koffer und an eine Leine. Aljoscha würde sie überallhin mitnehmen.

Kornfeld verkaufen und dafür eine kleine Farm am Stadtrand von Paris, damit Laurent es nicht so weit zu seiner Galerie hatte und die Kinder zum Gymnasium –

Dagmar Janson, rief sie sich zur Ordnung. Hör auf, hausbackene Zukunft zu spinnen. Genieß den Augenblick, jeden einzelnen dieser ersten Verliebtheit, sie hält nicht ewig an ...

Warum kam Laurent nicht? Er wollte doch nur Wein holen. Sie ging zum Wohnhaus hinüber, Licht fiel aus allen Fenstern im Erdgeschoß und aus der Tür, die offen stand. Sie hörte Laurents erregte Stimme – beschwörend – sehr ärgerlich – mit Pausen dazwischen – mit Ansätzen, den Redefluß seines Gesprächspartners zu unterbrechen.

Wer rief so spät noch an? Sein Geschäftspartner Anselme? Die Frau, mit der er bisher zusammengelebt haben mochte. Vielleicht war sie in Paris in seiner Wohnung? Vielleicht waren sie deshalb an die Loire gefahren?

Dagmar wollte das alles nicht wissen. Das war seine Angelegenheit. Sie kehrte zur Bank vorm Ziegenstall zurück und wartete weiter auf Laurent, der nicht kam. Darüber wurde selbst ihre Sehnsucht nach ihm schläfrig.

Nach einer halben Stunde ging sie beunruhigt ins Wohnhaus zurück, in dem es nun still war. In der klösterlich strengen Halle, auf dem Sofa unter der Treppe, saß Laurent, eine Flasche und ein Glas in der Hand, und sah ihr mit glasigen Augen entgegen. Versuchte ein Lächeln, um fehlerfreie Aussprache und Würde bemüht. »Ma chère Dagy – je suis – hélàs – je suis dans les eignes de dieu –« Er hob bedauernd die Schultern.

Sie war enttäuscht. Über die Maßen enttäuscht. Er war nicht der Typ, der sich betrank und schon gar nicht in solcher Nacht – oder gehörte er zu den Männern, die sich vorm ersten Mal mit einer Frau fürchten aus Angst zu versagen? Wenn es das sein sollte – wenn es nur das wäre –!

Er versuchte sich zu erheben, mußte sich dabei auf die Sofalehne stützen, fiel zurück. »Pardon –«

»Soll ich dir einen Kaffee machen?«

»Komm her –« Er streckte die Hand nach ihr aus.

Sie blieb vor ihm stehen. »Was ist los, Laurent? Ich habe dich telefonieren hören. Es klang nach großem Ärger –«

Er rieb seine Augen wie jemand, der unter seiner Brille leidet. »Diskussionen – immer wieder diese ermüdenden Diskussionen – warum bin ich bloß ans Telefon gegangen!? Ich habe gedacht, es könnte Serge sein, der anruft.«

»Ist es meinetwegen? Ich meine, der Ärger?« fragte sie.

»O non – nonnon – Liebste!« Er streckte die Hand nach ihr aus, und diesmal ließ sie sich aufs Sofa ziehen. »Laß uns morgen weiterfahren. Du hast erst ein Loireschloß gesehen, es gibt noch so viele, die ich dir zeigen möchte.«

»Du willst nur vor neuen Anrufen türmen. Du bist feig, Laurent. Lieber scheuchst du mich durch die Historie, anstatt einen fairen Abgang zu finden. Else Pillkahn sagt immer: Ich muß erst Richtigkeit machen. – Mach Richtigkeit, Laurent.«

»Ja doch, ja. Aber ausgerechnet in der Zeit, wo du hier bist? Ich liebe dich so sehr –«, versicherte er mit schwerer Zunge.

Ehe er sie daran hindern konnte, war sie aufgestanden.
»Laurent, ich geh jetzt ins Bett.«
»Du bist mir böse. Mit Recht –«
»Sagen wir – Frühstück um neun? Okay? Gute Nacht –«
»Keine gute Nacht –«, sagte er bedauernd hinter ihr her.
»Eine sehr schlechte, schlaflose Nacht für mich. Pardonne-moi, Dagy –«

Obgleich er ihr bald in den Ziegenstall gefolgt war und auf dem Flur herumrumorte, mehrmals leichten Schrittes das Haus verließ und schweren Schrittes wieder betrat, machte er keinen Annäherungsversuch an ihrer Tür.

Armer Kerl, dachte Dagmar voller Reue, seine Vergangenheit verfolgt ihn am Telefon mit Szenen, die ihn zur Flasche greifen lassen. Dann muß ich auch noch die Moralpredigerin spielen, anstatt ihn zu trösten.

Endlich war Ruhe auf dem Flur, ungestörte Nacht im ganzen Stallgebäude.

Als Dagmar gegen drei Uhr früh ihre Kammer verließ, um schlaftrunken ins Bad zu stolpern, brach sie sich im dunklen Flur beinah den großen Zeh an einem sehr harten Gegenstand. Laurent hatte sämtliche Töpfe mit Rosenstöcken ins Haus geholt und vor ihrer Tür aufgestellt.

Ein Tag wie ein Geschenk, vertrödelt in dieser menschenlosen Landschaft – auf den Stufen eines verlassenen Schleusenhäuschens hockend mit dem Blick auf den Kanal, der blendend glitzernd die Landschaft zerschnitt. Eine eiserne Brücke. Am gegenüberliegenden Ufer Katen wie Bauklötze mit geschlossenen Läden, mit einem übergestülpten Dach – bewohnt? Verlassen? Dagmar und Laurent – die einzigen Menschen auf der Welt.

»Es tut mir leid wegen gestern abend.«
»Vergiß es.«
»Aber ich war so wütend –«
»Wir wollen nicht mehr davon sprechen, Laurent.«

Und als sie ins Auto stiegen und weiterfuhren, sagte er: »Du wirst viel Geduld haben müssen – es wird nicht ganz einfach mit mir sein.«

»Mit mir auch nicht«, versicherte sie ihm.

Laurent trug sie huckepack durch den Fluß zu einer Insel. »Es sieht hier schon sehr prähistorisch aus«, teilte sie ihm von oben mit, »würde mich nicht wundern, wenn plötzlich ein Dinosaurier durchs Gebüsch brechen würde. Renzl, was machen wir, wenn plötzlich ein Dinosaurier auftritt?«

»Was schon? Ich laß dich fallen und renne weg.«

Die Insel war wie ein Schiff gebaut. In seiner Mitte wuchsen Büsche und Bäume. Auf dem spitzen Bug hatte der Fluß gebrochene, zum Teil leuchtend farbige Feuersteine abgelagert – in Scheiben geschnitten, zu abstrakten Plastiken geformt – mit Augen und Baumringen. Sie fanden auch versteinerte Muscheln und Schneckenfragmente. Dagmar fing an zu sammeln, fand immer noch faszinierendere Formen, konnte sich nicht entscheiden, welche sie mitnehmen sollte ... »Aber ich kann auch keine zurücklassen.« Sie rieb zwei Steinstücke aneinander, bis winzige Funken aufblitzten. »Wenn ich mir vorstelle, das war der Anfang vom Feuerzeug. Das muß doch Tage gedauert haben, bis die was zum Kochen kriegten.«

»Komm her, ich muß dich küssen«, sagte er.

»Wahrscheinlich haben sie kalt gegessen«, beendete sie danach ihre Betrachtungen.

Dagmar beschloß, am selben Abend mit einem Picknickkorb auf die Insel, dieses angewachsene Schiffchen im träge fließenden Fluß, zurückzukehren und auf einer Decke liegend in die Sterne zu schauen, Sterne am Himmel und Sterne im Wasser – –

»Gibt's hier viele Mücken?«

»Das habe ich mich auch gerade gefragt«, sagte Laurent. »Komm, steig auf.« Er trug sie, durch den Fluß plätschernd, zum Festland zurück.

Seinen sehnigen Körper zu spüren, seinen Herzschlag, seine Haut – »Mein Christophorus –«

»Das liebe Jesulein war leichter als du«, versicherte er ihr, »das hatte nicht so viele Steine in den Taschen.«

Sie fanden ihre Schuhe am sandigen Ufer. Das Auto parkte im Schatten hoher Büsche. Dagmar leerte ihren

Tascheninhalt auf den Rücksitz. Einen besonders sanft geformten Stein behielt sie in der Hand, um mit ihm auf der Fahrt zu spielen.

Innerhalb der nächsten zwanzig Minuten trafen sie zwei Bekannte. Zuerst Alphonsette. Sie stand verdöst auf einem Marktplatz, mit dem Zügel an ein Halteverbotsschild gebunden: »Interdit le vendredi 7 h–15 h«, vor sich einen Plastikeimer mit Wasser. Ihr Reitersmann tankte indessen ein Bier im nahen Café.

Die zweite Begegnung fand auf der Landstraße statt. Es kam ihnen ein alter Citroën entgegen mit einem Anhänger, auf dem es makaber schwankte.

»Das ist Serge«, rief Laurent und winkte mit der Lichthupe. Der Citroën winkte zurück und hielt am Straßenrand.

Dagmar hatte sich in den letzten Tagen das Wundern abgewöhnt, es war nun einmal vieles hier ein bißchen anders als anderswo, aber das, was Serge Decker auf seinen Anhänger geladen hatte und sich nach der Fahrt nun mürbe ächzend beruhigte, überwältigte sie dennoch. Es handelte sich um einen Leichenwagen aus dem 19. Jahrhundert. Laurent stieg aus. Auch Serge war ausgestiegen und kam auf langen, ein wenig steifen Beinen barfuß, in ausgetretenen Schuhen, auf ihn zu.

»Was sagst du dazu?« rief er, sein überhängendes Hemd in die Hose stopfend. »Pierre, diese Wildsau, hat mich gefragt, ob ich für ihn eine alte Kutsche abholen kann, er hat sie per Zeitungsannonce gekauft. Ich also in meiner unendlichen Hilfsbereitschaft und Ahnungslosigkeit gurke durch halb Frankreich zu dieser Mairie, die das Inserat aufgegeben hat. Und was steht im Hof in der Remise? Keine Kutsche. Nein, dieser Unglücksfall von einem Pompe-funèbre-Wagen. Der Kopfputz für die Pferde war bis auf einen mickrigen Anstandshappen von Motten gefressen. Und schau dir die rostigen Felgen an: nicht mal Gummireifen. Die armen Toten!« Er brach ab, als er Dagmar aus dem Auto steigen sah.

»Das ist Serge Decker – und das ist Dagy Janson«, wobei Laurent einen besitzanzeigenden Kuß in ihr Haar drückte.

»Freut mich«, sagte Serge, seine Verblüffung niederlächelnd und gab Dagmar die Hand.
»Grüß Gott.«
»Dagy kommt aus Oberbayern«, erklärte Laurent ihr Grüß Gott. »Aber jetzt erzähl mal – ich hab dich noch gar nicht zurückerwartet. Ich dachte, du wolltest die Runde bei deinen Winzern machen.«
»Drei habe ich besucht. Bei keinem durfte ich aufs Grundstück fahren, weil leere Leichenwagen angeblich Unglück bringen. Wie lange seid ihr denn schon da?« erkundigte sich Serge, Dagmar betrachtend.
»An sich wollten wir in Paris bleiben, aber –«
»Verstehe. Habt ihr wenigstens den rosa Salon bezogen?«
»Was für'n Salon?«
»Die Suite Nr. 3, das Doppelzimmer mit der rosa Decke, die irgendein Gast im Ziegenstall vergessen hat.«
»Wir sind noch bei den Einzelkammern«, klärte Dagmar ihn auf.
»Ach so.« Serge Decker kratzte sich überlegend im Nacken. Er hatte einen kräftigen, leicht verbeulten Schädel, dem man noch immer die schwere Zangengeburt vor zweiundvierzig Jahren ansah. Zahlreiche Wirbel in verschiedenen Richtungen bestimmten seine blonde Antifrisur und ließen auf keinen fügsamen Charakter schließen. Derselbe Wildwuchs auch in seinem Gesicht. Die Nase ein wenig schief, ebenso der genußfreudige Mund, wenn auch in entgegengesetzter Richtung. Die braunen Augen zwischen Polstern und Lachfalten, ständig beobachtend, voll wachsamer Intelligenz – Hügel, Schluchten, Kerben, Abgründe – ein gelebtes Gesicht. »Was habt ihr jetzt vor?« fragte Serge.
»Wissen wir noch nicht.«
»Okay«, begriff er ihren Wunsch nach Alleinsein, »wir sehen uns dann irgendwann auf der Ferme«, stieg in sein Auto, startete. Bei der ersten ruckartigen Bewegung brach der Leichenwagen in Knacken und Zittern aus, als ob er zusammenstürzen wollte, überlebte jedoch die Erschütterung bei zunehmender Fahrt.

»Wer zum Teufel hat sich in den Kopf gesetzt, diese Katastrophe zu kaufen?« fragte Dagmar.
»Unser Freund Pierre Jordan. Er sammelt alte Pferdefuhrwerke jeden Typs und vermietet sie teuer an Film und Fernsehen.«

Im Ort kauften sie für ihr Picknick ein – Krammetvogelpastete, eingelegte Hühner, Salate, Käse, Crèmes, Gateaus, Baguette und Wein. Auf dem Weg zur Loire stoppten sie kurz auf der Ferme Les Grenouilles, um Decken und Badezeug zu holen. Der Anhänger mit dem Pompe-funèbre-voiture parkte ein Stück vom Grundstück entfernt unter einer Weidengruppe.
»Abergläubisch ist er also auch«, grinste Laurent.
Serge kam ihnen entgegen.
»Ich sage gerade zu Dagy, daß du abergläubisch bist.«
»Das bin ich nicht, aber ich will auch nicht schuld sein, wenn hier einer auf die Idee kommt zu sterben. Ich will nicht, daß es nachher heißt, das wäre niemals passiert, wenn der nicht die verdammte Karre auf dem Hof abgestellt hätte.«
»Können Sie uns eine Decke leihen? Wir wollen ein Picknick machen.« Dagmars Glück war sehr sichtbar.
»Gern.« Serge ging mit Laurent ins Wohnhaus, während sie in ihrer Kammer den Bikini in ein Handtuch rollte. »Das ist also das Waisenkind aus deiner Zwangsarbeiterzeit. Und ich dachte, ihr wolltet bloß 'ne alte Freundschaft auffrischen. Da ist wohl mehr draus geworden, wie?«
»Alles.« Auch Laurents Glück war sehr sichtbar.
»Was soll ich darunter verstehen?« fragte Serge, einen Packen Reservedecken aus einem Schrank nehmend. Er befühlte alle und reichte ihm eine karierte. »Die kratzt am wenigsten.«
»Ich liebe sie und möchte sie heiraten.«
Serge pfiff durch die Zähne. »Das ist ein starker Entschluß, den du da getroffen hast. Und wie stellst du dir das vor? Werdet ihr in Paris wohnen, oder gehst du nach Deutschland zurück, vielleicht in die alte Gärtnerei, an die du so nette Erinnerungen hast?«

»Laß deine dummen Scherze, Serge.«
»Und was sagt Anselme dazu? Weiß er es schon?«
»Irgendwie hat er herausbekommen, daß wir hier sind. Er rief heute nacht an. Eine unerfreuliche Szene. Ich habe ihm gesagt, daß er sich einen neuen Partner suchen muß oder die Galerie allein übernehmen. Ich fürchte, er hat die Absicht, mir das Leben schwer zu machen. Dabei – ich versteh ihn nicht. Er ist doch eh die meiste Zeit in Cannes und dort nicht allein. Was uns noch verbindet, ist die Galerie.«

Durch die offene Tür sahen sie Dagmar über den Hof kommen. Sie blieb stehen und beugte sich zu einer getigerten Katze herab, die unter ihren kraulenden Händen einen Bukkel machte.

»Weiß sie was?« fragte Serge.
»Um Gottes willen –!« Laurent brach ab.
»Wollen wir fahren?« rief sie, aber die beiden Männer starrten an ihr vorbei auf ein weißes Cabriolet, das in den Hof glitt wie ein Schwan in eine große Pfütze. Serge grunzte einen Fluch, Laurents Sonnenbräune wirkte auf seinem plötzlich aschgrauen Gesicht wie Schminke.

Das Cabriolet hielt neben Dagmar. Ein Mann war ausgestiegen – blauweißkarierte Hose, weinrotes Polohemd, als ob er direkt vom Golfplatz käme. Er war mittelgroß, sehr drahtig, auch sein leicht gekräuseltes graues Haar. Die Sonnenbrille abnehmend, ging er auf Dagmar zu. »Hallo – ich nehme an, Sie sind Dagy. Ich bin Anselme, Laurents Partner.«

Er hatte ein schmales, intelligentes Gesicht mit langer Nase. Er sah so aus, als ob er sehr witzig sein konnte, aber auch boshaft.

»Oh – hallo, ich freu mich«, sagte Dagmar, maßlos enttäuscht. Was wurde jetzt aus ihrem Picknick? Mußte denn immer etwas dazwischenkommen? Gestern nacht der Anruf, heute der unerwartete Anselme. Mußten sie ihn jetzt etwa mit auf die Insel nehmen?

Sie sah fragend Laurent an, der nun neben ihr stand. Vor lauter Nervosität tastete Serge seine Taschen nach Zigaretten ab, völlig vergessend, daß er seit vier Wochen nicht mehr rauchte.

Anselme begrüßte die beiden Männer, bot Serge eine Gauloise an.

»Anselme, was willst du hier?« zischte Laurent ihn an.

»Nun, ich bin auf dem Weg von Paris nach Cannes zurück. Und da habe ich mir gedacht, mach einen Umweg über Les Grenouilles. Ehrlich gestanden, ich war neugierig auf deine Freundin.«

»Wir wollten gerade fortfahren«, sagte Dagmar.

»Wie schön, daß ich euch da noch erreicht habe.« Anselme betrachtete sie. »Sie sind bezaubernd, Madame.«

Ein Lächeln voller Kälte, auch sein Charme viel zu scharf geschliffen. Was hat er gegen mich, dachte sie unbehaglich und sah hilfesuchend Laurent an. War erschrocken über diesen Haß in seinen auf Anselme gerichteten Augen.

»Magst du was trinken, bevor du weiterfährst? Ich habe einen hervorragenden Roten aus Chinon mitgebracht«, fiel Serge ein, er legte den Arm um die Schulter des unerwünschten Gastes und wollte ihn ins Haus abführen, aber Anselme sah sich nach Laurent und Dagy um. »Und ihr? Trinkt ihr nichts?«

»Wir sind verabredet«, sagte Laurent und schob sie zu seinem Wagen. »Komm, steig schon ein.«

Aber daran hinderte sie Anselme, der zu ihnen zurückgekommen war. »Oh, dann möchte ich mich verabschieden. Wir sehen uns sicher nicht mehr. Wenn ihr zurückkommt, bin ich schon fort. Adieu, Madame – was heißt Madame, Sie schauen aus wie ein junges Mädchen. Laurent hat mir ja viel von Ihnen erzählt. Hat er Ihnen auch von mir erzählt?«

»Ja, natürlich«, sagte sie irritiert, voll instinktiver Abwehr. »Sie sind sein Geschäftspartner.«

»Ist das alles?« Er lächelte über das Wagendach Laurent zu. »Ist das alles, was du ihr von uns erzählt hast? Oder hast du wirklich geglaubt, sie würde es nie erfahren?«

Dagmars Abwehr gegen Anselme schloß plötzlich Mißtrauen gegen Laurent ein. »Was? Wovon redet ihr? Was hätte ich nie erfahren? Was ist hier eigentlich los??« schrie sie die Männer an.

Und dann Laurent wie jemand, der aufgibt: »Es war ein Fehler, ich hätte es dir sagen müssen, aber ich hatte Angst, dich zu verlieren. – Anselme war nicht nur mein Geschäftspartner. Er war auch mein Freund. Wir haben zusammen gelebt.«

»Sei still, ich möchte nichts mehr hören.« Es war wie ein wahnsinniger Salto rückwärts in einen schwarzen Abgrund, Steine prasselten nach. Das hatte sie schon einmal erlebt – damals als Kind in Hamburg – dieses Stürzen ins Nichts –

Sie sah sich nach ihm um und wollte ihn ansprechen, und es fiel ihr nur »Renzl« ein. »Oh, Renzl«, sagte sie und traf ihn damit mehr als mit einer ihrer Wutausbrüche.

Er hob bedauernd die Hände. »Es tut mir so leid – pardonne-moi –«, und ging fort, ging über den Hof ins Land hinein, in diese von Weizenfeldern vergoldete Verlassenheit. Verzichtete auf weitere Erklärungen, machte nicht einmal den Versuch, sich zu verteidigen, gab auf, ohne den Kampf um sie überhaupt versucht zu haben. Vielleicht bringt er sich um, dachte Dagmar ohne Interesse an seinem Tod.

»Verlaß meinen Hof und komm nie wieder«, knurrte Serge.

»Ich hatte auch nicht die Absicht. Adieu, Madame –« Anselme stieg in sein Auto. Es dauerte eine Weile, bis sich die Staubwolke, die er gasgebend aufgewirbelt hatte, beruhigte und niedersank.

Es blieb nur Serge übrig, die Hände in den Taschen seiner verbeulten Hosen, im Mundwinkel den Stummel der Gauloise. Er spuckte ihn aus, zertrat ihn, und man sah ihm dabei an, wie sehr er bereute, nicht einen Tag später nach Les Grenouilles zurückgekehrt zu sein.

Der Held ging einfach fort und gab sich seinem Schmerz hin, der ehemalige Liebhaber hatte seine Rache und danach befriedigt Gas gegeben. Und ihm, Serge, fiel die ungemein dankbare Aufgabe zu, das Opfer zu trösten.

Dagmar tat ihm leid, wie sie da im Hof stand mit ihrem Badezeug unterm Arm. Aus dem Paradies geworfen. Alleingelassen in einem Irrgarten noch ohne Ausweg. Ihm fiel nichts Tröstlicheres ein als »Oh, Scheiße«.

Das Wort löste sie aus ihrer Erstarrung. »Wie komme ich nach Paris?«

»Von hier ohne Wagen ist es schlecht. Ich könnte Sie zur nächsten Bahnstation bringen. Aber was wollen Sie in Paris? Nach München fliegen? Es ist zu spät für die letzte Maschine.«

»Und wenn Sie mich direkt zum Flughafen fahren, schaffe ich sie dann noch? Ich brauche höchstens zehn Minuten zum Packen.«

»Auch dann nicht.« Und außerdem hatte er andere Pläne an diesem Abend. Er hatte den Maurer bestellt, um mit ihm den Ausbau der Scheune zu besprechen. »Wollen Sie nicht auf Laurent warten? Wollt ihr euch nicht wenigstens aussprechen? Geben Sie ihm eine Chance. Sie lieben ihn doch!«

»Was glauben Sie, was ich machen würde, wenn ich ihm jetzt begegnete. Ich brächte ihn um. Und ich sag das nicht nur so hin. – Können wir in zehn Minuten fahren?«

»Okay«, ergab sich Decker, »ich bring Sie nach Paris. Wir nehmen gleich die Pompe-funèbre-Karre mit. Dann bin ich die los ...«

Dagmar riß ihre paar Kleidungsstücke von den Haken in den Koffer. Räumte ihre Kosmetika aus dem Bad. Sie begegnete ihrem Gesicht im Spiegel überm Waschbecken. Sie hatte die Vergangenheit mit Renzl verloren. Die Gegenwart und die Zukunft mit Laurent. Hatte noch nie so wenig besessen wie in diesem Augenblick, hatte nicht einmal mehr Hoffnung – wollte von hier fort, aber auch nicht nach Kornfeld zurück – nichts und niemand und kein Irgendwo ...

Serge Decker hatte inzwischen das Wohnhaus abgeschlossen, sein Leinenjackett mit der Brieftasche überm Arm, und ging auf den Ziegenstall zu, um Dagmars Koffer zu holen. Dabei erlebte er akustisch einen ihrer selten gewordenen, kurzen, aber maßlosen Wutausbrüche mit: eine Kaskade von Schimpfworten, darunter »Sanglier merde« – und dann knallte es hart.

Er stürmte das Haus und in ihre Kammer.

»Haben Sie geschossen?«

»Womit denn?« Sie war ganz erschöpfte Stille nach dem Sturm. »Das war bloß ein Loirestein.«

Mit dem rumpelnden Leichenwagen auf dem Anhänger fuhren sie durch die Flußlandschaft, in der sie vor wenigen Stunden so selig gewesen war. Sie empfand weder Bedauern noch Abschiedssentiments.

Serge versuchte eine Unterhaltung mit ihr, sie hörte gar nicht zu, da gab er es auf. Warf nur ab und zu einen kurzen Blick auf die schmale, in sich kauernde Person mit den dünnen braunen Armen und der großen Sonnenbrille, hinter der sich ihr Kummer verkrochen hatte.

Irgendwann fing sie von selbst an. »Wissen Sie, ich muß mit dem linken Fuß zuerst auf die Welt gekommen sein. Man hat mir zwar einzureden versucht, ich wär ein Gewinner, weil ich meine Familie beim Bombenangriff als einzige überlebt habe. Heute weiß ich – ich bin kein Gewinner – nur ein Überleber.«

»Es wird schon wieder, Mädchen, alles wird wieder gut.« Sein Versuch zu trösten kam ihm selbst nicht sehr gelungen vor.

Dagmar kaute auf ihrem Zeigefingerknöchel. »Ich nehm's ihm so übel«, brach es aus ihr heraus, »wie kann er so was mit mir machen? Wie kann er zulassen, daß ich mich in ihn verliebe? Wie kann er das zulassen –« Ihre Stimme klang verschnupft, sie suchte durch ihre Taschen nach einem Tuch.

»Im Handschuhfach«, sagte Decker.

»Danke –«, sie schluchzte, »tut mir leid – ich heul sonst nie –«

Ihre Tränen rührten ihn, eben weil sie so gar keine Routine im Weinen hatte wie andere, ihm bekannte Frauen.

»Ich hab gedacht, das ist es nun endlich – ich war noch nie so froh – ich hab ihn schon als Kind geliebt – warum hat er mir denn nichts davon gesagt – können Sie mir mal sagen, warum nicht?«

»Ist das so schwer zu erraten? Er liebt Sie. Er hat mir gesagt, er möchte Sie heiraten.«

Dagmar schnaubte sich die Nase. »Ist das wahr?« Und klang plötzlich nicht mehr so verzweifelt. Bei aller Ausweglosigkeit – es war immerhin ein Trost, daß Laurent jetzt auch leiden würde.

Und nach ein paar Kilometern Schweigen: »Hätten Sie ihm das zugetraut?«

»Was? Daß er bi ist? Jedenfalls nicht, als ich ihn kennenlernte. Ich hielt ihn für einen ganz normal veranlagten Mann, er wirkt ja auch sehr männlich, die Frauen laufen ihm nach. Er hatte den Spitznamen ›le prêtre‹, weil man so gar keine Affären von ihm wußte. Irgendwie hat er ja auch was Priesterhaftes, finden Sie nicht? So was Keusches, Unantastbares.«

»Nein.«

»Naja. Sie haben ihn anders erlebt. – Er hatte schon lange die Galerie mit Anselme, bis ich dahinterkam, daß sie auch liiert sind. Und ich riech sonst drei Meilen gegen den Wind, wenn einer schw…«

»Bitte nicht!« fuhr Dagmar auf. »Nicht das Wort.«

»Okay, verstehe.«

Und wieder mehrere Kilometer Schweigen. Und dann sagte Dagmar: »Anselme ist widerlich. Ich versteh Laurent nicht.«

»Bis heute hielt ich ihn für einen ungemein witzigen, hochgebildeten, cleveren Mann. Ich habe ihn gemocht. Aber das hätte er nicht tun dürfen. Einfach herkommen und bewußt alles zerstören, und wozu auch? Es ist ja bekannt, daß er in Cannes mit einem jungen ›Poeten‹ zusammenlebt.«

»Tja, wozu? Warum macht einer so was? Gekränkte Eitelkeit? Verspätete Rachegelüste? Oder Eifersucht. Ja, das muß es sein. Eifersucht. Er liebt Laurent wohl noch immer.« Sie hatte die dunkle Brille abgenommen und sich zurückgelehnt. »Wir waren so – so – ach, wenn ich's doch nie erfahren hätte –«

Serge merkte, wie ihre Liebe, diese gesteinigte Liebe zu Laurent, sich wieder aufzurichten versuchte. »Das läßt sich nun nicht mehr ändern. Aber es ist auch kein Grund, nun alle Gefühle für ihn radikal auszurupfen. Warten Sie doch erst einmal ab, wie Sie in einem Monat darüber denken. Ob Ihr Schock dann immer noch größer ist als Ihre Liebe.«

Die Straße füllte sich, mündete in den Autoring um Paris. Sie waren nun eingekeilt in den sich langsam vorwärtsschiebenden Blechwurm, im Schlepptau das makabre Relikt aus dem 19. Jahrhundert. Es wurde aus jedem Wagenfenster bestaunt, begrinst, voll scheuem Ekel betrachtet, regte die Phantasie der Autofahrer an. Serge ertrug gelassen die vielen anzüglichen Bemerkungen, die ihm im Stau durchs offene Fenster zugerufen wurden.

»Wir sind schon eine sehr traurige Fuhre«, sagte er zu Dagmar, die sich wieder hinter ihrer dunklen Brille verkrochen hatte.

»Da denkt man immer, so was passiert nur anderen Leuten, nie einem selbst. Mir passiert es.«

Um Dagmar abzulenken, erzählte er ihr von seinem Freund Pierre, Generalvertreter einer Autofirma, dessen Hobby das Kutschensammeln war. »Wir fahren zuerst zu ihm nach St. Cloud. Sie werden sehen, er hat für seine Vehikel auf seinem Grundstück eine Tennishalle errichten lassen; statt auf Rasen und Bäume, schaut man vom Haus auf dieses Plastikmonstrum. Er hat Equipagen, Landauer, Kaleschen, Anglaisen, Staatskarossen, einen Barockschlitten, einen Milchwagen von 1870. Gigs, eine Troika und 'ne uralte Feuerwehr. Und natürlich 'ne Hochzeitskutsche. Sie hören mir gar nicht zu.«

»Nein.«

»Macht nichts.«

Vor der verwitterten, überwachsenen Mauer seines Grundstücks parkten mehrere Wagen. Pierre, der Sammler, schien Besuch zu haben. Dagmar stieg aus, bevor Decker durch das offenstehende Tor fuhr, sie mochte niemandem begegnen, der Konversation von ihr erwartete.

Nach zehn Minuten schoß der Citroën, von seinem Anhänger befreit, aus der Einfahrt. »Dagmar?«

»Bin da.« Sie stieg ein.

Serge lachte, während sie Richtung Paris fuhren. »Pierre war ziemlich ergriffen, als er die Karre sah. Er meinte, sie mache den Eindruck, als ob sie sich im Laufe mehrerer Choleraepidemien verschlissen hätte. In der Zeitung war sie als gut erhaltener, stattlicher Pompe-funèbre-Wagen angeboten worden. Darunter hatte er sich was anderes vorgestellt. Außerdem habe ich gleich die Hotelfrage für Sie erledigt. Eine Freundin von Pierre riet mir zu einem in Montparnasse, dort steigt ihre Familie immer ab. Wir haben schon angerufen und ein Zimmer bestellt.«

»Danke«, sagte Dagmar.

»Vergessen Sie nicht, Ihren Flug umzubuchen. Am besten, Sie nehmen die Mittagsmaschine, dann haben Sie noch ein paar Stunden Zeit für Paris.«

Wo liegt Paris? Paris dahier – den Finger drauf, das nehmen wir, ging es ihr durch den Kopf. Ach, August – nein, nicht schon wieder morgen August, in ihrem desolaten Zustand war sie ihm nicht gewachsen. Sie hatte vorübergehend ihre Energie verloren. Da war plötzlich ein Stillstand. Eine fortgenommene Zukunft und noch keine Bereitschaft, nach einem neuen Ziel zu suchen. Auch kein Interesse mehr an irgend etwas ...

Ihr war, als hätte Laurent sie gegen einen Baum gefahren. Danach war er ausgestiegen – einfach fortgegangen, ohne sich um ihre Verletzungen zu kümmern. War einfach ins Land hineingegangen, um seine eigenen Wunden zu lecken.

»Daß er mich alleingelassen hat ...«, sagte Dagmar. »Was hätte ich ohne Sie gemacht, Serge.«

»Es wäre besser ohne mich gewesen. Dann hätten Sie auf ihn warten, mit ihm reden müssen –«

»Sie kennen mich nicht«, sagte Dagmar. »Ich kenne mich selber nicht, wenn die Wut mit mir durchgeht. Ich hätte ihn – ich will ihn nie wiedersehen, nie mehr.«

Auf dem Weg zum Hotel fuhren sie durch eine Seitenstraße des Montparnasse. Serge Decker stoppte plötzlich und zeigte auf ein VW-Cabrio in der Reihe der parkenden Autos: »Laurents Wagen. Er ist also auch nach Paris zurück, als er uns nicht mehr angetroffen hat.«

Laurents Wagen. Auf dem Rücksitz lagen wohl noch ihre Steine und die Tüten mit ihren Einkäufen fürs Picknick.

Das schmale, festgewachsene Schiffchen in der Loire – ihre Insel im verlassenen Strom –

»Da oben, im fünften Stock, wohnt er. War früher mal ein Atelier.« Serge sah sie spontan an. »Gehn Sie rauf, Dagy. Schlagen Sie ihm seine Bude zusammen, aber verzeihen Sie ihm. Sie lieben ihn. Begreifen Sie denn nicht, was er jetzt durchmacht?«

Einen Augenblick war die Sehnsucht – ausgelöst durch den Anblick seines ihr so vertrauten Autos – so groß, daß sie ihr beinah das Herz zerriß.

»Fahren Sie sofort weiter.«

Und danach erwähnten sie Laurent nicht mehr. Serge brachte sie ins Hotel, erinnerte sie noch einmal daran, ihren Flug rechtzeitig umzubuchen, nicht zu spät das Taxi zum Flughafen zu rufen – er löste sich mit diesen Ratschlägen bereits aus der Verantwortung, die er für Dagmar Janson übernommen hatte, als kein anderer als er selbst mehr da gewesen war.

Die enge Intimität dieses plüscherten Hotel garni war genau das Falsche für Dagmar, die sich die Anonymität einer großen, nüchternen Hotelhalle gewünscht hätte. Der Lift aus polierter Birke, mit geschliffenen Spiegeln und Plüschbank knarzte in den zweiten Stock hinauf.

Serge begleitete sie, schloß die Tür auf, stellte ihr Gepäck ab. Sah sich um, sah das Zimmer mit Dagmars Blicken – bordeauxrot herrschte am Boden und an den Wänden vor, erdrückte beinah den kleinen Raum, von Kristallämpchen mit schwachen Birnen eher verdunkelt als erhellt. »Gefällt's Ihnen? Nein, gefällt Ihnen nicht. Mir auch nicht. Wollen wir woanders was suchen?«

»Es ist ja nur für eine Nacht«, sagte Dagmar, sich auf das Bett setzend.

»Kann ich noch was für Sie tun?«

Bitte, bleiben Sie noch ein bißchen, dachte sie und sagte: »Nein, danke.«

»Sie müssen noch was essen. Es gibt hier ein gutes Restaurant gleich um die Ecke.«

»Ich habe keinen Hunger.«

Einerseits mochte er sie nicht allein lassen, andererseits bedrückte ihn der Gedanke an sein Auto, das eine Toreinfahrt blockierte, denn es hatte weit und breit keine Parkmöglichkeit gegeben. »Kann ich wirklich nichts mehr für Sie tun?«

»Machen Sie sich keine Sorgen. Ich werde bestimmt nicht daran sterben.« Sie brachte ihn zur Tür. »Danke, Serge.«

Er strich kurz über ihre Wange »Kommen Sie gut heim.«

»Was machen Sie jetzt?«

»Ich fahr auf die Ferme zurück. Tschau.« Er ging zum Lift.

Am liebsten wäre sie ihm nachgelaufen.

Dagmar war gerade unter der Dusche, als das Telefon neben ihrem Bett schnarrte.

»Guten Morgen, Dagy. Hier ist Serge. Wie geht es Ihnen?«

»Serge – wo sind Sie? In Paris?« hoffte Dagmar.

»O nein, in Les Grenouilles. Ich bin ja gestern noch zurückgefahren.«

»Und ich bin doch noch ausgegangen. Dieser rote Plüsch. Ich konnte hier nicht atmen.«

»Ich weiß. Sie haben neben einem Paravent aus Büschen gesessen, in Ihrem Salat herumgestochert und dazu eine halbe Flasche Wein getrunken.« Und ehe sie ihr Erstaunen äußern konnte: »Laurent hat Sie gesehen.«

»Er –« Sie suchte vergebens nach ihrer Stimme.

»Er ist auch noch was trinken gegangen und danach durch die Straßen gelaufen. Er hat es auch nicht allein ausgehalten. Es ist – oh, verdammtnochmal – schon ein Trauerspiel mit euch beiden.«

»Es – es war richtig von ihm, mich nicht anzusprechen.«

»Laurent rief mich nachts an. So gegen zwölf. Wir haben fast 'ne Stunde geredet. Er – er ist total fertig – er liebt Sie,

Dagy – er liebt Sie so sehr. Aber es interessiert Sie wohl nicht, was wir gesprochen haben?«

Sie hörte das gespannte Abwarten in seinem Schweigen. »Ich weiß, Sie meinen es gut, Serge. Aber es geht nicht. Ich würde nie die Vorstellung fortschieben können, daß er vor mir mit Männern zusammengelebt hat. Und bei jedem Mann, mit dem er sich freundlich unterhält, würde ich annehmen, das könnte ein neuer Freund für ihn sein.«

»Ich habe Ihnen gestern gesagt – Laurents Spitzname war ›der Priester‹. Er verkehrt weder in einschlägigen Lokalen, noch hatte er Affären. Bevor er sie wiedertraf, hat er zwar nie von Heiraten gesprochen, aber oft bedauert, daß er kein Kind hat. Komisch, er hat sich nie einen Jungen, sondern ein kleines Mädchen gewünscht. Naja, nun denken Sie darüber weiter nach, wenn Sie Lust haben, Dagy. Und wenn ich Ihnen noch einen Rat geben darf – nicht nur seinetwegen, auch Ihretwegen –, bemühen Sie sich um ein bißchen Toleranz. Okay, Toleranz ist das angenehmste Resultat eines Reifeprozesses, Sie sind noch sehr jung, aber nicht mehr zu jung, um damit langsam anzufangen. Es reicht für den Anfang, wenn Sie sich bemühen zu verstehen, daß niemand für seine Rasse kann, für seine Hautfarbe, für seine Veranlagung. Die sucht er sich nicht aus, die kriegt er bei der Geburt gleich mitgeliefert genau wie seine Charaktereigenschaften. O Mann, ich will Ihnen nicht auf nüchternen Magen einen Vortrag über Toleranz halten – sind Sie überhaupt noch dran?«

»Ja«, sagte Dagmar, »ich nehme Laurent ja auch nicht seine Veranlagung übel, nur, daß er sie mir verschwiegen hat.«

»Und wenn er Sie Ihnen rechtzeitig gestanden hätte?«

»Dann – dann wäre es nie so weit gekommen.«

»Soll ich Ihnen sagen, was dann? Dann wären Sie um eine wunderschöne Liebesgeschichte ärmer. Und wer hat schon wunderschöne Liebesgeschichten, egal, wie sie ausgehen – oh, da kommt mein Elektriker. – Ah, Monsieur George – je viens tout de suite«, rief er hinter sich und zu Dagmar: »Alles Liebe für Sie. Kommen Sie gut heim.«

»Danke«, sagte Dagmar, »und wenn Sie mal in Bayern sind, dann melden Sie sich. Sie haben ja meine Visitenkarte.«

»Ihre Visitenkarte? Ich glaube, die ist in der Hose, die ich vorhin in die Waschmaschine gestopft habe. Leben Sie wohl, Dagy, adieu –« Er hatte eingehängt.

Und sie saß da auf ihrem Bettrand und stellte sich die Ferme vor, wo Serge Decker jetzt seinen Elektriker empfing. Les Grenouilles – Mauern aus Feldsteinen. Dunkelgebeizte Balken von Baumstämmen, die viele hundert Jahre alt waren. Weißgekalkte Wände. Hellblaue Fensterläden. Die vielen Blumentöpfe vor der Tür. Ihre Kammer im Ziegenstall. Die Bank davor mit dem Blick auf kleine Gärten, auf die geduckten, zusammengedrängten Dächer des Städtchens ... Der verhangene Mond darüber – die Grillen und das Katzenfauchen in der Nacht ...

Vor allem die Freunde von Laurent, die sie wie eine Dazugehörige aufgenommen hatten, solange sie zu Laurent gehörte –

Es war vorbei.

Dagmar wählte die Rezeption, ließ sich vom Portier einen Mittagsflug buchen und rief anschließend in der Gärtnerei in Kornfeld an, um ihre Landezeit in München-Riem bekanntzugeben, in der Hoffnung, daß sie jemand abholen würde.

Ihr Rückflug nach München durch ein heftiges Gewitter. Blitze aus Wolkenungetümen vor ihrem Fenster. Das Auf- und Niederrütteln der Maschine, als ob sie gleich entzweibrechen würde. Wenn wir jetzt abstürzen, ist wenigstens alles vorbei, hoffte Dagmar, Hauptsache, es geht schnell. Und dann wurde ihr bewußt, daß dieses Flugzeug bis auf den letzten Platz mit Passagieren besetzt war, die wegen dem Liebeskummer einer einzelnen unter ihnen nicht bereit waren, mit abzustürzen, sondern den dringenden Wunsch hegten, heil in München zu landen.

Am Flughafen, die Erwartungsspannung der übrigen Abholer um Zentimeter überragend: Benedikt Rappenreiter. Er hatte Aljoscha mitgebracht und ihm damit keinen Gefallen getan. Aus der Freiheit seiner Wiesen war er hier in eine fremde Menschenmasse eingekeilt, drängte sich scheu an Benis Bein – auch sein Geruchssinn war wie betäubt. Er nahm weder einen abholenden Pinscher ganz in seiner Nähe wahr noch Dagmar, die plötzlich vor ihm stand und Beni umarmte.

»Schön, daß ihr da seid. Wenigstens Familie. Ich dachte schon, ein Gärtner holt mich ab.«

»Wie war's?« erkundigte sich Beni und nahm ihr den Koffer ab.

»Riesig. Wir waren an der Loire. Lauter verrückte Typen da – hat richtig Spaß gemacht.«

»Und Laurent?«

»Läßt dich herzlich grüßen. Er hat mir viel geboten in der kurzen Zeit.«

»Du wolltest doch bis übermorgen bleiben. Warum kommst denn schon heute zurück?«

»Er – er mußte nach Cannes. Ich hätte mitfahren können, aber es ging ja nicht – wegen der Gärtnerei. – He, Aljoscha – Aljoscha! Warum begrüßt er mich nicht?«

»Wart's ab. So ein Dorfdepp verkraftet halt net des Gewurl auf'm Flughafen. – Und Paris? Wie war's in Paris?«

»Halt Ferienzeit. Nichts wie Touristen – wo stehst du?«

»Im Parkhaus. Gab nix anderes.«

Während sie am Rinnstein wartend abfahrende Taxis vorbeiließen, begriff Aljoscha endlich, daß Dagmar kein Wunschbild in diesem bedrohlichen Menschenchaos war, sondern wirklich und leibhaftig. Er hob sich auf die Hinterbeine zu einer Levade und legte seine haarigen Pfoten auf ihre Schultern, einen zufriedenen Seufzer ausstoßend. Anschließend gab er Benedikt zu verstehen, daß er nicht länger von ihm, sondern von Dagmar an der Leine geführt werden wollte.

»Und hier? Alles okay?«

»Bis auf'n August. Der is im Krankenhaus.«

»Was Ernstes?«

»Am Tag, wo du fort bist, is er mit blödsinnigen Schmerzen 'zammbrochen. Die Moni hat den Notarzt geholt. Gestern sind die Befunde gekommen. Es schaut net gut aus um den August. Leberkrebs und Metastasen überall. Kann man nur hoffen, daß es schnell geht.«

»Der August –« Dagmar war bestürzt und dann wütend vor Sorge: »Dieser sture Bock – jahrelang hat er sich geweigert, zum Arzt zu gehen.« Auf einmal wurde ihr klar, daß auch jahrzehntelanger Zorn aufeinander eine ernsthafte Bindung bedeutete. »Ausgerechnet wenn ich einmal verreise, muß das passieren.«

»Reg di net auf, Dackel. Er lebt ja noch. Und jetzt erzähl – wie war's mit'm Renzl?«

»Na, riesig! Habe ich doch schon gesagt.«

»Und sonst?«

»Was sonst?«

»Ja, sonst nix? Und i hab mir denkt – du und er –«

»Ach, weißt du, bei aller Sympathie und Sentimentalität, was die gemeinsamen Kindererinnerungen anbelangt – wir passen nicht zusammen.«

»Schade –«, sagte Beni, als sie im Parkhaus sein Auto gefunden hatten. »Mir hat er gefallen!« Er verlud ihren Koffer und Aljoscha auf dem Rücksitz. »Macht's dir was aus, wenn wir über die Leopoldstraße fahren?«

Dagmar konnte kaum ihre Enttäuschung verbergen. »Kommst du nicht mit nach Kornfeld?«

»Ich bin verabredet. Tut mir leid, Dackel«, bedauerte er. »Ich war jeden Abend, wo du fortwarst, wegen Aljoscha am Land. Des reicht.«

»Und deine Salzburgerin? Was ist mit der?«

»Ja, weißt«, sagte Benedikt gedehnt, »der Vater von ihr – sie ist a Vaterkind – und der mag mi net – der will einen Gastronom zum Schwiegersohn. Sagt er. Und überhaupt – Salzburg außerhalb der Saison – die höchste Selbstmordquote von ganz Österreich.«

Endlich hatte Dagmar einen Grund zum Lachen. »Du und Selbstmord, Beni.«

»Na, nie. Aber es sagt was über die Stadt aus. Und ist auch zu weit von München – mit Glatteis und sonstigen Straßenverhältnissen bei der Nacht.«

»Oh, Beni –« Sie versuchte ihrem Seufzer eine gewisse Leichtfüßigkeit zu verleihen, was leider mißlang. »Erinnerst du dich? Unsere Doppelhochzeit? Du mit der Salzburgerin und ich mit dem Renzl. Das ist noch gar nicht lange her.«

»Schad«, sagte er, »echt schad. So wird eines Tages eine Tante aus dir und sonst gar nix.«

»Und aus dir ein Onkel und sonst gar nix.«

Er stieg in der Leopoldstraße aus, winkte zurück, ohne sich umzusehen, eilte fröhlichen Schrittes einer neuen Verabredung entgegen.

Dagmar fuhr durch die Stadt zur Autobahn, griff bei Rotlicht manchmal hinter sich in das schwarze, kühle Fell – Aljoscha. Wenigstens Aljoscha hatte sie noch beim Heimkommen ...

Das Haus war ungelüftet. Nirgends Blumen zur Begrüßung. Aber das war nicht so schlimm wie der Blick aus dem Küchenfenster auf August Pachulkes Stube im Chauffeurshäuschen. Er hatte sie selten geöffnet. Aber so verschlossen wie an diesem Tag hatten seine Fenster noch nie auf sie gewirkt.

August in einem Vierbettzimmer, frischgewaschen in einem Anstaltshemd. Eigene Nachthemden hatte er nie besessen, wozu, in Unterwäsche schlief es sich bequemer und kürzte das An- und Ausziehen ab. Die Gärtner hatten Dagmar bereits erzählt, daß August die Schwestern sekkierte, sich mit den Ärzten anlegte, wie ein pubertärer Aufmüpfling das Gegenteil von dem anstellte, was man von ihm verlangte. Zuweilen entwischte er aus seiner Station und rief in der Gärtnerei an, um den Angestellten Befehle zu erteilen.

Es war ihm in kürzester Zeit gelungen, jedes Mitleid mit seinem hoffnungslosen Zustand durch brutales Auftreten zu vernichten. Nun giftete er Dagmar an, als sie das Krankenzimmer betrat. »Aha – gnä Frau läßt sich auch endlich sehen. Ich kann hier varrecken, und du machst mit die Franzosen rum. Haste mir wenigstens Bier mitgebracht? – Wieso nich? Scheißpfefferminztee. Scheißessen. Ich bin doch kein Greis, der Pamps mümmeln muß. Ich hab noch meine

Zähne. Warum haste mir kein Kotlett mitgebracht, ha? Statt dessen bringste mir Blumen mit und labbrige Kekse –« Der Bettnachbar links rollte sich, die Ohren zuhaltend, zur Wand. Der andere versuchte Dagmar mit Gesten klarzumachen, daß August nicht bei Trost sein konnte.

Wie klein und mager er aussah, dachte sie betroffen, wie elend im notgedrungenen Ruhezustand. Diese engen Schultern. Wo hatte er nur seine Riesenkraft und Energie hergenommen in all den Jahren. Seine gelbe Haut – viel zu groß geworden für das eingefallene Gesicht.

»Pack bloß deine Blumen wieder ein. Alles Kroppzeug!«

»August«, ärgerte sich Dagmar, »du weißt genau, daß ich dir unsere besten Rosen mitgebracht habe. Aber wenn du einen brauchst, den du anstänkern kannst, dann geh ich lieber.«

»Geh doch, geh – ich hab dir nich gerufen. Was biste überhaupt gekommen?«

»Wie Sie den aushalten, Fräulein«, sagte der Mann am Fenster.

»Und das seit vierundzwanzig Jahren«, sagte Dagmar, nahm ihre Rosen, wollte ohne Abschied gehen und erinnerte sich noch rechtzeitig vorm Öffnen der Zimmertür, daß August nicht nur ein Ekel, sondern auch ein todkrankes Ekel war, darum sagte sie: »Mach's gut, August, morgen komm ich wieder.«

Die Blumen schenkte sie einer Patientin auf dem Flur.

Anschließend holte sie Else Armbruster vom Laden ab, um mit ihr in ihrer Mittagspause beim Italiener einen Cappuccino zu trinken. »Du hast paarmal bei mir angerufen, als ich fort war. Was ist passiert?«

Kaum hatten sie in einer Ecke der Eisdiele Platz genommen, ließ Else ihre langaufgestaute Empörung von der Leine. Keine Frage, wie geht's dir, wie war's in Paris – sie ging gleich in medias res: »Da rackert man sich ab und ab und tut alles, damit die Deern eine feine Ausbildung kriegt und in höhergestellte Kreise einsteigen kann, und auf einmal will sie nich mehr studieren, sondern Stewardeß werden und um die Welt dampfern, was sagst du dazu? Nu bist du platt, nech? Mit so'n Kreuzschiff will sie los, wo Schafflhubers ümmer mit fahrn, und nu stell dir das mal vor! Habe ich ihr Sprachen und Tennis und Segeln lernen lassen und bezahle all die Clubbeiträge, damit sie nu Schafflhubers ihre Betten macht, wenn die an Bord sind?« Zu ihrer mütterlichen Empörung kam noch eine drauf: »Und du lachst all, Dagmar!«

»Entschuldige, Else, mir ist wirklich nicht zum Lachen zumute. Ich hatte schon Sorge, bei euch wäre auch was Ernstes passiert, weil du mich unbedingt sprechen wolltest.«

»Na, is das nich schlimm genug? Putzmädel auf'n Schiff –! Du mußt sie das ausreden, Dagmar. Auf dich hört sie.«

»Erst mal macht sie jetzt ihr Abitur, bis dahin können sich Antjes Zukunftspläne noch x-mal ändern. Und wenn du mich fragst – warum soll sie nicht wirklich mal paar Jahre zur See fahren?«

»Aber nich so! Sooo nich –!« Else trommelte geräuschvoll auf die Plastikplatte des Tisches, die anderen Gäste der Eisdiele schauten erstaunt in ihre Richtung. Beide grüßten freundlich zurück, da es sich um Kundinnen handelte. »Das Schlimmste is, du kannst als Eltern gaa nichts machen. Mit achtzehn hört sie ja nicht mehr auf uns.«

»Mit achtzehn warst du bereits zweimal verlobt«, erinnerte Dagmar.

»Na und? Da war der Krieg an schuld.«

»… und außerdem warst du damals scharf wie Nachbars Lumpi auf Steiners Zwangsarbeiter Renzl.«

Else rückte aus Dagmars Nähe, um sie mit Abstand prüfend zu betrachten. »Stimmt, du kommst ja gerade aus Paris. Hast du ihn da getroffen?«

Dagmar, nach kurzem überlegenden Zögern: »Ja. Er hat mich vom Flughafen abgeholt und zum Gare de Lyon gebracht. Von dort bin ich mit dem Zug an die Loire gefahren.«

»Allein?«

»Außer mir saßen noch zwei Franzosen im Abteil.«

»Was hast du an der Loire gemacht?« fragte Else.

»Mir die Schlösser angesehen und die vielen Schleusen.«

»Allein?«

»Nein, Else.«

»Sag bloß, du hast'n Freund, und ich weiß nichts von. Du bist wie Antje, die erzählt mir auch nie was. Es is nich einfach mit euch beide. – Luigi, ich möchte zahlen – zusammen! – Und denn noch das mit August. Nich daß ich ihn leiden kann, aber man kennt ihn nu schon so lange. Und denn hat er plötzlich Krebs. Ich sage dir, Dagmar, in jeden von uns tickt eine Bombe, und wir achten bloß nich drauf. Ich hab's jetzt manchmal an die Nieren, aber das kann auch vom Verheben kommen.«

Dagmar fuhr nach Hause. Sie wollte Aljoscha aus dem Zwinger erlösen. Er stand steil am Maschenzaun hoch, als sie in den Hof fuhr. Da hörte sie das Telefon im Haus und konnte sich nicht um ihn kümmern. Ihr Obergärtner war am Apparat. »Ich versuch seit einer halben Stunde Sie zu erreichen, Frau Janson. Es is was passiert.«

Dagmar setzte sich auf den nächsten Stuhl, atmete einmal tief durch und sagte: »Ich höre, Anton.«

»Der August ist verschwunden. Gleich nachdem Sie ihn besucht haben, ist er aufgestanden – er war zu der Zeit allein im Zimmer –, hat seine Kleider und Schuhe mitgenommen. Er ist keinem aufgefallen, wie er das Krankenhaus verlassen hat.«

Dagmar hatte plötzlich keine Lust mehr – zu gar nichts. Es reichte. »Wo kann man ihn suchen?«

»Da, wo es Schnaps gibt«, meinte Anton. »Entweder sitzt er im Wirtshaus oder er hat sich welchen beschafft. Um die Polizei zu benachrichtigen, ist es zu früh. Möglich, daß er freiwillig ins Krankenhaus zurückkehrt.«

»Hoffen wir's«, sagte Dagmar und hängte ein.

Sie fanden August zwei Tage später im Wald, umgeben von leeren Flaschen. Die Obduktion ergab, daß er alle Beruhigungs- und Schlafmittel, die man ihm in fünf Tagen auf den Nachttisch gestellt, gesammelt und mit einer Flasche Korn und etlichen Bieren heruntergespült hatte.

August grinste noch hämisch im Tod. In seiner Rocktasche fand man sein Adreßbuch.

Außer Dagmars und der Nummer der Gärtnerei enthielt es noch die einer Kupferl Olga mit Münchner Anschrift und die eines Dr. Stättner, ebenfalls in München wohnhaft.

Dagmar rief beide an und teilte ihnen August Pachulkes Tod mit. Bei Dr. Stättner handelte es sich übrigens um einen Notar, er war Augusts Testamentvollstrecker. August und ein Testament!

An Augusts Begräbnis auf dem neuen Teil des Seeliger Friedhofs nahmen auch einige der aus allen Poren nach Bier duftenden Pennbrüder teil, mit denen er an lauen Sommerabenden auf Uferbänken versackt war. Leni Huber, geborene Steiner, kam aus dem Allgäu, Beni aus München, Else ließ sich so lange von ihrem Mann an der Kasse vertreten. Zuletzt erschien mit puppensteifen Schritten der alte Baron, bei dem August zwanzig Jahre die Hecken geschnitten hatte.

Dagmar hatte dem Vikar, der die Grabrede halten sollte und August nicht kannte, die wenigen Daten, die sie von ihm wußte, aufgeschrieben und als hervorstechendste Eigenschaft seinen unermüdlichen Fleiß und seine Arbeitswut trotz der schweren Verwundung angeführt. Der Vikar baute ihre Notizen in seine Standardrede ein, und so entstand zum Staunen der Trauergäste das Bild eines liebenswürdigen, charakterlich wertvollen, gottesfürchtigen Bürgers dieser Stadt.

Jeder Gärtnerei-Angestellte hatte einen Kranz für August erstellt, das üppige Sargbukett stammte von Dagmar. Else meinte: »Wenn man nich wüßte, daß der August da drin ist, könnte man annehmen, das wäre das Begräbnis von einen Senator.«

In der Gärtnerei vermißte ihn niemand, im Gegenteil, alle fühlten sich befreit, auch Dagmar, und gerade deshalb hatte sie ein sehr schlechtes Gewissen. Sie war froh, den Despoten und Querulanten loszusein. Gleichzeitig war ihr zum Heulen, wenn sie aus dem Küchenfenster zum Chauffeurshäuschen herüberschaute, in dem abends kein Licht mehr brannte, das ihr das Gefühl gab, auf dem großen Grundstück nicht allein zu sein. August hatte zu ihrem Alltag gehört. Er war ihr ein Stück Familie gewesen.

Einen Tag nach der Beisetzung wurde sie zu Dr. Stättner nach München gebeten, »in der Erbschaftssache Pachulke, August«. Außer ihr saß noch eine Frau mit dünnem, schwarzgefärbtem Haar und scharfen Zügen im Wartezimmer. Die breiten Revers ihres schwarzen Satinkleides – vom Schnitt her zum Auseinanderklaffen bestimmt – hatte sie züchtig mit einer Brosche am Hals zusammengesteckt.

Die Frau schaute Dagmar so mißtrauisch und abweisend an, daß sie nicht wagte, sie zu fragen, ob sie Augusts mysteriöse Dame wäre, die er alle vier Wochen in München besucht hatte.

Und was sollte das überhaupt: August, Notar und Erbschaft – eine unvorstellbare Kombination. (Else: »Was hat denn der zu vererben außer sein Schmuddelkram? Dem seine Plünnen kannst du doch bloß mit 'ner Feuerzange anfassen. Ich weiß das, ich hab ihm ja lange genug bei Steiners seine Wäsche gewaschen.«)

Gemeinsam wurden sie zum Notar hereingerufen, und Dagmar hatte richtig vermutet, es handelte sich bei Olga Kupferl, 57 Jahre alt, von Beruf Bedienerin, um Augusts langjährige Dame, die ebenfalls im Testament bedacht worden war, in dem sie als »meine ständige Bekannte« auftrat. Auf dieser Formulierung hatte August bestanden.

Er vermachte ihr DM 5000,- zusätzlich zur Eigentumswohnung am Hasenbergl, die bisher auf seinen Namen im Grundbuch eingetragen gewesen war.

August und eine Eigentumswohnung, staunte Dagmar, während die Kupferl sich über die lumperten fünf braunen Riesen beklagte – nur so wenig, und dafür hatte sie diesen »luftgeselchten Hauklotz« an die fünfzehn Jahr ertragen, immer in der Hoffnung auf eine saubere Erbschaft. Daß sie auch noch die Eigentumswohnung bekommen hatte, beeindruckte sie wenig, denn da wohnte sie eh schon seit Jahren drin. Sie schoß mißgünstige Blicke auf Dagmar Janson ab. »Und was kriegt die? Es muß doch a Vermögen da sein, weil der Saubär hat nie nix springen lassen, der war so geizig wie – wiara –«, aber es fiel ihr kein passender Vergleich für Augusts extreme Sparsamkeit ein.

Der Notar rief Olga Kupferl zur Ordnung und verbat sich jeden Kommentar über die Charaktereigenschaften des Verblichenen, es handle sich hier schließlich um eine Testamentseröffnung.

Olga und August – ging es Dagmar kurz durch den Kopf. Er mit der Lederhand, und wer weiß, womit sie zurückgeschlagen haben mochte, denn daß sie hatte, war aus den Beulen und lila Augenveilchen ersichtlich gewesen, die er zuweilen von seinen Münchentrips mit heimgebracht hatte.

Ja, und dann kam es wie ein Blitzschlag über beide Frauen. August Pachulke hatte Dagmar seine Aktien und festverzinslichen Papiere in Höhe von hundertfünfundzwanzigtausend Mark vermacht.

Außer seinem Kneipengeld hatte er seit der Währungsreform sein Gehalt, seine Trinkgelder und den Lohn für Schwarzarbeiten zusammen mit seiner Invalidenrente auf eine Bank nach München getragen. Eine Seeliger Filiale wäre ihm nicht sicher genug gewesen, da hätte es sich trotz Bankgeheimnis herumsprechen können, daß er ein reicher Mann war, und das sollte Dagmar niemals erfahren. Er hatte sich diese Erbschaft wie eine späte Rache ausgedacht.

Olga Kupferl mußte kreischen, um ihre Wut auf diesen gottverdammten Saupreißn loszuwerden, damit sie nicht an ihr erstickte. Daß die Eigentumswohnung mehr wert war als die Aktien, bedeutete keinen Trost für sie – sie hatte auf alles gehofft.

Dagmar, auf der Heimfahrt nach Kornfeld, empfand keine Dankbarkeit für sein überwältigendes Vermächtnis. Dieser August, der jedes herzliche Gefühl, das man ihm entgegenbrachte, mit lehmigen Hacken zertrat, der ihr sein Vermögen wie einen Schock vermacht hatte – schadenfroh, weil er sie dadurch mit dem schlechten Gewissen verspäteter Dankbarkeit belasten würde.

Vor lauter Wut fing Dagmar am Steuer an zu heulen. »Scheißkerl!« Und hatte keine Scheibenwischer für ihre Augen.

Laut Else Armbruster kehren die Verstorbenen vierzehn Tage nach ihrem Tod immer wieder an die Stätten ihres

Wirkens zurück und treiben makabren Schabernack mit ihren Hinterbliebenen.

Noch ehe er unter der Erde war, wie man so sagt, fing das Spuken an. Dagmar wurde mitten in der Nacht durch ein starkes Krachen und Rauschen geweckt. Aljoscha, sonst mutig und bereit, in Ermangelung eines greifbaren Gegners sein Gebiß in den Rahmen der Haustür zu fetzen, sagte nicht einmal piep, sondern fegte mit eingezogenem Schwanz die Treppen herauf, stieß die angelehnte Tür zu Dagmars Schlafzimmer auf und sprang auf ihren Magen.

Sie hatte bereits Licht gemacht, genauso verschreckt wie er, durch seine stumme Angst in ihren Befürchtungen bestätigt: das war August.

Nach zehn Minuten Stille faßte sie den Mut aufzustehen und die Treppe hinunterzugehen mit Aljoscha in Tuchfühlung. Sie schaltete das Gartenlicht ein und die Dachlampen, rund um das Haus herum war es nun hell. Durch das vergitterte Toilettenfenster sah sie die Bescherung. Von der Rotbuche war ein schwerer Ast abgebrochen, hing über dem Dach des Chauffeurhäuschens und deckte Dagmars Kombi zu, der in der Einfahrt parkte – eine Fülle von Buchenlaub in der Farbe geronnenen Blutes.

Am nächsten Morgen mußten die Gärtner den Ast in Stücke sägen, bevor sie ihn abtransportieren konnten. Ein ganz gesunder Ast von einem ganz gesunden Baum war einfach so – das gibt's doch nicht. Da mußte doch einer dran gesägt haben. Es fanden sich aber keine Spuren. Etliche Ziegel vom Chauffeurshäuschen hatte der Ast zertrümmert und das Wagendach eingedellt.

Zwei Abende später – sie war gerade beim Zähneputzen, hörte sie durch das geöffnete Badezimmerfenster stolpernde Schritte auf dem Kiesweg ums Haus – als ob sich ein Betrunkener bedächtig fortbewegte. Und Aljoscha schlug wieder nicht an.

Dagmar griff zum Telefon.

Else hatte bereits geschlafen. »Sag mal, spinnst du, so mitten in der Nacht?« schimpfte sie.

»Es ist erst elf.«

»Ich muß um fünf am Großmarkt sein! Was willst du denn?«

»Du hast doch das Gästezimmer. Kann ich das haben – bloß heute nacht –«

»Is was?« fragte Else besorgt. Da war so ein hysterischer Ton in Dagmars Stimme, der nicht zu ihr paßte.

»Ich graul mich hier kaputt.«

»Sag bloß, er spukt schon wieder.« Allein bei der Vorstellung hatte Else über und über Gänsehaut.

»Er ist ums Haus gegangen – total betrunken.«

»Ach, du Schande. Denn komm man, Deern –«

»Kann ich Aljoscha mitbringen? Er ist genauso mit den Nerven fertig.«

»Ja, bring ihn mit – nein, nein – bleibt bloß, wo ihr seid. Denn wenn der August dich nich zu Hause findet, denn sagt er sich wohl, geh mal bei Else, vielleicht ist sie da, und denn demoliert er bei uns, und wie sieht das mit der Haftpflicht für einen Verstorbenen aus –!?«

»Ist schon gut, Else, mach dir keine Sorgen, wir bleiben hier.« Dagmar hängte den Hörer ein und überlegte, wen sie jetzt noch so spät anrufen konnte, ohne zu stören. Und es fiel ihr nur Dr. Groothusen in Hamburg ein (sie nannte ihn inzwischen »Daddy«) – er war immer bereit, über Stunden ihre Hand durchs Telefon zu halten, wenn sie in Not war.

»Kindchen«, beruhigte er sie. »Du sagst selbst, der Hund hat nicht angeschlagen. Das waren keine Schritte ums Haus. Das war dein Herzklopfen. Bei großer Angst klingt es manchmal im Ohr wie Schritte.«

»Es waren aber Schritte«, beharrte sie.

»Also gut. Dann mache ich dir einen Vorschlag. Geh morgen zum Friedhof und droh dem August, wenn er noch einmal spukt, nimmst du sein Erbe und stiftest es einem französischen Kriegerverein aus dem Zweiten Weltkrieg. Ich schwöre dir, dann hast du Ruhe vor ihm.«

»Da kennst du den August schlecht. Dann tritt er mir vor Wut die Gewächshäuser ein. – Du nimmst mich nicht ernst, nicht wahr, Daddy?«

»Nein, mein Herz. In der Beziehung nicht. Was willst du überhaupt mit seinem Erbe anfangen?«

»Als erstes laß ich ihm davon einen schönen Grabstein machen. Dann soll jeder Angestellte, der unter ihm gelitten hat, eine Summe kriegen, damit er wenigstens an den toten August gerne denkt. Danach zahle ich meine Bankschulden zurück, und den Rest schluckt die Erbschaftsteuer. – Daddy, wie geht es deinem Rücken? Hast du es wieder an der Bandscheibe?«

»Im Augenblick geht's – toi, toi, toi – wieso fragst du?«

»Würde es dir was ausmachen, herzukommen? Ich muß soviel mit dir besprechen, Daddy, ich brauche dich!«

Selbst Rolf Groothusen, ihrem nächsten »Verwandten« neben Benedikt, erzählte sie nicht den Grund für ihre verfrühte Rückkehr aus Frankreich. Es war ihr unmöglich, überhaupt darüber zu reden.

»Wir hatten viel Spaß und wir mögen uns, Daddy, aber sonst läuft da gar nichts«, enttäuschte sie ihn.

Ihre Karte von einem Ausflug nach Chambord hatte so glücklich geklungen, so maßlos verliebt, daß er gehofft hatte, sie hätte endlich den richtigen Mann gefunden.

»Warum nicht, Dagmar?«

»Ja, warum nicht. Wir waren sehr fröhlich miteinander, wir kamen uns vor wie die einzigen Menschen auf der Welt. Wie Adam und Eva. Nichts lenkt dich ab voneinander in dieser verlassenen Landschaft. Aber steht im Alten Testament, daß Adam und Eva ineinander verliebt waren? Kein Wort steht drin von Liebe.«

»Also wieder nichts«, bedauerte er.

»Tut mir leid, Daddy, kein Enkel für dich in Aussicht.«

Manchmal auf ihren Abendspaziergängen mit Aljoscha legte sie sich in eine Wiese, von Kühen bestaunt, deren sanfte Gesichter den Fliegen als Landeplatz dienten. Glühwürmchen taumelten durch die Dunkelheit. Irgendwo da oben der Abendstern. Gedanken an Les Grenouilles ...

Dagmar war noch nie sehr zartfühlend mit sich selbst umgegangen. Sie nahm es sich übel, daß sie noch ab und zu unter herzzerreißender Sehnsucht nach Laurent litt, einer Sehnsucht, die keinen anderen Sinn hatte, als ihr das Leben schwer zu machen. Die Liebe mußte weg, wenn nicht anders, dann mit Gewalt. Aber das war nicht so einfach mit der Gewalt. Man konnte Gefühle nicht wie Gegenstände vom Turm werfen. Gefühle überstanden jeden Fall. Sie waren härter als der Beton, auf dem sie aufschlugen, und überhaupt war das einmal wieder eine von diesen naiven Vorstellungen, für die sie langsam zu erwachsen wurde.

Dagmar beschloß, ihr Leben zu ändern. Daran war nicht ihr Erlebnis mit Laurent schuld, sondern ausgerechnet sein ehemaliger Erzfeind August Pachulke. August war das letzte Bindeglied an die Steinersche Gärtnerei gewesen, ein Betrieb, der sie seit längerer Zeit viel mehr belastet als befriedigt hatte. Dagmar wollte sich von ihm trennen, und dazu brauchte sie Rolf Groothusens Beistand.

Der Besitzerwechsel ging für Dagmars Verhältnisse beinahe zu schnell und geradezu mißtrauenerregend glatt über die Bühne. Wo blieben die Probleme, an die sie gewohnt war? Gärtner Huber, der mit seiner Familie im Steinerschen Häusl wohnte, war bereit, in ihren Pachtvertrag mit Sepp Steiner einzusteigen. Huber war sicher, daß die Gärtnerei unter seiner Organisation, als reiner Familienbetrieb mit nur einem Lehrling und Aushilfskräften ab und zu, rasch aus den roten Zahlen herauskommen würde.

Am 1. Oktober sollte der Wechsel stattfinden. »Es wird höchste Zeit, daß Kornfeld dich losläßt, sonst geht es dir eines Tages wie eurem ehemaligen Hofhund Wastl. Als der von der Kette gelassen wurde, war er schon zu alt, um sich noch an seine Freiheit gewöhnen zu können. Erinnerst du dich, wie er zu seiner Hütte zurückkehrte und vor ihr saß, als ob er noch angebunden wäre?« sagte Groothusen. Er war von Herzen froh, daß Dagmar nun endlich Zeit haben würde, »statt an Dung für die Beete an Parfüm für sich selber zu denken«, eine Formulierung, die ihr mißfiel. Aber der Onkel wollte ja zu gern eine Dame aus ihr machen und sie mit einem »vertrauenerweckenden, zuverlässigen« Mann verheiratet sehen.

»Ich möchte dich in guten Händen wissen, bevor ich abtrete«, sagte er am letzten Abend seines wochenlangen Besuches in Kornfeld. Sie saßen auf dem Gartenplatz, die Sonne war untergegangen, Dagmar hatte den alten Herrn in ein Plaid gewickelt. Neben ihm saß Aljoscha, die Pfote auf seinem spitzen Knie, und sah ihn an. Daddys Anwesenheit förderte sein Häuslichkeitsbedürfnis. Er liebte ihn mit einer für seine temperamentsstarken Verhältnisse ungewöhnlichen Behutsamkeit.

»Du mußt jetzt auch kein schlechtes Gewissen haben, wenn du einmal ein paar Monate lang Ferien machst«, sagte Groothusen zu Dagmar. »Du hast genug gebuddelt und gepflanzt in deinem Leben. – Hast du eigentlich Beine? Ich seh dich immer nur in Jeans. Kauf dir doch mal ein hübsches Kleid. Ich würde gerne mit dir einkaufen gehen. Deine Mutter war der Meinung, ich hätte einen guten Geschmack.«

Oh, lieber Daddy Groothusen! Er meinte es so gut mit ihr. Und so konservativ.

Else Armbruster riet ihr: »Hau doch mal auf die Pauke! Mach einen flott, du kannst dir das doch leisten. Du hast kein Mann und kein Kind und kein Klacks nich, wo du auf Rücksicht nehmen mußt. Und kein Hungertuch zum an nagen. Du hast die Einnahmen von dem Geschäftshaus, was sie auf das Konditorgrundstück gebaut haben. Du hast bloß immer deine roten Gärtnereizahlen gesehn und darüber vergessen, daß du eine vermögende Frau bist. Nu fahr mal ins Vergnügen. Nach Jesolo oder Mallorca. Die meisten Alleinstehenden kommen mit befriedigende Ergebnisse von da zurück, sie erzählen mir ja an der Kasse, wie es war. Nich eine bei, die nich gerne an ihre Ferien zurückdenkt. Vielleicht triffst du auf Urlaub auch endlich mal einen vernünftigen Kerl. Den hast du nämlich nötig, Deern.«

Vielleicht hatte Else sogar recht.

Benis Rezept fiel ihr ein: Es gibt nur ein Mittel gegen Liebeskummer, und das ist eine neue Liebe.

Aber wie sollte Dagmar noch Vertrauen aufbringen zu einem neuen Mann, falls ihr überhaupt einer begegnen sollte, der fähig war, ihre Gefühle wieder zum Leben zu erwecken!?

7

Erster Oktober, wie Neujahr eingefeiert im »Seeliger Hof«. Um Mitternacht war Übergabe der Gärtnerei an Anton Huber. Dagmar hatte alle Beteiligten und auch ihre wichtigsten Kunden dazu eingeladen. Ein gelungenes Fest, an das man sich gern erinnern würde. Am nächsten Morgen war sie nicht mehr für die Ölköpfe der Gärtner verantwortlich. Kein Rucksack voller Verpflichtungen mehr auf ihren Schultern. Sie konnte endlich Kornfeld auf unbestimmte Zeit verlassen, ohne sich Sorgen machen zu müssen. Um ihre Blumen würden sich Hubers kümmern.

Dagmar stand in der Terrassentür und sah zahllose Möwen vorm blassen Himmel, manche mit heftigem Flügelschlag, andere im Gleitflug – ein aufgeregtes Durcheinander ohne den Ritus von Zugvögeln. Auf dem See standen Segel, der Horizont verlor sich im Dunst, es könnte statt der Berge dort auch das Meer beginnen. Was für eine Vorstellung, von hier fortzugehen, vielleicht für längere Zeit –! Groothusen wollte, daß sie seine Verwandten in Kalifornien besuchte. Da gab es einen unverheirateten Neffen, den er für sie im Auge hatte. Ohne Kornfeld überhaupt verlassen zu haben, spürte Dagmar bereits Heimweh nach Kornfeld.

Sie rief ihn an. »Daddy, ich kann ja gar nicht weg. Wo soll ich denn Aljoscha so lange hingeben? Den will doch keiner in Pension nehmen, genausowenig wie die Jansonschen Zwillinge früher.«

»Kein Problem«, sagte Groothusen, »den kannst du bei mir parken. Mein Zaun ist höher als sein Freiheitsdrang und lang. Eine ideale Rennbahn. Bei mir kann er sich zum Schrecken von Harvestehude hochpöbeln. – Also kommt endlich, ihr zwei.«

Dagmar holte gerade ihre Koffer vom Speicher, als Serge Decker anrief.

Serge Decker? Im ersten Augenblick konnte sie mit seinem Namen nichts anfangen.

Er merkte ihr Zögern und half nach: »Ich bin der Pompefunèbre-Wagen-Transporteur.«

»Serge!« freute sie sich. »Wie geht es Ihnen?«

»Danke. Und Ihnen?«

»Auch, ich meine, es geht mir gut. Wo sind Sie?«

»In Frankfurt. Ich habe drei Tage frei und beschlossen, nach München zu kommen.«

»Zur Wies'n«, vermutete sie. »Da müssen Sie sich aber beeilen. Sie ist bald vorbei.«

»Ich habe nur ein Problem. Es ist kein Hotelzimmer zu kriegen, und meine Freunde, bei denen ich sonst wohne, sind nicht zu erreichen.«

Pause.

»Ich könnte Ihnen mein Gästezimmer anbieten«, sagte Dagmar. »Aber ich wohne sehr außerhalb.«

Diese mögliche Entfernung schien er bereits einkalkuliert zu haben. »Macht nichts. Ich nehme mir am Flughafen einen Mietwagen. Jetzt müssen Sie mir nur noch den Weg zu Ihnen beschreiben.«

»Sagen Sie, Sie rufen nicht zufällig im Auftrag von Laurent an?«

»Laurent? Den habe ich schon Wochen nicht mehr gesehen. Sie haben mir damals Ihre Visitenkarte gegeben und gesagt, wenn ich mal in Bayern bin, sollte ich mich melden.«

»Wann kommen Sie?«

»Heute gegen Abend.«

»Heute schon!«

»Bißchen plötzlich, verstehe. Geht aber nicht anders. Ich weiß noch nicht, mit welcher Maschine. Sie müssen wirklich nicht auf mich warten. Deponieren Sie irgendwo 'nen Schlüssel für mich –«

»Nicht nötig«, unterbrach sie ihn. »Ich bin zu Haus.«

»Also dann vielen Dank, daß ich bei Ihnen wohnen darf. Bis heute abend«, und hatte schon eingehängt.

Dagmar schüttelte sich nach diesem Gespräch wie ein Huhn, das friedlich auf seiner Dorfstraße pickt, von einem Laster überrollt wird und nun verdutzt dasteht. Unverletzt und dennoch überfahren.

Er war schon aus dem Auto gestiegen, als sie die Haustür öffnete. Das war so gegen sieben Uhr abends. Sie hatte ihn als Bauer verkleidet in Erinnerung, so war er auch mit ihr nach Paris gefahren. Nun stand da ein Fremder in Flanellhosen, karierter Jacke mit Lederflecken und durchhängenden, überfüllten Taschen, jemand, an dessen Gesicht sie sich kaum erinnern konnte. »Hallo«, rief er, einen großen Lederkoffer mit Schwung aus dem Auto hievend, »irre nett von Ihnen, mich aufzunehmen«, und kam auf sie zu, ihren leicht erschrockenen Blick auf sein Gepäckstück bemerkend. »Keine Sorge, ich bleibe nur zwei Tage. Da ist meine Uniform drin.«

»Ich war ja auch bei Ihnen zu Gast.«

»Im Ziegenstall. Nun dürfen Sie sich revanchieren«, lachte er. »Haben Sie etwas ähnlich Komfortables für mich?« Und gab ihr die Hand. »Geht's Ihnen gut?« Er sah sich kurz um, ehe er hinter ihr das Haus betrat. »Laurent hat mir von einer kleinen Gärtnerei erzählt. Das, was ich hier sehe, entspricht nicht ganz seinen Angaben.«

»Die Gärtnerei ist ein Stück weiter. Aber ich habe nichts mehr mit ihr zu tun.«

Decker stellte seine Tasche in der Diele ab und ging unaufgefordert durch den Wohnraum zur offenstehenden Gartentür, sah zum ersten Mal das im Laufe dieser Geschichte des öfteren geschilderte Wiesen-See-Alpenpanorama. Die Berge waren vollständig angetreten, was selten geschah, wenn Dagmar sie neuen Gästen vorzuführen gedachte.

»Ich bin tief beeindruckt«, teilte er ihr nach Abschluß der Besichtigung mit.

»Das freut mich. Kann ich Ihnen sonst noch etwas anbieten?«

»Ich habe eine Kiste Sancerre mitgebracht, ist noch im Auto. Aber nach dem Flug und der Fahrt muß sich der Wein erst mal beruhigen.«

»Vielleicht trinken Sie inzwischen einen Tee oder Kaffee zur Aufmunterung?«

Er schaute kurz auf seine Uhr. »Ach, wissen Sie, Tee um diese Zeit! Ein Schluck Wein tät's auch.« Und dann sah er Dagmar an und grinste – und grinste sich an ihr fest.

»Ist was?« fragte sie irritiert.

»Pardon, aber ich hatte Sie ganz anders in Erinnerung.«

»Verheulter, nehme ich an.«

»Tja, das war damals wohl nicht Ihr bester Tag.«

»Achtung, da kommt mein Bodyguard«, warnte sie, auf Aljoscha zeigend, der quer über die Wiese angaloppierte. Er sah schlimm aus. An dem, was in seinem Fell hängengeblieben war, konnte man die Beschaffenheit des Bodens ablesen, auf dem er sich gewälzt hatte. Sie griff sicherheitshalber in sein Halsband.

»Wie konnten Sie sich nur mit so einer meschuggenen Sorte Hund einlassen. Außer zum Hetzen taugen sie zu nichts, und wenn man sie hetzen läßt, werden sie vom Jäger abgeknallt. Sie parieren nicht, sind hypersensibel und gerne verfilzt. Eine Bekannte von mir hatte mal einen. Er war schön und dumm – das reicht nicht mal bei einer Frau, um sie sich zu halten.«

Dagmar fletschte für ihren Hund die Zähne zu einem eisigen Lächeln. »Sie mögen in manchen Punkten recht haben. Aber wenn Sie noch ein abfälliges Wort sagen, dürfen Sie im Wartesaal vom Hauptbahnhof übernachten.« Und sie scherzte nicht etwa, oh, nein. »Ich hatte Sie auch anders in Erinnerung, Serge. Nicht so überheblich. Richtig sympathisch, ohne dieses He-man-Gehabe.«

Decker stand einen Augenblick betroffen da. Er war zwar alles andere als ein schöner Mann, aber er gefiel den Frauen, auch wenn er Unverschämtes sagte. Und nun diese Zurechtweisung. »Ich bin betreten«, gestand er. »Habe ich mich wirklich so blöd benommen? Dann kann das in Ihrem Fall nur ein Zeichen von Unsicherheit sein.«

»Unsicher? Sie? Warum?«

»Ich weiß es nicht, aber ich sage es Ihnen, wenn ich dahinterkomme«, versprach er ihr.

Von nun an hatte Dagmar keinen Grund mehr, sich über Serge Decker zu beklagen.

Sie aßen in einer Gastwirtschaft zu Abend, wo es Schweinsbraten mit Knödeln gab, das gehörte für ihn zu einem Besuch in Bayern, und gingen durch die Dunkelheit nach Hause.

»Laurent hat sich nie mehr bei Ihnen gemeldet?«

»Kein Brief, kein Anruf, nichts. Als ob es ihn gar nicht mehr gäbe. Einfach totgestellt. Das finde ich so feige von ihm.«

Serge sagte darauf eine Weile nichts und dann: »Ich habe ihn noch mal gesehen, in Paris. Aber ich sollte es Ihnen nicht erzählen. Er – er hat viele Briefe an Sie angefangen und alle zerrissen. Ganz ehrlich, so einen Brief in seiner Lage zu verfassen, wäre für mich zu einer Lebensaufgabe geworden.«

»Und weil es so schwer war, ihn zu schreiben, hat er es lieber gelassen«, empörte sich Dagmar. »Wie bequem.«

»Er sagte, er kennt Sie zu gut. Sie würden ihm nie verzeihen. Er sagte, je enttäuschter sie von mir ist, um so eher kommt sie über mich hinweg.«

Sie hatten das Haus erreicht, Dagmar suchte nach den Schlüsseln in ihrer Manteltasche. »Vielleicht hat er recht.« Sie ließ Aljoscha von der Leine und stülpte ihren Mantel über einen Garderobenhaken.

Während sie im Wohnraum das Licht anmachte, fiel Serge ein, daß er noch etwas für sie im Auto hatte –»Moment, ich bin gleich wieder da.« Er verließ das Haus und kehrte mit einem Plastiksack zurück, dessen Gewicht Dagmars Arm zu Boden riß. »Oh – als ob Steine drin wären –!«

»Loiresteine«, sagte Serge, »die Sie gesammelt und in Laurents Wagen vergessen haben. Er hat sie bei mir ausgeladen – ich dachte, vielleicht – es sind schöne Steine, und sie können ja nichts dafür.«

Dagmar stellte sie neben dem Sofa ab. »Vielen Dank, daß Sie sie mitgebracht haben. Aber –«, und fror plötzlich. »Es ist kalt. Ich glaube, wir machen den Kamin an.«

»Denken Sie noch oft an ihn?«

»Er läßt mir keine Ruhe«, beklagte sie sich. »Ich träume von ihm. Er hat vorige Woche einen Heuwagen in mein Haus gezogen und ausgekippt. Ich habe auch schon Gardinen in seiner Wohnung an drei Meter hohen Fenstern anbringen müssen.«

»Keine erotischen Träume?« erkundigte sich Serge.

»Nunja –«, gab sie zögernd zu, »auch. Aber haben Sie schon mal einen erotischen Traum erlebt, der nicht vorzeitig gestört worden wäre?«

Serge grinste. »Da ist was dran.«

Dagmar rollte sich so eng in ihre Sofaecke, als ob noch drei weitere Personen neben ihr Platz finden müßten. Les Grenouilles, die Loire – einen Augenblick war das Glück wieder da, das sie an jenem Tag empfunden hatte. Und dann Anselmes zynischer Auftritt – das Scherbengericht – die abgrundtiefe seelische Erschöpfung danach, die Erkenntnis, alle Gefühle umsonst verausgabt zu haben – ein Nichtsmehr-aufbringen-Können. Das Aus. Das Wissen um die Unheilbarkeit ihres Gefühls für Laurent ...

»Serge, ich kann mir jetzt noch nicht die Steine angucken.«
»Ihr weint um euch alle beide«, stellte er bedauernd fest.
»Kann sein.«
»Wenigstens Freunde solltet ihr wieder werden.«
»Nie mehr. Das Schlimme ist ja, ich habe nicht nur Laurent verloren, sondern auch den Renzl von damals.«

Im Laufe des Abends versuchte er, ihr Verständnis für Laurent zu wecken, wobei er sogar die Historie bemühte, angefangen von den alten Griechen und Römern über die preußische Idealgestalt Prinz Louis Ferdinand, der sich in den französischen Revolutionskriegen auszeichnete, eine bürgerliche Geliebte hatte und gleichzeitig homoerotische Beziehungen mit jungen Offizieren unterhielt, bis hin zu heutigen weltberühmten Männern mit diesen Neigungen.

Dagmar hatte ihm interessiert zugehört. »Ihr historischer Sexualunterricht war sicher gut gemeint, aber sinnlos. Es ist zu Ende. – Was macht Laurent jetzt? Ist er wieder mit Anselme zusammen?«

»Nein. Das war mal eine richtig große Liebe, von der alle angenommen haben, daß sie noch andauert, wenn einer den andern im Rollstuhl schiebt. Aber jetzt weiß ich von Loiret, daß sie wirklich nur noch per Anwalt miteinander verkehren. Laurent ist in New York, um eine Verbindung mit einer dortigen Kunsthändlerin einzugehen.

Er braucht nun mal einen starken Partner, er ist so gar kein Geschäftsmann.«

»Ich auch nicht«, gab Dagmar zu. »Ohne Daddy Groothusen – das ist mein Vormund und Vaterersatz – hätte ich die geerbten Hamburger Grundstücke längst verschenkt und wäre jetzt Floristin in einem Blumengeschäft.« Sie gab sich einen Ruck und stand auf. »Ich muß ins Bett. Wissen Sie überhaupt, wie spät es ist?«

Oktoberfest. Vom sich wie rasend drehenden, überschlagenden, auf- und niederschießenden, ratternd und krachend in den Schienen schleudernden, von Kreischorgien begleiteten Nervenkitzel erschöpft, schoben sie sich zwischen den Buden hindurch. Dagmar verlangte nach Steckerlfisch, glasierten Früchten, gebrannten Erdnüssen, Lachssemmel und Bier; danach wollte sie nichts mehr fahren, denn: »Sonst muß ich ›speibn‹, wie der Bayer sagt.«
Wolken verdüsterten den Himmel, Lichter flammten neonbunt davor auf. Um sie herum fand der Ringkampf zahlloser Musiken statt, Klinderplärren, die gestelzten Stimmen der Ausrufer – und dann – oh, das war ihm peinlich – traf Serge Freunde, die mit Vorwürfen über ihn herfielen: »Du in München? Seit wann bist du da? Warum meldest du dich nicht bei uns? Wo wohnst du?« Dagmar kam der Verdacht, daß Serge gar nicht erst versucht hatte, bei seinen Freunden unterzukommen, sondern von Anfang an die Absicht gehabt hatte, in Kornfeld zu logieren. Sie sprach ihn darauf an.

»Also gut«, sagte er, sie unterärmelnd, »ich wollte Sie wiedersehen. Pure Neugier, was aus Ihnen geworden ist. Sind Sie jetzt böse?«

»Nö, ich find's ganz lustig mit uns«, sagte sie nach einer Weile.

Ein plötzlicher Sturm riß an den Budendächern, ließ Gondeln schwanken und Lichterketten. Es war, als ob sämtliche Nähte der Regenwolken auf einmal platzten. Im Nu war die Wies'n überschwemmt, Wasser fuhr den Ständen unter die Röcke. Menschenmassen versuchten, in die überfüllten Zelte zu flüchten.

Es regnete Blasen, dicke Tropfen hüpften wie auf einem Trampolin. Dagmar war stehengeblieben und sah einer Papierrose zu, die eilig an ihnen vorübersegelte.

»Wollen Sie hier stehenbleiben?« erkundigte sich Serge.

»Wenn es einem erst mal oben in den Kragen läuft und unten wieder heraus, muß man sich ja nicht mehr beeilen. Mich stört Regen nicht – Sie etwa?«

»Wenn Sie wollen, können wir uns ja noch reinsetzen«, ging er auf ihre Provokation ein, innerlich fluchend wegen seiner neuen Schuhe, die ja nicht als Kähne konzipiert worden waren.

»Kommen Sie.« Dagmar nahm seine Hand und plätscherte mit ihm eine Anhöhe hinauf zum Taxistand.

»Wohin?« fragte der Fahrer, wenig begeistert von seiner triefenden Fuhre.

»Ja, wohin eigentlich? Sind wir nicht mit 'nem Auto hergekommen?« überlegte Dagmar.

»Mit meinem Leihwagen. Den haben wir inzwischen abgegeben«, erinnerte er sie.

»Also dann zum Hauptbahnhof.«

»So naß, wie wir sind?« Serge fand diese Vorstellung nicht so gut. »Mit Grippe kann ich schlecht fliegen.«

»Wieso fliegen? Ich habe keine Landebahn im Garten.«

Er sah sie an. »Wenn du albern bist, dann grinst du wie ein ausgehöhltes Kürbisgesicht.«

»Herr Decker, Sie haben du zu mir gesagt«, erinnerte sie ihn.

»Haben Sie sich nun endlich geeinigt, wo Sie hin wollen?« erkundigte sich der Taxifahrer.

»Auf dem direkten Weg nach Kornfeld«, beschloß Serge, »in ein warmes, trockenes Haus!« Und auf der Fahrt: »Wo ist das Herz, das ich dir auf der Wies'n gekauft habe?«

»Was für'n Herz?« stellte sie sich dumm.

»So gehst du mit meinem Herz um.«

»Was soll denn drauf gestanden haben?«

»›Freut euch des Lebens.‹«

»›Freut euch des Lebens, weil noch das Lämpchen glüht‹«, sang der Chauffeur.

»Was für'n Lämpchen?« fragte Dagmar.

Das wußte er auch nicht, aber dafür, wie das Lied weiterging: »›Man schafft so gern sich Sorg und Müh, / sucht Dornen auf und findet sie / und läßt das Veilchen unbemerkt, / das uns am Wege blüht.‹«

»Bravo«, klatschte Dagmar und stieß Serge an, damit er sich am Applaus beteiligte. »Woher kennen Sie den Text?«

»Ich bin im Gesangverein.«

»Drum. – Bin ich ein unbemerktes Veilchen, Serge, blüh ich uns am Wege?«

»Ein ziemlich albernes Veilchen«, versicherte er ihr.

»Jaja, das Bier«, nickte der Fahrer. »Vorhin hatt' ich einen Gast, der war so zu, der wollt mich partout adoptieren.«

»Ich bin aber nicht zu nach einer Maß. Ich bin albern, hat dieser Mensch gesagt.« Unter ihrem triefenden Pullover zog sie das in Zellophan verpackte Lebkuchenherz hervor, das Serge ihr geschenkt hatte, hielt es ihm vor die Nase und verlangte, daß sie noch einmal dreistimmig »Freut euch des Lebens« sangen.

In der Achterbahn hatte es angefangen. Die Augen zu an seiner Brust, ihr Kreischen in sein Jackett hinein – starker, beschützender Mann um zarte, kleine Frau –, und als er sie noch näher an sich heranziehen wollte, hatte sie sich freigemacht, die Arme in die Luft geworfen und war also kopfüber in die steile Tiefe gerast. Wo hatte sie nur den Mut dazu hergenommen? Es war wohl ein Wehren gegen seine starke Anziehungskraft, die Angst vor neuen Verletzungen. Andererseits – warum sollte sie sich eigentlich keinen Liebhaber leisten, solange sie nicht in die Abhängigkeit ihrer Gefühle geriet mit all diesem nervenaufreibenden: Ruft er an? Liebt er mich? Betrügt er mich? Wo ist er? Warum meldet er sich nicht?

Kein Mann hatte mehr das Recht, ihr weh zu tun, achgottja, das sagte sich so leicht hin …

Gedanken in ihrer Sofaecke, ein Kissen umarmend, während sie Serge in Benedikt Rappenreiters rotem Bademantel und seinen Tennissocken vorm Kamin betrachtete.

»Erzähl mir was von dir«, forderte sie ihn auf. »Ich weiß so gar nichts, außer daß du diese riesigen Vögel fliegst. Wie kriegst du die eigentlich hoch, und was machst du, daß sie oben bleiben? Die sind doch irre schwer –«

Serge wollte ernsthaft antworten, bis er noch rechtzeitig merkte, daß sie ihn einmal wieder auf die Schippe nehmen wollte. »Wie hat das Laurent mit dir bloß ausgehalten?« wunderte er sich.

»Bei dem war ich lieb und ernst. Jetzt bin ich ernst. Erzähl mir deinen Lebenslauf. Mit Vornamen heißt du Serge wie ein Franzose, mit Nachnamen Decker, Entdecker, Zudecker, Dachdecker ...«

»Dagy – wenn du jetzt noch Deckhengst sagst –!« warnte er.

»Der endet beim Abdecker. – Wo bist du geboren?«

»In Straßburg.«

»Wer waren deine Eltern? Muß ich dir alles aus der Nase ziehen?«

»Ich habe keine Lust, auch meine Eltern von dir verscheißern zu lassen, Fräulein Janson –«

»Oh, nein, niemals. Ich schwör es!«

»Also schön.« Serge sah Aljoscha nach, der sich aus der Wärme des Kamins in eine kühle Zimmerecke verzog. »Mein Vater kam aus der Sologne, aus Briare.«

»Da war ich mit Laurent«, erinnerte sie sich.

»Er war Zugführer. Meine Mutter war Schneiderin, aus dem Elsaß. Mein Vater ist sehr früh gestorben.«

»Ich kann mich auch nicht an meinen Vater erinnern«, sagte Dagmar.

»Als ich sieben war, lernte meine Mutter im Zug – Züge waren ihr Schicksal – einen Steuerbeamten aus Weimar kennen, einen Witwer mit drei Söhnen. Decker hieß er und hat mich adoptiert. So kamen wir nach Weimar. Meine Stiefbrüder haben mich schikaniert, bis sie endlich zum Arbeitsdienst eingezogen wurden. Sie sind alle drei im Krieg gefallen, ich war für'n Heldentod zu jung.«

»Und dann?«

»Nach dem Abitur bin ich nach Westdeutschland abgehauen. Ich wollte unbedingt in die Staaten. Als mein Auswanderungsantrag endlich durchkam und ich nach Amerika, wurde ich umgehend eingezogen und als GI nach Deutschland zurückgeschickt. Nach meiner Militärzeit habe ich drüben meine Pilotenausbildung gemacht. – Seit '58 bin ich bei der Lufthansa.«

»Wie bist du zu der Ferme gekommen?«

»Ich wollte die Familie meines Vaters kennenlernen und fuhr an die Loire. Einer meiner Cousins war Maler: Loiret!«

»Ach, das ist dein Vetter? Haben sie inzwischen ihr Kind?«

Nicht ohne Stolz: »Es heißt Serge, nach mir. – Kurz, mir gefiel die Gegend. Außer Fliegen restauriere ich gerne alte Schuppen. Ich wollte endlich mal was Eigenes haben. Loiret hat mir zu Les Grenouilles verholfen. So bin ich da unten hängengeblieben. Außerdem kann ich da auch Ballonfliegen, aber dazu komme ich nur in den Ferien.« Serge Decker klang vollkommen zufrieden.

»Du hast was vergessen«, fiel Dagmar auf. »Frau und Kinder?«

»Wenn's die gäbe, hätte ich sie mit Sicherheit vor dem Ballonfliegen erwähnt. Natürlich gibt es Frauen, aber zur Zeit ist keine dabei, die ich erwähnen müßte. Ich habe Freunde rund um den Globus, das ist eine gute Sache, von Melbourne bis –«, er grinste, »– bis Kornfeld, hoffe ich.«

Aha, dachte Dagmar, plötzlich ernüchtert, jetzt darf ich eine von vielen bei ihm sein. »Ich bin müde.« Sie streckte sich wie ein Hund, bevor sie aufstand. »Ich geh schlafen. Wenn du noch aufbleiben willst – da ist das Fernsehprogramm, im Eisschrank findest du Wein. Gute Nacht.«

Er ging ihr nach bis zum Treppenabsatz, sah ihre schlanken Kinderbeine in Strumpfhosen unter einem Jeanshemd zwei Stufen auf einmal nach oben turnen.

»Was ist, Dagy? Habe ich was Falsches gesagt?« fragte er hinter ihr her.

»Nein, überhaupt nicht. Ich bin wirklich müde, und außerdem ist mir schlecht.«

»Kein Wunder nach allem, was du auf der Wies'n durcheinandergefuttert hast. Schlaf schön –« Und er kehrte an den Kamin zurück.

Aljoscha überlegte einen Augenblick, ob er Dagmar folgen sollte, entschloß sich dann aber, auf ihrem blauen Sofa Platz zu nehmen. Saß da und sah Serge Decker an.

Am Anfang dieses Abends hatte sie ihn sich als Liebhaber gewünscht. Nun verkroch sie sich in Christine Rappenreiters behäbigem Mahagonibett mit der verzagten Erkenntnis, daß sie für ein kurzes Abenteuer mit einem Mann, der in der ganzen Welt Freunde und unter ihnen wohl genügend Freundinnen hatte, nicht geschaffen war. Er flog übermorgen wieder ab in seine weite Welt, und sie durfte in Kornfeld sein Bett abziehen und sich sein buntes Leben ausmalen. O nein, so nicht!

Ein kurzer Schlaf, aus dem erwachend sie feststellte, daß Aljoscha nicht neben ihrem Bett lag. Kein Wunder, sie hatte ihre Zimmertür geschlossen, das war er nicht gewohnt, er mußte nachts das ganze Haus zur Verfügung haben. Sie stand auf und öffnete sie.

Tiefe Dunkelheit und Ruhe überall. Da stimmte etwas nicht, Aljoscha ließ sich ohne Protest nicht aussperren. Sie suchte das Haus nach ihm ab. Unter der Tür des Gästezimmers war noch ein schmaler Streifen Licht.

»Serge – ist Aljoscha bei dir?«

»Komm rein.«

Er lag im Bett, nackter Oberkörper, in einem Wust von Zeitungsblättern, und der Hund wie eine Sphinx, wie eine nun sehr verlegene Sphinx, neben ihm, mit den Augen plierend, voller Körperwindungen, die in einem ungewissen Wedeln ausliefen.

»Aljoscha!«

»Bestraf ihn nicht«, sagte Serge. »Ich habe ihn mit einem Steak aus dem Eisschrank in mein Zimmer gelockt. Es war das erste, was er heute zu fressen gekriegt hat. Du hast vergessen, ihn zu füttern.«

Sie griff gekränkt nach seinem Halsband und versuchte ihn aus dem Zimmer zu zerren. Aljoscha stieß Schreie aus, als ob ihm die Schlachtbank bevorstünde.

»So schaffst du es nie«, versicherte Serge, stand aus dem Bett auf, hob den Hund hoch und trug ihn zur Tür hinaus. Dabei fiel ihm auf, daß er nackt war, und er bat Dagmar um den Bademantel, da drüben auf dem Stuhl ...

Dagmar gab ihn Serge. »Gute Nacht.« Sie wollte die Tür schließen.

»Oh, Dagy«, sagte er hinter ihr her, »bleib hier. Bitte! Du willst es im Grunde doch auch –«

»Ich bin müde«, pfiff sie zurück und erwartete, daß er sie in die Arme nahm, damit sie sich gegen ihn wehren konnte.

Aber er ließ sie gehen.

Dieses späte, unberechenbare Mädchen hatte schon einige Gefühlsregungen in ihm ausgelöst, seit er ihr begegnet war: Rührung über ihren Kummer damals auf dem Weg nach Paris, Ärger über ihren Spaß, ihn hochzunehmen, seit er hier war. Sie versteckte ihre Weiblichkeit unter Männerhemden und Pullovern, war voller Leidenschaft und mutwilliger Aggressionen. War kaum zu bändigen gewesen vor Übermut auf dem Oktoberfest, spielte ihm sogar Anlehnungsbedürftigkeit vor und verlachte anschließend seinen männlich dargebotenen Schutz. Lebte ganz allein mit einem Hund in einem Haus, das geschaffen war, um einer großen Familie Geborgenheit zu geben. Faszinierte und verunsicherte ihn gleichzeitig – Unsicherheit war eine Novität für ihn im Umgang mit Frauen. War sie raffiniert? Oh, nein – überhaupt nicht. Ihr Mundwerk war wohl nur ein Schutzwall – aber was wollte sie schützen? Ihre Verletzlichkeit? Ihre Scheu vor neuen Gefühlen?

Serge stieg in sein Gästebett zurück, las noch einen Artikel aus dem Wirtschaftsteil der Zeitung, von der die meisten Seiten bereits auf dem Boden durcheinanderlagen, löschte das Licht, sich auf seine Schlafseite rollend. Wenn er schlief, konnte man Kanonen neben ihm abschießen, ohne ihn zu wecken.

Irgendwann gegen Morgen wachte er fröstelnd auf, um seine Stellung zu ändern, und begegnete einem Widerstand neben sich auf dem Laken, einem ruhig atmenden Körper. Er tastete danach, berührte Dagmars Schulter. Wer weiß, wann sie zu ihm gekommen war, wie lange sie schon neben ihm schlief und ihm im Schlaf die Decke fortgezogen hatte, um sich darin einzuwickeln.

In diesem Augenblick empfand er Liebe für dieses seltsame Mädchen, behutsame Liebe. Nun war sie da, er wollte sie nicht wecken, aber die herbstliche, durchs geöffnete Fenster hereinströmende Kühle ließ ihn vereisen. Er begann an der Decke zu zupfen, darüber wachte sie auf und rollte sich in seinen Arm –

»Oh, Serge – ich bin bloß zufällig hier –«

Sie fuhren Richtung Salzburg über Land. Dagmar am Steuer, frech wie gewohnt und sehr fröhlich – nichts erinnerte ihn mehr an die schmiegsame Geliebte der vergangenen Nacht. Ihre Fahrweise vermehrte seine grauen Schläfenhaare. Er flehte sie an, ihn ans Steuer zu lassen. Auf dem Rücksitz wurde Aljoscha schlecht.

Wandern über Wiesen. Forelle blau in einer Gastwirtschaft. Dagmar verschluckte sich beim Lachen an einer Gräte und stopfte alle Kartoffeln von seinem und ihrem Teller in sich hinein, weil Kartoffeln gut sein sollen gegen Gräten im Hals. Und wenn sie sich anschauten, dachten beide an nichts anderes als an die letzte Nacht vor seinem Abflug, die sie noch vor sich hatten.

5 Uhr 30 in Kornfeld. Als der Wecker klingelte, war neben ihm das Bett bereits leer. Im Garten bellte Aljoscha. Serge fand Dagmar in der Küche, auf das Kochen des Wassers wartend.

»Oh«, staunte sie ergriffen über seine Pilotenuniform. »Was bist du schmuck! Und das Haar so frisch gebügelt! Hat es keine Wirbel mehr, wenn im Dienst?«

Sein Kuß schmeckte nach Zahnpasta. »Kannst du nicht endlich mal wie eine normale Frau sprechen, wenigstens zum Abschied?«

»Das Teewasser kocht gleich.«

Er schaute auf seine Uhr. »Tut mir leid, ich muß den Zug um 6 Uhr 17 kriegen.«

»Ich fahre dich zum Flughafen.«

»Du fährst mich zum Bahnhof und nicht weiter.« Er nahm sie bei den Schultern und drehte sie zu sich herum. »Danke, Dagy. Ich war lange nicht so – so glücklich.«

»Ja, es war hübsch mit uns«, gab sie zu. »Wo mußt du heute hin?«

»New York.«

Und am liebsten hätte sie gefragt: Nimmst du mich einmal mit?

Er stellte die Herdplatte mit dem rauschenden Teekessel ab. »Komm, es wird Zeit.«

Dagmar spürte plötzlich, wie sie unter seinen Willen geraten war, diesen sanft vorgetragenen, aber sehr ausgeprägten Willen – und das Beunruhigende daran, daß es ihr gefiel.

Ein kurzer, zärtlicher Abschied am Bahnhof.

»Ich ruf dich an.«

Türen klappten zu. Sie stand da, ohne zu winken, bis der letzte Wagen unter der Brücke durchgefahren war, die Seeliger mit dem Ortsteil Kornfeld verband.

Serges Zimmer. Offene Schranktüren. Leere Bügel. Sein Bett so, wie er es beim Aufstehen heute früh verlassen hatte. Sie zog zuerst sein Kopfkissen ab und behielt es einen Augenblick im Arm – es roch nach seinem Haar – im angrenzenden Bad noch ein Spritzer vom Rasierschaum auf der Spiegelscheibe. Eine fast geleerte Flasche Eau de Toilette. Der Blick aus dem geöffneten Fenster in Buchenlaub. Sie sammelte die noch feuchten Badetücher ein. Vor der Dusche seine Pantoffeln. Hatte er sie vergessen oder dagelassen für seinen nächsten Besuch irgendwann? (»Ich ruf dich an –«)

Serge war abgereist, aber noch spürbar da. Das Vermissen würde sich erst am Abend einstellen, wenn sie im Wohnraum saß, Aljoscha schlafend zu ihren Füßen, und Serges Stuhl war leer.

Gleich nach Geschäftsschluß um 12 Uhr 30 mittags rief Else an. »Mein Zeit, Dagmar«, mit sensationslüsternem Unterton, »von dir erzählt man sich ja Sachen –!«

»So, was denn?«

»Knutscht dich in aller Hergottsfrühe mit'n Piloten auf dem Bahnsteig ab!«

»Ach nein – ist das schon rum?« amüsierte sie sich. »Und wer sagt denn, daß es ein Pilot ist?«

»Frau Schüttel. Weil er für'n Stewart zu alt ist, und Lufthansa isser auf jeden Fall. Sie kennt ja die Uniform.« Abwartendes Schweigen, im Hintergrund grummelte Alois Armbruster, dem Elses Neugier peinlich war. »Es geht mich ja nichts an –«

»Nein, wirklich nicht.«

»Aber ich mach mir Sorge um dich, wo du doch gerne auf so 'ne windigen Kerle reinfällst.«

»Auf wen denn alles? Zähl mal auf, Else.«

»Naja – so auf die Schnelle fällt mir der Michel ein, mit dem du die Gärtnerei gepachtet hast, und denn hatte er Hochgestocheneres im Kopf wie Kornfeld und ist hopp und wech. Von Beni will ich gar nich reden. Und der Hamburger, den du mal bei Onkel Groothusen kennengelernt hast und – Alo! Laß mich ausreden!« beschimpfte sie ihren Mann, der sie daran erinnern wollte, daß er noch nichts im Magen hatte seit 6 Uhr früh.

»Nun, was ist an einem Flugkapitän so windig?« erkundigte sich Dagmar. »Erklär mir das mal, du hast doch Lebenserfahrung, Else!«

»Na, wie die Matrosen. In jedem Hafen eine. Und denn noch quer durch die Stewardessen.«

»Ist das so?« Dagmar bemühte sich ernst zu bleiben. »Da muß ich ihn direkt mal fragen. Auf alle Fälle vielen Dank für deine Besorgnis, Else. Ich weiß, du meinst es gut mit mir. Und nun mach mal deinem Alo was zu Mittag und grüß ihn schön von mir.«

Zehn Tage lang hörte Dagmar nichts von Serge Decker. Das waren ihr vier Tage zuviel als Entschuldigung für einen Flug nach New York und zurück. Und drüben gab es auch Telefone.

Elses Stachel bohrte sich ihr ins Mißtrauen. Löste Zorn aus, der alle Hoffnung, Gefühle und Illusionen zu zertrümmern begann.

Daddy Groothusens fünfundsechzigster Geburtstag in Hamburg, den er würdig zu feiern gedachte, stand bevor. Dagmar hatte Aljoscha dem Hundefriseur ausgeliefert zwecks Badens und gründlicher Entfilzung, denn er war ja auch zu diesem Fest geladen.

Nun lag er ihr zwischen offenen Schranktüren und Koffern als von der Verschönerungsprozedur erschöpfter reinseidener Luxushund im Wege, über den sie beim Packen etliche Male hinwegsteigen mußte. Nichts fiel Dagmar schwerer, als die Vorbereitungen für eine längere Reise. In ihre Verwirrung fiel Serge Deckers Anruf wie eine zusätzliche Bombe hinein.

»Dagy, hallo, Schätzchen, ich wollte dir nur sagen, ich lande morgen mit der Achtzehnuhrfünfunddreißig-Maschine in München. Holst du mich ab?«

Erst war sie unbeschreiblich froh, dann war sie sehr empört. »Ach, das habe ich gern! Ja, glaubst du etwa, ich sitze hier und warte darauf, daß du kommst? Ich fahre morgen nach Hamburg.«

»Kannst du deine Reise nicht um einen Tag verschieben?«

»Du bist gut, du bist phantastisch«, fuhr sie ihn an. »Fährst hier ab und läßt zehn Tage nichts von dir hören. Und weil's dir jetzt gerade paßt, soll ich meine Reise verschieben.«

»Ja, Dagy, bitte«, er reagierte geradezu bestürzend männlich im Vergleich zum sensiblen, einfühlsamen Laurent.

»Tut mir leid. Daraus wird nichts. Aber ich geb dir meine Hamburger Adresse. Hast du was zum Schreiben da?«

Serge Decker kam wirklich für anderthalb Tage nach Hamburg. Er gab sich in dieser kurzen Zeit alle Mühe, einen guten Eindruck auf Daddy Groothusen zu machen. Reparierte die technischen Schäden im Haus, wodurch er sich zusätzlich die Sympathie der Haushälterin eroberte. Wurde von Aljoscha wie ein vertrauter Bekannter im fremden Hamburg begrüßt.

Dagmar verbrachte mit ihm die Nacht in seinem Hotel. Sie fuhr ihn zum Flughafen. »Du warst ein Erfolg«, versicherte sie ihm. »Du warst hilfsbereit, umsichtig, hast richtig spannend aus deinem abenteuerreichen Leben geplaudert. Du mußt doch total geschafft sein nach soviel positiver Selbstdarstellung.«

»Du dummes Stück«, sagte er verärgert. »Warum soll ich mich anders benehmen, als ich bin? Ich mag deinen Daddy und ich freu mich, daß dein verrückter Hund mich akzeptiert. Aber wenn du nicht endlich aufhörst mich hochzunehmen, verlier ich die Lust an dir, Dagmar Janson. Adieu –« Er küßte sie auf die Stirn und ging durch den Eingang für Flugpersonal.

Dagmar sagte seinem breiten Rücken sehr kleinlaut hinterher: »Serge!«

Er sah sich um.

»Komm noch mal zurück. Bitte.«

Sie waren zusammen in Hongkong.

Sie saß bei der Landung hinter ihm im Cockpit und machte keine dummen Witze.

In Bangkok führte er sie in die Geschäftsstraßen der Schnellschneider in der Hoffnung, sie würde dem modischen Kaufrausch aller Touristen verfallen, damit er endlich einmal etwas anderes an ihr sehen durfte als Jeans und zu große Hemden und Pullover.

Dagmar blieb immun gegen jede modische Veränderung. Dafür kaufte sie Bananenstauden und Mangobäumchen für ihr Gewächshaus und einen drei Zentner schweren Frosch aus massivem Holz von der Größe eines zweisitzigen Sofas als Geschenk für Les Grenouilles, weil Grenouilles doch Frösche hieß. Das Monstrum ließ sich nur per Schiff nach Europa befördern und kostete ein Vermögen an Fracht und Zoll und mußte im Winter ins Haus geräumt werden, weil sein Holz bei Frost zu Sprüngen neigte. Und somit würde der Wohnraum seine Geräumigkeit, seine asketische Strenge verlieren, die Serge für sein Refugium vorgesehen hatte. Oh, Dagmar! Alles mit ihr war anders als mit seinen bisherigen Frauen, auch ihre Geschenke.

Er wußte bereits, daß es nicht leicht sein würde mit diesem übriggebliebenen Zwilling, wie Laurent sie einmal bezeichnet hatte. Aber es war auch nie langweilig mit ihr.

Dann kam ihr Urlaub auf Hawaii.

Anfangs beunruhigte ihn ihre leere Betthälfte, wenn er frühmorgens aufwachte. Dann gewöhnte er sich daran, daß sie ganz einfach allein sein mußte irgendwann. Sie war für Stunden fort, kam mit einer Tasche voll Muscheln wieder, manchmal ohne Gesammeltes. Dann hatte sie nur am Strand gelegen und erzählte ihm vom Meer und den Tieren, denen sie begegnet war.

Dann gab es wieder Stunden, in denen sie sich keinen Augenblick von ihm trennen mochte.

Er liebte ihre Unabhängigkeit und ihre Abhängigkeit und ihre Leidenschaft. Er fing an, sich mit der Vorstellung vertraut zu machen, sie ständig um sich zu wissen und Kinder mit ihr zu haben.

Eines frühen Morgens, an dem sie weder Muscheln sammelte noch dem Meer zuschaute, sondern mulattenbraun neben ihm auf dem Laken liegend, ihr hocherhobenes Bein betrachtete, fragte er sie: »Dagy – wollen wir heiraten?«

Es kam ihm so vor, als ob sie kurzfristig zu atmen aufhörte. Dann rollte sie sich aus dem Bett. »Ich muß was trinken.«

Er sah sie vor dem Eisschrank stehen. Gerade Schultern, schlanke Taille, ein kleiner fester Po mit Grübchen. Sie öffnete eine Perrier-Flasche und fragte: »Magst du auch einen Schluck?«

»Oh, verdammt noch mal, ich habe was anderes als Antwort erwartet, wenn ich den ersten Heiratsantrag meines Lebens starte!« kränkte sich Serge.

»Also keinen Schluck«, sagte Dagmar, nachdem sie getrunken hatte, und stellte die Flasche in die Eisbox zurück. Und sah sich nach ihm um. »Was soll ich dazu sagen? Ich wünsche mir nichts mehr, als mit dir zusammenzubleiben – aber heiraten, nein, Serge, da hängt ja auch eine Zukunft dran, die ich nicht will. Es geht nicht, leider –«

»Okay, vergiß es.« Er rollte sich auf den Bauch, das Kinn auf seinen Arm gepreßt.

»Jetzt bist du böse.«

»Ich habe gesagt, vergiß es. Reden wir nicht mehr drüber.« Und konnte dann doch nicht verhindern, Dagmar daran zu erinnern, daß sie Laurent von Herzen gern geheiratet hätte.

»Ja, stimmt. Aber das ist lange her. Ich habe mich eben inzwischen geändert und will nie mehr mein Leben von einem Mann abhängig machen.« Sie setzte sich in einen Stuhl, mit dem Blick auf seinen gekränkten Rücken. »Ich bin sehr froh mit dir, Serge. Ich kann mir keinen anderen Mann vorstellen als dich. Noch nie war ich so zufrieden mit meinem Leben wie jetzt. Bisher gehörten meine Zeit, meine Sorge der Gärtnerei. Zum ersten Mal bin ich frei, gewöhne mich daran, an mich selbst zu denken – das ist gar nicht so einfach. Schön, ich genieße das Reisen mit dir. Das wird noch ein, zwei Monate so weitergehen, bis das Feriendasein mich belastet wie eine Arbeitslosigkeit. Dann werde ich mir einen neuen Job suchen. Ach, Serge, ich hab dich sehr lieb, aber wenn ich einmal heirate, dann möchte ich nicht nach kurzer Zeit wieder geschieden werden.«

»Wer redet denn von Scheidung?«

»Glaubst du, es würde gutgehen mit uns beiden?«

»Das weiß doch keiner vorher«, brummte er.

»Da hast du recht. Das weiß keiner.«

»Du bist jetzt vierunddreißig«, sagte er sich aufrichtend, »wann willst du deine Kinder kriegen? Etwa mit vierzig?«

»Ich wünsche mir ein Kind, darum nehme ich auch nicht die Pille. Und ich wünsche mir nichts mehr, als ein Kind von dir. Aber dazu brauche ich dich doch nicht zu heiraten. Wie würdest du dir eigentlich eine Ehe zwischen uns vorstellen? Du bist kein Beamter, der abends nach Hause kommt.«

»Andere Piloten sind auch verheiratet. Gut, wir sind nicht viel zu Haus, aber manchmal ist das für 'ne Ehe ganz förderlich, wenn man nicht ständig aufeinanderhockt.«

»Andere Piloten haben aber kein Les Grenouilles«, gab Dagmar zu bedenken. »Würdest du das mir zuliebe aufgeben?«

Serge sah sie entrüstet an. »Willst du das im Ernst von mir verlangen? Ich habe mir den Schuppen in jahrelanger Arbeit restauriert, ich hänge an ihm wie du an Kornfeld. Du würdest es genauso lieben, wenn du dort länger lebtest.«

»Ich würde es hassen und dich dazu«, versicherte sie ihm. »Soll ich etwa in der tiefsten französischen Provinz sitzen, deinen Hof hüten, deine Kinder allein großziehen, denn du bist ja selten da – du düst zwischen Rio und Hongkong und Los Angeles und was weiß ich wo herum, und ich zähle inzwischen die Häschen vor der Haustür. Ab und zu schwebst du für paar Tage bei uns ein – ich wasche, bügle, bekoche dich – du versackst inzwischen ›dans une cave où il y a du bon vin‹, wie es in eurem Sauflied heißt. Und eh ich mit dir alle häuslichen Probleme durchsprechen kann, bist du schon wieder fort – ich steh am Wegesrand, rechts und links die Kinderchen, und darf dir nachwinken.« Sie war aufgestanden und im Zorn in ein T-Shirt gefahren, das Vorderteil nach hinten. »Nein, Serge, so habe ich mir meine Zukunft nicht vorgestellt. Kornfeld ist mir Provinz genug. Ich möchte dich nicht als Freund verlieren – du bist ein wunderbarer Liebhaber –, aber heiraten! Wenn ich ein Kind bekomme, kann ich das sehr gut allein aufziehen. Eines wenigstens hat mir meine Familie hinterlassen: finanzielle Unabhängigkeit. Ich muß mich nicht binden, um mich und mein Kind versorgt zu wissen. Außerdem fang ich ja irgendwann wieder zu arbeiten an.«

»Was regst du dich eigentlich so auf?« brüllte er, selber aufgeregt. »Ich habe dir bereits gesagt, es war nur eine Frage. Vergiß sie. Ich werde sie nie wieder stellen. Und wenn du glaubst, ich will dich heiraten, weil du ein vermögendes Mädchen bist, dann kann ich dir nur sagen, ich habe reichere Frauen als dich gekannt und sie nicht genommen. So«, er sprang aus dem Bett und marschierte auf seinen langen, kräftigen, ein wenig steifen Beinen ins Bad, drehte die Dusche auf und rief ins Zimmer zurück: »Den Urlaub habe ich mir anders vorgestellt.«

Dagmar stand am Fenster und überdachte, was sie mit ihrer Ehrlichkeit angerichtet hatte. Mußte sie ihm ihre Meinung auf Hawaii sagen, hätte das nicht Zeit gehabt bis Frankfurt oder Kornfeld? »Heißt das, wir werden jetzt getrennt zurückfliegen?« rief sie bedrückt.

Er hörte sie nicht unter der Dusche.

Serge brauchte einen ganzen Ferientag, um seine Enttäuschung abzubauen. In dieser Zeit der Angst, seine Liebe verloren zu haben, wurde ihr klar, wie sehr sie inzwischen von dieser Liebe abhängig war. Konnte sich keinen anderen Mann mehr vorstellen und sagte ihm trotzdem nicht, daß sie bereits schwanger war.

Serge rief ab und zu an. Wenn er sein Soll an Flugstunden überschritten und somit den Rest des Monats frei hatte, teilte er diese Tage zwischen Kornfeld und Les Grenouilles auf. Aber es war nicht mehr so wie früher. Diese behutsame Zärtlichkeit für die Frau, mit der er sich endlich Beständigkeit vorgestellt hatte, mit der er eine Familie gründen wollte, fehlte.

Dann rief er immer seltener an, seine Besuche blieben aus, wahrscheinlich hatte er eine neue Freundin, Dagmar wußte es nicht, wollte auch gar nicht darüber nachdenken.

Es tat schon weh. Doch ja, aber sie konnte ihm keinen Vorwurf machen. Und außerdem hatte sie ihm ihre Schwangerschaft verschwiegen. Daddy Groothusen, selig, daß er endlich »Großvater« werden würde, reiste an, um selbige zu behüten. Seine altmodische Besorgnis war schwer zu ertragen. Dagmar ging es prächtig, sie wollte nicht geschont werden, war von Natur aus auch nicht zum Schonen begabt.

Sie freute sich unbeschreiblich auf ihr Kind, begann bereits im dritten Monat das Zimmer einzurichten, das sie für ihren Sohn ausersehen hatte. Sie besuchte Gärtner Huber im alten Steinerschen Haus, um mit seinen Kindern zu spielen, und hütete sie gern, wenn Hubers gemeinsam ausgehen wollten. (»Jo mei, die Janson, die kennst nimmer wieder!«)

Sie dachte manchmal an August und was er wohl dazu gesagt hätte, daß sie Mutter wurde. (»Was soll ich dazu sagen? Ich dachte schon, du wirst 'ne olle Jumpfer. Nu wirste 'ne olle Jumpfer mit Kegel«, wie früher die unehelichen Kinder genannt wurden.)

Else sagte sie lieber nichts, um ihren Kommentaren zu entgehen. Else Armbruster, geborene Pillkahn, hatte nie vergessen, daß Dagmar die Besitzerstochter im Altonaer Haus gewesen und sie selbst in zwei dunklen Zimmern zum Hof hinterm Milchladen groß geworden war. Und wozu hatte sie es inzwischen gebracht? Zu einer ehelichen Tochter mit höherer Schulbildung und dem ersten Selbstbedienungsladen am Ort. Und wozu hatte Dagmar Janson es gebracht – nicht mal zu einem Vater für ihr Kind, und an der Gärtnerei war sie auch gescheitert.

Nein, Dagmar hatte ihre fröhliche Stimmung viel zu gern, um sie sich von Else vermiesen zu lassen.

Dagmar rechnete fest mit einem Jungen. Der sollte Dag heißen, aussehen wie Dag und sein wie Dag damals. Und plötzlich war kein anderer Mann mehr wichtig in ihrem Leben, selbst sein Vater nicht, der würde nur stören, weil Väter gerne ihre eigenen Pläne mit Söhnen haben. Und was wußte Serge schon von ihrem Zwillingsbruder Dag?

Auf ihren langen Spaziergängen über Land mit Aljoscha kehrte die Hamburger Kinderzeit in ihr Gedächtnis zurück. Und die starke Verbundenheit mit Dag, die jahrelang geschlummert, aber nie aufgehört und Dagmar daran gehindert hatte, ein Mädchen mit Freundinnen zu sein, die sie gezwungen hatte, nach einem Bruderersatz zu suchen.

Seit der Schulzeit hatte sie selten mehr ein Buch in die Hand genommen. Nun holte sie nach. Auf ihrem Nachttisch ein Gebirge von Büchern, nach denen sie griff, wenn gegen zwei Uhr früh Schlaflosigkeit einsetzte, unter der sie früher nie gelitten hatte, auch jetzt nicht, weil die Schlaflosigkeit ihr die Möglichkeit gab, weiterzulesen.

So geriet sie auch an die griechische Mythologie. Sie fand darin die Geschichte einer Nymphe, die einen Jüngling so sehr liebte, daß sie die Götter beschwor, sie nie zu trennen. Die Götter erhörten ihr Flehen und verschmolzen die beiden zu einer Person.

Wenn sie das damals gelesen hätte! Die Vorstellung, Dag könnte ein Teil von ihr geworden sein, war wunderschön und beglückend und hätte ihr die Suche nach einem Bruderersatz erspart, die Träume von seiner Wiedergeburt ...

Dann las sie weiter: Die verschmolzene, halb männliche, halb weibliche Person nannte man Hermaphroditos.

Dagmar stand auf, zog ihren Bademantel an und ging ins Wohnzimmer hinunter ans Bücherregal, griff sich den Band H aus der Lexikonreihe und schlug nach, was Hermaphroditos bedeutete. Aljoscha folgte ihr schlaftrunken.

Hermaphroditos bedeutete Zwitter, und was das war, wußte sie von Beni.

Was mußte sie sich auch mit einer griechischen Nymphe identifizieren! Am Küchentisch, ein Glas Milch vor sich, Aljoscha schlafend zu ihren Füßen, fünfunddreißig Jahre alt, begriff sie endlich, daß ihr Zwillingsbruder Dag beim Angriff auf Hamburg im Juli '43 umgekommen war – ohne Tarnkappe zum unsichtbaren Weiterleben, auch nicht wiedergeboren als Aljoscha.

Du lieber Gott, was hatte sie sich da alles zusammengedacht in ihrem Übriggebliebensein, das sie zum Outsider geprägt hatte. Dag war gestorben. Und sollte auch nicht wiedergeboren werden in dem Kind, das sie voller Freude ausbrütete. Es sollte seine eigene Persönlichkeit entwickeln, ohne Vergleiche mit einem Toten – es sollte auch nicht seinen Namen tragen.

Dagmar nahm früh an Umfang zu, ihr Bauch wuchs und wuchs, so daß Else bei ihrem Anblick die Feststellung traf: »Du mußt dich verrechnet haben, Deern. Du bist unmöglich im siebten Monat, du bist bald dran.«

»Achwo«, widersprach Dagmar, »es fällt bei mir bloß so sehr auf, weil ich klein und dünn bin.«

Ende des achten Monats suchte sie ihren Seeliger Frauenarzt auf.

»Herr Doktor, was ist bloß los mit mir! Ich kann nur noch Taxi fahren, weil ich nicht mehr hinters Steuerrad passe!«

Er untersuchte sie gründlich und stellte beim Abhören ihres prallen Bauches fest: »Ich höre laute Herztöne an unterschiedlichen Ecken.«

»Was hat das zu bedeuten?« fragte sie mißtrauisch.

»Sie müssen damit rechnen, daß es Zwillinge werden, Frau Janson.«

Ein Glück, daß sie bereits lag, sonst wäre sie umgefallen bei dieser Mitteilung. Zwillinge –!!!

»Aber genau läßt sich das natürlich nicht feststellen.«

»Ich muß es aber genau wissen, Herr Doktor«, beschwor sie ihn. »Es ist wahnsinnig wichtig für mich!«

Der Arzt dachte nach und erinnerte sich, gelesen zu haben, daß man in der Münchner Universitätsklinik ein neues Gerät installiert hatte, das sich Ultraschall nannte und per Bildschirm einen Einblick in den menschlichen Körper ermöglichte.

Er schickte Dagmar in die Klinik – und siehe, auf dem Schirm dieses Gerätes waren deutlich zwei Köpfchen zu erkennen.

Also Zwillinge. Das brachte ihre festgefügten Zukunftspläne völlig durcheinander.

Beni war zufällig zu Besuch in Kornfeld, als Dagmar aus München heimkam, und somit der erste, der von ihrer Überraschung erfuhr.

Er reagierte, wie sie es nicht anders von ihm erwartet hatte: Er schlug sich auf die Schenkel und lachte aus vollem Hals.

Sie hätte ihn am liebsten mit dem Tuch geschlagen, das sie gerade in der Hand hielt. »Das ist keine Gaudi, Junge, das ist jetzt eine völlig neue Situation. Voller Probleme!«

»Das kann man wohl sagen«, beruhigte er sich mühsam. »Ein unehelicher Bamsen ist okay, aber zwei?«

»Beni, was soll ich bloß machen?«

»Ruf Daddy an, der ist Jurist.«

»Ich brauche keinen Rechtsbeistand, sondern einen menschlichen Rat.«

»Wannst mi fragst – i tät den zuständigen Vater unterrichten. Hast noch Kontakt zu ihm?«

»Ab und zu ruft er an – das letzte Mal vor acht Wochen.« Dagmar saß sehr bekümmert auf dem Sofa, nicht mehr am Rand wie früher, sondern in der Mitte, als Zwillingsmutter brauchte sie eben das ganze Polster. »Ich glaube, der hat mich wohl schon aufgegeben.«

Beni hinter ihr, mit seinem Gewicht die Sofalehne niederdrückend, versuchte sich in die Lage eines Mannes zu versetzen, der möglicherweise eine neue Freundin hatte und nun erfuhr, daß eine Verflossene von ihm Zwillinge erwartete. »Mei, wird der a Freud ham.«

Rolf Groothusen war über ihre telefonisch übermittelte Neuigkeit nicht weniger verdutzt als Beni, wenn auch ohne Schenkelschlagen. Voll echtem Mitgefühl riet er Dagmar dasselbe: »Setz dich mit Serge in Verbindung, oder meinst du, es wäre besser, wenn ich ihn anrufe und mit ihm spreche?«

»Lieb von dir, Daddy, aber mit fünfunddreißig kann ich nicht mehr meinen Vormund vorschicken. Das muß ich ganz allein durchstehen.«

O Gott, dieses nervenaufreibende Unternehmen, Serge Dekker anzurufen. Das Zittern vorm Telefon und dann endlich der Entschluß, jetzt wählst du, und anschließend die Erleichterung, wenn er sich weder in Les Grenouilles noch in seinem Apartment in Frankfurt meldete.

Einmal wurde tatsächlich auf der Ferme der Hörer abgenommen, und eine Frauenstimme sagte: »Chez Decker –«

Dagmar stammelte auf deutsch eine Entschuldigung, hängte ein. Und saß da. Und war froh, daß Aljoscha neben ihr saß, an dessen starkem Hals sie sich festhalten konnte.

Es war eben doch nicht so ganz einfach, Zwillinge ohne Vater zu erwarten.

Dazu noch die Eifersucht. Eine Frau mit einer jungen, heiteren Stimme in Les Grenouilles. Eine neue Freundin.

Noch am selben Abend läutete Serge an. »Hallo, Dagy, wie geht's – hast du vorhin bei mir angerufen?«

»Ich? Bei dir?« Was für eine Zumutung. »Wie kommst du denn darauf?«

»Ich dachte nur – es hat eine Frau hier angerufen und deutsch gesprochen, und da nahm ich an, das könntest du gewesen sein.«

»Wer – wer hat denn bei dir das Telefon abgenommen?« Kaum war die Frage heraus, bereute Dagmar sie bereits. Diese unwürdige Eifersucht!

Ein Lachen in seiner Stimme. »Simone, eine alte Freundin von mir, warum fragst du?«

Ohne daß sie es verhindern konnte, zündete ihr Zorn eine Rakete. »Ich habe nicht angerufen! Ich will dich auch nicht wiedersehen! Wozu? Ich brauch dich nicht, Serge! Ich werde auch ohne dich mit unseren Zwillingen fertig!« Und knallte den Hörer auf und hätte sich danach am liebsten gegeißelt vor Zorn über ihren geradezu kindischen Zornesausbruch. Auf alle Fälle wußte er es jetzt.

Aber er rief nicht zurück. Warum nicht??? Es waren ja schließlich auch seine Zwillinge. Typisch Mann. Drückte sich um seine Verantwortung. Lag jetzt womöglich mit dieser – dieser Dingsda – Simone – im Bett und spielte den weitgereisten tollen Liebhaber.

Dagmar drosch vor Wut auf ein Kissen ein, daß die Daunen flogen. Aljoscha verzog sich sicherheitshalber auf sein Lager im Flur.

Am nächsten Mittag stand der abgehetzte Flugkapitän Decker vor Dagmars Tür. Er war mit dem Taxi von München-Riem nach Kornfeld herausgekommen und ließ es im Hof warten, denn er hatte nur eine halbe Stunde Zeit.

Dritter Teil

8

Sommer 1986. Laut Programm hatte die Oper vier Akte, der erste war noch längst nicht zu Ende, alles auf italienisch, Starbesetzung weil Festspielaufführung, Festspielpreise und dazu noch der Aufschlag vom Hotelportier, von dem Laurent die Karten bezogen hatte.

Er war so stolz, daß es ihm gelungen war, überhaupt noch zwei zu ergattern, und glaubte, Dagmar damit eine Freude zu machen. In ihrer mehrfach unterbrochenen und dennoch lebenslangen Freundschaft hatten sie zahllose Museen und Ausstellungen, Ballett und Theater gemeinsam besucht, aber noch nie eine Oper.

Dagmar merkte schon jetzt, mitten im ersten Akt, daß sie eine Fehlbesetzung auf Platz sechs, Reihe zehn, Parkett rechts darstellte. Selbst der zur Zeit weltbeste Tenor – seine Stimme schwebte belcantisch über dem schweren Gewitter des zu lauten Orchesters – vermochte nicht ihre Zweifel zu übertönen: Habe ich nun im ersten Stock die Fenster zugemacht oder habe ich nicht? Fast jeden Abend gab es irgendwo ein Unwetter, und es war niemand zu Haus, den sie in der Pause hätte anrufen und bitten können, einmal nachzusehen. Serge hielt sich in Les Grenouilles auf und die Zwillinge in einem Feriencamp in Schottland.

Der weltbeste Tenor schloß nach dreistrophiger Arie erschöpft lächelnd den Mund, sein Publikum raste. Bravorufe. Klatschen und Trampeln prasselten von den vergoldeten Rängen ins Parkett nieder, schossen aus dem Parkett orkanartig zum bemalten Plafond hinauf. Wie hielt nur so ein Kronleuchter auf Dauer diese phonetischen Erschütterungen aus? Irgendwo hatte sie einmal von einem gelesen, der abgestürzt war, was zum vorzeitigen Ende der Vorstellung geführt haben soll.

Laurent neben ihr klatschte seine gepflegten Handflächen heiß und schaute sie beseligt von der Seite an auf der Suche nach ihrer Beseligung. Ihm zuliebe stieß sie ein Bravo aus, das dem Krächzen eines Papageis ähnelte, sie beherrschte diese Artikulation des Enthusiasmus nun einmal nicht.

Auf der Bühne rannten nun alle äußerst erregt durcheinander und rangen die Hände auf italienisch. Der Grund dafür war Dagmar nicht bekannt. Was interessierte sie überhaupt diese verstaubte, mit Recht nur selten gespielte Oper ohne eine Melodie, an der sich die Ohren festhalten konnten? Viel lieber würde sie jetzt mit Laurent in einem Biergarten sitzen oder vor ihrem Haus mit Blick auf den Himmel voller Wetterleuchten. Auf dem Weg vom Hotel, von dem sie ihn abgeholt hatte, zur Oper waren sie noch kaum zum Unterhalten gekommen.

Laurent hatte sich nach seiner Ankunft aus New York zwei Tage lang in München mit Sammlern, Kunsthändlern und Künstlern getroffen, nun sollte der private Teil in Kornfeld folgen. Seine Koffer befanden sich bereits in Dagmars Wagen.

Endlich Pause. Es gefiel Dagmar, an Laurents Seite ein Glas Champagner durch die Gänge zu tragen und die Flanierer zu betrachten. Altmodische Fräcke mit Ordensschleifen und weißem Spitzbart. Paillettenglitzern. Hauteste Couture auf bodygebildeten Körpern. Bunte Smokings. Selbstgehäkelte Stolen über runden Schultern. Abendtäschchen wie Gebetbücher getragen. Tiefe Einblicke in Brustkörbe wie Röntgenbilder, aber auch auf rosa Gebirge mit tiefer Schlucht.

Sie sahen sich selbst in einem Wandspiegel entgegenkommen – Dagmar noch immer pagenhaft schlank in einem schwarzseidenden Abendanzug mit lockerer Jacke über einem Top aus lavendelfarbenem Satin, angeschafft zu Rolf Groothusens achtzigstem Geburtstag, ausgesucht von ihren Töchtern. (»Dich kann man doch nicht allein einkaufen lassen. Du hast doch null Ahnung von Mode, Mami!«) Am Hals trug sie den Solitär, den ihr Daddy zur Geburt der Zwillinge geschenkt hatte. Damals war er Mitte sechzig gewesen und hatte sich auf sein baldiges Ableben vorbereitet. Und heute, mit vierundachtzig, befand er sich auf Kreuzfahrt im Mittelmeer, und das nicht allein. Eine mollige Blondine, die aus ihrem Alter ein Geheimnis machte, begleitete ihn dabei und hoffte auf Heirat.

Überrascht von ihrem Anblick stellte Dagmar fest: »Was doch so ein fremder Spiegel ausmacht. Da sieht man sich ganz anders drin. Ich hatte mich gar nicht so attraktiv in Erinnerung. Vielleicht liegt das auch an deinem Glanz, der mich umhüllt. Du siehst phantastisch aus, Laurent. Dieser Smoking auf der Figur und dazu die schlohen Haare. Bist du eigentlich Toupettträger?«

»O Gott, Dagy, dein Mundwerk!« Er nahm ihr das geleerte Glas ab, um es zusammen mit seinem auf einem Sims abzustellen. Die Hand in ihren Arm schiebend, wollte er weitergehen, aber Dagmar weigerte sich. »Moment. Ich habe mich noch nicht an uns sattgesehen. Erinnerst du dich an das Foto vor der Steinerschen Gärtnerei, das ich dir zum Sechzigsten habe vergrößern lassen? Nun zuck nicht, weil ich sechzig gesagt habe – es ist ja auch schon zwei Jahre her. Das Foto müßten wir jetzt hierhaben, uns vor den Bauch halten und dann zusehen, was aus den armen Krischperln geworden ist. Du warst damals neunzehn, ich sieben –«

»Zehn«, verbesserte er.

»Na und? Ich stehe sowieso zu meinem Alter im Gegensatz zu euch Männern.«

Es gefiehl ihr: »Wie dich die Mädels mustern! Wie sie mich um meinen Kavalier beneiden!«

Laurent ließ sie keinen Augenblick aus seiner Aufmerksamkeit, es sei denn, sie stand in »Damen« an.

»Und nun erzähle, wie geht es Lucille?«

»Hervorragend. Sie hat sich vor kurzem ihr Gesicht aufbügeln lassen.«

»Ein Facelifting? Oh – und wie ist es geworden?«

»Sie meint, sie sähe jetzt eigentlich zu jung für mich aus.«

Laurent hatte seine Geschäftspartnerin geheiratet, eine um drei Jahre ältere, lebenskluge, sehr witzige New Yorkerin. Sie war die stärkere Persönlichkeit in dieser Lebensgemeinschaft, denn im Grunde genommen besaß Laurent wenig Energie. Er hatte immer jemand gebraucht, der ihn anspornte, leitete und ihm die Unannehmlichkeiten abnahm. Kämpfen lag ihm nicht. Eine Vernunftehe. Die beiden verstanden sich beruflich und menschlich seit zwanzig Jahren und hatten sich aus Erbschaftsgründen und aus Furcht vor einem einsamen Alter zusammengetan. Lucille nannte ihn Laurry, sein Privatleben hatte sie nie interessiert und: »Seit wir verheiratet sind, hat er meine Großzügigkeit nicht eben strapaziert«, hatte sie Dagmar bei einem Besuch erzählt. »Laurry lebt heute richtig keusch. Er ist ein großer Ästhet und der aufmerksamste Mann, ich bin mit ihm zufrieden.« Lucille selbst war geschieden und kinderlos geblieben.

»Ich soll dich ganz herzlich von Cille grüßen und dich daran erinnern, daß du seit drei Jahren nicht mehr in New York warst. Serge hat uns früher beinah jeden Monat besucht. Seit er pensioniert ist, läßt er sich überhaupt nicht mehr sehen«, bedauerte Laurent. »Weißt du was, komm im Herbst, wenn die Theatersaison beginnt. Ich besorge uns auch für jeden Abend Opernkarten«, fügte er grinsend hinzu.

»Eh – wirklich?«

Es klingelte zum Pausenende.

»Das sollte ein Scherz sein«, sagte er. »Was glaubst du, wieviel Freude es macht, jemand neben sich zu haben, der alle zehn Minuten auf die Uhr schaut, ob der Akt noch immer nicht zu Ende ist. – Wollen wir gehen?«

»Wohin? Nach Haus? Ja, spinnst du? Bei den sündteuren Karten? Ich habe den Preis drauf gelesen. Der muß abgesessen werden, und vielleicht gibt es noch eine zweite, begehbare Pause. Diese hier hat mir schon sehr gefallen.«

»Nein, Madame, das war's. Nicht noch einen Akt an deiner Seite. Wie soll ich mich auf den Gesang konzentrieren, wenn du den Kronleuchter angähnst, deine Nägel betrachtest, auf dem Sitz herumrutschst, pausenlos das Programm fallen läßt, ganz abgesehen vom Uhr-Schauen. Nein, Dagy, Oper mit dir war keine gute Idee. Du hättest mich vor dir warnen sollen.«

»Du hast mich ja damals auch nicht vor dir gewarnt, Laurent.«

»Und außerdem bist du mir Oper genug«, sagte er, ihre Retourkutsche überhörend und schlug die Richtung zum Ausgang ein.

Vor den Türen mauerte tropenfeuchte Wärme. Es hatte inzwischen geregnet, ohne abzukühlen.

»Möchtest du noch irgendwo hingehen?« fragte er.

Dagmar überlegte, zwei junge Rucksacktouristen betrachtend, die auf den Operntreppen hockten. »Gib mir deine Karte«, verlangte sie von Laurent. Er tat es, ahnungslos, was sie damit vorhatte. Dagmar drückte ihre Karten den Trampern in die Hand. »Sind gute Plätze, aber beeilt euch, es hat schon zweimal geläutet.«

Die beiden glotzten sie an, als ob sie das Christkind persönlich wäre, dann begriffen sie und stürmten die Treppen hoch ins Haus hinein.

»Na und?« sagte Dagmar in Laurents fassungsloses Schweigen hinein, »man kann so teure Plätze doch nicht verfallen lassen.«

»Die kommen doch gar nicht am Logenschließer vorbei!«

»Und warum nicht, wenn sie gültige Karten haben?«

Wie üblich erinnerte sich Dagmar nicht mehr, in welcher Etage und in welchem Raum der Tiefgarage sie ihren Wagen abgestellt hatte, auch Laurent hatte nicht darauf geachtet. So irrten sie eine Weile durch den vollgeparkten Untergrund auf der Suche nach einem alten weißen BMW. Sein amtliches Kennzeichen sich zu merken, war ihr in sechs Jahren nicht gelungen. »Aber er ist seit Ostern nicht gewaschen worden und hat noch immer Winterreifen drauf«, fiel ihr als Erkennungszeichen ein. – Serge hatte einmal bei einer ähnlichen Suchaktion im Zorn gebrüllt: »Soviel Nerven besitzt kein Mensch, um dich auf die Dauer zu verkraften.«

Und endlich die Heimfahrt, zuerst durch verstopfte Straßen. Wer ging in einer südlich heißen Nacht schon früh ins Bett?

Laurents Arm auf ihrer Rückenlehne. »Wonach riecht das eigentlich hier?«

»Nach Pansen – ich habe heute Hundefutter geholt – und nach allem anderen, was ich sonst so befördere. Ein Herr im Smoking war bisher noch nie dabei.«

»Gibt's bei dir außer Pansen was zu essen?«

»Ich habe vorgekocht. Eine Überraschung.« Aus der Tütensuppen-Rührei-Würstelwarmmacherin von einst war im Laufe der fast zwanzigjährigen Ehe eine hervorragende Köchin geworden.

»Serge ist also in Les Grenouilles.«

»Seit er pensioniert ist, noch öfter als früher.«

»Ich dachte, er wollte es verkaufen?«

»Will er auch. Seit zehn Jahren. Aber er findet angeblich keinen Käufer, der ihm das zahlt, was er inzwischen in die Ferme gesteckt hat. Wenn du mich fragst, er hat überhaupt noch keinen Versuch unternommen, das Ding zu veräußern. Dafür liebt er das Leben dort viel zu sehr, baut an und um, trifft seine Copains im Café besucht alle seine Aussteigerfreunde, die sich inzwischen dort angesiedelt haben. So kommt ein Achtel zum andern, ach ja, mein Alter – das Spannende an unserer Ehe ist, daß wir nie dazu gekommen sind, einen Alltag aus ihr zu machen. Irgendwann kam der Punkt, wo aus meinem vielen Alleinsein eine Unabhängigkeit geworden ist. Ich freu mich immer riesig, wenn er herkommt, aber wenn er einmal im Winter längere Zeit hier ist und den Hausherrn spielt, seh ich ihn auch ohne Träne wieder scheiden. Doch wir hängen sehr aneinander. In zwanzig Jahren habe ich ihm höchstens neunmal mit Scheidung gedroht. Das ist doch nicht viel, oder?«

»Fährst du gar nicht mehr hin?«

»Oja, zum Beispiel im Frühjahr, wenn es bei uns noch kalt ist. Dann habe ich zweimal Frühling, einen in Les Grenouilles und anschließend einen hier.«

Sie hatten die Autobahn erreicht – hell vom Mondschein, darüber ein sternklarer Himmel, nur am Horizont noch ab und zu ein Wetterleuchten.

»Und den Zwillingen geht's gut?« fragte Laurent.

»Prächtig. Wir haben gestern abend lange telefoniert. Anne hat sich im Camp verliebt, Marie nimmt ihr das übel, weil sie keinen hat. Seit deinem letzten Besuch sind sie schon wieder gewachsen. Wenn ich zwischen ihnen und Serge gehe, komme ich mir vor wie ein übrig gebliebenes Häuschen unter lauter Wolkenkratzern. Sie nehmen mir richtig die Sonne weg. – Schade, daß ich sie dir nicht vorführen kann, aber wenigstens neue Fotos habe ich von Ihnen.«

»Sehen sie ihrem Vater noch immer so ähnlich?«

»Ach, weißt du, das verwächst sich mit der Zeit. Sie haben beide sehr abgenommen. Das steht ihnen. Sie sind keine Beautés, aber sehr apart. Mir gefallen sie. Im Augenblick versteh ich mich viel besser mit ihnen als Serge. Seit das mit den Knaben angefangen hat, ist es aus mit seiner vielgepriesenen Toleranz. Jetzt predigt er ihnen pausenlos Moral, ausgerechnet er. Dabei ist das ganz unnötig. Die beiden haben viel zu viel Angst vor Aids. Außerdem nimmt er ihnen übel, daß sie nicht mehr nach Les Grenouilles kommen wollen. Sie sagen, was sollen sie in dem Kaff, wo es nicht mal eine Disco gibt. Denen ist ja Kornfeld schon viel zu weit von München entfernt. Und dann können sie auch nicht verstehen, wie ihr Vater so seelenruhig zwischen all den Atommeilern an der Loire leben kann. Nein, das Verhältnis zwischen meinen Dreien ist zur Zeit nicht gut. Ich muß ständig zwischen ihnen vermitteln, was zur Folge hat, daß ich selbst von allen am lautesten brülle, du kennst mich ja.«

Dagmar redete noch ohne Punkt und Komma, als sie bereits die Autobahn verließen. Es gab so viel zu erzählen, wenn man sich ein Jahr nicht gesehen hatte. »Und noch was – krieg keinen Schreck, wenn du morgen die Steinersche Gärtnerei besuchen willst. Es gibt sie nicht mehr. Nachdem das Gelände endlich zum Bauland erklärt worden ist, hat Sepp Steiner verkauft. Da entsteht nun auch eine Siedlung. Ich bin jetzt rundum eingebaut, bis auf die Wiese vor meinem Haus.«

»Dagy«, rief Laurent erschrocken.

»Was glaubst du, wie mir das Herz geblutet hat, als sie das Steinersche Häusl eingerissen haben.«

»Fahr langsam! Vorsicht – siehst du denn nicht –?«

»Ach, du meinst das Helle da vorn. Das ist bloß Mondsch –« Zu spät stieg sie auf die Bremse. Der Wagen geriet ins Schleudern, drehte sich um sich selbst – die Karussellfahrt endete im Gebüsch am Straßenrand, Sträucher schüttelten die Windschutzscheibe blind. Beide hingen stark verdutzt in ihren Gurten.

Wie mit dem Lineal gezogen hatte die tropisch warme Sommernacht geendet und tiefer Winter begonnen mit einer Wand aus undurchsichtigem Kältenebel.

»Mon Dieu«, hauchte Laurent, »ist dir was passiert?«

»Glaube nicht. Und dir?«

Irgend etwas war ihm zwischen die Lackschuhe gekollert, er hob es auf – eine überreife Tomate, die wohl unter dem Sitz gelegen hatte, er warf sie aus dem heruntergekurbelten Fenster. Sie zerplatzte wie eine Blutblase im Schnee. Er stieg aus und bückte sich nach der weißen Masse und legte Dagmar einen hühnereigroßen Eisball in die Hand.

»Hagel! Es hat gehagelt! Meine Blumen!« schrie sie auf.

»Komm, rutsch durch, laß lieber mich ans Steuer.« Während sie durch das winterlich anmutende Seeliger schlichen, beruhigte er sie: »Hagel fällt nur strichweise. Bei dir zu Haus ist bestimmt alles okay.«

Das Tor stand offen. Rechts und links vom Birkenweg, wo einst Tennisplatz, Garten und Wiesen gewesen waren, später Dagmars Baumschule und wo seit drei Jahren acht Häuser standen mit einer Tiefgarage, dort, wo sich früher das Hühnergehege befunden hatte, hörte man die schabenden Schneeschippgeräusche des Winters. Abgeschlagene Birkenblätter verhinderten das Schlittern auf dem Eis.

Dagmar schloß die Haustür auf, hinter der die Hunde Gerhard und Willy, schrill bellend, ihre Krallen wetzten. Sie knipste die Gartenbeleuchtung an, rannte zur Terrassentür, riß sie auf, rutschte auf der zugehagelten Freitreppe aus, blieb in ihrem Sonntagsstaat auf einer Stufe sitzen und starrte auf die Verwüstung.

Kahlgeschlagene Büsche, das Glasdach des Gewächshauses durchlöchert. Wo es, ehe sie abfuhr, in allen Rottönen geblüht hatte, ragten nur noch Stengel aus der Eiskompresse. Die vielen Rosenstöcke, Bananen-, Orangen-, Trompeten-, Hibiskus- und Oleanderbäumchen waren abrasiert, die Palmen plattgefächert. Alles Blühen und Grünen geköpft, erstickt, erschlagen. Schwarze Schieferscherben ließen darauf schließen, daß auch das Hausdach nicht mehr vollständig war. Aus ihrem Stall stakten die als Wiesenmäher angeschafften beiden Heidschnucken, vom Schein der Gartenbeleuchtung angelockt, und blökten vorwurfsvoll.

»Komm, steh auf«, sagte Laurent, Dagmar aus ihrer Benommenheit holend, »du verkühlst dich.«

»Träumst du das gleiche wie ich? Das darf doch alles nicht wahr sein.« Und dann: »Tu mir einen Gefallen, sieh nach, ob die Fenster oben zu sind. Ich trau mich nicht.«

Laurent begab sich auf den Gartenplatz und schaute aufwärts – stand da wie der elegante Herr auf der Sektreklame zu Silvester, nur ohne Glas. »Alle offen«, teilte er bedauernd mit.

»Das habe ich mir gedacht.« Sie stand auf, rieb ihren vereisten Po warm. »Dann werden wir uns mal umziehen. Gummistiefel stehn in der Garderobe.«

Alle vier oberen Räume mit Blick zum See, über den das Unwetter heraufgezogen war, luden bis zur Zimmermitte zum Wintersport ein.

Dagmar, bekanntlich zu dramatischen Zornausbrüchen neigend, hatte sich bisher geradezu beängstigend gefaßt verhalten. Jetzt röhrte ihr Schrei: »O Scheiß!« durchs Treppenhaus. »Und ich war in der Oper.«

Danach wurde sie aktiv.

Als sie, in einer Minute umgezogen, mit Schaufeln, Eimern, Wischlappen und Schneeschippen in den oberen Stock eilte, fand sie Laurent im Gästezimmer. Er bewegte sich knirschenden Schrittes im Eis, mit klammen Händen

Hagelbälle aus dem Fenster schaufelnd. Dagmar sah ihm sekundenlang dabei zu. »Du hast ja noch deine Lackschuhe an!«

Sie hatte gerade zwei Eimer voll Hagel in die Badewanne unter die heiße Dusche geschüttet, damit sie sich schneller auflösten und Platz machten für weitere Lieferungen, als das Telefon schrillte. Ins Schlafzimmer stürzend, griff sie noch im Handschuh nach dem Hörer, hoffte auf Serges Stimme –

»Meine Zeit«, beklagte sich Else Armbruster. »Wo hast du gesteckt? Ich habe schon mehrmals angerufen.«

»In München. In der Oper mit Laurent.«

»Na, denn hastu wohl was versäumt. Ich stand gerade in meine Küche und wollte Aambrot machen, da grummelt es und blitzt, und ich frage mich, wo das wohl wieder runtergeht, bestimmt nich bei uns, wo wir doch dringend Regen brauchen. Und mit eins is es Nacht und ein krißliges Rauschen in der Luft wie Weltuntergang, und denn ging's los.«

»Else, tut mir leid – ich hatte alle Fenster oben aufgelassen!«

»Das is mal wieder typisch für dich!«

»Ich muß den Hagel rausschippen, bevor er taut, sonst habe ich morgen Überschwemmung –«

»Was glaubst du, was bei mir los ist! Alle meine Geranien sind kaputt, und ich hatte sie noch eine Stunde, bevor es losging, so gründlich gegossen. – Wie sieht's denn bei euch im Garten aus?«

»Schlimm. Wie schlimm, erzähl ich dir morgen. Tschüs, Else –« Dagmar hängte ein. Und weil sie gerade am Telefon saß, drehte sie die zwölfstellige Nummer, die sie mit Serge verbinden würde.

»Hallo?« Seine tiefe Stimme, in Zufriedenheit badend. »Ach, mein Täubchen! Ich hätte dich auch noch angerufen. Zur Zeit sind Loirets Söhne hier. Wir trinken gerade einen Château Latour. Und wie geht's dir? Ist Laurent da?«

»Serge, ich habe eine Frage.«

»Frage, Täubchen, frage –«

»Haben wir eigentlich eine Hagelversicherung?«

»Nein, wozu? Weißt du, was die kostet?«

»Oh, Serge!« Zorn stieg steil in ihr auf bei dem Gedanken, daß ihr Mann fröhlich mit Loirets Söhnen zechte. »Wann warst du je da, wenn ich dich dringend gebraucht hätte?«

»Manchmal schon, sogar oft«, fiel ihm ein, »aber du hast nur die Male registriert, wo ich wirklich verhindert war, um dir zu helfen. Und bitte, halte mir jetzt nicht Annes Unfall mit dem Mofa vor – ich war damals nicht zum Spaß in Tokio. Erzähl mir lieber, warum hast du nach der Hagelversicherung gefragt?«

»Warum wohl?« Ihr Zorn fiel zusammen wie eine mißglückte Feuerwerksrakete. Erschöpfung setzte ein. »Dreimal darfst du raten!« Sie hängte ein, hatte Mühe, ihren schmerzenden Rücken zum Aufstehen und Weiterschuften zu bewegen. Sie mußte ja auch noch Maries und Annes Zimmer vom Hagel befreien. Mit Laurent war nicht zu rechnen. Der würde noch bis Mitternacht im Gästezimmer schaufeln. Die Zeiten seiner körperlichen Kraftanstrengungen als Zwangsarbeiter waren über vierzig Jahre her. Inzwischen war er nur noch kulturell tätig gewesen. Was nützt einem Kultur in Katastrophenmomenten?

Sie zog mit Schaufel und Eimern in das Zimmer des erstgeborenen Zwillings und schimpfte: »Und wieso müssen diese Riesentöchter ausgerechnet jetzt in Schottland nach 'nem Dudelsack tanzen, während ihre schwache, kleine Mutter –«

»Du und schwach!« In der Tür stand Laurent, seine Bandscheibe stützend. »Du bist zäher als wir alle zusammen. Ich wollte dir nur sagen, dein Telefon läutet pausenlos.«

»Das ist Serge«, wußte Dagmar, »geh ran und erzähl ihm, wie schön der Tenor gesungen hat.«

Vier Uhr früh, am langen Küchentisch sich gegenübersitzend. Willy und Gerhard, die Alarmsirenen des Hauses, beide aus dem Tierheim, schliefen platt wie Flundern auf den Küchenfliesen. Auf dem Herd erwärmten sich die Krebse, die Dagmar als Überraschung für Laurents erstes

Nachtmahl in Kornfeld vorgesehen hatte. »Bist du sehr böse«, sagte er, lustlos nach dem großen Topf guckend, »wenn wir die erst morgen essen? Ich mag nicht mehr pulen – nicht mit den Händen«, deren große Blutblasen vom ungewohnten Schippen Dagmar mit Heftpflaster zugeklebt hatte.

»Trink wenigstens die Brühe«, schlug sie vor.

Während er, erschöpft bis zur Stumpfsinnigkeit, Köstliches in sich hineinlöffelte, fiel ihr ein: »Jetzt siehst du aus wie damals in der Steinerschen Gärtnerei, wenn du vom Heurechen kamst.«

»Ich war dir heute keine große Hilfe, ich weiß«, sah er ein.

»Du warst ein Held – und vor allem warst du wenigstens da. Ich liebe dich dafür, Laurent.« Sie streichelte seine bepflasterte Hand, er lächelte ihr zu – sein schönes Gesicht maskenhaft vor Erschöpfung – und sagte ihr nicht, wie oft er sich in dieser Nacht nach seinem kultivierten Apartment am East River gesehnt hatte.

»Wenn du Lucille erzählst, was ich dir gleich am ersten Abend geboten habe!«

»Ach, weißt du, sie hat ja einen ausgeprägten Sinn für Situationskomik.«

»Ich fand's überhaupt nicht komisch.«

»Ich auch nicht«, versicherte er ihr. »Es war ein Alptraum.«

»Ja, ein Alptraum – und die Schäden –! Allein das Dach. Das Gewächshaus – meine schönen, schönen Blumen. Alles im Eimer.«

»Dabei wissen wir noch gar nicht, was sonst noch alles im Eimer ist.«

Dieses Gespräch mit vielen Pausen dazwischen.

»Am besten, wir stehen morgen, ich meine heute gar nicht auf. Dann sehen wir's wenigstens nicht.«

»Ich kriege mein Kreuz sowieso nie wieder hoch, wenn ich es erst einmal hingelegt habe«, versicherte er ihr.

»Dann gehen wir eben gar nicht ins Bett und trinken Champagner«, beschloß Dagmar.

Sie holte dazu ihre kostbarsten Sektkelche, von denen nur noch zwei heile und ein angeschlagener von einem Dutzend übriggeblieben waren.

Dagmar, leicht zerknittert unterm Kopftuch, mit verlaufenen Resten von Wimperntusche, aber am Hals noch immer den funkelnden Solitär, hob ihr Glas und bemerkte, wie sich seine Lachfalten zusammenzogen und seine Mundwinkel zu zittern begannen. »Warum lachst du?« Und fing selbst an zu gnittern.

Inzwischen hatte die Erschütterung den ganzen Laurent ergriffen, er mußte sein Glas abstellen. Tränen liefen über seine Wangen. »Die – hihi – die –« Er kam nicht weiter, Dagmar wieherte inzwischen mit. »Die – die – Schafe – wie die dastanden – und beleidigt blökten –«, brachte er endlich hervor.

»– und deine Lackschuh –«, krähte Dagmar.

Gerhard und Willy erhoben sich und trotteten aus der Küche, um ihren gestörten Schlaf auf dem Flur fortzusetzen.

Es war ein hysterischer Zusammenbruch nach stundenlanger Anstrengung. Langsam beruhigten sie sich – bis auf ein paar nachzügelnde, vereinzelte Schluchzer.

»Ach, Laurent, manchmal denke ich mit Schrecken daran, daß ich dich damals nie wiedersehen wollte. Stell dir mal vor, was wir versäumt hätten –!«

»Zum Beispiel diese Schinderei heute nacht«, gab er zu. Und fing schon wieder an zu lachen.

Dagmars Hochzeit vor fast zwanzig Jahren. Sie selbst im neunten Monat, schwerfällig an Serges Arm, die Stufen zum Standesamt im Rathaus erklimmend. »Mein armes, gefülltes Täubchen, geht's denn noch?«

Daddy Groothusen und Beni Rappenreiter waren ihre Trauzeugen. Zu viert warteten sie im kahlen Flur aufs »Ehrlichmachen«, wie Beni diese Eheschließung in letzter Minute bezeichnete. Groothusen litt vor sich hin, er hatte sich Dagmars Hochzeit so ganz anders vorgestellt: mit Kranz und Schleier, im blumengeschmückten Landauer vierelang vor Seeligers Barockkirche vorfahrend – alles an Feierlichkeit, was er selbst in seinem Leben mit seiner unvergeßlichen Inge versäumt hatte, wollte er als Brautvater ihrer Tochter zukommen lassen. Ein Glück, daß Inge nicht miterleben mußte, wie sang-, glocken- und orgellos die Zeremonie nun verlief. Sozusagen eine Nothochzeit. Der Bräutigam tigerte ruhelos den kahlen Gang auf und nieder. Obgleich er endgültig das Rauchen aufgegeben hatte, bat er Benedikt um eine Zigarette.

»Du machst mich ganz nervös mit deinem Rumgelaufe«, stöhnte Dagmar.

»Ich bin nervös«, versicherte er ihr, schaute immer wieder auf die Uhr. Die Maschine hatte offenbar Verspätung. Ein Glück, daß sie Verspätung hatte, das beste wäre, sie kriegte überhaupt keine Landeerlaubnis. Was hatte er da bloß angezettelt! Wie würde diese unberechenbare, doppelt schwangere Person auf seine Überraschung reagieren? Durfte er ihr in ihrem Zustand überhaupt eine Überraschung zumuten, noch dazu eine, die unter Umständen bei ihr einen Anfall von Empörung auslösen könnte? Nun war es zu spät. Reue hat das so an sich, daß sie immer zu spät kommt.

Benedikt, wie stets zum Witze- und Histörchenerzählen aufgelegt, versuchte die nervöse Spannung durch eine Geschichte zu lockern: »Grad neulich hab ich gelesen, da gab's irgendwo in Afrika einen Eingeborenenstamm, der glaubte, daß jeder Mensch einen Schutzgeist hat.«

»Glauben wir doch auch.«

»Aber bei denen war das anders. Wenn zum Beispiel eine Frau Zwillinge kriegte, dann ging der Schutzgeist nur in einen Zwilling über, weil hatte sich die Mutter mit'm Teufel eingelassen. Nun wußte man nicht, welcher von den Zwillingen den Schutzgeist abbekommen hatte und in welchen der Teufel gefahren war, und darum brachte man sicherheitshalber alle beide um und verstieß die Mutter. Sein mir froh, daß die Dackel evangelisch ist.«

Groothusen wollte ihm an die Gurgel, Serge auf seiner Rennstrecke gerade am entgegengesetzten Ende des Flurs, hatte Benis interessanten Bericht versäumt.

Dagmar, ihren Brautstrauß aus weißen Rosen und Kornblumen betrachtend, sagte bloß: »Ach, Beni, wenn du schon mal was liest –!« Dann ging die Tür auf, ein frischgetrautes Paar stolperte verklärt samt seinen Zeugen aus dem Zimmer des Standesbeamten. Decker-Janson wurden aufgerufen. Es war so weit.

Im selben Augenblick, als sie das Rathaus verließen, fuhr ein Taxi vor. Der Fahrer lud Gepäck aus dem Kofferraum auf den Bürgersteig, Serges verspätet eingetroffene Überraschung stieg aus – Jean-Laurent Macaire. Das Taxi fuhr weiter.

Es war wirklich zuviel an Überraschung für Dagmar, an widerstreitenden Gefühlen, die ihr einen Augenblick lang die Kehle zuschnürten. Serge befürchtete das Schlimmste. Dagmars Blick begegnete Laurents unsicherem Lächeln.

Als sie endlich ihre Stimme wiedergefunden hatte, drückte sie ihrem Mann ihren Strauß in die Hand – »Halt mal« – und ging auf Laurent zu. Und es war gar nicht einfach, ihn zu umarmen mit den Zwillingen dazwischen.

Serge hatte sich von seinem Vetter, dem Maler Loiret, die New Yorker Adresse von Laurent besorgt, ihn bei seinem letzten Stop dort aufgesucht und dazu überredet, an seiner Hochzeit teilzunehmen. »Was soll denn das tragische Schweigen zwischen euch! Ihr kennt euch so lange, ihr mögt euch noch immer, die Situation ist heute eine völlig andere als vor einem Jahr. Ohne dich hätte ich Dagy nie kennengelernt. Wir kriegen Kinder. Komm mir nicht mit feigen Ausreden, komm zur Hochzeit. Du bist ihr Freund, du bist mein Freund – wieviel echte Freunde hat man schon im Leben?!«

Es war ein Wagnis gewesen, aber es war gutgegangen. »Ich dank dir, Serge, das war ein schönes Geschenk«, versicherte ihm Dagmar später. »Laurent gehört ja zu meinem Leben. Schließlich hat er mir sogar einmal Pantoffeln für meine kaputten Füße genäht.«

Hochzeitsnächte haben die Eigenschaft, nicht immer so auszufallen, wie man sie sich erträumt hat. In Dagmars Zustand war von Träumen sowieso nicht die Rede gewesen, aber daß sie diese Nacht im Kreißsaal verbringen würde, damit hatte sie nicht gerechnet. Die Wehen hatten eine Woche früher als erwartet eingesetzt. Kaiserschnitt war angebracht.

Serge saß an ihrem Bett, als sie, aus der Narkose erwachend, sich zu orientieren versuchte, wo sie war, was geschehen war, freute sich, als sie seinem übernächtigten Gesicht begegnete, streckte die Hand nach ihm aus. »Serge –«

»Du hast es überstanden, Mütterchen.«

»Sind sie gesund?«

»Gesund und pudelmunter«, versicherte er ihr.

»Ach – das ist schön –« Er hatte sich über sie gebeugt, sie streichelte sein Gesicht. »Du weinst ja, Serge –«

»Mein Täubchen –«

Und ehe sie wieder einschlief, noch eine Sorge: »Ist auch alles dran?«

Nicht alles, was sie erwartet, womit sie fest gerechnet hatte – es waren keine Söhne. Aber das konnte er ihr nicht mehr beibringen, das würde sie erst erfahren, wenn sie wieder aufwachte.

Hatte sie Enttäuschung empfunden, als ihr die Schwester Stunden später die gebündelten Säuglinge in den Arm legte und zu Töchtern gratulierte? Nein, eigentlich nicht, dazu war die Erleichterung, daß sie endlich da waren und gesund, viel zu groß. Vielleicht sogar gut so. Durch Dag an das enge Zusammenleben mit Jungen gewöhnt, nach Dag immer auf der Suche nach einem Bruder, hatte sie darüber verpaßt, sich mit Mädchen zu befassen, nie eine Freundin besessen in fünfunddreißig Jahren. Endlich kam sie durch ihre beiden Töchter dazu, Versäumtes nachzuholen.

Eine glückliche Zeit damals in der Klinik. Alle, die sie lieb hatte, waren – weil übriggebliebene Hochzeitsgäste – um ihr Bett versammelt. Sie fühlte sich geborgen in Liebe – es fehlte nur Aljoscha.

Dagmar ahnte nicht, daß ihre Männer – besorgt, er könnte den Zwillingen aus Eifersucht etwas antun – beschlossen hatten, den Hund nach Hamburg zu Groothusen umzusiedeln.

Else erschien an Dagmars Bett mit einem Topf voll selbstgekochter Rinderbrühe und ihren eigenen Erfahrungen mit einer Tochter. »Meine Zeit, Dagmar, da steht dir noch was bevor und gleich doppelt.«

Ihre Tochter Antje besuchte Dagmar mit einem selbstgepflückten Feldblumenstrauß und der dringenden Bitte: »Patendackel, ich brauch die Pille, aber Mama darf's net wissen. Kannst net deinen Arzt um ein Rezept bitten?«

Es kamen alle von der Gärtnerei und viele Kornfelder und Seeliger Bekannte und mit ihnen so viele Blumen. Selbst Leni reiste für eine Stunde aus dem Allgäu an. Glückliche Tage ...

Es kam Serge, als Lufthansakapitän verkleidet, um sich von ihr und seinen Töchtern vor seinem nächsten Flug zu verabschieden. Dieses Mannsbild auf ihrem Bettrand – war er ihre große Liebe? War sie seine? – Was bedeutete schon große Liebe im Vergleich zu diesem starken Zusammengehörigkeitsgefühl.

Zum ersten Mal seit 1943 hatte Dagmar wieder eine eigene Familie.

Aljoscha. Man wollte ihr Aljoscha fortnehmen, den Kumpan ihrer jahrelangen, liebearmen Einsamkeit. So hatte Dagmar selten gewütet, als sie von diesem Plan erfuhr.

Aljoscha blieb in Kornfeld. Er befreundete sich zwar nicht mit den Zwillingen, aber er tat ihnen auch nichts zuleide. Als sie später auf ihn zukrabbelten, ging er ihnen aus dem Weg und wandte sich schmerzlich ab, wenn Dagmar mit ihnen schmuste.

Sie würde nie den Tag vergessen – die Zwillinge waren damals zwei Jahre alt –, als sie, bevor sie eine von Serges Uniformen in die Reinigung gab, seine Taschen durchsuchte und darin einen Beweis dafür fand, daß er sie betrog.

Überhaupt kein guter Tag alles in allem. Marie und Anne quengelten fiebrig in ihren Betten, Aljoscha war durchs Tor entwischt, das der Elektriker offengelassen hatte, und seit Stunden verschollen. Es hörte überhaupt nicht auf zu regnen.

So gegen neun Uhr abends saß Dagmar an ihrem Schreibtisch und verfaßte zornheulend den ersten Scheidungsbrief an ihren Mann, als Aljoscha triefend durch die geöffnete Tür vom Garten hereinstürmte. In seiner Sensibilität sofort ihren Kummer registrierend, fühlte er sich für ihn verantwortlich mit all seinem schlechten Gewissen. (Es war soviel, es wuchs ihm selber über den Kopf, er fand durch all seine Schuld schon gar nicht mehr durch.) Er schmiß sich – verzweifelt über sich selbst – auf den Teppich, blieb dort sekundenlang mit pulsierenden Lungen liegen, begriff nicht, warum sie ihn nicht beschimpfte. Sollte sie ihm etwa selbst das verziehen haben, was sie von seinem heutigen Ausflug noch gar nicht wußte?

Demütig robbte er sich an Dagmars Hosenbein heran – schaute auf, suchte ihren Blick und legte sein weiches Fohlenmaul in die Hand, die sie nach ihm ausstreckte. Sie ahnte nicht, daß sie in diesem Augenblick Abschied voneinander nahmen.

Nachdem er eine Nacht wie tot neben ihrem Bett geschlafen hatte, brach er am nächsten Morgen wieder aus. Fröhlich und freiheitstoll galoppierte er in die ewigen Jagdgründe. Dazwischen gab es einen kurzen Aufprall gegen den Kotflügel eines vorüberrasenden Autos. Aljoscha war nicht für einen friedlichen Alterstod bestimmt gewesen.

Außer Dagmar und Daddy Groothusen weinte ihm keiner eine Träne nach.

Ihr Leben verlor an Streß und Aufregungen; ihre Becte erholten sich langsam von seinen alles zerfetzenden Pfoten, und das Verhältnis zu Bauer Huber nahm wieder freundschaftliche Formen an. Es war alles so viel leichter und gepflegter ohne Aljoscha – und so viel leerer. Vor allem die Abende, wenn die Zwillinge im Bett waren und niemand mehr neben ihr auf dem Sofa saß und sich Wildwestfilme anschaute. Sein Interesse hatte dabei ausschließlich den Pferden gegolten. Wenn sie aus dem Bildschirm galoppierten, hatte er sie hinterm Fernseher gesucht. Denn irgendwo mußten sie ja geblieben sein. Oja, Aljoscha –

Es kamen andere Hunde nach ihm, sie waren die beste Alarmanlage für ein Haus in einem großen Gelände, in dem sie meistens allein mit ihren Zwillingen lebte. Folgsamere, unproblematischere, pflegeleichtere Hunde, Dagmar hatte sie alle gern. Aber Aljoscha wehte ab und zu noch immer durch ihre Gedanken und Träume über die Wiesen als wunderschönes Fabeltier, dem nur das Einhorn gefehlt hatte.

Vor den Küchenfenstern löste die Morgensonne die Kältenebel auf. Dagmar und Laurent konnten noch immer nicht aufhören, von damals und heute zu reden, fragten sich zwischendurch besorgt: Bist du auch nicht zu müde? Und setzten ihr Gespräch fort, als ob sie nicht noch drei gemeinsame Tage vor sich hätten. Waren inzwischen zu starkem Tee und Rührei übergegangen und beim Durchhecheln gemeinsamer Bekannter bei Beni Rappenreiter angelangt.

»Ach, Beni –! Der –! Seit er und Viktor die Firma und ihren Kornfelder Grundstücksanteil verkauft haben, seit er sich als reicher Mann fühlt, spielt Beni den alternden Playboy, im Sommer auf seinem Kahn in der Ägäis, im Winter in Gstaad. Seine Tussis werden immer jünger. Ab und zu läßt er sich in windige Finanzierungsgeschäfte ein. Wenn du mich fragst: in spätestens drei Jahren hat er seine Millionen kleingekriegt. Schade um Beni. Im Grunde genommen ist er ein lieber, gutmütiger Bär. Dem hat eine energische, tüchtige Frau gefehlt, die ihn an die Kandare nimmt. Aber um solche Frauen hat er immer einen Haken geschlagen – in Erinnerung an die Zeit, wo er unter Mutters strenger Fuchtel leben mußte. Tja, und Viktor ist immer noch Universitätsprofessor mit vier Kindern, die alle nicht das geworden sind, was er sich einmal vorgestellt hat.« Dagmar verteilte den Rest Tee, der noch in der Kanne war, auf ihre beiden Tassen. »Ich habe erst gar keine ehrgeizigen Pläne mit unsern Töchtern geschmiedet – kann ich wenigstens nicht enttäuscht werden wie Viktor und Else. Es ist ja auch ihr Leben, und ich hoffe, sie machen etwas Vernünftiges draus.«

»Wissen sie schon, was sie nach dem Abitur machen wollen?«

»Marie schwebt irgendwas mit Umweltschutz vor, sie weiß nur noch nicht in welcher Form, und Anna will Regisseurin werden. Nun ja, werden sehen –«

Telefonklingeln schrillte durchs Haus.

»Eigentlich eine Frechheit, so früh schon anzurufen. Wir könnten ja noch schlafen.«

»Weißt du, wie spät es ist?« fragte Laurent, der die Küchenuhr im Blickfeld hatte. »Halb neun.«

»Das ist bestimmt Else. Seit sie Witwe ist, hat sie sich wieder an mich erinnert.«

»Ist Antje immer noch in Australien?«

»Ja, aber von ihrem Aussi geschieden. Zur Zeit sitzt sie an der Kasse eines Supermarktes in Melbourne.«

»Dafür hat sie nun Medizin studiert.«

»Komm, laß das Thema, das kriege ich mindestens zehnmal die Woche von Else geboten. Sie tut mir sehr leid – nicht mal ein Enkelkind – Antje ist auch schon Ende dreißig. Jetzt sag bloß nicht, wie die Zeit vergeht.«

»Wenn ich mit dir zusammen bin, ist sie nicht vergangen«, versicherte er ihr.

Dagmar lachte. »Meinst du das wie meine Familie, die behauptet, mir fehle noch immer die nötige Reife – ach, dieses Telefon – macht mich ganz nervös – vielleicht ist es was Wichtiges –«. Sie erhob sich wimmernd vor Muskelkater und lahmte in den Flur.

»Serge –«, hörte er sie ausrufen, »lieb, daß du dich meldest. Laurent hat dir sicher gestern abend erzählt, wie es bei uns aussieht. – – Nein, ich weiß noch nicht, wie hoch der Schaden ist. Du mußt wirklich nicht deshalb herkommen. Das schaffen wir schon allein. Laurent ist gerade nach Seeliger gefahren, um Schindeln zu kaufen. Kann sein, daß er mehrmals fahren muß, weil wir ziemlich viele brauchen werden. – – Mach dir wirklich keine Sorge, er versteht sich fabelhaft aufs Dachdecken. – – Aber Schätzchen! Ich meine es ehrlich –! Wieso glaubst du mir nie –?«

Laurent hatte endlich seine Knochen dazu überredet, ihm beim Aufstehen behilflich zu sein. Er stakte, an den Wänden Halt suchend, in den Wohnraum. Über Nacht war aus dem attraktiven Smokingträger von gestern abend ein alter, gebrechlicher Mann geworden.

Dagmar hatte inzwischen aufgehört zu telefonieren. »Jetzt ist Serge eifersüchtig auf dich«, freute sie sich.

»Wegen meinem Dachdecken«, vermutete Laurent.

»Einseits ist er erleichtert, daß er nicht kommen muß, andererseits ärgert es ihn, daß ich ihn so gar nicht vermisse, wenn du da bist. – Erinnere mich daran, daß ich die Handwerker anrufe.« Und dabei fiel ihr ein, daß sie noch nicht mal auf dem Speicher nachgeschaut hatte. Möglich, daß er durch das zerschlagene Dach genauso eingehagelt war wie die Zimmer, daß Getautes inzwischen durch die Decken tropfte. Dagmar sagte Laurent nichts von ihren Befürchtungen, es war jetzt sowieso nichts mehr zu retten.

Sie überlegten, ob sie nun endlich schlafen gehen sollten, und fürchteten sich vor ihren klammen Betten, außerdem weigerten sich Laurents Beine, noch einmal Treppen zu steigen. Dagmar öffnete die Flügeltüren zum Gartenplatz.

Die Sonne brannte auf die Wiese und ließ sie tropfenglitzernd ergrünen. Die Heidschnucken trockneten ihren Pelz in den heißen Strahlen. Nur dort, wo die Sonne nicht hinkam, hielt sich noch das Eis. Es sah aus, als ob die Bäume weiße Schatten warfen. Der Himmel blaßblau mit einem gerade aufsteigenden Kondensstreifen überm See, nicht eine Wolke weit und breit.

»Nun schau dir diesen unschuldigen Himmel an – tut so, als ob nichts geschehen wäre.«

Zwischen nackten Strünken und Stengeln war die Erde mit leuchtenden Blütenblättern übersät, ein kleines Gebirge von zerbrochenen Schindeln hatte die Beete am Haus zugedeckt.

»Du kannst auf dem Sofa im Arbeitszimmer schlafen«, sagte Dagmar, »da stört dich niemand. Oder möchtest du dich lieber in den Garten legen? Ich habe noch trockene Liegestühle im Schuppen.«

»Bald ist der Blick ganz zugebaut«, bedauerte Laurent.
»Ja, und weißt du was? Bald wird auch kein Hahn mehr morgens krähen, wenn du aufwachst, keine Kuhglocke läuten. Es stört die zugezogenen Städter. Sie prozessieren deshalb mit unserem einzigen noch verbliebenen Bauern.« Und nach einem langen Gähnen: »Gleich nach dem Abitur werden auch keine Zwillinge mehr hier sein. Manchmal überlege ich, ob ich das Haus und die Wiese nicht aufgeben soll, mir eine Wohnung nehme und mehr Zeit in Les Grenouilles verbringe. Da dürfen ja auch noch die Hähne krähen ...«

Bei der Rückkehr in den Wohnraum fielen ihm zum ersten Mal bewußt die vielen phantasievollen Sträuße in Vasen und Krügen auf. »Wie wunderschön!«

»Danke. Außer Daddy und dir ästimiert sonst niemand mehr meine Arrangements. Und was für ein Glück, daß ich die Blumen noch vor dem Hagel gepflückt habe.«

Laurent entzückte vor allem die kleine weiße KPM-Vase auf dem Kaminsims zwischen ihren Familienfotos. Zarte, weiße Blüten zwischen Stengeln voller Walderdbeeren und roten und schwarzen Johannisbeeren. »Das machst du schon sehr hübsch«, lobte er.

Und da er nun schon einmal vorm Kamin stand, betrachtete er auch die Bilder rechts und links von der Vase. Links hatte sie Fotos von ihrer Mutter und Christine Rappenreiter, von Serge, den Zwillingen und Groothusen aufgebaut. Rechts vom Blumenstrauß standen vergrößerte Reproduktionen von Dag und Dagmar, von Laurent, als er noch der Renzl war, mit der kleinen Dagmar neben sich, Steiners und August hatte sie abgeschnitten. Und ein Foto von Aljoscha.

»Hat diese Aufteilung irgend etwas zu bedeuten?« überlegte Laurent.

»Das hat mich Serge auch schon gefragt. Ich habe ihm gesagt, rechts steht das, was links von der Vase keinen Platz mehr hatte. Das hat ihm eingeleuchtet.«

»Denkst du noch manchmal an Dag?«

Dag, diese nie ganz verheilte Amputation, die ihr Leben so sehr beeinflußt hatte ...

»Stell dir vor, der wäre heute auch schon dreiundfünfzig! Möchte wissen, was aus ihm geworden wäre, wenn er noch lebte«, überlegte Dagmar. »Vielleicht hätte er die Jansonsche Konditorei wieder aufgebaut und backte jetzt Kuchen,« sagte sie nüchtern.

Außer Dag und Aljoscha stand auch Renzls Foto auf der rechten Seite von der Blumenvase. Renzl hatte sie damals an die Hand genommen und ihr das Weiterleben ohne Dag beigebracht. Und sie hatte ihn einmal sehr geliebt. Das war auch schon wieder lange her. Wenn Serge, dieser männlich prächtige Egoist, und seine mit ihrem Eigenleben vollbeschäftigten Töchter zuweilen vergaßen, daß es ja auch noch »das Täubchen«, ihre Mutter, gab, blieb Dagmar wenigstens der Trost, daß sie einen Freund hatte, den sie immer anrufen konnte.

Laurent war ein geduldiger Zuhörer, ihr Tröster, niemand nahm sie so wichtig wie er. »An meinen Telefonrechnungen stelle ich nachträglich fest, wann ich dich dringend gebraucht habe – dann sind sie meistens sehr hoch. Warum lebst ausgerechnet du so weit weg von mir?« seufzte Dagmar.

Er wollte den Arm um ihre Schulter legen und brach mitten in dieser Bewegung mit einem Schmerzenslaut zusammen.

»Gotteswillen – Laurent – was hast du – was ist los?« Sie war außer sich vor Angst um ihn.

»Ah –«, stöhnte er, »mein Ischias –«

Sie atmete erleichtert auf: »Ich dachte schon, du kriegst 'nen Herzinfarkt. Komm, ich bring dich zum Sofa –«

Aber er konnte keinen Schritt mehr tun, ohne vor Schmerzen aufzujubeln. Dagmar mußte ihn langsam – ganz langsam auf den Fußboden betten. Schob ihm ein Kissen unter den Kopf. »Das ist bestimmt ein Hexenschuß.«

Dann rief sie den Notarzt an und anschließend auch den Dachdecker und den Glaser für ihr zerstörtes Gewächshaus, in dem sie auf Geheiß ihrer Töchter biologisch einwandfreies, strahlengeschütztes Gemüse angebaut hatte. Aber was nützte dem Gemüse jetzt noch seine Gesundheit, wenn es von zig Tausenden von Glassplittern zersiebt worden war!?